Amin Maalouf, 1949 im Libanon geboren, schlug nach dem Studium der Soziologie und Volkswirtschaft die journalistische Laufbahn ein. Er lebt seit 1976 als freier Autor in Paris.

Von Amin Maalouf sind außerdem erschienen:

Leo Africanus (Band 3256)
Samarkand (Band 3257)

Dieses Buch wurde auf chlor- und säurefreiem Papier gedruckt.

Vollständige Taschenbuchausgabe September 1994
Droemersche Verlagsanstalt Th. Knaur Nachf., München
Aus dem Französischen von Gerhard Meier
© 1992 für die deutschsprachige Ausgabe
nymphenburger in der F. A. Herbig Verlagsbuchhandlung GmbH,
München
Titel der Originalausgabe »Les jardins de lumière«
© 1991 Editions Jean-Claude Lattès
Originalverlag Lattès, Paris
Umschlaggestaltung Manfred Waller, Reinbek
Umschlagabbildung Eugene Delacroix/AKG Berlin
Druck und Bindung Elsnerdruck, Berlin
Printed in Germany
ISBN 3-426-63004-4

2 4 5 3 1

Amin Maalouf

Der Mann aus Mesopotamien

Roman

*Der Stein, den die Erbauer verwarfen,
ist zum Eckstein geworden.*

Psalmen

Inhalt

Prolog

Im Gegensatz zum Nil, den man hinuntertreiben oder segelnd flußaufwärts befahren kann, ist der Tigris ein einbahniger Strom. In Mesopotamien strömen die Winde gleich dem Wasser von den Bergen herab auf das Meer zu, nie aber ins Landesinnere, so daß die Kähne sich auf dem Hinweg Esel und Maultiere aufladen müssen, von denen sie dann armselig rumpelnd über die staubigen Wege heimgezogen werden.

Wo der Tigris hoch im Norden entspringt, schießt er wild zwischen Felsen hindurch, und nur einige armenische Fährleute wagen sich hinüber, wobei sie die heimtückisch tosenden Fluten nicht aus den Augen lassen. Seltsame Verkehrsader, auf der die Reisenden sich nicht begegnen und nicht überholen, wo sie weder Höflichkeiten austauschen, noch einander Ratschläge mit auf den Weg geben. Daher dieses berauschende Gefühl, ganz allein unterwegs zu sein, ohne schützenden Dämon, ohne anderes Geleit als die am Ufer stehenden Dattelpalmen.

Wenn der Tigris dann die Stadt Ktesiphon erreicht, die Metropole Babels und Residenz der Partherkönige, wird er gefügig, und man kann sich ihm ehrfurchtslos nähern; er ist dann nur noch ein riesiger Wasserarm und wird mit runden, flachbödigen Spankörben überquert, die mit Menschen und Waren bis zum Rand vollgepfropft ins Wasser tauchen, sich manchmal wie Kreisel drehen, aber doch nicht kentern, ganz ordinäre, aus Binsen geflochtene Körbe, die den Sintflutstrom um jeglichen Stolz bringen. So duldsam ist er dann, daß man unheimliche Paare umschlungen darin planschen sieht: Schwimmer klammern sich an zugenähte, aufgeblasene Tierhäute, als tanzten sie damit um ihr Leben.

Manis Geschichte setzt zu Anbeginn der christlichen Ära ein, weniger als zwei Jahrhunderte nach Jesu Tod. An den Ufern des Tigris verweilt noch eine Fülle von Göttern. Manche sind aus der Sintflut und den ersten Schriften hervorgegangen, andere mit Eroberern oder Kaufleuten ins Land gekommen. In Ktesiphon behalten nur wenige Gläubige ihre Gebete einem einzigen Götzen vor; die meisten schweifen je nach Anlaß von Tempel zu Tempel. Zum Opfer des Mithras eilt man herbei, um sich seinen Anteil am Festschmaus zu verdienen; zur Mittagsruhe sucht man sich ein schattiges Plätzchen in den Gärten der Ischtar; neigt sich der Tag dann seinem Ende zu, so streift man um das Heiligtum der Nanaia herum und hält Ausschau nach Karawanen; bei der Großen Göttin finden Reisende ein Nachtquartier. Sie werden von Priestern empfangen, die ihnen duftendes Wasser reichen und sie dann auffordern, sich vor der Statue ihrer Wohltäterin zu verneigen. Wer von weither kommt, kann Nanaia mit dem Namen einer vertrauten Gottheit bezeichnen, so wird sie von den Griechen manchmal Aphrodite genannt, von den Persern Anahita, von den Ägyptern Isis, von den Römern Venus, von den Arabern Allat, und für jeden ist sie die Nährmutter, und ihre üppige Brust riecht nach der heißen, roten Erde, die vom ewigen Strom getränkt wird.

Unweit davon steht auf dem Hügel über der Brücke nach Seleukeia der Tempel Nabûs. Als Gott der Weisheit und der Schreibkunst wacht Nabû über die okkulten und die offenkundigen Wissenschaften. Sein Emblem ist ein Schreibgriffel, seine Priester sind Ärzte und Astrologen, seine Gläubigen legen ihm Schreibtafeln, Bücher oder Pergamente zu Füßen, die er mehr schätzt als jede andere Opfergabe. In den ruhmreichen Tagen Babels wurde der Name dieses Gottes dem der Herrscher vorangestellt, die sich somit Nabunassar, Nabupolassar und Nabuchodonosor nannten. Heute wird der Tempel Nabûs nur noch von Gebildeten aufgesucht; das gewöhnliche Volk verehrt ihn lieber aus der Ferne; wer auf dem Wege zu anderen Gottheiten an seinem Portikus vorbeikommt, beschleunigt seine Schritte und wagt nur verstohlene Blicke zu der heiligen Stätte hinüber. Nabû, der Gott der Schreiber, ist nämlich auch der Schreiber der Götter, dem allein aufgetragen ist, im Buch der Ewigkeit alles Vergangene und alles Kommende festzuhalten. Mancher Greis, der die ockerfarbene Tempelmauer entlanggeht, verhüllt plötzlich sein Gesicht. Vielleicht hat Nabû ja vergessen, daß man noch auf der Welt ist, wozu soll man ihn dann daran erinnern?

Die Gebildeten haben für diese Ängste der kleinen Leute nur Spott übrig. Ihnen selbst ist Wissen mehr wert als Macht oder Reichtum, mehr sogar als Glück, und so schmeicheln sie sich, Nabû mehr zu verehren als jeden anderen Gott. Am Mittwoch, dem ihrem Götzen geweihten Tag, versammeln sie sich auf dem Tempelgelände. Da bilden dann Kopisten, Händler oder königliche Beamte kleine, lebhafte Grüppchen und wandeln geistreich plaudernd auf den gewohnheitsmäßigen Wegen dahin. Die einen gehen die Hauptallee hinauf, um die Kultstätte herum und bis zu dem ovalen Becken, in dem die heiligen Fische schwimmen. Die anderen ziehen die schattigere Seitenallee vor, die zu dem Gehege mit den Opfertieren führt. Gewöhnlich dürfen die Gazellen, Lämmer, Pfauen und Zicklein in den Gärten frei herumlaufen; nur einige Stiere und zwei gefangene Wölfe bleiben eingesperrt; am Vorabend der Feierlichkeiten jedoch treiben im Tempel bedienstete Sklaven die Tiere zusammen, um die Wege freizumachen und jegliche Wilderei zu unterbinden.

Unter den Mittwochspaziergängern leicht auszumachen ist Pattig. Seine Beine stecken in einer nach persischer Art plissierten Keilhose aus grüner Seide, die mageren Arme fuchteln unter einem Brokatumhang hervor, und überragt wird diese zierliche, buntumhüllte Silhouette von einem Kopf, der einer Riesenstatue weggestohlen scheint: ein traubenartig gelockter, braunwallender Bart und dichtes, fülliges Haar, das von einem bestickten Sergestirnband mit dem Zeichen seiner Kaste gebändigt wird, der Kaste der Krieger. Wobei es sich lediglich um ein Relikt handelt, denn dem Krieg und der Jagd hat Pattig abgeschworen. In seinen Augen ist jegliche Gewalt erloschen, und seine Lippen zittern beständig, als könne jederzeit eine lang zurückgehaltene Frage daraus hervorbrechen.

Obwohl der Sproß aus parthischem Hochadel kaum achtzehn Jahre zählt, würde er sich unendlicher Achtung erfreuen, spräche da nicht aus seinem Blick eine kindliche Treuherzigkeit, die ihn jeder Erhabenheit beraubt. Wie soll man sich auch ein herablassendes Lächeln verkneifen können, wenn einer sich vor den nächstbesten Fremden hinstellt und verkündet: »Ich bin ein Wahrheitssucher!«

Mit genau diesen Worten spricht Pattig an jenem Mittwoch einen ganz in Weiß Gekleideten an, der etwas abseits über das ovale Becken gebeugt steht und den schrägen Knauf seines langen, knorrigen Stocks tätschelt.

»Ein Wahrheitssucher«, echot der Mann, scheinbar ohne spöttischen Unterton. »Wie soll man auch etwas anderes sein in diesem Jahrhundert, in dem so viel Frömmigkeit mit so viel Unglauben einhergeht!«

Da fühlt sich der junge Parther auf freundschaftlichem Terrain.

»Mein Name ist Pattig. Ich stamme aus Ekbatana.«

»Und ich bin Sittai aus Palmyra.«

»Du siehst aber nicht aus wie jemand aus deiner Stadt.«

»Und du redest nicht wie jemand aus deiner Kaste.«

Der Mann hat bei dieser Bemerkung eine verärgerte Handbewegung gemacht. Pattig, der sie nicht wahrgenommen hat, fährt fort:

»Palmyra! Stimmt es eigentlich, daß man dort ›Dem unbekannten Gott‹ ein Heiligtum ohne Statue errichtet hat?«

Sein Gegenüber läßt eine Weile verstreichen und antwortet dann betont gelangweilt:

»Angeblich ja.«

»Dann hast du diesen Ort also noch nie besucht! Du mußt schon lange nicht mehr in deiner Stadt gewesen sein.«

Der Palmyrer räuspert sich lediglich. Seine Züge haben sich verhärtet, er blickt in die Ferne, als hielte er Ausschau nach einem verspäteten Freund, und Pattig fragt nicht weiter nach. Beiläufig verabschiedet er sich und gesellt sich zur nächststehenden Gruppe, schielt aber gleichwohl weiter zu dem Mann hinüber, der sich als Sittai vorgestellt hat.

Dieser steht noch immer allein an der gleichen Stelle und spielt mit seinem Stock. Kredenzt man ihm ein Glas Wein, so nimmt er es, schnuppert daran, führt es scheinbar zum Mund, schüttet jedoch, wie Pattig auffällt, das Getränk bis zum letzten Tropfen an einen Baum, sobald der Diener ihm den Rücken kehrt; werden ihm geröstete Heuschrecken am Spieß offeriert, so verhält er sich ebenso: Er lehnt zuerst ab, nimmt dann doch eine, wenn sie ihm aufgenötigt wird, läßt sie aber bald schon hinter sich fallen, stampft sie mit dem Absatz in den Boden, beugt sich dann über das Becken und wäscht sich die Finger.

So sehr ist Pattig in dieses Schauspiel vertieft, daß er seinen Gesprächspartnern gar nicht mehr zuhört und sie ihn verärgert stehenlassen. Zu sich kommt er erst wieder, als er die Stimme eines jungen Priesters hört, der den Beginn der Zeremonie ankündigt und die Gläubigen dazu aufruft, zu der großen Treppe zu eilen, die zum Heiligtum führt. Manche haben noch ein Glas oder ein Trinkhorn in der Hand und plaudern im Gehen weiter, doch bald schon beschleunigen sie den Schritt, denn den Auftakt der Feierlichkeiten möchte keiner versäumen.

Vor allem heute nicht. Es geht nämlich das Gerücht um, Nabû habe sich tags zuvor auf seinem Sockel geregt, ein sicheres Zeichen dafür, daß ihm nach Fortbewegung zumute sei. Auf Schläfen, Stirn und Bart sollen sich bei ihm sogar Schweißperlen gebildet haben, und es heißt, der Hohepriester habe ihm auf Knien versprochen, am Mittwoch bei Sonnenuntergang eine Prozession zu veranstalten. Einer alten Tradition gemäß führt Nabû seine Umzüge selbst an; die Priester beschränken sich darauf, ihn mit ausgestreckten Armen hoch über ihren Köpfen zu tragen, und der Gott zeigt ihnen durch kaum wahrnehmbaren Druck die gewünschte Richtung an. Mal läßt er sie einen Tanz vollführen, mal sollen sie schnurgerade bis zu einem bestimmten Ort gehen, wo er sich dann absetzen läßt. Jedwede Bewegung gilt als Orakel, das von geschorenen Sehern eifrig gedeutet wird; denn der Götze spricht ja von Ernte, Krieg oder Epidemien und läßt manchmal dem einen oder anderen Menschen Zeichen der Freude oder des Todes zuteil werden.

Während die Gläubigen grüppchenweise das Heiligtum betreten und schon der Gesang der Priester erschallt, geht der als einziger draußen zurückgebliebene Sittai auf dem Vorplatz zwischen der großen Treppe und dem Osttor auf und ab.

Die Sonne ist nur noch ein glühender First weit jenseits des Tigris, die Fackelträger stehen im Halbkreis um den Altar herum, die Priester beweihräuchern die Statue Nabûs und die Sänger sagen zu monotonem Paukenschlag eine Beschwörungsformel her:

Nabû, Sohn des Marduk, wir harren deiner Worte!
Aus allen Gefilden strömen wir herbei, dich zu betrachten!
Wenn wir fragen, dann antwortest du!
Wenn wir Zuflucht suchen, dann schützest du uns!
Du allein weißt, und du allein sprichst!
Wer verdient mehr, daß ihm gehorcht wird?
Wer verdient mehr unsere Opfergaben?
Nabû, Sohn des Marduk, strahlender Himmelskörper,
Dein Platz ist groß unter den Göttern.

12

Nabû lächelt im flackernden Licht der Fackeln, sein Auge scheint wohlgefällig auf der großen Zahl der Gläubigen zu ruhen. Majestätisch steht er da mit seinem bis zur Brustmitte herabwallenden Bart, dem enganliegenden Wams und dem Rock aus gemasertem Holz, der sich nach unten hin zu einem Sockel verbreitert. Sechs Priester treten an die Statue heran und laden sie auf eine hölzerne Trage, die sie schultern und dann hoch über ihre Köpfe heben. Während sich langsam ein Zug bildet, reckt sich der Gott bei jedem Schritt weiter in die Höhe, bis er in den Lüften schwebt. Seinen Trägern kommt er recht leicht vor, mit ihren gestreckten Händen berühren sie ihn kaum noch, und er scheint über der sich drängenden, ekstatisch schreienden Menge dahinzugaukeln. Die Träger drehen sich um sich selbst, beschreiben dann einen größeren Kreis und streben schließlich dem Ausgang zu. Die Gläubigen treten zur Seite.

Jetzt ist der Zug draußen auf dem kleinen Vorplatz. Der Gott tanzt einmal kurz um den Weihwasserbrunnen herum und stürmt dann auf die Treppe zu. Da stolpert plötzlich einer der Priester und versucht sich wieder zu fangen, als auch schon der nächste strauchelt und niederstürzt. Kaum ist die Statue losgelassen, da scheint sie geradezu auf die riesige Treppe zuzuspringen, die sie dann hinunterpoltert, während die Menge ihr versteinert nachsieht.

Mag Pattig auch Krieger, mag er Parther sein: Hier kann er seine Tränen nicht zurückhalten. Nicht das unheilvolle Omen bedrückt ihn. Ihm geht es um etwas anderes, um sein gedemütigtes Gottvertrauen nämlich. Er wollte an Nabû glauben und empfand das Bedürfnis, ihn Woche für Woche so massiv thronen zu sehen, unfehlbar, alterslos, erhaben über den Niedergang ganzer Reiche, jegliches Unglück bewältigend. Dann dieser Fall!

Schon will er in Wehklagen ausbrechen, da kommt ihm ein Gedanke. Als er am Ort der Tragödie niederkniet, fällt ihm sofort ein Stockende auf, das zwischen zwei Marmorplatten steckt. Er zieht es heraus. Untersucht es. Kein Zweifel: Das obere Ende ist abgesägt worden. »Verfluchter Palmyrer!« murmelt Pattig, dem wieder einfällt, wie Sittai auf dem Vorplatz auf- und abspazierte, plötzlich stehenblieb, seinen Stock in den Boden rammte, ihn dann verdrehte und mit einer heftigen Bewegung wie Unkraut herausriß. Pattig richtet sich auf und blickt sich nach dem weiß-gekleideten Mann um. Vergeblich. »Verfluchter Palmyrer!« knurrt er noch einmal und würde am liebsten »Verbrecher« und »Gottesmörder« brüllen und dem Frevler die aufgebrachte Menge hinterherhetzen.

Doch da kommen die Priester zurück und tragen mit überflüssi-ger Behutsamkeit die zerbrochene Statue herauf, hier einen Oberarm, der noch mit der Schulter verwachsen ist, da ein Bart-büschel, das an einem Ohrläppchen hängt. Pattigs Wut verwan-delt sich in Trauer und Resignation. Fast nimmt er es Nabû übel, solch ein Schauspiel zu bieten. Er geht nun weg, will bis zum Morgengrauen auf den Tempelpfaden umherirren. Unwillkür-lich gelangt er wieder auf den Weg, der zu dem ovalen Becken führt. Mit tränenfeuchten Augen sieht er auf die Stelle, an der der verfluchte Mann immer stand.

Und da steht er wieder. Auf derselben Steinplatte. In der glei-chen Haltung. Noch immer genauso weiß von der Kopfbedek-kung bis zu den Sandalen. Mit der Hand klopft er auf den Knauf seines merkwürdig kurz gewordenen Stocks. Pattig stellt sich vor ihn hin, packt ihn an der Tunika und schüttelt ihn.

»Gottverdammter Palmyrer! Warum hast du das getan?«

Der Mann zeigt sich weder überrascht noch beunruhigt und ver-sucht auch nicht, sich loszumachen. Er spricht gelassen und selbstsicher.

»Wenn Nabû wirklich die Schritte seiner Priester gelenkt hat, dann hat er sie also selbst zu Fall gebracht. Oder war ihm etwa trotz seiner Allwissenheit entgangen, daß ich an jener Stelle mei-nen Stock abgebrochen hatte?«

»Warum zürnst du dem Gott Nabû? Hat er dich gestraft? Hat er dir die Rettung eines kranken Sohnes versagt?«

»Wie soll ich einem geschnitzten Balken zürnen? Er kann weder betrüben noch heilen. Was soll Nabû für dich oder mich ausrichten, wenn er sich nicht einmal selbst zu helfen weiß?«

»Jetzt schmähst du ihn auch noch. Hast du denn vor der Gottheit keinen Respekt?«

»Der Gott, den ich verehre, fällt nirgends herunter, zerspringt nicht in tausend Stücke und fürchtet weder meinen Stock noch meinen Sarkasmus. Er allein verdient solchen Glaubenseifer, wie du ihn an den Tag legst.«

»Welchen Namen trägt er?«

»Er selbst verleiht allen Wesen und Dingen ihren Namen.«

»Und für ihn hast du diese Statue zerbrochen?«

»Nein, für dich, Mann aus Ekbatana. Du suchst die Wahrheit: Erwartest du sie noch immer aus dem Munde Nabûs?«

Pattig läßt ihn los und setzt sich abwesend auf den Beckenrand, schon umgestimmt. Sittai geht zu ihm und legt ihm die flache Hand auf den Kopf. Zu dieser besitzergreifenden Geste spricht er die Worte:

»Die Wahrheit ist eine anspruchsvolle Geliebte, Pattig, sie duldet keine Untreue, deine ganze Ergebenheit darf nur ihr gelten, und ihr nur gehört jeder Augenblick deines Lebens. Suchst du also wirklich die Wahrheit?«

»Nichts anderes!«

»Ist sie dir so wichtig, daß du alles andere dafür aufgeben würdest?«

»Alles!«

»Und wenn nun morgen von dir verlangt würde, einen Götzen zu zerschlagen, würdest du es dann tun?«

Pattig zuckt zusammen und besinnt sich noch einmal.

»Was sollte ich denn gegen Nabû haben? Ich bin in diesem Tempel wie ein Bruder aufgenommen worden, habe von dem Wein dieser Leute getrunken und von ihrem Fleisch gegessen. Und manchmal haben Frauen mir an diesem Becken ihre Arme geöffnet.«

»Von heute ab wirst du keinen Wein mehr trinken, kein Fleisch mehr essen und dich keiner Frau mehr nähern!«

»Keiner Frau mehr? Ich habe doch eine Ehefrau in Mardinu, meinem Dorf!«

In flehendem Ton ist das gesprochen; Pattigs Gedanken schweifen wild umher. Doch Sittai gönnt ihm keine Atempause: »Du mußt sie verlassen.«

»In ein paar Wochen entbindet sie. Ich kann es kaum erwarten, mein erstes Kind zu betrachten. Was wäre ich denn für ein Vater, wenn ich die beiden im Stich ließe?«

»Wenn es dir tatsächlich auf die Wahrheit ankommt, Pattig, dann findest du sie weder in den Armen einer Frau, noch im Quäken eines Neugeborenen. Ich habe dir ja gesagt, die Wahrheit ist anspruchsvoll; begehrst du sie noch, oder hast du etwa schon aufgegeben?«

Als Mariam, die ihrem Mann bis zum Hochweg entgegengelaufen und ihm dann atemlos um den Hals gefallen ist, von ihm mit beiden Händen zurückgestoßen wird, denkt sie, ihm sei es wohl peinlich, wenn der Fremde in seiner Begleitung ihren Zärtlichkeiten beiwohne.

Ein wenig gekränkt ist sie doch. Sie hütet sich aber, ihre Verstimmung zu zeigen, und läßt den beiden Männern Waschschüsseln und Handtücher bringen, damit sie sich vom Straßenstaub befreien können. Sie selbst verschwindet hinter einem Vorhang. Als sie eine Stunde später wieder erscheint, läßt sie ein wahres Festmahl auf die Terrasse hinausbefördern. Während sie den Auftakt vorausträgt, zwei Gläser voll des besten Weines, den der Boden Mardinus hervorbringt, schleppt ihr ein Diener ein breites, mit gefüllten Tellern und Schüsseln über und über beladenes Kupfertablett nach. Der ganz in das halblaute Sprechen des Weißgekleideten vertiefte Pattig hat die beiden nicht kommen hören.

16

Mariam bedeutet dem Diener, beim Servieren der Speisen auf dem niedrigen Tisch keinerlei Geräusch zu verursachen. Wenn zwei Teller aneinanderstoßen, verzieht sie das Gesicht, beruhigt sich jedoch gleich wieder beim Anblick der Köstlichkeiten, auf die Pattig so versessen ist: mit einem Tropfen Honig gekrönte Eidotter, Fasanenscheibchen mit Dattelpüree. Das ist so ihre Beschäftigung, wenn ihr Mann nach Ktesiphon fährt: Sie gibt sich alle erdenkliche Mühe, ihm die schmackhaftesten Gerichte zu kochen, denn so hat er es immer eilig, nach Hause zurückzukommen, und wenn er mit Freunden zusammen ist, dann schleppt er sie nicht etwa in irgendeine Taverne, sondern bringt sie voller Stolz mit zu sich heim, weil er sicher sein kann, daß sie dort besser bewirtet werden als die Tischgesellschaft eines Königs.

Nachdem Mariam noch einmal kurz geprüft hat, ob auch alles in Ordnung ist, setzt sie sich in einer Zimmerecke auf ein Kissen. Wenn ihr Mann allein ist, speist sie manchmal mit ihm zu Abend; nicht jedoch, wenn er Besuch hat. Allzuweit entfernt sie sich allerdings nie, da sie stets ein Auge darauf haben will, ob es den Gästen auch wirklich an nichts fehlt.

So vergeht Minute um Minute. In ihr Gespräch versunken, haben Pattig und Sittai noch kein einziges Mal die Hand zum Tisch ausgestreckt. Ob sie überhaupt schon bemerkt haben, was für ein Festschmaus sich ihnen darbietet, ob sie den Duft schon eingesogen haben, von dem die Terrasse erfüllt ist? Mariam grämt sich stillschweigend. Selbst wenn die zwei Männer sich unterwegs schon gestärkt haben sollten, müßten sie doch aus reiner Höflichkeit wenigstens zu einem Fleischbällchen oder einer Olive greifen, müßten ein Schlückchen aus den Gläsern trinken, die sie direkt vor die beiden hingestellt hat.

Doch da holt der Gast plötzlich unter seiner Tunika eine Art Schal hervor, legt ihn sich auf die Knie, zieht ein bräunliches Brot heraus, bricht es und führt ein Stück davon zum Mund. Mariam verschlägt es den Atem. Da verschmäht also dieser

Mensch alles, was sie zubereitet hat, und kaut lieber auf einem gewöhnlichen Stück Brot herum! Und das ist noch nicht alles. Jetzt rollt er seinen Schal noch weiter auf, holt zwei kleine, verschrumpelte Gurken heraus, taucht sie in eine Wasserkaraffe und bietet dann eine davon seinem Gastgeber an. Der ganz sichtbar peinlich berührte Pattig behält seine Gurke in der Hand, während der Palmyrer ostentativ in die seine hineinbeißt.

Da hält es Mariam nicht mehr auf ihrem Platz, und sie geht auf den sonderbaren Menschen zu.

»Stört vielleicht unseren Gast irgend etwas an dieser Mahlzeit?«

Der Mann antwortet nicht. Er wendet den Blick ab. Da schaltet sich Pattig ein:

»Keine dieser Speisen kann unser Gast essen.«

Fassungslos blickt Mariam auf den Tisch.

»Von welchen Speisen redest du denn? Hier stehen doch so viele verschiedene Sachen. Manches ist in Öl gegart, anderes in Fett, wieder anderes geröstet oder gekocht, verschiedene Fleischsorten sind da, rohes Gemüse und sogar Gurken. Kann unser Gast denn nichts von alledem anrühren?«

»Hör auf, Mariam, und geh jetzt, du belästigst unseren Gast nur.«

»Und du, Pattig, hast du denn keinen Hunger nach der Reise?«

Da macht ihr Mann eine fortscheuchende Handbewegung, wie schon bei seiner Ankunft. Dann sagt er:

»Nimm das alles wieder mit, Mariam, weder er noch ich haben Hunger, wir wollen überhaupt kein Essen. Kannst du uns denn nicht alleine lassen?«

Bevor sie noch aus dem Raum ist, bricht sie schon in Schluchzen aus. Sie läuft in ihr Zimmer und hält sich dabei den Bauch, als würde er ihr gleich zu Füßen rollen. Die alte Utakim, ihre Dienerin und einzige Freundin, ist ihr nachgeeilt und sieht sie jetzt ganz verstört auf dem Boden sitzen und heißatmig vor sich hin wimmern.

»Dann stimmt es also, was man über die Männer sagt, es braucht nur ein bißchen Hexerei, eine Begegnung, ein Elixier, und schon fliegt ihre Liebe herbei oder hinweg!«

Utakim hat Mariam auf die Welt kommen sehen. Sie hat sie gestillt, als ihre Mutter im Kindbett starb, und am Vorabend ihrer Hochzeit hat sie sie angekleidet und geschminkt. Wer anders sollte sie da besser trösten können?

»Du kennst doch deinen Mann. Sobald irgendein Gedanke ihn beschäftigt, denkt er nicht mehr ans Essen, wird blaß, magert ab und man könnte meinen, er sei verliebt. Weißt du denn nicht, daß er nun mal so ist? Heute hat er diesen Besucher hier und labt sich an seinen Worten, und morgen hat er ihn schon vergessen und wird wieder zum eifrigen Liebhaber und erwartungsvollen Vater. So war er schon immer, und so hast du ihn auch immer geliebt.«

»Aber seine Augen hättest du sehen sollen, Utakim! In die brauche ich sonst nur ganz kurz hineinzuschauen, und schon sind Schmerzen und Sorgen verflogen. Wenn seine Augen zu mir gesprochen hätten, wären mir die Worte seiner Lippen und die Gesten seiner Hände gleichgültig gewesen. Aber heute abend haben seine Augen nichts zu mir gesagt.«

Utakim schilt sie unbekümmert:

»Weißt du denn nicht, daß ein Mann in Gegenwart von Fremden nie zärtlich ist? Bald wird der Gast schlafen gehen, und dann kommt unser Herr wieder zu dir. Also los, laß mich deine Zöpfe lösen!«

Mariam überläßt sich den Händen, von denen sie bereits unentwegt gekost wurde. Die Nacht bricht schon herein, und ihr Mann wird zu ihr kommen. Noch nie hat er ihr gemeinsames Lager gemieden. Sie legt sich nieder, bettet den Kopf auf ein Kissen und die bloßen Füße auf ein anderes, höher gelagertes. Utakim setzt sich auf den Rand einer neben dem Bett stehenden

Truhe, streichelt die Finger ihrer Herrin und führt sie manchmal an ihre Lippen. Zärtlich ruht ihr Blick auf dem rosigen, von blaßlila schimmerndem Haar umrahmten Antlitz. Gerne würde sie zu ihr sagen: »Ich kenne dich gut, Mariam. Deine Hände sind so zart wie die von Königstöchtern und dein Herz so verwundbar wie das Herz aller Mädchen, die von ihren Vätern vergöttert wurden. Als Kind wurdest du mit Spielsachen verwöhnt, als heiratsfähiges Mädchen mit Schmuck überhäuft und dem Mann deiner Wahl zur Frau gegeben. Dann bist du in dieses üppige Land gekommen, und dein Mann hat dich bei der Hand genommen. Wie am ersten Tag wandelt ihr gemeinsam durch eure Obstgärten, zu jeder Jahreszeit sind tausend Früchte zu pflükken. Und in deinem Schoß wächst schon das Kind heran. Armes kleines Mädchen, du lebst so glücklich dahin, und das schon so lange, daß du aus den Augen deines Mannes auch nur das leiseste Anzeichen von Abwesenheit oder momentaner Unaufmerksamkeit herauszulesen brauchst, um gleich ganz aus der Fassung zu geraten und die Welt um dich herum in den schwärzesten Farben zu sehen.«

Mit beiden Daumen streicht Utakim über die feuchten Augenbrauen ihrer Herrin, die für sie immer ein kleines Mädchen bleiben wird. Und Mariam, die schon einzuschlummern begann, öffnet noch einmal die Augen und fleht ihre Dienerin an, worauf diese nachsieht, wie die Dinge stehen.

»Sie reden in einem fort. Oder vielmehr doziert der Gast, und unser Herr unterbricht ihn so wenig wie möglich.«

Wäre Mariams Kopf nicht so vernebelt gewesen, so hätte sie aus Utakims zitternder Stimme die Lüge herausgehört. Daß das Gespräch fortgeführt wird, hat die Dienerin sehr wohl vernommen, doch sitzen die beiden Männer nicht mehr auf der Terrasse, und Pattig hat im Gästezimmer eine Matte auf den Boden breiten lassen, auf der er die Nacht verbringen wird.

Nun ist Utakim selbst so besorgt, daß sie ruhelos wachliegt, doch stellt sie sich schlafend, eine alte Ammenlist, die Wunder wirkte, als Mariam noch klein war, und die sich auch heute wieder bewährt. Denn wenn ihre Herrin auch schon Gattin und werdende Mutter ist, so zählt sie doch kaum mehr als vierzehn Jahre. Bald schon atmet sie langsamer, regelmäßiger, und nur ab und zu erinnert ein Schluchzer daran, daß sie ungetröstet eingeschlafen ist.

In der Lampe an der Wand neigt sich der Ölvorrat seinem Ende zu, als Mariam plötzlich hochschreckt.

»Mein Sohn! Mir ist mein Sohn weggenommen worden!«

Sie schreit und rafft wie wild ihre Bettdecke an sich. Utakim packt sie an den Schultern.

»Das war nur ein Albtraum, Mariam! Niemand hat dir dein Kind weggenommen, es ist immer noch da in deinem Bauch, wohlgeborgen, und ob es ein Sohn wird oder eine Tochter, das wissen wir noch gar nicht.«

Aber Mariam kann sich nicht beruhigen.

»Mir ist ein Engel erschienen, der wie eine Riesenlibelle brummend herumgeflogen und dann vor mir herniedergegangen ist. Als ich davonlaufen wollte, hat er gesagt, ich solle keine Angst haben, und er sah auch so sanft aus, daß ich ihn herankommen ließ. Da hat er auf einmal blitzschnell krallige Hände nach mir ausgestreckt, mir das Kind aus dem Leib gerissen und ist damit zum Himmel emporgeflogen, so hoch hinauf, daß ich die beiden schon bald nicht mehr ausmachen konnte.«

Utakim findet keine tröstenden Worte mehr. Sie weiß, daß hinter einem Traum immer irgend etwas steckt, und nimmt sich vor, die Dorfältesten über dieses Omen zu befragen.

Durch eine vergitterte Luke fließt das erste Tageslicht herein. Mariam schluchzt vor sich hin. Ihr Mann ist nicht zu ihr gekommen. Da steht die Dienerin auf und stürmt wütend in das Gästezimmer. Sittai ist schon auf und betet kniend; Pattig schläft. Sie rüttelt ihn wach und tut ganz aufgeregt:

»Meiner Herrin geht es schlecht! Sie braucht dich!«

Mit schlaftrunkenem Gesicht eilt Pattig zu seiner Gattin, die zu wimmern beginnt, als sie ihn sieht.

»Ich habe etwas Furchtbares geträumt und dich gerufen, aber du bist nicht gekommen.«

»Ich habe nichts gehört.«

»Warum bist du so weit weg, Pattig? Warum fliehst du mich?«

Ist Pattig beim Aufwachen auch spontan ans Bett seiner Frau gestürzt, so legt er jetzt, als sein Kopf allmählich klarer wird, wieder die gleiche Distanziertheit an den Tag wie schon am Vorabend. Er fühlt sich in Mariams Schlafzimmer sichtlich unwohl, vermeidet es plötzlich, sich auf das Bett zu setzen, sein eigenes Ehebett, und ständig muß er zur Tür schielen, als fürchte er das Erscheinen seines Sittenrichters. Als seine Frau ihm Vorwürfe macht, reagiert er abweisend.

»Wenn man einen Gast bei sich zu Hause hat«, doziert er, »dann muß man schließlich an seiner Seite bleiben, weißt du denn das nicht?«

»Wer ist dieser Mann? Er macht mir angst.«

»Er würde dir weniger angst machen, wenn du imstande wärst, seine weisen Worte in dich aufzunehmen.«

»Was für Worte denn? Mich hat er ja nicht ein einziges Mal angesprochen!«

»Was er sagt, kann eine Frau nicht begreifen.«

»Was sagt er denn so Wichtiges?«

»Er erzählt mir von seinem Gott, dem einzigen Gott, und er hat mir versprochen, mich zu ihm hinzuführen. Doch das muß ich erst verdienen, muß all die Jahre abbüßen, in denen ich Götzendienst betrieben habe. Ich werde nicht mehr von der Nahrung der Gottlosen essen, werde keinen Wein mehr trinken und mich nie wieder zu einer Frau legen. Weder zu dir noch zu irgendeiner anderen.«

»Ich bin weder eine Speise noch ein Getränk! Ich bin die Mutter deines Kindes. Und hast du nicht auch gesagt, ich sei deine Gefährtin, deine Freundin? Mußt du denn auch alle Menschen verlassen und wie ein Einsiedler leben?«

»Ich werde in einer Gemeinschaft von Gläubigen leben, in der nur Männer sind. Keine Frau hat dort Zutritt.«

»Selbst deine Gattin nicht?«

»Selbst du nicht, Mariam. Es ist ein anspruchsvoller Gott.«

»Was ist denn das für ein Gott, der auf eine Frau eifersüchtig ist?«

»Dieser Gott ist mein Gott, und wenn du ihn lästern willst, dann gehe ich auf der Stelle hinaus, und du siehst mich nie wieder!«

»Verzeih mir, Pattig.«

Lautlos kullern ihr heiße Kindertränen herab, aus ihrem Sinn ist jegliche Erwartung verbannt, und schüchtern legt sie die Stirn auf den Arm ihres Mannes, ganz sanft, ohne Druck, so leicht wie eine Locke von ihrem Haar macht sie sich. Ob sie mit ihrem Gatten je wieder die friedvollen Augenblicke erleben wird, in denen Wärme Frische ist, Feuchtigkeit Duft, und Erwachen Vergessen? Noch etwas unbeholfen, aber bereits gerührt, streicht Pattig ihr übers Haar; in der Stille des Halbdunkels findet er zu den zärtlichen Gesten zurück, die seinem Wesen eigentlich entsprechen; auch seinen Augen entfließen ein paar verstohlene Tränen.

Doch da tönt durch die offenstehende Tür die Stimme Sittais herein, der sein Gebet beendet hat und nun nach seinem Gastgeber ruft.

»Pattig! Wir müssen los, wir haben einen langen Weg vor uns.«

Müßte der Gatte den Störenfried nicht eigentlich verfluchen? Statt dessen stößt er Mariam rücksichtslos von sich. Und eilt schon davon, ohne sich noch einmal umzudrehen.

Erster Teil

Der Palmenhain der Weißen Gewänder

*Inmitten dieser Männer
ging ich weise und listig meinen Weg ...*

Mani

I

Das Kind, das Mariam erwartete, war Mani.

Es heißt, nach dem Kalender der babylonischen Astronomen sei er im Jahre 527 geboren, am achten Tage des Monats Nisan – nach christlicher Zeitrechnung am 14. April 216, einem Sonntag. In Ktesiphon herrschte der letzte Partherkönig Ardewan, und in Rom wütete Caracalla.

Sein Vater war bereits fortgegangen. Kein weites Stück Wegs, aber hinein in eine seltsame, verschlossene Welt. Zwei Tagesmärsche unterhalb von Mardinu lag an einem in früheren Zeiten östlich des Tigris ausgehobenen Kanal der Palmenhain, in dem Sittai als Gebieter und geistiger Führer wirkte. Es lebten dort etwa sechzig Männer jeglichen Alters und jeglicher Herkunft, Männer mit übersteigerten Riten, von denen die Geschichte nicht weiter Notiz genommen hätte, wenn nicht eines Tages ihr Weg den Weg Manis gekreuzt hätte. Nach dem Vorbild anderer Glaubensgemeinschaften, die in jener Zeit am Tigris, aber auch am Orontes, am Euphrat und am Jordan in Erscheinung traten, bezeichneten sie sich zugleich als Christen und Juden, und zwar als die einzig wahren Christen und die einzig wahren Juden. Sie prophezeiten auch den baldigen Weltuntergang; und gewissermaßen war ja auch eine Welt im Sterben begriffen …

In der aramäischen Landessprache nannten sie sich »Halle Heware«, was »Weiße Gewänder« bedeutet.

Diese Männer hatten sich für ein Leben am Wasser entschieden, von dem sie sich Reinheit und Heil erhofften, sie beteten Johannes den Täufer und Adam an, Jesus von Nazareth und Thomas, den sie seinen Zwilling nannten, und mehr als alle anderen verehrten sie einen obskuren Propheten namens Elkesai, von dem sie ihr heiliges Buch und ihre Lehre hatten: »Männer, hütet euch vor dem Feuer, denn es ist nur Enttäuschung und Trug, es erscheint euch nah, wenn es fern ist, und fern, wenn es nah ist, das Feuer ist Zauber und Alchimie, ist Blut und Quälerei. Versammelt euch nicht um Altare, von denen Opferfeuer emporlodern, haltet euch fern von denen, die dem Schöpfer wohlgefällig sein wollen, indem sie Geschöpfe schlachten, sondert euch ab von denen, die opfern und töten. Flieht das Erscheinen des Feuers, folgt vielmehr dem Lauf des Wassers, denn was vom Wasser berührt wird, gewinnt seine ursprüngliche Reinheit zurück, und dem Wasser entspringt jegliches Leben. Wird einer unter euch von einem bösen Tier gebissen, so eile er zum nächsten Wasserlauf, tauche hinein und spreche dabei voller Vertrauen den Namen des Allerhöchsten aus; ist einer von euch krank, so tauche er seinen Körper siebenmal in den Fluß, und sein Fieber wird sich in der Frische des Wassers verflüchtigen.«

Am Tag nach Pattigs Ankunft im Palmenhain hatte sich ein Zug gebildet und ihn zum Taufzelt geleitet. Die ganze Gemeinschaft hatte sich angeschlossen. Vereinzelte Kinder und einige weiße Häupter waren darunter, doch die meisten schienen zwischen Zwanzig und Dreißig zu sein. Jeder war auf den Neuankömmling zugegangen, hatte ihn eingehend betrachtet und ihm einen Gebetsvers hergesagt.

Auf ein Zeichen Sittais hin war Pattig dann vollständig angezogen ins Wasser des Kanals gestiegen und bis zur Stirn untergetaucht, hatte sich dann wieder ein wenig aufgerichtet und nacheinander seine sämtlichen Kleider ausgezogen, jene eitlen Hüllen aus der Zeit der Gottlosigkeit, deren er sich voll Ekel entledigte, auf daß die fügsame Strömung sie davontreibe. Es wurde

28

dann ein Gesang angestimmt, und der junge Mann, der sich plötzlich mager und nackt so vielen forschenden Blicken ausgesetzt sah, suchte sich mit zitternden Händen zu bedecken. Denn wenn auch die Frühlingssonne bereits warm vom Himmel schien, so behielten doch die Wasser des Tigris den Schnee des Taurusgebirges noch in eisigfrischer Erinnerung.

Es war aber dies nur eine erste Prüfung. Es galt nun, ein zweites Mal in den Kanal zu tauchen, sich dann Bart und Haare scheren zu lassen, bis schließlich der Kopf ein letztes Mal unter die Wasseroberfläche gedrückt wurde, wobei die folgenden Worte ertönten: »Der alte Mensch ist nun gestorben, der neue Mensch soeben geboren, dreimal getauft im reinigenden Wasser. Sei willkommen im Kreise deiner Brüder. Und solange du lebst, vergiß nie das eine: Unsere Gemeinschaft ist wie der Olivenbaum. Der Unwissende pflückt die Frucht und beißt hinein; da sie bitter schmeckt, wirft er sie fort. Doch wird die gleiche Frucht vom Wissenden gepflückt und voll Sorgfalt zur Reife gebracht, so erweist sie sich als äußerst wohlschmeckend und liefert obendrein Öl und Licht. So ist auch unsere Religion. Wenn du bei der ersten Bitternis schon den Mut verlierst, wirst du nie das Heil erfahren.«

Pattig hatte bußfertig zugehört, war sich ohne Bedauern über das kurzgeschorene Haar und die Bartstoppeln gefahren und hatte sich fest vorgenommen, seinem bisherigen Leben den Rücken zu kehren und sich ohne einen Anflug von Zweifel den Regeln der Gemeinschaft unterzuordnen. Dabei wußte er sehr wohl, daß das Leben im Palmenhain eine einzige Kette von Zwängen war. Zuerst Gebet, Gesang und Kulthandlungen, täglich flüchtige oder feierliche Taufen, verschiedenerlei Besprengungen und Waschungen, wobei jede erwiesene oder auch nur vermutete Befleckung Anlaß zu nochmaliger Reinigung gab; dann das Studium der von Sittai schon hundertmal vorgelesenen und kommentierten heiligen Texte, des Thomasevangeliums, des Philippsevangeliums oder der Petrusapokalypse, die von denjenigen »Brüdern«, denen die schönste Schrift eigen war, unablässig kopiert wurden. Zu diesen Pflichten, die Pattigs Eifer und seiner unstillbaren Neugier entgegenkamen, gesellten sich andere, die durchaus nicht nach seinem Geschmack waren.

Die Weißen Gewänder rühmten sich nämlich, in jener Gegend den am besten bestellten und fruchtbarsten Boden ihr eigen zu nennen, der sie nicht nur ernährte, sondern auch noch einen Überschuß abwarf, den sie in den Nachbarorten verkauften. Diese Tätigkeit verabscheute Pattig: früh am Morgen mit einer Ladung Melonen oder Kürbisse losziehen, die Ware auf dem Dorfplatz auslegen, in der Sonne auf irgendwelche zänkischen Kunden warten, tausend Anzüglichkeiten zu hören bekommen ... Wie konnte der Sohn aus parthischem Adel dergleichen ertragen? Eines Tages vertraute er sich Sittai an, doch dessen Antwort war unerbittlich: »Ich weiß, daß du Gebet und Studium liebst, du hast deine Freude daran. Die Arbeit auf den Feldern und der Verkauf unserer Früchte im Dorf sind die einzigen Tätigkeiten, zu denen du dich zwingst, um dem Allerhöchsten zu gefallen, und gerade davon möchtest du befreit werden?« Damit war die Sache entschieden. Jahrelang würde Pattig sich auf den Feldern der Gemeinschaft abmühen, während zwei Tagesreisen entfernt am selben Kanal seine eigenen Bauern den Boden bearbeiteten, der ihm zwar gehörte, dessen Erträgen er aber entsagt hatte.

Denn die Weißen Gewänder unterwarfen sich strengen Ernährungsvorschriften; nicht genug, daß sie sich des Genusses von Fleisch und vergorenen Getränken enthielten und häufig fasteten, sie sprachen auch keinerlei Speise zu, die von außerhalb kam. Sie aßen nur das ungesäuerte Brot aus dem eigenen Backofen; wer Griechenbrot brach, war in ihren Augen gottlos. Desgleichen verzehrten sie nur das von ihrem eigenen Boden hervorgebrachte Obst und Gemüse, das sie als »männliche Pflanzen« bezeichneten, wohingegen alles anderswo Angebaute

»weibliche Pflanze« hieß und den Sektenmitgliedern verboten war.

Warum sollte man sich über eine derartige Benennung auch wundern? Was weiblich ist, ist verboten, und was verboten ist, weiblich; für jene Männer herrschte da vollkommene Äquivalenz. In Sittais Predigten kam das betreffende Wort immer wieder vor, und zwar im Sinne von »unselig«, »teuflisch«, »zweifelhaft« oder »seelengefährdend«. Er selbst vermied es, über die Frauen in der Heiligen Schrift zu sprechen, es sei denn, um das Unheil zu veranschaulichen, das sie verursacht haben mochten. Er führte gerne Eva und Bathseba an, und vor allem Salome, aber selten Sara, Maria oder Rebekka. Sehr bald schon begriff Pattig, daß es im Palmenhain verpönt war, seine Gattin oder seine Mutter zu erwähnen; selbst das Wort »Geburt« war nur angebracht, wenn von der Taufe die Rede war oder vom Eintritt in die Gemeinschaft; ansonsten sprach man besser von »Ankunft«. Dabei war es in den am Wasser siedelnden Gemeinschaften durchaus unüblich, die Ehe zu verbieten; hatte nicht auch Johannes der Täufer sich ein Weib genommen? Sittai jedoch hatte eine strengere Regel aufstellen wollen, auf die seine Anhänger sich etwas zugute hielten: Wenn man sich einen schmalen Weg ins Himmelreich auserkoren habe, sei dann nicht am verdienstvollsten, wer am meisten leide, wer verzichte und entsage?

Deshalb versuchte Pattig auch gar nicht herauszufinden, ob Mariam mittlerweile schon entbunden habe und welchen Kindes Vater er nun sei. Wie sollte er sich von Sittai die Erlaubnis zu einem Besuch bei dem Neugeborenen erbitten, ohne den Eindruck zu erwecken, er sei von Reue und Unschlüssigkeit geplagt oder denke gar daran, sein früheres Leben wieder aufzunehmen? Also schickte er sich drein, sein Interesse ließ nach, und schließlich dachte er überhaupt nicht mehr daran, oder zumindest kaum noch.

So war er denn höchst überrascht, als Sittai selbst ihm nach einigen Monaten befahl, sich zu seiner Familie zu begeben.

»Wenn dort ein Mädchen geboren wurde, so soll es bei seiner Mutter bleiben; aber wenn es ein Junge ist, so gehört er hierher zu uns und du kannst ihn nicht für immer in unreinen Händen lassen.«

Pattig machte sich auf den Weg nach Mardinu, allerdings unter der Obhut zweier »Brüder«.

Als er bei seinem Haus ankam, blieb er vor dem Zaun stehen und rief hinein:

»Utakim!«

Die Dienerin kam barfuß und mit einer Windel in der Hand heraus und mußte nahe auf den Besucher zugehen, bis sie seinen geschorenen und gleichsam geschrumpften Kopf erkannte. Pattig ließ sich von ihr anstarren.

»Sag mir, Utakim, hat deine Herrin entbunden?«

»Hätte sie etwa dreizehn Monate lang schwanger bleiben sollen?«

Die Begleiter Pattigs lächelten. Er selbst begnügte sich damit, seine Fragen zu stellen.

»Ist es ein Junge?«

»Ja, ein kräftiger, plärrender Junge mit großem Appetit.«

Als die Dienerin von dem Säugling sprach, huschte über ihr Gesicht plötzlich ein Ausdruck von Fröhlichkeit, den Pattig lieber ignorierte.

»Hat er einen Namen bekommen?«

»Er heißt Mani, so wie du es beschlossen hattest.«

»Sag deiner Herrin, daß ich meinen Sohn abholen werde, sobald er entwöhnt ist.«

Nun, da er seine Botschaft überbracht hatte, wandte er sich wie ein Schlafwandler zum Gehen, als Utakim ihm nachschrie:

»Weißt du überhaupt, ob meine Herrin überlebt hat?«

Das verfehlte nicht seine Wirkung. Er fuhr zusammen und kehrte um, sichtlich verstimmt darüber, daß er sich seines Auftrags nicht so zu entledigen vermochte, wie er es vorgehabt hatte; es kostete ihn Überwindung zu fragen:

»Geht es Mariam gut?«

Da wandte nunmehr Utakim sich um und sah plötzlich ganz niedergeschlagen drein. Ohne jedes weitere Wort ging sie schwerfällig auf das Haus zu, während Pattig ihr aufgeregt nachrief, sie solle stehenbleiben, solle ihm antworten. Doch die Dienerin war taub geworden. Pattig zögerte, blickte fragend seine beiden Begleiter an, die über den Gang der Ereignisse beunruhigt waren und ihm zum Gehen rieten. Aber wie hätte er denn jetzt gehen können? Er mußte sich doch Klarheit verschaffen. Durch die Gartentür eilte er auf das Haus zu, als sei es wieder seines geworden.

Da lief Mariam, die im Gemüsegarten hinter den Küchenräumen beschäftigt gewesen war, mit einem Male herbei und setzte schon zum Rufen die Hand an den Mund; wie wild gestikulierte Utakim zu ihr hinüber, sie solle still sein und verschwinden. Die Dienerin hätte sich gewünscht, Pattig wäre ins Haus gegangen und so einen Augenblick lang seinen Bewachern entwischt; doch Mariam sah sie nicht. Schon rief sie ihren Mann beim Namen, glaubte sie doch, er sei zurückgekommen. Da wußte er auch schon, daß sie noch am Leben war, was ihm genügte, so daß er auf der Stelle zu seinen »Brüdern« zurückkehrte.

Die drei zogen davon und rafften dabei ihre weißen Gewänder. Mariam begriff, daß sie sie nicht mehr würde einholen können.

In der Wirrsal, in der die junge Mutter nun dahingetrieben wurde, wußte sie nicht mehr, von welchem Gott sie sich noch Hoffnung und Hilfe versprechen sollte, wenn sie auch denjenigen Sittais von vornherein ausschloß. Sollte sie ihren Sohn weit wegschaffen, in ihre Heimat Medien? Doch wo sollten sie dort leben? Ihr Vater war tot, und ihre Brüder hatten das Gut unter sich aufgeteilt. Sie konnte doch nicht gut ihren Besitz, ihre Ländereien und ihre Diener verlassen, jegliche Hoffnung auf ihren Gatten aufgeben und über die Landstraßen irren, bis jemand so gut sein würde, sie bei sich aufzunehmen? Aber was dann? Den Sohn stillen und warten, bis ein unberechenbarer Vater käme, um ihn ihr für immer wegzunehmen?

Diese Zeiten der Angst für Mariam waren auch Zeiten tiefer Betrübnis für Mesopotamien. Dabei war in jenem Jahr viel von Frieden zwischen Römern und Parthern die Rede gewesen. Kaiser Caracalla hatte sogar um die Hand von Ardewans Tochter angehalten, und sie war ihm gewährt worden. Den Bund der Ehe sollten sie in Ktesiphon eingehen, im Tempel des Mithras, der einzigen Gottheit, die von beiden Herrschern gleichermaßen verehrt wurde. So schickte sich denn die Stadt an, Frieden und Hochzeit zu feiern.

Eines Tages erschien also Caracalla in seinem langen gallischen Kittel, dicht neben ihm seine Prätorianer, dahinter seine Phalangen. Doch kaum hatten sie in Seleukeia die Brücke überquert, als aus ihren Reihen ein Schrei erscholl. Das war für jeden Römer das verabredete Zeichen, sich säbelschwingend auf den nächsten Parther zu stürzen. Die geschminkten und in ihre Prachtgewänder gehüllten Söhne des Adels wurden niedergemetzelt, darunter mehrere Mitglieder der Kamsaragan-Sippe, der auch Mariam angehörte; dann waren die Stadtbewohner an der Reihe, all die Männer, Frauen und Kinder, die sich nach vorn gedrängt hatten, um der denkwürdigen Versöhnung beiwohnen zu dürfen. Die Römer plünderten, zündeten Paläste und Tempel an, und zuallererst den Tempel Nabûs, als sollte sich damit das unheilverkündende Orakel der Statue erfüllen. Daraufhin sollen Ardewan und die Oberhäupter der sieben großen Familien ihre Truppen im Aspanabr-Park versammelt haben, um die Eindringlinge zurückzuwerfen. Doch wozu? Es war ja keine Invasion, sondern ein simpler Handstreich ganz in der Art Caracallas, und nach einer Stunde schon zogen die Römer aus der Stadt ab und kehrten zum Gros ihrer Truppen zurück, das außerhalb der Stadtmauern am Mahoze-Paß lagerte. Das Elitekorps der Unsterblichen wollte ihnen nachjagen, doch Ardewan hielt sie zurück, da er eine Falle befürchtete. Er war überzeugt, daß Caracalla mit seiner Tat nur beabsichtigt hatte, die parthische Armee aus der Stadt herauszulocken, um sie dann zu zerschlagen.

Wohl aus Enttäuschung, daß es zu keinem Kampf gekommen war, begannen die Römer sich nach drei Tagen zu rächen. Wochen- und monatelang, ja Manis ganzes erstes Lebensjahr über verwüstete der Sturmwind Caracalla Mesopotamien, zerschlug die alten Königssarkophage, brannte die Weizenfelder nieder, riß die Weinstöcke aus dem Boden, köpfte Bauern und Palmen.

Wie durch ein Wunder blieb Mardinu verschont. Die römischen Truppen waren schon in unmittelbare Nähe des Dorfes gelangt, und Mariam hatte sich mit ihrem Sohn, mit Utakim, ihren Dienern und einigen leibeigenen Bauern ins Haus eingeschlossen. Dort warteten sie auf das Unvermeidliche. Doch das Unvermeidliche hatte sich abgewandt. Eines Tages verbreitete sich auf rätselhafte Weise ein Gerücht in den menschenleeren Straßen: Caracalla sei tot, sei in Harran, im Norden Mesopotamiens, von seinen eigenen Soldaten umgebracht worden. Zwischen Rom und Ktesiphon löste der Mord keine übermäßige Trauer aus.

Dieses ganze lange Leidensjahr über betrat Pattig kein einziges Mal den Boden Mardinus, holte nicht ein einziges Mal Erkundigungen ein. Erst viel später tauchte er wieder auf, als Mani gerade drei Jahre alt geworden war. Wie ehedem wurde er von zwei »Brüdern« geleitet; wie ehedem blieb er vor dem Zaun stehen.

»Utakim! Ich hole jetzt meinen Sohn ab.«

Die Dienerin zeigte sich nicht sehr entgegenkommend. Sie

lehnte an der Haustür und rief mit ihrer weithin vernehmbaren Landfrauenstimme über den kleinen Hof hinweg zu ihm hinüber:

»Mariam gibt ihm gerade die Brust. Du kannst draußen warten. Es sei denn, du möchtest hereinkommen und die beiden sehen.«

Bei dem bloßen Gedanken, er solle seiner Frau dabei zusehen, wie sie mit nackter Brust seinen Sohn stille, errötete Pattig und warf, wie um sich zu rechtfertigen, seinen Begleitern einen gequälten Blick zu, während er gleichzeitig um Fassung bemüht war.

»Ich komme nicht herein, Utakim, das ist nicht nötig. Glaubst du, daß sie noch lange stillt?«

»Deine Frau hat ihm gerade die eine Brust gegeben. Wenn er die leergesogen hat, wird sie ihm die andere hinhalten. Das braucht seine Zeit.«

»Ich meine nicht nur heute«, versetzte Pattig ungeduldig. »Das Kind kommt jetzt ins vierte Lebensjahr, und ich möchte wissen, wie lange sie es noch so ernähren will.«

»Dann komm doch herein und frag sie selbst! Sie kann zwar gerade nicht aufstehen, aber es hindert sie nichts daran, mit dir zu sprechen.«

»Ich bin nicht hergekommen, um dieses Haus zu betreten. Könntest du mir nicht selbst eine Antwort geben? Schließlich hast du doch in deiner Jugend auch gestillt!«

»Ich habe Dutzende von Müttern stillen sehen, aber keine ist wie die andere. Manche haben so wenig Milch, daß ihr Sohn gar nicht satt wird; andere nähren jahrelang vier Kinder gleichzeitig. Mariam ist reichlich versehen, ihre Brüste sind üppig und schimmernd weiß; ihr geht die Milch so bald nicht aus.«

»Aber irgendwann muß sie das Kind doch entwöhnen!«

»Du hast recht, Herr, zu lange sollte es nicht an der Mutterbrust trinken; vor Norus muß es abgestillt werden.«

36

»Nächsten Norus? Aber das Fest ist doch gerade erst vorbei, da müßte ich ja noch ein Jahr warten!«

»Möglicherweise wird Mani schon vorher abgestillt, aber wozu sollst du dich zehnmal umsonst herbemühen. Wenn du an Norus kommst, ist das Kind reisefertig angezogen, und seine Sachen sind gepackt, das verspreche ich dir.«

Kaum war Pattig wieder auf dem Hochweg im Schatten blütenbeschneiter Mandelbäume unterwegs, da überschütteten ihn die »Brüder« auch schon mit Vorwürfen:

»Du mußt ganz schön naiv sein, wenn du dich von dieser barfüßigen alten Hexe so an der Nase herumführen läßt. Zwei lange Tage haben wir uns in dieser Hitze dahingeschleppt, jetzt stehen uns noch mal zwei solche Tage bevor, und du läßt dich mit ein paar zuckersüßen Worten abspeisen. Was wird *Mar* Sittai, unser Vater, dazu sagen? Auch wenn wir hätten warten müssen, hättest du zumindest darauf bestehen sollen, das Kind zu sehen, allein schon, um dich zu vergewissern, ob es überhaupt noch da ist!«

Da Pattig zu mitgenommen war, um an irgendeiner Entscheidung festzuhalten, ließ er sich zur Umkehr bewegen. An genau der Stelle, an der Utakim in dem kleinen Hof gelehnt hatte, saß nun Mariam auf einer Steinplatte und hielt ein dichtes Büschel frischgepflückter Minze in der Hand, aus dem sie die vertrockneten Stengel herauslas.

Die »Brüder« grinsten höhnisch. Pattig fühlte sich erniedrigt.

»Dann hat Utakim mich also zum besten gehalten.«

Mariam errötete.

»Ich war gerade dabei, deinen Sohn zu stillen, er ist soeben fertig geworden.«

»Als ich gekommen bin, hatte er gerade angefangen und sollte noch eine ganze Weile brauchen; kaum habe ich mich umgedreht, da ist er schon fertig und du hast auch schon diese Minze gepflückt und zur Hälfte verlesen! Dürfte ich meinen Sohn jetzt wenigstens einmal sehen?«

Mariam rief eilig nach Mani, der bald herbeigelaufen kam und in der Tür stehenblieb. Reglos schaute er und ließ sich anschauen. Wohl konnte man in seinem Gesicht die feinen, angedeuteten Züge ausmachen, wie sie Kindergesichtern eigen sind. Zuallererst aber fielen einem die breiten, schwarzen Augenbrauen auf, die einander berührten und sich über der Nase quasi zu einer dritten Braue wölbten; dann der gerade, direkte Blick, der aber vor gezügelten Gefühlen und zahllosen Fragen nur so blitzte.

Und als er dann nach einigen Augenblicken auf die Unbekannten zuging, zog er dabei ein Bein nach, und zwar das rechte. Nicht wie einen abgestorbenen Ast, sondern majestätisch, so wie man etwa ein langes Festkleid hinter sich herzieht.

»Er hinkt ja«, stellte Pattig in leicht anklagendem Ton fest.

»Er ist mit diesem krummen Bein auf die Welt gekommen und wird sein Leben lang hinken. Willst du ihn da überhaupt noch?«

Der Junge spürte, wie gehässig seine Mutter diese Worte ausstieß, und schmiegte sich an sie. Dann zeigte er auf Pattig und stammelte:

»Calacalacala.«

»Was sagt er?«

»Caracalla! Damit macht man in Mardinu den Kindern angst, wenn kein Vater da ist, um ihnen den nötigen Respekt beizubringen. Wenn sie nicht schlafen oder essen wollen, sich zu weit von zu Hause entfernen oder ins Bett machen, dann kommt Caracalla und schneidet ihnen die Kehle durch. So, wie er meinen Vettern die Kehle durchgeschnitten hat und um ein Haar uns allen hier auch, groß und klein, kaum zwei Jahre ist es jetzt her.«

»Ich wußte gar nicht, daß die Römer bis Mardinu gekommen sind.«

»In was für einer Welt lebst du eigentlich, Pattig?«

»In einer Welt ohne Feuer und Krieg.«

Er setzte wieder seine undurchdringliche Miene auf und fügte hinzu:

»In dieser Welt wird Mani aufwachsen.«

»Und ich, Pattig? In was für einer Welt soll ich ohne meinen Mann und ohne meinen Sohn weiterleben?«

»Vertraue auf Gottes Ratschluß. Und halte jetzt dieses Kind nicht länger zurück, sondern gib es mir, ich bin sein Vater, und es gehört mir.«

Als er näherkam, um sich des Jungen zu bemächtigen, wurde Mariam von einem Zittern gepackt. Da eilte Utakim hinzu.

»Du hast mir versprochen, ihn erst nächsten Norus abzuholen.«

»So, wie du mich belogen und betrogen hast, wie kannst du da das Wort Versprechen überhaupt noch in den Mund nehmen?«

»Ich flehe dich an, Pattig«, schluchzte Mariam. »Da, wo du lebst, findest du doch keine Amme zum Stillen; laß ihn mir noch die wenigen Monate, schließlich hast du ihn dann das ganze Leben lang!«

Unter tausend Vorhaltungen wurde Pattig von seinen Begleitern gedrängt, seinen Sohn unverzüglich mitzunehmen; aber die Tränen der Frau, der er schon so viel Leid zugefügt hatte, und der verängstigte Blick des Kindes, das ihn für ein blutrünstiges Ungeheuer hielt, ließen ihn doch wieder schwach werden.

Unmittelbar nach seiner Rückkehr in den Palmenhain wurde der Schuldige zu Sittai zitiert, wo er sich kniend anhören mußte, was jener ihm zu sagen hatte:

»Ich habe diesen Auftrag dir erteilt, weil ich der Meinung war, du würdest ihn am besten erledigen können. Ziehe aber daraus keine falschen Schlüsse und nimm zur Kenntnis, daß dieser Sohn nicht mehr dein Sohn ist, Pattig, er gehört der Gemeinschaft, gehört Gott – warum hätte Er ihn sonst auf die Welt kommen lassen, wo du doch fortgegangen bist von Weib und Heim? Siehst du darin kein Zeichen, kein Gebot des Allerhöchsten? Ich habe bereits einen Entschluß gefaßt, und zwar gehst nicht mehr du nach Mardinu, sondern ich hole den Knaben hierher. Gleich morgen mache ich mich in Begleitung von zwölf Brüdern auf den Weg, und gewiß werde ich nicht lange mit Frauen herumverhandeln.«

II

Bestimmt hat Mani sich gewehrt, als all diese Weißen Gewänder ihn wegschleppten. Bestimmt hat er sogar gebrüllt, als sie ihn dreimal in den Kanal tauchten und ihm die Kleider vom Leib rissen. Doch obwohl er noch so jung war, mußte er sich ihrem Gesetz fügen, mußte die weiße Tunika tragen, ihre Speisen essen, mußte unbeholfen ihre Gesten vollführen und ihre Gebete nachplappern. Sehr bald schon wußte der Junge nicht mehr, wer er eigentlich war und durch welches Wunder es ihn unter diese Fremden verschlagen hatte.

Seine Mutter sollte er nie mehr wiedersehen. Und jahrelang nicht einmal von ihr hören. Und läßt sich überhaupt sagen, mit seinem Vater habe er zusammengelebt? Sie hatten Umgang miteinander, wie alle »Brüder« im Palmenhain, doch war Mani niemandes Sohn, lediglich der Sohn der Gemeinschaft. Nur Sittai sollte er »Vater« nennen, nur ihm allein gehorchen, so wie auch Pattig ihn »Vater« nannte und ihm gehorchte.

Gehorchen, sich beugen, niederknien, es blieb dem Kind nichts anderes übrig. Etwas aber widersetzte sich in ihm, gleich vom ersten Augenblick seiner Freiheitsberaubung an. Ein unzähmbares Stückchen Seele gleichsam.

Was bot sich ihm in dieser flachen Frömmlerlandschaft für ein anderer Unterschlupf als die Einsamkeit? Sie zu erobern, zu hegen und gegen jedermann zu verteidigen, lernte Mani schnell. Abseits der Gemeinschaft schuf er sich ein Refugium, ein Kinderreich, das von keinem Erwachsenenfuß betreten wurde. Dorthin flüchtete er sich, sooft es nur ging. Es war ein Ort, an

dem der Tigriskanal sich an einer Hecke aus Palmen entlang-
schlängelte, von denen manche eng aneinandergedrängt im
Halbkreis standen und andere wie zum Trinken übers Wasser
gebeugt waren. Wagte man darüber hinwegzusteigen, so befand
man sich plötzlich auf einer Halbinsel voller Düfte und Schatten; es war dies aber ein Schatten, der das Licht nicht verjagt,
sondern es vielmehr anzieht, filtert, verfeinert und demjenigen
zuteil werden läßt, der es in sich aufzunehmen versteht. Dort
setzte oder legte Mani sich nieder, weinte, zersprang vor Freude
oder träumte vor sich hin. Und ohne Angst, sich dadurch zu verraten, führte er oft laute Selbstgespräche.

Doch waren dies seltene Augenblicke, denn Freizeit gab es eigentlich nicht im Palmenhain. Stets war man von einem Ritual
zum anderen unterwegs, von einer Arbeit zur nächsten. Ständig
mußte Mani sich von seiner Zufluchtsstätte losreißen und sich
freudlos unter die amorphe Menge der Weißen Gewänder mischen.

Von diesen Männern, die sich alle »Brüder« nannten, hatte ihm
keiner zum Freund werden können. Seinen verängstigten Kin-
deraugen waren sie acht Jahre lang unterschiedslos als trist gekleidete, schroffe Kerkermeister erschienen. Und ihre Riten
ahmte Mani nur deshalb so ergeben nach, weil er schon mit den
Strafen Bekanntschaft gemacht hatte, die Sittai bei der geringsten Verfehlung über groß wie klein verhängte: Zwangsfasten,
Geißelung, Schleppen randvoller Wasserfässer, endlose Bußli-
taneien.

Wurde einmal auf ausgefallenere Weise gestraft, so war dies für
die »Brüder« ein willkommener Anlaß zu verhaltener oder aus-
gelassener Heiterkeit; etwa als der alte Simeon, der sich zotigen
Fluchens schuldig gemacht hatte, dazu verurteilt wurde, auf eine
Palme zu klettern, an die er sich so lange klammern mußte, bis
Sittai ihn wieder herunterließ. Aber das häufigste Opfer dieses
Strafhumors war und blieb der Tyrer Malchos, der rundlichste
aller »Brüder« und abgesehen von Mani auch der jüngste. Er war

noch nicht einmal so lange in der Gemeinschaft wie dieser. Sein Vater, ein wohlhabend erscheinender Händler, war drei Jahre zuvor unvermutet im Palmenhain aufgetaucht, ohne daß man recht wußte, was ihn zu so jähem Glaubenseifer bewogen haben mochte. Man flüsterte sich zu, er sei von Schicksalsschlägen getroffen worden, habe seine Familie und seinen Besitz verloren und sich nunmehr, von seinen Gläubigern bedrängt, hierher geflüchtet, um sein Mißgeschick zu verbergen und Gras über alles wachsen zu lassen. Einige Monate später war er ertrunken; es war ihm vermutlich jegliche Lebensfreude abhanden gekommen. So war Malchos mit einem Male wie Mani niemandes Sohn mehr gewesen.

Mit dem Unterschied, daß Mani zu früh aus Mardinu weggekommen war, daß zu viele Jahre verflossen waren seit der kindlichen Lebensfülle an der Seite Mariams und Utakims, den glückseligen Tagen, die sich in ein trübes Eckchen seines Gedächtnisses eingegraben hatten. Was ihm an angenehmen Düften und Aromen noch in Erinnerung blieb, war vermischt mit Bitterkeit, mit der unüberwindlichen Bitterkeit eines ausgelieferten, preisgegebenen, verlassenen oder zumindest doch vom liebsten Menschen unzureichend beschützten Kindes. Seither kannte er nichts mehr als diese tagtägliche, allumfassende Widrigkeit, diese undurchdringliche, vom Palmenhain bis in den Himmel hinaufreichende Mauer, jenseits deren nichts mehr zu existieren wagte. Malchos dagegen hatte in der weiten Welt draußen eine echte Kindheit kennengelernt, die in seinen Sehnsüchten und Gewohnheiten fortlebte.

Man brauchte ihn ja nur lachen zu hören. Bei den Weißen Gewändern setzte jedes Lachen mit einem Räuspern ein, steigerte sich zu einem schluchzenden Kichern und mündete schließlich in eine Bußformel. Das Lachen Malchos' kam woanders her. Es schallte und dröhnte und tönte; wenn es von nirgendher erwidert wurde, zog es sich ganz von selbst in die Länge, und wenn man es endlich erstickt wähnte, wieherte es erst richtig los, vor allem, wenn gerade alle in tiefe Andacht versunken waren. Diese Verfehlungen trugen dem jungen Tyrer kaum weniger harte Strafen ein, als wenn er manchmal aus der Gemeinschaft fortlief. Zwar wurde er stets nur einige Stunden lang vermißt, doch unterstellte ihm Sittai, er stopfe in dieser Zeit allerlei verbotene Speisen in sich hinein. Von der Hand zu weisen war dies nicht. Wenn man den dickbäuchigen, pausbäckigen Malchos zwischen den samt und sonders hohlwangigen Gestalten herumlaufen sah, war einem sofort klar, daß er sich mit der vorherrschenden Genügsamkeit nicht so recht abzufinden vermochte.

So auch an jenem Tag, zur Stunde der zweiten Mahlzeit, zu der sich wie üblich alle »Brüder« bei Einbruch der Dämmerung im Speisesaal um die drei parallel aufgestellten langen Tische versammelt hatten, wobei Sittai an einem Ende des mittleren Tisches saß, die Gemeinschaftsältesten um ihn herum und Malchos am anderen Ende ganz in Türnähe. Zum Auftakt wurde gebetet. Worunter man sich nicht etwa vorstellen darf, es sei in aller Eile irgend etwas heruntergeleiert worden. Nach dem üblichen Dankgebet setzte Sittai zu einer sich dahinschleppenden Moralpredigt an. Die »Brüder« standen alle mit gesenkten Köpfen da und konnten es kaum erwarten, sich auf das Essen zu stürzen. Doch ihr Herr und Meister hatte es nicht eilig. Der Hunger sei ein Feind, erläuterte er, und ein rechter Mann solle ihn bezähmen, anstatt ihn zu stillen, so wie er überhaupt allen fleischlichen Gelüsten zu widerstehen habe. Das war sein Lieblingsthema in der Stunde des Appetits: Der Körper sei ein Maultier, und geritten werde es vom Geist, manchmal müsse man durchaus anhalten und das Tier füttern, doch dürfe dieses weder über den Weg noch über die Rastplätze bestimmen; Schande und Unglück über denjenigen, der den Launen seines Reittiers nachgebe.

Bei den Weißen Gewändern wurde nur spärlich aufgetischt:

Oliven, Gurken, Mandeln, Rüben, etwas Obst, Brot und Wasser. Und doch schielten sechzig Augenpaare begehrlich auf diese bescheidene Kost. Auf die letzte Mahlzeit, die sie unmittelbar nach dem Morgengebet noch vor Sonnenaufgang zu sich genommen hatten, war ein harter Tag auf den Feldern gefolgt. Dennoch mußte geduldig ausgeharrt, meditiert und gebüßt werden, da sich zum Hunger die Scham gesellte, überhaupt Hunger zu haben, und im voraus schon die Reue über jeden genossenen Bissen.

Malchos hielt es nun nicht mehr aus und schob zitternd eine Hand zum nächststehenden Korb hin, nachdem er sich vergewissert hatte, daß um ihn herum alle Köpfe geneigt und alle Lider niedergeschlagen waren. Er griff nach einer gelben, frischen, saftigen Dattel, steckte sie eilig in den Mund und sah gleich darauf wieder so fromm drein wie zuvor.

Er wartete ein wenig und begann dann langsam und lautlos zu kauen, wobei er den Nacken so weit einzog, daß er mit dem Kinn bei jeder Kaubewegung an die Brust stieß. Als seine Zähne langsam in die Frucht drangen, quetschten sie einen süßen Saft heraus, den er auf der Zunge sammelte, im Mund herumfließen und dann mit sündhaftem Genuß die Kehle hinunterrinnen ließ.

Dieser Genuß dauerte noch fort, als der »Vater« mit seiner Ansprache schließlich zu Ende kam und die »Brüder« mit schlecht verhohlener Hast wie ein Mann auf den hohen Bänken Platz nahmen. Benommen von dem Lärmen um ihn herum, fing Malchos an, unverstellt zu kauen, doch als er sich dann einen Augenblick nach den anderen setzte, traf ihn ein anklagender Blick, ausgesandt von seinem Gegenüber Gara, Sittais eigenem Neffen. Malchos lächelte ihn engelsüß an, aber der Mann gehorchte nur seiner Pflicht, neigte sich zum Ohr seines Nachbarn und wisperte ihm eine Beschuldigung zu; jener wiederum sah Malchos ebenso entrüstet an und flüsterte die Nachricht seinem anderen Nachbarn ins Ohr, so daß sich eine regelrechte Denunziationskette bildete, durch die der Bericht über das Verbrechen von einem Tischende zum anderen gelangte.

Schließlich war Pattig an der Reihe. Ernst hörte er sich die Bezichtigung an, quittierte den unverzeihlichen Ausrutscher des jungen Mannes mit einem mißbilligenden Stirnrunzeln, schien aber in dem Augenblick, als er sich zu seinem Nachbarn vorbeugen wollte, zu zögern. Wie sollte er, der doch nach dem Sittenkodex des parthischen Adels erzogen worden war, sich zu ordinärer Petzerei hergeben? Aber gerade weil Sittai ihm so oft seine Herkunft vorgeworfen hatte, seine Anfälle von Stolz, seine Geringschätzung mancher Arbeiten, gerade deswegen verbot er sich nunmehr jegliche Haltung, durch die er sich vom Gros der Anhängerschaft hätte abheben können. Der Geist der Gemeinschaft war nämlich so beschaffen, daß jedes Mitleid, jede Toleranz oder Nachsicht verdächtig und jede großzügige Geste mit dem Makel des Hochmuts behaftet war.

Unverbesserlicher Pattig, stets ließ er sich auf das Verkehrteste ein, und immer aus den besten Gründen der Welt! Vor Sittai zitterte er mehr als jeder andere »Bruder«, da kniete er nieder, schlug sich an die Brust und erniedrigte sich, und dabei hätte er doch nur seinen Sohn bei der Hand zu nehmen und den Palmenhain zu verlassen brauchen, um ein unbeschwertes Dasein zu führen. Aber daran dachte er nicht im Traum. In acht Jahren hatte er es nicht einmal gewagt, Mani über ihre Blutsverwandtschaft in Kenntnis zu setzen; er hatte ihm lediglich hin und wieder von weitem auf rätselhafte Weise zugelächelt, was den Jungen irritiert und mißtrauisch gemacht hatte. Dabei war Pattig durchaus kein Feigling, oder, falls man ihn doch als einen ansehen wollte, zumindest einer von ganz besonderer Prägung: Sein Leben wollte er gerne aufs Spiel setzen, seine Seele aber nicht. Gerade diese fromme Feigheit aber lag all seiner Schäbigkeit zugrunde.

Als die schwerwiegende Angelegenheit der von Malchos geknabberten Dattel Sittais Ohr erreichte, stand dieser mit düsterer, gekränkter Miene feierlich auf.

»Wer unter uns möchte beim Essen die Fäulnis zum Tischgesellen? Sind wir an diesem gesegneten Orte nicht zusammengekommen, um der Unreinheit der Welt zu entgehen? All unsere Mühen sind aber vergebens, all unsere Opfer nutzlos, wenn auch nur einer von uns schändlicher Versuchung erliegt, wenn die Unreinheit der Welt sich seines Körpers und seiner Seele bemächtigt, denn wir alle werden dadurch befleckt.«

Daraufhin fiel der Urteilsspruch:

»Malchos, du wirst jetzt durch die Reihen der ›Brüder‹ gehen und dabei eine Schale in der Hand halten, in die jeder den Kern einer von ihm verzehrten Dattel werfen wird. Dies wird heute deine einzige Nahrung sein. Anschließend zeigst du mir die leere Schale. Da eine Dattel dich auf den Pfad der Sünde geführt hat, sollst du nicht nur ihren lieblichen Geschmack genießen, sondern auch ihre knochige Wirklichkeit.«

Das amüsierte Stimmengewirr, das dem Urteil folgte, verstummte rasch. In dieser Versammlung, in der die Nahrungsaufnahme so vielen Tabus unterworfen war, wurde bei den Mahlzeiten ein strenges Ritual eingehalten. Da war schon ein himmelweiter Unterschied zu den Banketten Nabûs, Dionysos' oder Mithras', jenen Festorgien, auf denen der Körper zum Tempel für die polternde Feier aller irdischen Genüsse wurde. Der Speisesaal war ein trübseliger Ort, an dem jedes Vergnügen, da sündhaft, durch Entbehrungen wettgemacht werden mußte. Während einer der »Brüder« aus einem heiligen Text vorlas, saßen die anderen auf hohen Bänken, von denen sie ihre Hälse gleich Schwänen auf die Tische hinunterbeugen mußten, nahmen die Speisen zwischen Daumen und Zeigefinger, tunkten sie in eine Schale voll Wasser und leierten bei jedem Bissen »Marane barek!«, »Segne es, o Herr!«

So ging also Malchos unter dem allgemeinen Gemurmel mit seiner Holzschale reihum, und jeder der »Brüder« bedachte ihn wortlos mit einem Dattelkern, wobei sie alle dreinsahen wie beleidigte, ungnädige Wiederkäuer. Als einem dieser Tugendbolde dünkte, er habe einen zu kleinen Kern in die Schale gelegt, warf er schnell noch einen zweiten nach und war befriedigt darüber, der Gerechtigkeit zum Sieg verholfen zu haben.

Nur Mani hob sich von den anderen ab. In dem Augenblick, in dem er seinen Obolus entrichtete, tat er einen beherzten Griff in die Holzschale, holte eine tüchtige Handvoll Kerne heraus und steckte sie sich in die Tasche, wobei er aufmunternd mit den Lippen zuckte. Wohlweislich zeigte Malchos nicht, wie dankbar er war, sondern setzte sich zurück an seinen Platz und begann seine unziemliche Mahlzeit. Doch tat es seinem Herzen wohl, unter den hier Versammelten einen Freund zu wissen. Den Kernen vermochte er nun delikate Knusprigkeit und einen süßen Nachgeschmack abzugewinnen. Wie er so gelassen und recht unbußfertig dasaß und ihm manchmal gar schamlose Freude im Gesicht stand, glaubten manche der »Brüder« ihn vom Teufel besessen.

Was Malchos von jenem Tag an seinem jungen Wohltäter angedeihen ließ, war nicht nur Dankbarkeit, sondern regelrechte Verehrung. Er nahm sich vor, ihm überallhin zu folgen, ihn gegen alle zu beschützen, an seiner Stelle tausend Geißelungen und unzählige Fastentage auf sich zu nehmen. Für ein paar weggezauberte Dattelkerne und eine halbwegs teilnahmsvolle Miene war er bereit, mit Mani zu teilen, was auf Erden ihm am kostbarsten war.

Als am Tag nach dem erwähnten Vorfall die Gemeinschaft im Heiligen Haus zum frühmorgendlichen Gottesdienst zusammenkam, eilte Malchos voller Begeisterung herbei. Zwar wußte er, daß er wieder einmal das endlose Ritual würde herunterbeten müssen, doch einerlei: Diesmal würde ein Freund dasein und gleichzeitig mit ihm in dem gleichen kalten, nackten Raum die gleichen Gesten vollführen. Als sie danach nebeneinander hinausgingen und sich ein Stück von den anderen »Brüdern« entfernt hatten, fragte der Tyrer ernst:

»Wenn ich dir mein Geheimnis verrate, versprichst du mir dann, es nie jemandem weiterzusagen?«

Mani war ungehalten. Er begriff zwar durchaus, daß Malchos auf der Suche nach einem Freund war, doch ging es ihm selbst mittlerweile um etwas anderes. Im Verlauf der vielen Jahre, die er unter den Weißen Gewändern verbracht hatte, war es ihm gelungen, sich eine Einsamkeit zu schaffen, jene liebgewonnene, unersetzliche Einsamkeit, die er wie einen Kettenpanzer um sich hüllte. Würde er sie mit jemandem teilen, wäre sie verloren. Jedesmal wenn er die Muße dazu fand, suchte er am liebsten seinen verschwiegenen Schlupfwinkel auf, ganz allein, ohne einen anderen Begleiter als sich selbst. Wozu sollte er seine Ohren mit dem Gedröhne menschlicher Laute strapazieren? Da er den oft genug von Sittai und vielen anderen »Brüdern« gepeinigten jungen Mann nicht kränken wollte, lächelte er ihn wohlwollend an. Eine Antwort aber erteilte er ihm nicht, sondern ging eilig weiter. Der Tyrer jedoch lief ihm nach, klammerte sich an ihn, hüpfte unermüdlich um ihn herum und ließ sich nicht abschütteln:

»Versprich mir, daß du mich nie verraten wirst!«

Diesmal zuckte Mani mit den Schultern und sagte beiläufig, so als wüßte er gar nicht mehr, wovon eigentlich die Rede war:

»Dich verraten? Habe ich je schon jemanden verraten?«

Worauf der anscheinend beruhigte Malchos kurz Atem holte und dann in einem Zug, als wäre es ein einziges Wort, herausstieß:

»Ich-kenne-eine-Frau.«

Mit offenem Mund stand er dann da und wartete auf die Flut von Fragen, die sein junger Freund unweigerlich über ihn würde herniedergehen lassen.

Doch nichts dergleichen. Kein überraschtes Zusammenzucken Manis, nicht der geringste Ausruf des Erstaunens. Für Malchos ein Grund, beleidigt aufzugeben? Ganz im Gegenteil. Die Unbewegtheit seines Kameraden wertete er als Zeichen vollkommener Verblüffung. Er wähnte Mani völlig gepackt, überwältigt vor lauter Überraschung und Bewunderung, fühlte sich daher seinem Triumph ganz nahe und steigerte sich immer mehr hinein:

»Ich bleibe nicht mehr lange in diesem vermaledeiten Palmenhain. Sobald ich fünfzehn bin, mache ich mich davon. Und sie kommt mit. Wir werden dann in Ktesiphon leben. Dort suche ich mir eine Gehilfenstelle bei irgendeinem Händler aus Tyrus oder Palmyra. Dann ziehe ich mit Karawanen nach Ägypten, nach Indien, nach Armenien. Schön wie eine griechische Statue sehe ich sie schon vor mir, wie sie in einem langen, mit Gold und Edelsteinen bestickten Seidenkleid langsam die Treppe meines Palastes in Ktesiphon herunterschreitet, umgeben von zwölf weißen und schwarzen Sklavinnen.«

Da gab Mani einen Augenblick lang sein Schweigen auf und ging auf sein Gegenüber ein, doch nur, um einen Zweifel anzumelden:

»Und wie hast du es überhaupt zu einem Palast gebracht, wo du doch nur Gehilfe bei einem Händler in Ktesiphon bist?«

Aber da hätte es schon weit mehr gebraucht, um Malchos aus dem Gleichgewicht zu bringen.

»Gehilfe bleibe ich ja nicht lange, bald habe ich dann mein eigenes Geschäft, mit Vertretern in Antiochia, in Palmyra, in Petra, in Deb und in Berenike. Dann kann ich mir einen Palast in Ktesiphon bauen, und einen in Tyrus. Und wenn ich will, sogar noch einen dritten in den Bergen Mediens, wo ich dann die Dame jedesmal hinbringe, wenn sie der großen Hitze oder einer Epidemie entgehen will.«

Es verging kein Tag mehr, an dem Malchos nicht mit den ausgesuchtesten, aber oft auch den hochtrabendsten Worten von der »Dame« geschwärmt hätte. Und wenn Mani ihn auch kaum da-

50

zu ermunterte, wenn er es stets unterließ, seinen Freund über sie zu befragen, über ihren Namen etwa oder ihr Alter, so zeigte er sich doch schon etwas weniger gleichgültig, hörte oft aufmerksam zu, nahm Anteil an manchen Empfindungen, und wenn der Tyrer in seinen geschwätzigen Träumereien dahinschwebte, schwebte Mani manchmal insgeheim mit. Es kam sogar vor, daß er von selbst an die Dame dachte und sich in seiner Einsamkeit bei der Frage ertappte, wie sie wohl aussehen und unter welchen Bäumen Malchos sie kennengelernt haben mochte.

Wie alle »Brüder« gingen die beiden regelmäßig in das benachbarte Dorf, um die Erträge der Gemeinschaft feilzubieten. Es war dies der einzige Ort, an dem sie die Möglichkeit zur Begegnung mit Frauen hatten, kalebassenförmigen Bäuerinnen meist, die sich vollbeladen mit Körben dahinschleppten. Übrigens warfen diese Frauen geringschätzige Blicke auf die Weißen Gewänder, diese Männer, die gar keine richtigen Männer waren, diese abgezehrten, blassen Gestalten, die Jahr für Jahr üppige Ernten einfuhren, ohne davon je etwas einem Weib oder Kind zukommen zu lassen, diese ungesellige, mißliebige Horde, der die schlimmsten Laster und die verwerflichsten Praktiken unterstellt wurden.

Manchen Frauen jedoch tat Mani leid, wenn er so armselig und allein inmitten seiner Ware kauerte und vor sich hinträumte, und dann streichelten sie ihm über die Stirn, murmelten »mein Sohn« und kauften ihm schließlich mit ihrem letzten Pashiz aus Kupfer oder Graumetall seine letzten Mispeln ab. Der »Sohn« bemühte sich dann, möglichst abwesend dreinzuschauen, doch wurde ihm bei dieser Zärtlichkeit ganz warm ums Herz, und nur zu gern hätte er noch ein Weilchen länger in diese runzeligen Augen geblickt, die ihm zugelächelt hatten.

Bisweilen kamen auch jüngere Frauen mit. Sie waren zwölf, dreizehn Jahre alt, maskenhaft geschminkt und hatten eine mal linkische, mal fügsame, mal verschmitzte Art, wie sie für jene Mädchen kennzeichnend ist, deren Kindheit vorüber und deren Schicksal besiegelt ist, die im darauffolgenden Jahr plump und schwanger daherkommen und ein Jahr später ihren Müttern zum Verwechseln ähnlich sehen würden. Besonders vor ihnen warnte Sittai die »Brüder« stets: »Nehmt von ihnen nichts direkt aus der Hand, setzt euch nirgends nieder, wo sie zuvor gesessen haben, und laßt vor allem eure Blicke nicht auf ihnen ruhen; schön sind sie eine Erntezeit lang, und sobald man sie pflückt, verwelken sie.«

Ob wohl eine von ihnen Malchos' »Dame« war?

Als die beiden Jungen eines Tages von einer Arbeit zurückkamen, die sie in Dorfnähe verrichtet hatten, wurde Mani plötzlich von einem Kiesel am Ohr gestreift und zuckte zusammen. Aber nicht er, sondern Malchos schrie auf, griff flink zu einem eigroßen Stein, hielt schützend einen Arm vor sich und rief: »Laß dich sehen, wenn du ein Mann bist!«

Als Antwort vernahmen sie ein Jungenpfeifen, und dann winkte zwischen den Ästen eines Pfirsichbaums eine kleine Hand hervor. Aufatmend ließ Malchos sein Wurfgeschoß hinter sich fallen und stieß einen Fluch aus.

»Kennst du den?« fragte Mani erstaunt.

»Kann schon sein«, antwortete Malchos, der sich sichtlich fortwünschte.

»Wer ist das?«

»Ein Mädchen.«

Als sie vor ihnen stand, sah Mani, daß sie aufgeschlagene Knie hatte, daß ihre hellen Haare unter eine zerfranste Haube gestopft waren, und daß sie als Schmuck ein aus Kirschenstielen geflochtenes Band um den Hals trug. In der Hand, mit der sie keine Steine warf, hielt sie einen gerade aus dem Garten der Gemeinschaft gestohlenen Pfirsich, in den sie herzhaft hineinbiß. Dann hob sie ihren Kittel hoch und wischte sich damit das Kinn ab. Sie war nichts weiter als ein kleines Mädchen.

»Hoffentlich habe ich dich nicht verletzt«, sagte sie zu Mani.
»Bluten tut er nicht«, erwiderte Malchos. »Aber du hättest ihm
ein Auge auswerfen können.«

»Wie heißt du denn?« fragte das Mädchen.

»Mani«, antwortete wiederum Malchos.

»Der unzertrennliche Freund, von dem du mir erzählt hast?«
Sie ging dabei auf Mani zu und sah ihm herausfordernd ins
Gesicht.

»Du hast mir gesagt, daß er viel liest und daß er eine schöne
Schrift, drei Augenbrauen und ein krummes Bein hat. Aber daß
er stumm ist, hast du vergessen.«

Würdevoll ging Mani weiter. Malchos rief ihn zurück, und das
Mädchen lief ihm nach.

»Ich heiße Chloe. Malchos und ich spielen oft zusammen, du
kannst auch mitkommen.«

Mani marschierte weiter, und Chloe zuckte die Schultern. Malchos blieb eine Weile stehen, dann lief er zu seinem Freund.

»Das mit dem Bein hätte ich ihr nicht sagen sollen. Verzeih mir.
Ich hatte ihr schon so viel von dir erzählt, und da wollte ich
eben, daß sie dich erkennt, wenn sie dir einmal begegnet.«

»Wegen so einer Kleinigkeit brauchst du dich nicht zu entschuldigen. Ich habe nie vorgehabt, mein Gebrechen zu verheimlichen.«

Mani schien nicht im geringsten beleidigt zu sein, sondern setzte sogar eine übertrieben fröhliche Miene auf. Dann sagte er:

»Das ist also die Dame, von der du mir so viel erzählt hast. Und
so getreu beschrieben hast du sie wohl ebenfalls nur, damit ich
sie wiedererkenne, falls ich ihr mal begegne. Und die hast du also
mit einer griechischen Statue verglichen?«

»Genau!« prahlte Malchos.

»Nun ja, Statuen gibt es ja in allen möglichen Größen …«

Doch als wollte er seinen spöttischen Worten von ihrer Schärfe
nehmen, legte er dem Tyrer freundschaftlich den Arm um die
Schultern. Worauf dieser sich ermutigt fühlte zu sagen:

»Nun gut, so manches habe ich dir vielleicht verschwiegen, aber belogen habe ich dich nicht. Wenn ich auf diesem Pflaumenbaum eine blühende Knospe sähe und dann sagte ›Das ist eine Pflaume‹, wäre das dann eine Lüge? Ganz und gar nicht, ich wäre damit lediglich der Wahrheit um eine Jahreszeit voraus.«

III

»D ie Dame«, dieser pfeifende Halbjunge, hieß also Chloe. In ihrem Dorf jedoch, dessen Boden an den Grund des Palmenhains grenzte, war es nie jemandem in den Sinn gekommen, sie auch tatsächlich so zu nennen. Weder den Frauen, denen sie beim Aufschneiden der Feigen half, die auf den Dächern zum Dörren ausgelegt wurden, noch den Bauern, die sie von den Bäumen alle Früchte pflücken ließen, nach denen es sie gelüstete. Sie ging überall hinein, ohne anzuklopfen, solange sie sich das noch erlauben konnte, solange ihr noch nicht die lästige Würde der Heiratsfähigkeit zuteil wurde. Man hatte sie gern, die äpfelstibitzende, verschwenderisch lächelnde Chloe. Für die Leute aus dem Dorf war und blieb sie »die Tochter des Griechen«.

Sie gehörte nämlich einer jener Siedlerfamilien an, deren Vorfahren einst mit der Armee Alexanders zum Kriegführen in den Orient gekommen waren und nach dem Tod des Makedonen beschlossen hatten, sich in dem eroberten Land niederzulassen, sich dort ein Weib zu nehmen und ein Geschlecht zu gründen. Chloes Vater trug stolz den Namen seines Ahnen Charias und glaubte noch immer, wie dieser im Umkreis Alexanders zu leben. Von Leidenschaft durchzuckt wurde er nur noch, wenn er eine Zuhörerschaft um sich versammeln und wieder einmal die große Schlacht von Arbela beschreiben konnte, bei der das Heer des Eroberers die Truppen des Dareios zerschlagen hatte, in deren Verlauf so viele Tapfere zusammengekommen waren, die Thraker, die Agrianer, die päonische Reiterei, die kretischen Bogenschützen, die Söldner der Andromache, die Phalanx und die Reitergefährten. Ja, vor allem die unersetzlichen Reitergefährten, von denen Chloes Vater wie ein alter Vertrauter sprach, bald den einen nachäffend, bald den anderen scheltend, bis er dann zum Höhepunkt seines Berichts kam, an dem er seinen Ahnen zu Wort kommen ließ und »wir Charias« sagte, wobei er sich dann köstlich über die Verdutztheit amüsierte, die sich in den Augen seiner Zuhörer widerspiegelte.

Nun hatte ja die Schlacht von Arbela zwanzig Generationen früher stattgefunden, doch was soll's, die Zeit ist eben nur das Faß, in dem die Mythen heranreifen, und für den Alexandermythos gilt das noch mehr als für alle anderen, insbesondere in Mesopotamien, dem Land, das Alexanders Triumph und dann seinen Tod gesehen hatte. Jung hatte es ihn begraben, und jung bewahrt auch, den faltenlosen ewigen Verlobten, und die Anzahl seiner Jahre, dreiunddreißig, wurde zum Alter der Unsterblichkeit. Er, Alexander, gebot über den Ablauf der Zeit. Hatten etwa nicht die babylonischen Astronomen sein Sterbedatum zum Anfang einer neuen Zeitrechnung auserkoren? Seither war ihm so mancher König nachgefolgt, doch hatten sie alle nur im Schatten des Makedonen regiert; zuerst waren seine eigenen Generale an der Reihe gewesen, dann ihre Nachkommen, und als die Macht dann den Parthern zugefallen war, hatten sie alle ihren Namen geflissentlich den Titel »Philhellene«, »Griechenfreund«, beigefügt, um sich ebenfalls als legitime Hüter des edlen Alexandererbes zu behaupten.

Wenn selbst der König der Könige fünf Jahrhunderte später das Bedürfnis empfand, sich auf den Eroberer zu berufen, wie sollte es da weiter verwundern, daß auch Chloes Vater seinen Anteil an der Legende kultivierte, besaß er doch ansonsten nicht mehr den geringsten Anschein von Größe, weder Land, noch Gold, weder Pferde, noch Dienerinnen. Er war ein schmächtiger alter Mann mit rostbraunem Bart und verlief sich in einem riesigen, aber verfallenen Haus; dort lebte er allein mit Chloe, die er in vorgerücktem Alter von einer mittlerweile verstorbenen Sklavin bekommen hatte. Vater und Tochter bewohnten lediglich einen Flügel, der für die beiden immer noch zu groß war, der Rest bestand nur aus eingestürzten Dächern, zerfallenden Mauern und von Fäulnis und Würmern zerfressenen Türen.

In diesen Ruinen mit ihren unzähligen Schlupfwinkeln lief das Mädchen umher und trampelte ehrfurchtslos über Reste aus Staub und Stein. Wenn Malchos fortgelaufen war, hatte er dort schon manchmal gespielt, und an einem heißen Tag des Monats Tammus überredete er nun Mani mitzukommen. Sie waren zum Verkauf auf den Dorfmarkt geschickt worden, doch hatte ihnen gleich zu Anfang ein Händler aus Nippur die gesamte Ladung abgekauft und ihnen somit Zeit zum Herumschlendern verschafft. Sie hofften Chloe anzutreffen; statt ihrer fanden sie den Vater vor, der mit einem Stock in der Hand nachdenklich auf und ab ging.

»Wessen Söhne seid ihr, meine Kinder?«

»Wir wollten zu Chloe«, antwortete Mani ausweichend.

»Zu meiner Tochter?«

»Ja, Gott segne sie.«

»Gott segne sie! Gott segne sie!« brach Charias in eine etwas zahnlose Fröhlichkeit aus.

Von oben bis unten musterte er das sonderbare Bürschchen, das sich so eigenartig ausdrückte.

»Laß dich mal etwas näher ansehen, mein Kind, bist du etwa einer von diesen Verrückten aus dem Palmenhain?«

Doch gewahrte der Grieche in den Zügen des Halbwüchsigen so viel Sanftheit, Unschuld und schwermütigen Ernst, daß er schließlich alle Bedenken fortwischte.

»Nun ja, besonders gefährlich seht ihr ja nicht aus. Kommt mit, meine Tochter ist bestimmt nicht weit weg. Ich schenke euch etwas Brombeersaft ein, das wird euch erfrischen.«

Über Schutt und Scherben hinweg gelangten sie in den bewohnten Flügel des Hauses. Chloe war noch nicht da, was aber ihren

Vater nicht sonderlich störte, so entzückt war er, ein unverbrauchtes, treuherziges Publikum gefunden zu haben, dem er wieder einmal von den Glanztaten seines Ahnen und vom Ruhme Alexanders würde berichten können. Er gestikulierte lebhaft und bediente sich des aramäischen Dialekts jener Gegend, würzte aber seine Erzählung mit zahlreichen griechischen Wörtern, insbesondere militärischen Fachausdrücken. Malchos hörte ihm fasziniert zu. Ganz im Gegensatz zu seinem jungen Freund, der für kriegerische Heldentaten nur wenig übrig hatte und sich von seltsamen Spuren an der Wand ablenken ließ.

Es hätte sich dabei gut um irgendwelche Flecken handeln können, die ein wohlhabenderer Hauseigentümer ganz einfach hätte übertünchen lassen. Doch Manis Auge machte darin Linien und Farben aus. Er ging darauf zu, kratzte mit dem Nagel etwas bläuliches Pulver ab, verrieb es auf dem Handrücken und fuhr dann mit dem Zeigefinger fiebrig die verwaschenen Konturen nach. Charias, der ihm schon eine Weile zugesehen hatte, unterbrach sein Erzählen und beantwortete Manis unausgesprochene Fragen:

»Diese Szene hat ein Künstler aus Dura-Europos gemalt. Die Farben sollen leuchtend und mit Blattgold erhöht gewesen sein. In diesem herrschaftlichen Haus hat so mancher berühmte Gast verweilt. Hier in diesem Saal fanden Festessen statt, und dabei ging es so feuchtfröhlich zu wie sonst nirgendwo in Mesopotamien, das kannst du mir glauben.«

Es vergingen mehrere Wochen, bis die beiden Jungen wieder Gelegenheit zu einem Besuch bei Charias fanden. Da spielte sich dann wieder die gleiche Szene ab: In dem weiträumigen Saal, in dem nach Angaben des Griechen glanzvolle Bankette stattgefunden hatten, lauschte Malchos nicht ohne Vergnügen einer Episode des Alexanderzuges, während Mani ein paar Schritte weiter im Schneidersitz vor der Wand saß und mit vorgestrecktem Kinn in die Betrachtung eines Freskos vertieft war, das nur er zu schauen vermochte. Chloe schlenderte nach Lust und Laune hin und her, hörte mal kurz in das Heldenepos hinein und versuchte dann wieder vergeblich, von Manis staunenden Augen die unergründliche Vision abzulesen, die ihn so berückte.

Während Mani eine ganze Weile so still entzückt dasaß, fühlte er zum erstenmal, wie in ihm der dringende Wunsch aufstieg, selbst zu malen. Ein seltsamer Wunsch für jemand, der unter den Weißen Gewändern lebte, ein gottloser, sündhafter Wunsch. Auf welch wunderbare Weise konnte sich in dieser Umgebung, die für jegliche Schönheit, jegliche Anmut der Formen unzugänglich war, in dieser Gemeinschaft, in der noch die bescheidenste Ikone als Götzenverehrung mißbilligt wurde, Manis Talent entfalten und sein Werk erblühen? Gilt Mani doch aus dem Abstand der Jahrhunderte gesehen als der wahre Begründer der orientalischen Malerei, der mit jedem Pinselstrich in Persien, aber auch in Indien, in Mittelasien, in China und in Tibet tausend künstlerische Begabungen wachgerufen hat. So daß man noch heute in manchen Gegenden »Mani« sagt, wenn man jemanden als »echten Maler« bezeichnen will.

Beim Abschied legte der Junge ein etwas seltsames Verhalten an den Tag, über das man sich hätte amüsieren können, wäre dabei nicht so viel Ergriffenheit im Spiel gewesen. Er verbeugte sich steif vor Chloes Vater und bat ihn, die Wandmalerei restaurieren zu dürfen. Charias hütete sich zu lachen, denn er merkte, daß der Junge den Tränen nahe war. Er konnte nur eine verlegene Einwilligung hervorstammeln, die Mani mit dem Händedruck eines Erwachsenen quittierte.

Als der Grieche ihn davonhinken sah, war es ihm einerseits peinlich, eine solche Aufgabe einem Kind anvertraut zu haben, und andererseits spürte er doch, daß er es hier mit einem ganz besonderen Menschen zu tun hatte, der ihn, den alten Charias, verwirrte, ja sogar einschüchterte.

In den darauffolgenden Wochen traf Mani seine Vorbereitungen. Zuerst fertigte er aus Schilfrohr Pinsel an, an deren Ende er im Dorf besorgte Ziegenhaare für feinen Strich oder dichte Hasenhaare befestigte. Dann waren die Farben an der Reihe, die gedämpften wie die grellen, die er sich alle voller Leidenschaft und Einfallsreichtum selbst zusammensuchte oder mischte: Aus dem Sand filterte er ockerfarbene und ziegelrote Körner heraus; elfenbeinerne Farbtöne gewann er aus zerstoßenen Eierschalen; mit Blütenblättern, Beeren und Fruchtknoten vervollständigte er die Skala der Schattierungen und Nuancen; zum Binden der Farben verwendete er von Mandelbäumen abgezapftes Harz.

Als sich wieder eine Gelegenheit ergab, die Griechen zu besuchen, erschien Mani mit seiner ganzen Ausrüstung und packte sie bedächtig aus. In der Gluthitze des mesopotamischen Sommers verströmten die Farben und Harze eine ganze Geruchspalette. Charias und Malchos gingen auf die Terrasse und plauderten im Schatten einer blühenden Palme wie Vater und Sohn, während Chloe zur Labung ihrer dürstenden Münder eine Wassermelone aufschnitt.

Als sie mit der Frucht zu Mani ging, nahm sie zuerst nur ein Farbendurcheinander wahr, als Hintergrund wolkiges Blau, davor diffuse erdige und bräunlichrote Flächen. Sie blieb hinter ihm stehen und schaute. Und allmählich glaubte sie aus dem Linien- und Lichtergewirr ein Gesicht herauszusehen. Manis Finger fuhren darum herum und ließen von Mal zu Mal die Züge deutlicher hervortreten. Es wurde ein Mensch sichtbar, der aussah wie ein aus Herbstnebeln auftauchender Reisender, dessen Augenbrauen, Nase und Lippen aus der Wand hervorzutreten schienen, als wollten sie wieder am Gastmahl der Lebenden teilnehmen.

Gebannt ging Chloe noch weiter auf den Jungen zu, der nun innehielt und einen Schritt zurücktrat, um seine Figur zu bewundern. Sein Gesicht war triefend naß. Da lüpfte die Tochter des

Griechen arglos ihren Kittel und wischte ihm damit Tropfen für Tropfen den Schweiß von den Schläfen, den Augen und von seinem spärlichen Flaum, auf dem ebenfalls einige Tröpfchen perlten wie vom Gras eingefangener Tau. Den angenehmen Geruch Chloes, diesen schelmisch-fruchtigen Duft, roch Mani gern, doch in diesem Augenblick roch er ihn nicht mehr, er sog ihn förmlich ein, die ganze Luft war von diesem Duft erfüllt, der ihn umhüllte, ihn durchdrang. Jedesmal, wenn ihm der Kittel des Mädchens übers Gesicht fuhr, wurden seine Bewegungen langsamer, sein Atem flacher, seine Augen kleiner.

Bald nahm er nichts anderes mehr wahr als seinen Pinsel, dieses kleine Stück Schilf, das er wie erstarrt in Lippenhöhe hielt. Er sah sich daran fest, als habe alles andere mit einemmal aufgehört zu existieren. Von all seinen Gliedern, von seinem ganzen Körper spürte und fühlte er nur noch diese Hand, die den Pinsel hielt, die ihn drückte, sich wie von Sinnen an ihn klammerte.

Und als die Tochter des Griechen zurücktrat, um ihn sein Werk fortsetzen zu lassen, sah sie, wie er mit dem verharrenden Pinsel unbeweglich stehenblieb, als schicke er sich an, noch einen letzten Farbtupfer aufzutragen.

Da gab Chloe ihrem Vater durch ein Zeichen zu verstehen, er solle leise herbeikommen. Doch kaum hatte Charias den Raum betreten, als er auch schon freudig ausrief:

»So war es! Genau so muß dieses Wandstück zur Zeit meiner Vorfahren ausgesehen haben.«

Ein schöneres Kompliment konnte es für ihn offenbar nicht geben. Das durch die Pinselstriche wiederbelebte Geschöpf schien von der glorreichen Epoche zu zeugen, die stets aufs neue Gegenstand seiner Erzählungen war.

»Wer ist das?« fragte Malchos.

»Johannes der Täufer«, deklamierte Mani, als lese er den Namen von der Wand ab.

»Von wegen«, spöttelte der Grieche, »einen Täufer hat es in diesem Saal nie gegeben. Eher könnte es Demeter sein, die Gerstenmutter, oder die Jagdgöttin Artemis, oder vielleicht Dionysos, die Götter, denen all unsere Gastmähler geweiht waren. Oder sogar ...«

Er ging näher auf das wieder zum Vorschein gekommene Bildnis zu.

»Da war auch noch der Gott Mithras, über dessen Mysterien der Maler aus Dura-Europos aufs beste unterrichtet war. Ja, der ist hier dargestellt, jetzt bin ich mir ganz sicher. Sieh mal, hier sind noch Spuren von Sonnenstrahlen rings um sein Gesicht!«

»Mithras«, murmelte Mani entsetzt, ließ seinen Pinsel fallen und rannte grußlos davon.

»Verflucht bin ich! Verflucht! Verflucht!« stieß er unablässig hervor.

War ihm etwa nicht von Kindesbeinen an beigebracht worden, er solle den Griechen aus dem Weg gehen, war ihm nicht untersagt worden, von ihrem Brot zu essen und ihre Wohnungen zu betreten? Aus welchem Wahnwitz heraus hatte er sich nur anmaßen können, sich über diese Verbote hinwegzusetzen? Und jetzt malte er auch noch Götzenbilder. Gottlos war er, ungläubig, verflucht.

Wo anders hätte er sich hinflüchten können als auf seine Halbinsel, die selbst Malchos nicht kannte? Am liebsten hätte er sich dort verkrochen, vergessen, vergraben, auf daß sein Körper nie wiedergefunden werde. Ohne Atem zu holen, beugte er sich über das Wasser, um seinen Augen Linderung zu verschaffen.

So lag er nun da, die Ellbogen auf das Kanalufer gestützt, das Gesicht dicht an der Wasseroberfläche, die weiten Ärmel dahinflatternd wie schiffbrüchige Segel. Eine ganze Weile döste er vor sich hin, nickte vielleicht gar ein. Als er die Augen wieder öffnete, sah er sein Spiegelbild, zuerst verschwommen, dann aber immer klarer, je mehr das Wasser sich glättete. Nie hatte er sein Gesicht so nah gesehen. An seinen halbgeöffneten Lippen perlte ein Wassertropfen.

Noch einmal sagte er »Verflucht!« – doch seine Lippen im Wasser rührten sich nicht.

Glaubte er auch seinen Mund zu einer Trauermiene verzogen zu haben, so waren die Lippen im Wasser doch keineswegs verzerrt. Sie lächelten. Und seine eigenen Lippen taten es ihnen nach. Nicht mehr das Wasser spiegelte sein Bild wider, sondern sein Gesicht ahmte jenes andere Ich nach, das er da im Wasser erblickte.

Und plötzlich flossen Worte von seinen Lippen, Worte, die nicht von ihm stammten und doch mit seiner Stimme gesprochen wurden:

»Sei gegrüßt, Mani, Sohn des Pattig!«

Sein Kiefer zitterte und begann zu schmerzen. Er hätte antworten, hätte Fragen stellen wollen, doch seine Worte, seine eigenen Worte, blieben ihm im Hals stecken, wogegen die Worte des anderen seinem gefügigen Munde entströmten:

»Sei gegrüßt, Mani, von mir und von Dem, der mich gesandt hat.«

Diese seltsame Szene am Wasser wird von Mani selbst erzählt. Für ihn und für die Manichäer, als die sie später einmal bezeichnet werden sollten, bildet sie den Ausgangspunkt seiner Offenbarung. Neuer Glaube entstehe eben so, mag mancher versucht sein zu sagen: ein Abgleiten der Phantasie zum Zeitpunkt des pubertären Umbruchs; eine Begegnung mit einer Frau, mit der verbotenen Frau; und die Begierde quillt über…

Wohl möglich. In diesem Kinderspiegel mußte Mani sich betrachten, um die Scherben seines zersprungenen Gedächtnisses wieder zusammenzukleben. Die Wahrheit über seine Geburt und seine Ankunft im Palmenhain hatte er schon geahnt, hatte Bruchstück um Bruchstück davon aufgesammelt, doch nie gewagt, sie aneinanderzureihen; es mußte erst diese »Stimme« ihn »Sohn des Pattig« nennen; und aus dem Munde der »Erscheinung« mußte er den Namen Mariams vernehmen.

»Mit zwölf erfuhr ich endlich, von welcher Frau ich empfangen und geboren und wie ich in diesen fleischlichen Körper hineingezeugt worden war, und von wem der Liebessamen stammte, der mich ins Leben gerufen hatte.«

Es sind dies die eigenen Worte Manis, so wie sie Jahre später von seinen Jüngern niedergeschrieben wurden.

Als Kind seines Jahrhunderts sah er diese Dinge jedoch mit naivem, frommem Blick. Das Bild, das er gesehen oder zu sehen geglaubt hatte, diesen an der Wasseroberfläche verankerten Lichtschimmer, nennt er in seinen Büchern seinen »Zwilling«, sein »zweites Ich«, und schreibt über ihn wie über einen richtigen Gefährten. Es war ein Leidensgefährte für den rebellierenden Jüngling, vor allem aber ein wertvoller Verbündeter gegen die »Weißen Gewänder«, ihre Dogmen und Verbote.

Als Mani bei dieser ersten Begegnung doch noch recht entsetzt war über die Erscheinung und bereute, das Gesicht des Gottes Mithras an die Wand gemalt zu haben, da vernahm er aus dem Mund des »Zwillings« die Antwort, die er erhofft hatte:

»Zeichne, was immer du willst, Mani; Der mich schickt, kennt keine Rivalen, und jegliche Schönheit spiegelt nur Seine Schönheit wider.«

IV

So konnte der Junge also sogar Götzenbilder malen, ohne in Furcht und Schrecken leben zu müssen? Von seinem »Zwilling« bekam er noch manch anderes zu hören, wonach ihn gedürstet hatte: Der Glaube der Weißen Gewänder sei gar nicht sein Glaube, ihrer Religion habe er nie richtig angehört, ihre Reinheit sein nichts weiter als Überheblichkeit und Perversion. Und eines Tages, wenn er für die Auseinandersetzung mit der Welt gerüstet sei, werde er den Palmenhain verlassen.

Mani nahm sich vor, von all dem keinem Menschen etwas zu erzählen. Er strahlte jedoch eine solche Freude aus, als habe seine Seele sich nicht etwa gespalten, auseinanderentwickelt oder verdoppelt, sondern sei im Gegenteil nach langer Entfremdung wieder zusammengewachsen. Hatte er nicht Charias' Haus verlassen, als rette er sich aus einer brennenden Spelunke? Ein paar Tage später fand er sich wieder dort ein, stellte sich vor die Wand, griff zu dem fallengelassenen Pinsel und frischte mit einigen flammenden Strichen die Strahlen um das Haupt des Mithras auf. Und war er nicht weggelaufen, ohne Malchos auch nur anzuschauen? Jetzt wandte er sich ihm von neuem zu und war aufmerksamer und um seine Freundschaft bemühter denn je.

Der Tyrer merkte durchaus, daß sein Freund sich gewandelt hatte, irgendwie anders war, aber wie nun eigentlich genau?

Wenn die beiden nebeneinander im Heiligen Haus, der Gebetsstätte, knieten, sang Mani nicht mit. Er hielt Mund, Kinn und Augenbrauen in Bewegung, um ein Singen vorzutäuschen, doch kam kein Ton über seine Lippen. Und als sie eines Tages gemeinsam zum Dienst im Obstgarten der Gemeinschaft eingeteilt waren, merkte Malchos, daß Mani gar nicht arbeitete. Er hob seine Hacke schwerfällig in die Luft und senkte sie dann wieder, und zwar so langsam, daß der Boden davon nicht einmal richtig aufgeschrammt wurde. Hin und wieder gab er sich dann so erschöpft, als habe er wirklich die ganze Zeit umgegraben, und lehnte die Hacke an den glatten Stamm eines Granatapfelbaums, um erst einmal zu verschnaufen.

Diesmal mußte Malchos ihn ganz einfach fragen, was er denn da eigentlich mache. Worauf Mani einen schon etwas welken, aber noch grünen Zweig aufhob und ihn wie eine Peitsche sausen ließ.

»Hör dir dieses Pfeifen an! Das ist das Stöhnen der Luft, die ich beleidigt habe. Wenn du sie verstehen könntest, würdest du sie sagen hören: Mach dich leichter auf dieser Erde, gehe über sie hinweg, ohne fest aufzutreten, vermeide heftige Bewegungen, töte weder Bäume noch Blumen. Tu so, als bearbeitest du den Boden, aber verletze ihn nicht, streichle ihn nur. Und wenn die anderen lauthals schreien, dann rühre du nur die Lippen und schreie nicht.«

Über seine Jugendjahre im Palmenhain der Weißen Gewänder sollte Mani sich später folgendermaßen äußern:

»Inmitten dieser Männer ging ich weise und listig meinen Weg, pflegte der Ruhe, beging kein Unrecht, tat niemandem irgendwelches Leid, lebte nicht nach ihrem Gesetz, führte keinerlei Gespräch nach ihrer Art.«

Listig sein mußte er allerdings, um Tag für Tag in dieser Gemeinschaft zu leben, ohne sich je nach ihren Gepflogenheiten zu richten, ohne jedoch auch in offenem Widerspruch dazu zu stehen. Denn der Jüngling mußte seine Wahrheit jahrelang verheimlichen, mußte lernen, meditieren und heranreifen, bis er bereit war, sich der Welt zu stellen. Bis dahin war er zu einem Leben in Verstellung gezwungen, zu Finten und Augenwischerei. Er legte dabei übrigens viel Beharrlichkeit an den Tag, und wenn er in seiner Ausdauer einmal nachließ und mutlos wurde, dann sagte er sich immer wieder vor: Wer die Gesten der Welt nachahmt, erkennt ihre Belanglosigkeit.

Auf einem Gebiet jedoch brauchte Mani sich nach wie vor nicht zu verstellen. Die Bibliothek war das einzige Gebäude im ganzen Palmenhain, das er ohne Unbehagen betrat. Ausgerechnet dort aber hatte Sittai sein Domizil aufgeschlagen. Wenn er auch nur eine recht bescheidene Zelle bewohnte, war er doch Büchern und Lesern stets nahe. Solange Mani nur in Werken las, die vom »Vater« gebilligt wurden, ließ man ihn in Ruhe. Sobald er aber wagte, in irgendeinem anderen Manuskript herumzublättern, konnte er sicher sein, daß binnen kurzem Sittai oder ein von ihm beauftragter »Bruder« herbeieilen und Drohungen und Verwünschungen ausstoßen würde.

In dieser doch recht wohlausgestatteten Bibliothek, wie man sie in einer so entlegenen Ecke des Tigristals eigentlich nicht vermutet hätte, waren nun aber den Gemeinschaftsmitgliedern, und insbesondere den jüngeren, nur die allerwenigsten Werke zugänglich. Da brauchte ein Autor nur Heide zu sein, und schon wurden seine Schriften ganz selbstverständlich als gottlos eingestuft. Eine Ausnahme bildeten lediglich einige ältere Abhandlungen über Medizin, Pflanzen, Gestirne und Reisen. War der Verfasser Jude, so mußte überprüft werden, ob er nicht etwa gleich Abraham auf einem Altar Tiere geopfert oder dergleichen Praktiken öffentlich gutgeheißen hatte; was dann auch erklärt, daß die Bibel, so wie sie im Palmenhain gelesen wurde, einen Gutteil ihrer Texte eingebüßt hatte. War der Autor schließlich Christ, so stand er von vornherein im dringenden Verdacht des Ketzertums; somit wurden von den etwa zwanzig Evangelien, von denen die Bibliothek Abschriften besaß, nur zwei oder drei als untadelig angesehen, während die übrigen sich kaum höherer Wertschätzung erfreuen durften als etwa die Briefe des Paulus von Tarsus, der in der Sekte nicht etwa als Heiliger galt, sondern vielmehr als Gottloser, Verräter und Ketzerfürst, da er laut Sittai die Lehre Jesu entstellt habe, um sie den Griechen schmackhaft zu machen.

Die wenigen nicht verbotenen Bücher las Mani wieder und wieder und lernte lange Passagen daraus auswendig, die ihn bezaubert, verwundert oder neugierig gemacht hatten. Und wenn er manchmal sein Auge träge über einen Text gleiten ließ, den er bereits Wort für Wort kannte, sah er plötzlich zu seiner Überraschung die beschriebene Szene bildlich vor sich. Dann wurde in ihm das Verlangen wach, sie zu malen. Zuerst hielt er mit der betreffenden Seite immer lange Zwiesprache, und dann begann es um die aramäischen Schriftzeichen herum allmählich von Menschen, Blumen und sagenhaften Tiergestalten zu wimmeln. Dabei hatte er nie das Gefühl, einen Text zu begleiten, zu illustrieren oder zu illuminieren, wenn auch der letzte Begriff ihn entzückt hätte; er war ganz im Gegenteil überzeugt davon, daß bei genauer Betrachtung aus seinen Bildern auch ohne Rückgriff auf den Text das Wesentliche herauszulesen wäre.

So entfaltete sich Manis Kunst auf dem Rand von Buchseiten, ganz absichtslos eigentlich, doch mit der inbrünstigen Geschicklichkeit, wie sie Frühreifen eigen ist. Zart wurden Wesen und Dinge zuerst mit Kopistentusche umrissen, dann verlieh er ihnen plastische Helligkeit. Minuten des Glücks, die so Tag für Tag den wachsamen »Brüdern« entrissen wurden.

Doch mußte es zwangsläufig zur Entdeckung kommen. Als zum erstenmal einer der Weißen Gewänder Mani die Seiten eines heiligen Buches »vollschmieren« sah, rannte er schnurstracks zu Sittai und berichtete von der Freveltat, die da begangen wurde. Mani wollte weder in Flehen ausbrechen noch davonlaufen. Berauscht von seinem schöpferischen Akt, wurde ihm weder angst, noch gedachte er der Vorsicht, die er sich doch eigentlich auferlegt hatte. Und als sein Gebieter vor ihm stand, erkühnte er sich zu dem vermessenen Satz:

»Ich bin mit meiner Zeichnung noch nicht fertig.«

Sittai griff zu dem Buch, einer Ausgabe des Thomasevangeliums, und stutzte gleich auf dem Titelblatt über ein Bild, das Jesus unter seinen Aposteln darstellte. Allesamt waren körperlos wiedergegeben, nichts weiter als dreizehn Gesichter, in der Mitte der Nazarener mit einer Sonnenscheibe hinter dem Kopf wie die Gottheiten von Palmyra. Gleich neben ihm stand Thomas, und um die beiden herum kreisten die anderen Gesichter wie Planeten auf einem blauschwarzen Himmel. Sittai hielt den Atem an. Hinter ihm harrten seine Anhänger schweigend des Urteils.

Doch dieses ließ auf sich warten. Der Gebieter legte das Buch auf einen Tisch ganz nah beim Fenster und vertiefte sich noch einmal bei Tageslicht in das Bildnis. Die Gestalt, die er ansah, sah ihn gleichfalls an, es gab sie auch jenseits des Blattes, und er war überzeugt davon, daß sie nicht der Phantasie des Jungen hatte entspringen können. Seine Züge furchten sich, und sein Blick wurde finster, als habe ihn plötzlich Angst befallen.

Während er so niedergeschmettert dasaß, blickte Mani an den Wänden entlang, an denen sich Pergamente, Papyrusrollen und mit abgewetzten Schnüren zusammengebundene Bücher aus Palmwedeln stapelten. Der Junge erkannte jedes Werk an seinem Einband, und spielerisch murmelte er die Verfassernamen vor sich hin: Ptolemäus, Arrian, Markion, Bardesanes … Stundenlang hätte er so dastehen und sich unermüdlich ins Gedächtnis rufen können, was er von jedem einzelnen behalten hatte, und was er auch manchmal zu zeichnen versucht gewesen war. Ein Lächeln ließ sein entzücktes Kindergesicht erblühen. Schon nahm er um sich herum gar nichts mehr wahr … bis diese zerbrechliche innere Heiterkeit von dem ersten Wort, das er hörte, vernichtet wurde:

»Dieses Bild da, hat dich dazu Gott inspiriert oder der Satan?«

fragte Sittai, dem an Augen und Stimme seine Verwirrung anzumerken war, und der sich auch augenblicklich umwandte und hinausging, um deutlich zu machen, daß er aus Manis Mund keinerlei Antwort erwartete.

An den darauffolgenden Tagen blickte der Sektenanführer genauso finster drein, so als brüte er irgendeine exemplarische Maßnahme aus, die sich dem weichen Gedächtnis des Jungen ein für allemal einprägen würde. Mit Ausnahme von Malchos vermieden auch die »Brüder« tunlichst jeden Kontakt mit dem Schuldigen, und zwar sowohl aus Angst, Sittais Zorn könne auch sie ereilen, als auch deshalb, weil die noch unbestrafte Sünde ihnen allen heiliges Entsetzen einflößte.

So gingen die Tage dahin, und die Atmosphäre im Palmenhain wurde immer drückender, was aber nicht an der Sonnenhitze des mesopotamischen Sommers lag. Auch die Nähe des Tigris brachte diesmal keine Linderung. Der Gebieter fühlte seine Macht gefährdet.

»Habe schließlich nicht ich«, so dachte er, »einer plötzlichen Eingebung folgend eines Tages beschlossen, nach Ktesiphon zum Tempel des Götzen Nabû zu gehen, um mir dort vom Bekkenrand einen seltsamen wahrheitssuchenden Partherprinzen zu angeln? Habe nicht ich, Sittai, darauf bestanden, dieses Kind in die Gemeinschaft zu holen, und als dann Pattig schwach geworden ist, habe da nicht ich persönlich mich auf den Weg gemacht, um das Kind herbeizuschaffen? Bin ich etwa darin nicht das Werkzeug eines Höheren Willens gewesen? Und bin ich nicht in gewisser Weise Manis Pate geworden, ja Manis Vater in der Gemeinschaft?

Und doch ist jener Junge, den ich von der Vorsehung auserwählt glaube, derselbe, der das Gesetz der Gemeinschaft bricht, und derselbe, der es wagt, mit seinen schmutzigen Fingern die Züge des Heiligen Antlitzes wiederzugeben! Wie soll man nun mit ihm reden, wie sich verhalten, und wie vor allem ihn daran hindern, in diesem Palmenhain Respektlosigkeit zu verbreiten und Verwirrung zu stiften?«

Verwirrung nämlich herrschte bereits unter den »Brüdern«. Einige von ihnen, wenn auch recht wenige, fragten sich, ob denn mit zwölf, wenn die Kindheit zu Ende gehe, nicht das Alter sei, in dem die Erwählten sich offenbaren und ihre Weisheit den Älteren schlagartig zu Bewußtsein komme? So wie Jesus vor den Schriftgelehrten im Tempel zu Jerusalem, so auch Mani! Die meisten der Weißen Gewänder ärgerten sich über diesen Vergleich und warfen Sittai nun vor, dem Gottlosen gegenüber nicht fest genug aufzutreten. Seit der Gründung der Sekte vierzig Jahre zuvor war ihr Anführer zum erstenmal umstritten. Wenn Mani, so sagten seine Gegner, wirklich dieses von der Vorsehung auserwählte Wesen sei, dann hätte er sich unter so vielen tugendhaften Brüdern wahrlich einen anderen Gefährten aussuchen können als diesen verkommenen Malchos, der jeden Tag ihren Lebensgrundsätzen zuwiderhandle und ihrer Gemeinschaft nichts als Verachtung entgegenbringe!

Tatsächlich war der junge Tyrer nicht gerade ein Ausbund an Frömmigkeit. Er hatte mit seinen bald fünfzehn Jahren schon fast das anerkannte Reifealter erreicht und machte kein Hehl mehr aus seinem Wunsch, den Palmenhain zu verlassen. Genausowenig genierte er sich, allen von Ktesiphon zu erzählen, von seinem zukünftigen Geschäft dort, von seinem Palast und seinen Karawanen. Sittai und die anderen Weißen Gewänder hatten es übrigens aufgegeben, ihn am Weglaufen zu hindern, da sie sich im klaren waren, daß er ihrem Gesetz so gut wie nicht mehr unterstand.

Um so überraschter war Malchos, als sich eines Abends bei seiner Rückkehr aus dem Dorf drei der kräftigsten Brüder auf ihn stürzten, ihn zu Boden warfen und bis zum Vorplatz des Heiligen Hauses schleppten, wo sie ihn an die Büßerpalme banden und ohne jede Erklärung auf ihn einzuschlagen begannen.

Als Mani hinzueilte, prasselten drei aus Lianen geflochtene Peitschen mit unerbittlicher Regelmäßigkeit auf Rücken und Beine seines Freundes hernieder, und dazu ertönten die üblichen Ermahnungen: »Bekenne deine Sünden!«, »Gestehe!«, »Bereue!« Und jedesmal stieß der Tyrer langgezogenere, schmerzerfülltere Schreie aus.

Auf einen Wink Sittais hin schlugen die Peiniger noch fester zu, bis der Jüngling plötzlich in einem Zornesausbruch losschrie: »Ich bin doch hier nicht der einzige, der wegläuft, warum werde dann ausgerechnet ich bestraft?«

Da erhellte ein Lächeln Sittais Gesicht. Endlich war die Denunzierung gekommen, die er angestrebt hatte. Als habe er nur auf diese Worte gewartet, ging er auf den Gemarterten zu, dessen Peiniger augenblicklich von ihm abließen.

»Wer war denn noch dabei?«

Da bekam sich Malchos wieder in die Gewalt:

»Niemand! Ich war allein!«

»Heute abend warst du allein weg, das weiß ich schon. Aber die anderen Male, wer von diesen Brüdern ist da mitgegangen?«

»Keiner!«

Nur noch das Keuchen des gepeinigten Jünglings war zu hören, als Sittai sich feierlich zu Mani umwandte und mit triumphierender Stimme sagte:

»Ich weiß, daß du es bist, Mani, der ihn bei seinen Eskapaden begleitet, und die meisten Brüder wissen es auch. Aber ich würde es gern aus deinem eigenen Munde hören.«

Sittai hatte das fast hinausgeschrien und gab nun den Peitschenbewehrten ein Zeichen, mit ihrer Arbeit fortzufahren. Da antwortete Mani eilig:

»Wenn ich mit einem Wort aus meinem Munde Malchos diese Qual ersparen kann, dann sage ich es.«

»Also gut, dann sag es, sprich es aus«, brüllte Sittai.

»Es stimmt, ich habe Malchos auf manchen seiner Spaziergänge begleitet.«

»Und wohin seid ihr gegangen?«

Nicht mehr nur ein mutiges Geständnis forderte Sittai nun, sondern eine richtiggehende Denunziation.

»Wir sind ins Dorf gegangen«, gab Mani zu.

»Das konnten wir uns schon denken, aber zu wem seid ihr gegangen?«

»Zu verschiedenen Leuten.«

»Zu Griechen?«

»Manchmal.«

»Ein einziges Mal ist schon zuviel. Ihr habt euch in Unreinheit und Gottlosigkeit gesuhlt!«

Beifallsrufe begleiteten nun jeden Satz Sittais, der in immer gekränkterem und anklagenderem Tonfall fortfuhr:

»Und als ihr bei den Griechen wart, habt ihr da nie von ihrem Brot gegessen?«

Mani hat sich schon eine Antwort zurechtgelegt, geht einen Schritt nach vorn, hebt den Kopf und schickt sich an, mit stolzer Stimme zu sagen: »Ja, ich habe Griechenbrot gegessen, so wie vor mir die Apostel Jesu. Als er sie bei den Völkern predigen hieß, nahmen sie weder Mühlstein noch Backblech mit. Ihr einziges Gepäck waren die Kleider, die sie am Leibe trugen.« Kaum würde er diese Worte ausgesprochen haben, da würde Sittai erröten und würden die Weißen Gewänder Mani zujubeln. Aber als er gerade zu sprechen anheben will und schon einen herausfordernden Schritt nach vorn getan hat, verwirrt sich sein Geist, erschlaffen seine Glieder, vermag er nicht mehr über seine Lippen und Hände zu gebieten und steht jämmerlich sprachlos da. Und schluchzt.

Sittai triumphiert. Er hat sein Ansehen wiedergewonnen und die Aufrührer zum Schweigen gebracht. Er mustert Mani von oben bis unten und sagt dann großzügig:

»Manche von euch Brüdern sähen es gern, wenn ich aus unserer Gemeinschaft augenblicklich diese beiden jungen Toren verjagte, die unser Gesetz verletzt, unsere Tradition mißachtet und so viel Stolz und Überheblichkeit an den Tag gelegt haben. Doch kann ich diesen beiden Sündern nicht die gleiche Behandlung angedeihen lassen. Malchos hat nie vollgültig unserer Religion angehört. Wer als Erwachsener hierhergekommen ist, hat eine fromme Wahl getroffen, für die er belohnt werden wird, und wer als Kind gekommen ist, ist im Schoße unseres Gesetzes aufgewachsen. Auf Malchos trifft beides nicht zu, wir haben ihn aus Treue zu seinem verstorbenen Vater hierbehalten, doch müssen wir einsehen, daß er nie Bestandteil unserer Gemeinschaft sein wird, er gehört zur Unreinheit der Welt, und dorthin muß er nun zurück. Behielten wir ihn hier, so könnten die gefährdetsten unserer Schützlinge durch ihn verdorben werden, wofür wir ja heute abend den Beweis gesehen haben.

Ohne Malchos' schädlichen Einfluß und ohne die andauernde Versuchung, der er durch ihn ausgesetzt war, wird Mani bald wieder das sanfteste Lamm dieser Herde sein.«

V

Als Mani sich an jenem Abend auf der Matte niederlegte, die ihm seit jeher als Bett diente, war der Schlafsaal leer und dunkel, da die »Brüder« noch zum Abendgebet im Heiligen Haus versammelt waren. Stoßweise klangen ihre Stimmen zu ihm herüber. Dann breitete sich dumpfe Stille aus. Da richtete Mani sich auf, zog das linke, gesunde Bein an, setzte sich darauf, wandte sein Gesicht zum Fenster und blickte in den Vollmond, bis seine Augen von dem Schein ganz durchdrungen waren und er sie schloß, als müsse er das so eingefangene Licht verdauen.

Da entstand vor seinem inneren Auge das gleiche Bild, das er vor kurzem im Wasser des Kanals gesehen hatte, sein eigenes Bild, das Bild seines »Zwillings«. Und mit diesem Bild allein konnte der Jüngling nun weinen.

»Warum habe ich mich nur vor der ganzen Gemeinschaft so gedemütigt? Warum habe ich Sittai nicht antworten und ihn bloßstellen können?«

»Die Zeit ist noch nicht reif«, antwortete der Andere.

»Warum soll ich diesen Leuten nicht sagen, wie es in Wahrheit um sie steht?«

»Hast du denn nie die Worte Jesu gelesen? Man soll keine Perlen vor die Säue werfen! Die Wahrheit soll nur erfahren, wer sie auch verdient. Dir ist aufgetragen, Könige in deinen Bann zu schlagen, Glaubensvorstellungen ins Wanken zu bringen und die Welt aus den Angeln zu heben, und du hast nichts anderes im Sinn, als ein paar Weiße Gewänder zu verblüffen!«

»Aber hier habe ich doch von Kind auf gelebt, und das sind die einzigen Menschen, mit denen ich Umgang habe.«

»Du hast nie richtig zu den Weißen Gewändern gehört, dir ist ein anderes Schicksal bestimmt, du wirst unter diesen Leuten nicht alt werden.«

Er hörte auf zu weinen, als sich diese Worte auf seinen Lippen bildeten, und einen Augenblick lang schwebte ihm ein Traum vor: Sollte er nicht jetzt schon mit Malchos weggehen? Doch angesichts seiner Ungeduld verbarg sich der Andere hinter der gelassenen Maske der aufgehobenen Zeit.

»Nein, Mani, du darfst dich nicht offenbaren, es ist noch zu früh für die Begegnung mit der Welt, einem Kind würde niemand Gehör schenken.«

Obwohl Malchos hochoffiziell verbannt worden war, durfte er noch einige Wochen im Palmenhain verbleiben. Daß er noch geduldet wurde, stand im Zusammenhang mit den allzu sichtbaren Verletzungen, die man ihm beigebracht hatte. Sein Peiniger Sittai wollte den Bewohnern des benachbarten Dorfes kein Schauspiel bieten, das ihr Mißtrauen noch hätte nähren können.

Mani war überzeugt, daß sein Freund diese verdächtige nachträgliche Gnade zurückweisen und sich gleich im Schutz der ersten Nacht davonmachen würde. Doch der Tyrer verschmähte den angebotenen Aufschub keineswegs. »Schließlich will ich bei den Griechen nicht in diesem Zustand ankommen!« erklärte er Mani. Gegeißelt und erniedrigt gedachte er der Frau seines Lebens und seinem zukünftigen Schwiegervater nicht unter die Augen zu treten. Wo er das Verheilen der Spuren doch hier im Verborgenen abwarten konnte!

Überhaupt schien Malchos es mit dem Wegkommen nicht mehr so eilig zu haben. Als ihm Sittai zwanzig Tage nach dem Vorfall durch einen »Bruder« ausrichten ließ, er müsse nun gehen, machte er einen ganz hilflosen Eindruck.

»Es wird Zeit, daß ich dir etwas gestehe, Mani, ich habe dich nämlich belogen. Sehr sogar.«

»Das ist jetzt nicht der Augenblick für Bekenntnisse, deine Lügen sind vergessen. Und schlag bitte nicht diesen Abschiedston an, wir werden uns ja wiedersehen.«

»Ich meine gar nicht meine früheren Lügen. Von jetzt rede ich. Ich habe dich in dem Glauben gelassen, die Griechen könnten es gar nicht erwarten, mich bei sich aufzunehmen, sobald ich aus dem Palmenhain fortgehen würde. Na ja, das war eben eine Lüge.«

»Will Charias dich nicht als Schwiegersohn?«

»Glaubst du etwa, ich hätte ihn je zu fragen gewagt?«

»Aber ich bitte dich, ich habe euch doch hundertmal zusammen plaudern und lachen sehen, er liebt dich wie einen Sohn.«

»Solange ich ihn nach den Heldentaten seines Ahnen in der Schlacht von Arbela ausfrage! Aber wenn er je hätte ahnen können, daß ich davon träume, ihm seine einzige Tochter nach Ktesiphon zu entführen, dann hätte er mir nie mehr seine Tür geöffnet.«

»Das weißt du doch gar nicht! Wenn du wirklich um Chloes Hand angehalten hättest, dann hätte er bestimmt auf der Stelle eingewilligt.«

»Tja, wer würde schon einem Weißen Gewand die Hand seiner Tochter verweigern?«

Die beiden Freunde brachen in ein gemeinsames Lachen aus. Nicht zu laut jedoch, denn man hätte sie hören können.

Dann erfuhr Mani nichts mehr über ihn. Er selbst stand unter fortwährender Überwachung; jedesmal wenn er jenseits der Einfriedungsmauer zu tun hatte, wurde er von zwei »Brüdern« begleitet. Ruhe fand er nur an seinem geheimen Zufluchtsort. Wunderbarerweise wurde er auf dem Weg dorthin oder von dort nie von den Weißen Gewändern behelligt, so als verleihe ihm diese Stätte eine Art Unsichtbarkeit und als werde ihm die Zeit, die er dort verbrachte, nicht angerechnet.

Als er jedoch eines Tages über die den Zugang versperrende Palme stieg, bemerkte er, daß jemand Fremder da war.

»Chloe! Wie kommst du denn hierher?«

In barschem Ton kam das hervor. Kein anderer Mensch hatte bisher den Boden seiner Halbinsel betreten.

»Ich bin dir einmal nachgegangen, es ist schon lange her. Aber du sahst damals so gedankenverloren aus, daß ich nicht gewagt habe, dich anzusprechen.«

Augenblicklich verfiel Mani wieder in den zärtlichen Tonfall, der ihm im Umgang mit der Tochter des Griechen eigen war. Ihr Eindringen war ihr schon verziehen.

»Was hast du von Malchos gehört?«

»Er ist auf der anderen Seite des Kanals bei einem Pächter untergekommen, dem es an Erntehelfern mangelte. Er arbeitet von früh bis spät und schläft dann vor Erschöpfung ein. Zu uns ist er nur einmal gekommen. Eure Besuche fehlen uns. Mein Vater hat mich gestern gefragt, ob du nicht noch andere Gemälde an unseren Wänden restaurieren willst?«

Ihre Mädchenhaare steckten unter einem Frauenkopftuch, und ihre Gesten hatten etwas Schamhaftes, das Mani noch nie an ihr wahrgenommen hatte.

»Diese Eskapaden habe ich in wunderbarer Erinnerung. Ich sehe noch deinen Vater und Malchos vor mir, wie sie immer redseliger wurden ...«

»Mani, wenn ihr zu uns kamt, habe ich vor allem dich angesehen.«

Als habe er nicht gehört, bemühte er sich, in dem gleichen zwanglosen Ton weiterzureden.

»... die nicht enden wollende Schlacht von Arbela, der Vorfahr, der immer genau im richtigen Augenblick eintraf, um Alexander zu retten. Und das fröhliche Lachen von Malchos ...«

Chloe aber wurde ernst.

»Mani, dich habe ich immer angesehen. Mein Vater hat dich auch gern.«

Ein Lächeln begann schon Manis Züge zu entspannen. Doch unterdrückte er es und trat einen Schritt zurück.

»Und Malchos?«

»Zwischen ihm und mir hat es nie irgendein Versprechen gegeben.«

»Er träumt aber schon jahrelang ...«

»Muß ich denn die Träume anderer austragen?«

»Aber ich habe etwas versprochen«, stammelte Mani.

Mit dem linken Arm umfaßte er einen vertrauten Baum, als brauche er diese Stütze, um die Worte aussprechen zu können, die ihn und Malchos' »Dame« auseinanderbringen würden.

»In diesem Palmenhain habe ich geschworen, mir niemals ein Weib zu nehmen. Sieh nur, ich habe diese Schnur um meinen Leib gegürtet ...«

Als wolle er Chloe trösten, fügte er hinzu:

»Damals kannte ich dich noch nicht.«

»Nein, mich kanntest du damals noch nicht. Hast du überhaupt schon einmal etwas anderes gekannt als diesen Palmenhain? Wirst du einmal etwas anderes kennenlernen? Wirst du je einmal jemanden lieben?«

»Ich habe Gelübde abgelegt!« beharrte Mani so schroff wie möglich.

Da lief Chloe davon. Ihr lose gebundenes Kopftuch blieb an einem Ast hängen, doch hielt sie nicht an, um es loszumachen.

Mani wartete, bis sie weit weg war, bevor er in Tränen ausbrach und sie still um Verzeihung bat. Und dann seinerseits Malchos verzieh.

Einen Monat später erfuhr Mani durch ein im Palmenhain umgehendes Gerücht, daß Malchos die Tochter des Griechen geheiratet habe und gemeinsam mit ihr nach Ktesiphon gegangen sei.

VI

M ani mußte sich noch gedulden, lange noch, weit über seine Jugendjahre hinaus. In den Schriften seiner Jünger ist überliefert, es seien ihm erst im Alter von vierundzwanzig Jahren »von den Lippen seines Zwillings« die heißersehnten Worte zuteil geworden: »Es ist für dich nun die Zeit gekommen, dich den Augen der Welt zu offenbaren. Und aus diesem Palmenhain fortzugehen.«

Bei den Weißen Gewändern, deren Tun und Glauben er doch ablehnte und unter deren Gesellschaft er tagtäglich litt, hatte er sich vielleicht deshalb so lange aufgehalten, weil sein Wunsch, sie zu verlassen, mit einer uneingestandenen Befürchtung einherging. Schließlich hatte er seine ganze Jugend in der verschlossenen Welt dieser Sekte verbracht, einer unterdrückenden und schützenden Welt, in der man alterte und verbitterte, ohne wirklich heranzureifen, einer fröstelnden, mißtrauischen Welt, in der man sich in seine Zwangsvorstellungen verrannte und letzten Endes keine Ahnung von dem hatte, was jenseits der Einfriedungsmauer vorgehen mochte: Wie hätte er da der Begegnung mit der wirklichen Welt leichten Sinnes entgegensehen sollen?

So hatte er also Tag um Tag, Woche um Woche verstreichen lassen, und alle waren sie gleichförmig, bleiern und freudlos gewesen. Bis zu jenem Aprilmorgen, dem Morgen der Erlösung, als er sich nach dem Erwachen am Tigriskanal das Gesicht wusch. Minutenlang blieb er unbeweglich über das Wasser gebeugt, bis alle »Brüder« schon lange weg waren. Als er sich dann langsam aufrichtete, sah er sehnsuchtsvoll in die Ferne. Die Sonne war leicht verschleiert, die Luft lau und verheißungsvoll, und die Wedel der Dattelpalmen wiegten sich traurig wie riesige, in Bande geschlagene Flügel. Plötzlich erschien ihm seine Lebenszeit kostbar.

Seine Entscheidung war gefallen: Noch vor dem Abend würde er fortgehen!

Jedes Fortgehen, dachte Mani, ist ein Fest, vielleicht das einzige Fest überhaupt, in tausenderlei Gestalt, in tausenderlei Gewand, ob aus Eiche oder aus Krepp. Hat der Mensch, die ewige Geisel des Horizonts, je etwas anderes gefeiert?

Nicht schleichen und schwindeln wollte er bei seinem Abschied aus dem Palmenhain, sondern paradieren, stolzieren, zelebrieren: von seiner Haut erst langsam jene zweite, weiße Haut lösen, die ihn zwanzig Jahren lang umkleidet und erstickt hatte, frei atmen dann in seiner Nacktheit, herabblicken auf die abgestreifte Hülle, wie sie jeglichen Lebens entleert armselig auf dem Boden lag.

Farbenprächtig wiederauferstehen schließlich: »Mani trug eine weite Hose mit rostgelben und lauchgrünen Beinen«, heißt es in einer sehr alten Chronik. Über seinen Schultern habe eine himmelblaue Wolljacke gehangen, und sein Kittel sei zwar weiß, aber mit Blumen geschmückt gewesen, die er selbst in diesen trüben Monaten des Wartens träumerisch aufgemalt habe, so wie man etwa eine Aussteuer bestickt. Wenn jedoch Manis Jünger in späteren Jahren diesen Tag der Trennung erwähnten, dann sprachen sie davon eher wie von einer Geburt, so daß allmählich Mariam und Mardinu sowie die von Utakim gewickelten Windeln darüber in Vergessenheit gerieten. Nein, vom Schoß einer Frau in den Schoß einer Gemeinschaft, das sei noch keine richtige Geburt, das sei nichts weiter als eine unvollendete Schwangerschaft, da brauche es etwas anderes, eine zwanzigjährige, bedächtige Reise um das eigene Ich. Die Erschütterung der Welt lasse sich nur mit Geduld ins Werk setzen.

Als Mani an jenem Tag fertig gewandet war, trat er aufrechten Blickes mit einem Stock in der Hand und einem Buch unter dem Arm vor die unter dem niedrigen Gewölbe des Heiligen Hauses versammelten Weißen Gewänder. Selbstsicher ging er dahin, und doch merkte man ihm an seinem spärlichen Bartwuchs noch eine gewisse Verletzlichkeit an.
Er ging als letzter hinein. Obwohl das Gebet bereits begonnen hatte, ging bei seinem Erscheinen ein Murmeln durch die Reihen. Weiße Schultern wandten sich um, und wenn etwa ein »Bruder« noch andächtig dasaß, stieß sein Nachbarn ihn an und wies mit Kinn oder Ellbogen auf den unsäglich Dreisten. Einzig der Priester, Sittai, schien den Gottesdienst fortsetzen zu wollen. Der letzte Gesang jedoch, sonst immer mit größter Inbrunst intoniert, wurde diesmal in aller Eile heruntergesungen, und dann gingen die »Brüder« mit gesenkten Köpfen rückwärts hinaus, wobei sie das Hauptschiff mieden, in dessen Mitte der farbenstrotzende Mani stand. Sie schlichen sich auf ihrem Rückzug an den Wänden der Seitenschiffe entlang und sahen dabei aus wie ruderlose Galeerensträflinge oder wie Fischer ohne Netz.
Draußen scharten sie sich vor der Tür zusammen, verwünschten den Provokateur und ereiferten sich über seine Aufmachung, seine plötzliche Tollheit, seinen verbrecherischen Frevel. Und als Mani sich eine Stunde später endlich hinauswagte, erhoben sie ein großes Geschrei. Da streckten sich Hände nach ihm aus, um ihn zu packen, an seinen bunten Kleidern zu reißen und ihn seine Herausforderung büßen zu lassen, bis mit einem Mal Pattig dazwischenging, als sei ihm plötzlich eingefallen, daß er Vater sei und entsprechende Pflichten habe. Energisch ergriff er seinen Sohn am Arm und zog ihn zum Kanal, wo sie von den »Brüdern« nicht belauscht werden konnten.

Mani ließ sich führen, ohne dabei weniger gelassen und stolz auszusehen; einen beunruhigten, ratlosen Eindruck machte eher Pattig, doch ließen sich bei genauerem Hinsehen auf seinem Gesicht die Spuren eines heimlichen Glücks ausmachen: Zum ersten Mal in seinem Leben war es ihm vergönnt, seinen Sohn zu beschützen, ihn vor Gefahren in Sicherheit zu bringen. Nach Jahren von Trennung und scheinbarer Gleichgültigkeit hatten sich zwar im Anschluß an Malchos' Abschied zwischen den beiden Ansätze zu einer Freundschaft herausgebildet, doch hatte Pattig noch nie Gelegenheit zu so weitgehender Vertraulichkeit gehabt, hatte Mani noch nie am Arm packen und ihn abseits der Gemeinschaft abkanzeln dürfen wie ein richtiger Vater, der er doch war:

»Wie hast du nur auf den Gedanken kommen können, in dieser lächerlichen Verkleidung herumzulaufen?«

»Ich darf wohl meinen Ohren nicht trauen«, antwortete der Sohn, »oder will mir etwa wirklich jemand von den Weißen Gewändern beibringen, wie man sich zum Hinausgehen in die Welt anzuziehen hat?«

Pattig hatte eine demütigere Antwort erwartet.

»Warum sprichst du in solchem Ton zu mir, als seist du von Feinden umgeben? Du hast doch hier nur Brüder. Komm, gehen wir gemeinsam zu *Mar* Sittai. Du weißt, wie sehr er dich schätzt; ich bin sicher, daß er bereit ist, diesen dummen Zwischenfall zu vergessen.«

»Er soll ihn aber gar nicht vergessen. Dieses Bild soll er immer vor Augen haben und noch in zwanzig Jahren von dem buntgekleideten Mani träumen.«

»Komm wieder zu dir, Mani, nimm Vernunft an, kindischer Trotz ist jetzt nicht mehr am Platz, gleich wird die Ältestensynode zusammentreten und deine Ausstoßung beschließen. Vielleicht kann ich noch mit ihnen sprechen und sie besänftigen.«

»Ich will weg, und die Synode will mich auch weghaben, was

sollte ich also von dieser Konfrontation zu befürchten haben? Sie glauben mich zu bestrafen, und dabei beschleunigen sie nur meine Erlösung.«

»Du redest ständig vom Weggehen, aber wo willst du denn eigentlich hin? Du hast immer in dieser Gemeinschaft gelebt. Verläßt du sie, so bist du verloren. Bald wird man dich vom Straßenrand auflesen wie ein aufgeplatztes Bündel.«

»Soll das etwa heißen, daß es für mich zwar genügend Platz in diesem armseligen Palmenhain gibt, daß es mir draußen in der weiten Welt aber zu eng sein wird?«

»Hier findest du Leute, die dir zuhören und mit dir diskutieren, wir sind deine einzige Familie. Und sieh mich selbst an: Du bist mein eigen Fleisch und Blut. Weißt du denn das nicht?«

Nie zuvor hatte Pattig diese Worte ausgesprochen; nun benützte er sie quasi als letzten Notbehelf, offensichtlich in der Hoffnung, Mani aus der Fassung zu bringen. Was ihm auch gelang, denn Mani geriet in Verwirrung. Sein Gesicht wurde leer und abwesend. Das Blut pochte ihm in den Schläfen. Er befürchtete, ohnmächtig zu werden, seine Hand tastete nach einer stützenden Mauer, da hielt Pattig ihm die offene Hand hin, wie um ihn aufzufangen, doch sobald der Sohn sie berührte, sobald er ihre feuchte Rauheit fühlte, zuckte er zurück, richtete sich auf und sagte mit tonloser Stimme:

»Es ist jetzt zu spät, als daß noch irgendein Mann mein Vater sein könnte.«

Bis dahin hatte noch keiner der beiden auch nur andeutungsweise die Blutsbande erwähnt, durch die sie einander verbunden waren; jeder hatte sich mit dem Wissen um das Wissen des anderen begnügt, und durch dieses geheime Einverständnis hatte sich ihr Umgang miteinander unangetastete Intensität bewahrt. Pattigs Worte bedeuteten somit nicht nur die Abkehr von einer weisen, stummen Übereinkunft, sondern unter den gegebenen Umständen und im Lichte der damit verbundenen Hintergedanken klangen sie in Manis Ohren auch ein wenig aggres-

siv und obszön. Mani mußte mühsam Atem holen, bevor er so kategorisch, wie es ihm möglich war, hinzufügte:
»Seit Anbeginn aller Zeit steht geschrieben, daß ich durch dich in diesen Körper gelangen würde. Ein Hindernis auf meinem Weg aber wirst du mir nicht sein.«

Die Gemeinschaftsältesten waren im Synodenraum zusammengekommen, der an das Heilige Haus grenzte. Neben Sittai, der den Vorsitz führte, saßen dort sein Neffe Gara, ein »Bruder« aus Edessa, einer aus Pharus und einer aus Kaschkar. Insgesamt fünf Richter also nahmen die ganze Breitseite des massiven Tisches ein, und ihnen gegenüber stand mit unbeweglichem Gesicht der Angeklagte.
Sittai kam es zu, als erster das Wort zu ergreifen.
»Wir haben uns hier nicht versammelt, um dich zu bestrafen, Mani, sondern um dich zur Buße zu bewegen. Zwanzig Jahre lang hast du das Weiß der Reinheit und Demut getragen, und nun legst du plötzlich die Farben des Hochmuts an. Du hast unter uns gelebt wie ein sanftes Lämmchen, wie eine schüchterne, gesittete Braut, hast deinen Körper reingehalten und nur reine Nahrung zum Munde geführt, aus welchem Wahn heraus willst du nun eine solche Gnade verwirken?«
Mani schien irgendeinen Punkt über den Häuptern seiner Richter zu fixieren.
»Reine wie unreine Nahrung endet als Exkrement, gibt es also eurer Meinung nach reine und unreine Exkremente?«
»Wir haben dich kommen lassen, um dir voller Nachsicht zuzuhören. Warum legst du in deine ersten Worte gleich solche Verachtung?«
»Ich hege euch gegenüber keinerlei Groll, doch rühmt ihr euch, mir ein Leben in Reinheit geboten zu haben, und ich antworte euch, daß diese Reinheit, die ihr predigt, jeglicher Grundlage entbehrt. Ihr behauptet, die dem Boden der Gemeinschaft ent-

stammenden Früchte seien ›männlich‹ und rein, so sagt ihr doch immer? Warum verkauft ihr sie dann den gottlosen Dorfbewohnern draußen, die sie mit ihren unreinen Zähnen zerbeißen?«

»Worauf willst du hinaus?«

»Es ist reiner Aberglaube, von reinen und unreinen Speisen zu sprechen; es ist reine Dummheit, von reinen und unreinen Menschen zu sprechen, in jedem Ding und in jedem von uns gibt es beides: Licht und Finsternis.«

»Und aus Protest gegen unser Reinheitsverlangen hast du deine weißen Gewänder abgelegt?«

»Nein, so gekleidet habe ich mich, weil ich im Aufbruch begriffen bin.«

Er tat einen Schritt auf die Tür zu. Sittai rief ihn zurück.

»Du hast uns gerade erst deine Gedanken dargelegt, wir haben noch gar nicht mir dir darüber gesprochen und uns auch untereinander nicht beraten, und du wendest dich schon ab.«

Tatsächlich war in dieser Auseinandersetzung Mani der Aggressivere. Später würde er Sittai verzeihen, daß er ihn seiner Mutter entrissen und zwanzig Jahre lang eingesperrt und terrorisiert hatte. Später würde er ohne Gehässigkeit von dem Sektenführer erzählen und von der Faszination, die die beiden aufeinander ausübten. Im Augenblick aber galt es, zu brechen, loszukommen, zu entrinnen. Zu gehen.

»Nicht irgendein Zerwürfnis mit euch veranlaßt mich zum Gehen, sondern die Botschaft, die ich der Welt zu übermitteln habe.«

»Und was für eine Botschaft ist das?«

»Es ist hier nicht der Ort, um sie zu verkünden. Ihr werdet meinen Ruf vernehmen, wenn die Welt euch sein Echo zurückwirft.«

»Das ist doch unvernünftig. Wir sitzen hier versammelt, um dich anzuhören, und du möchtest einfach ohne Erklärung fort. Wenn ein Bauer ein unbekanntes Samenkorn findet, probiert er es erst einmal auf einem kleinen Stück Acker; geht das Korn auf, so kann er es ruhigen Gewissens auf all seinen Feldern aussäen. Erläutere du uns deine Botschaft, wir sagen dir dann, was wir davon halten, und helfen dir, das Wahre vom Falschen zu unterscheiden.«

»Was wahr ist, ist wahr, und was falsch ist, falsch; eure oder meine Meinung bedeuten da wenig.«

Sittai schlug nun einen entschiedeneren, wenn auch nicht feindseligen Ton an.

»Es geht doch nicht nur um Meinungen, wir fünf sind schließlich die Ältesten, wir leben getreu nach den Büchern und unseren Traditionen, wir haben dich aufwachsen sehen und dir alles beigebracht, was du weißt, da kannst du dich doch nicht zu der Behauptung versteigen, deine Meinung allein wiege schwerer als unsere!«

»Du selbst, Sittai, hast mich gelehrt, daß Wahrheit nicht nach Mehrheit geht. In allen Weltgegenden hängen die Menschen haufenweise den absurdesten Anschauungen an, doch verleiht etwa ihre große Anzahl diesem Aberglauben irgendeinen Wert?«

»Aber die Brüder, vor denen du stehst, sind doch nicht die breite Masse, sondern die gelehrtesten und kundigsten aller Männer!«

»Die Gesetze des Universums werden nicht von Gelehrtenversammlungen verabschiedet. Sie sind so, wie sie nun einmal sind, wie soll eure Meinung daran etwas ändern können?«

»Du scheinst deiner selbst recht sicher zu sein.«

»Nur der Botschaft bin ich sicher, die mir offenbart worden ist.«

»Kommt aber diese Botschaft überhaupt von Gott oder nicht eher vom Teufel? Warum sollte der Himmel gerade dich auserwählt haben, hast du dich das schon einmal gefragt? Bist du etwa der Heiligste, der Frömmste, der Tugendreichste?«

»Ich erforsche nicht Seinen Ratschluß. Vielleicht bin ich Sein Liebling.«

Sittai war mit seiner Geduld am Ende, doch versuchte er sich noch zu beherrschen.

»Nehmen wir einmal an, Mani, der Allerhöchste habe tatsächlich dich ausersehen. Damit hätte er doch diesen Palmenhain auszeichnen wollen, meinst du nicht? Wenn du heilig und gesegnet bist, dann ist doch auch der Baum gesegnet, der dich getragen hat.«

»Was ist bei meiner Geburt mit dem schmutzigen Wasser geschehen, das mich neun Monate umgeben hatte? Man hat es weggeschüttet. Dieser Palmenhain ist das Wasser, in das meine Kindheit und Jugend getaucht waren.«

Das ging zu weit. Der ungläubig dreinschauende Sittai wollte Mani auffordern, diesen unverschämten Satz noch einmal zu wiederholen, doch da sprang schon sein Neffe Gara auf und brüllte: »Du Ketzer, du!« Wie auf ein Signal hin sprang augenblicklich die Tür auf und eine Horde von Weißen Gewändern strömte tobend herein, stürzte auf Mani zu, bewarf ihn mit Dreck und versuchte ihm seine bunten Kleider vom Leibe zu reißen.

Da griff Sittai ein:

»Wer weniger als drei Schritte von ihm steht, wird auf der Stelle exkommuniziert!«

Die Schläge hörten auf. Als jedoch Mani, der schon am Boden lag, den Kopf zu heben wagte, klatschte ihm eine Ladung Dreck auf die Stirn und lief ihm über die Augenbrauen und das ganze Gesicht. Er sank wieder zusammen. Mühsam gelang es Pattig, ihn hochzuziehen und der Horde zu entreißen.

Mitten aus seinen Tränen heraus lächelte Mani dann wieder. Wie konnte es ihn denn überrascht haben, mißhandelt worden zu sein? Hatte er denn erwartet, sie würden auf den Schultern tragen, wer ihr Gesetz verhöhnte? Jämmerlich verhalten hatte eigentlich er sich. Eine Ohrfeige und ein paar Dreckspritzer, und schon war es mit seinem sicheren Auftreten vorbei und er lag wie ein Kind heulend seinem Vater in den Armen!

Langsam wischte er sich mit dem Ärmel das Gesicht ab, setzte sich auf, hob den Deckel der aus rohem Holz gefügten Truhe, in der er seine Sachen verwahrte, holte sein Schreibzeug und seine Pinsel hervor und wickelte sie in ein leinernes Tuch, das er sich um die Hüfte schlang.

Dann stand er auf. Blieb aber noch lange mit hängenden Armen stehen, unfähig, einen Fuß vor den anderen zu setzen. Als erwarte er von seiner inneren Stimme noch eine letzte Bestätigung: »Ja, Mani, Sohn Babels, du bist allein, bar jeder Habe, von den Deinen verstoßen, und du ziehst aus, um die Welt zu erobern. Daran erkennt man wahren Anbeginn.«

Zweiter Teil

Vom Tigris zum Indus

Meine Hoffnung ist bis in den Orient der Welt gelangt und an alle bewohnten Orte der Erde.

Mani

I

Im April des Jahres 240 verließ Mani den Palmenhain der Weißen Gewänder für immer. Es wurde ein neues Blatt seiner Geschichte aufgeschlagen: Hatte er bis dahin seßhaft und versteckt gelebt, so würde er nunmehr durch die Lande ziehen.

Seine erste Etappe war Ktesiphon. Zur Zeit von Manis Geburt war diese große Stadt im Tigristal die Residenz der Partherkönige gewesen. Deren Reich war zwar inzwischen von den sassanidischen Persern hinweggefegt worden, doch hatten sich die neuen Herren des Landes in derselben Hauptstadt niedergelassen, der somit Prestige und Wohlstand erhalten geblieben waren.

Ktesiphon ist heute vergessen. Dabei war es eine der großen Metropolen der antiken Welt, die Wiege des Manichäismus und auch eine Hochburg der orientalischen Christenheit. Unweit der Stelle, an der die Araber fünf Jahrhunderte später die Stadt Bagdad gründen sollten, kann man noch die Überreste des Palastes bewundern, in dem Mani seine aufsehenerregendste Eroberung gelang.

Doch so weit war es noch nicht, als er dem Palmenhain gerade den Rücken gekehrt hatte. Zwar fühlte er schon ein Erobererherz in sich schlagen, doch schritt er eher einher wie ein auffallend bunt gekleideter Wandermönch.

Um den Kopf ein schützendes Tuch geschlungen, war er losmarschiert und hätte die Stadt eigentlich in vier bis fünf Tagen erreichen müssen. Der gerade Hochwasser führende Tigris aber hatte Deiche bersten lassen und Straßen überschwemmt, so daß die Reise sich hinzog. Am zehnten Tag erst kam er bei Sonnenuntergang an und wurde sogleich in den Alltagsstrudel hineingezogen. Die reichsten Einwohner Ktesiphons besaßen nämlich in der Regel eine Vielzahl von Reittieren und dichtgedrängte Herden, die von Sklavenhirten allmorgendlich auf die vor den Stadtmauern liegenden Weiden von Nassir und Mahoze hinausgetrieben und abends wieder hereingeholt wurden, wobei sie jedesmal die Stadttore unter einer Wolke von Wolle, Hirtenstäben und Gerüchen verstopften.

Wie unzählige andere Reisende auch mußte der Sohn Babels ihnen bei seinem Eintritt in die Stadt hustend hinterhertrotten, wurde herumgestoßen und bald auch schon betäubt von einem städtischer anmutenden Lärmen, da die zur Mittagszeit träge vor sich hin dösenden Straßen sich belebten, wenn die Sonne schräg herabscheinend die Abenddämmerung ankündigte. Kaufmannsgehilfen, Träger, Straßenverkäufer, Soldaten und Kameltreiber kamen dann nach mittäglicher Ruhe wieder zum Vorschein und nahmen ihr geschäftiges Treiben wieder auf, und zu ihnen gesellten sich die Spaziergänger, die Stunde um Stunde zahlreicher die Flußufer entlangwandelten, wo schon fliegende Händler in ihren Booten auf sie warteten und Matten, Hauben und teuren Krimskrams feilboten. Klingend purzelten die Münzen von einer Börse in die andere. So war Ktesiphon nun mal. Nicht um der frischen Luft willen spazierte man dort umher, sondern zum Paradieren, zum Vorzeigen der feisten Kinder und der Diener, vor allem aber der Gattinnen, die möglichst drall und milchig zu sein hatten und über dem Ausschnitt mit Ketten behängt sein mußten und an den Armen mit Reifen, mit zweien, mit vieren, oder gar bis zum Ellbogen hinauf. In dieser Stadt trug einer alles am Leibe, was er hatte, was er war oder was er zu sein vorgab. Da wurde auch schon mal so ein Armreif einem an einer Tempelmauer kauernden Bettler hingeworfen, damit die Menge nur ja große Augen machte.

Wenn der Himmel sich dann noch weiter verdunkelte und der Spaziergang sich seinem Ende zuneigte, dann zog man sich mit Tieren und Dienerschaft ins Haus zurück, wo man aß und trank, denn die Tavernen waren nur für Reisende und ein paar Strolche da. Jeder Stadtbewohner, der etwas auf sich hielt, betrank sich nämlich zu Hause, und zwar im Liegen: Zum Trinken legte man sich stets hin, umgeben von geliebten oder amüsanten Menschen. Und wieder mußte man protzen, mußte beweisen, daß man sich seine Räusche auch leisten konnte, mußte seinen Freunden, Nachbarn und Kunden den Wein schlauchweise kredenzen und saufen bis zur Besinnungslosigkeit. Benahm sich etwa nicht auch der König der Könige so? Hatte der nicht neben seinen Weinkostern und Mundschenken auch noch einen Trunkenheitsbeamten, der über alles Buch führte, was der Herrscher im Zustand majestätischer Berauschtheit verfügte, und es ihm dann beim Erwachen zum Behufe der Wiedergutmachung ins Gedächtnis rief? Hatte er sich am Vorabend in Spendierlaune getrunken und eine vierjährige Steuerbefreiung beschlossen, so mußte er sie wieder rückgängig machen können; hatte der Wein ihn mißmutig gestimmt und er den Obermagier entlassen, weil der sich geweigert hatte, zu tanzen, so mußte er ihn wieder in sein Amt einsetzen können.

Ktesiphon. Wohlgeordnete Trunkenheit, peinlich genaue Größe. Ktesiphon, Erbe Babylons und Rivale Roms: In den Mauern dieser Stadt also würde Mani diese Nacht verbringen.

Doch um der Stadt ein Gesicht zu verleihen, galt es erst einmal den Freund wiederzufinden. Mani befragte einen Passanten, der es nicht gar so eilig zu haben schien. Ob er vielleicht einen tyrischen Händler namens Malchos kenne? Malchos? wiederholte der Mann, und kniff dabei die Augen übertrieben fest zu. Mit dem Vornamen wisse er gut zehn oder zwölf. Und seine Frau sei also Griechin …

So gelangte Mani schließlich im Viertel des Nabûtempels unweit des Buckelplatzes vor ein zweistöckiges Haus, das im Glanz frischer Tünche hinter einer Palmenhecke stand. Der Türhüter führte den Gast zu seinem Herrn, der am Ende der Allee erschien und die Arme weit ausbreitete.

»Das ist nicht gerade der Palast, den ich dir versprochen hatte, aber ich habe mir erst mal diese Hütte hier gebaut«, sagte Malchos in lautstarker Bescheidenheit. Er machte einen satten, wohlhabenden Eindruck, und aus seiner Leibesfülle heraus strotzte er nur so vor Gesundheit.

Mit ungläubigem Gesicht kam Chloe herbeigeeilt. Sie hatte sich so gut wie nicht verändert. Abgesehen von dem pausbäckigen Kind, das sie mit geübtem Griff an der Hüfte trug, war sie noch immer das fröhliche, verschmitzte Mädchen, dem Mani nach wie vor aufs zärtlichste zugeneigt war, und ihre blonden Haare waren zerzaust wie eh und je. In dem kurzen Blick, den sie sich zuwarfen, lag ungekünstelte Freude; etwas Bedauern wohl auch. Doch keinerlei Zweideutigkeit.

»Diese Kleider«, sagte sie.

»Ja, ich habe die Weißen Gewänder verlassen.«

»Für immer?«

»Für mehr als immer.«

Er ging einen Schritt auf sie zu und streichelte gerührt dem kaum zweijährigen Mädchen über die Wangen, das sich von dem unbekannten Gast liebkosen ließ und ihn sogar mit einem Lächeln bedachte, sich dann aber wieder schüchtern an die Bluse der Mutter klammerte.

»Du bist hier willkommen«, sagte Malchos, »du weißt, dieses Haus ist dein Haus.«

»Wenn irgendein Haus auf der Welt meines sein könnte, dann dieses hier. Aber ich bin nur auf der Durchreise.«

»Wohin willst du denn?«

»Das weiß ich noch nicht. Kannst du mich erst einmal heute abend beherbergen?«

»Heute abend, morgen abend, jeden Abend, mein ganzes Leben lang.«

»Wegen morgen frage ich dich morgen wieder.«

Dagegen wollte Malchos Einspruch erheben, doch hörte er aus dem Ton seines Freundes wieder dieses Abwesende, dieses mit einem Male Unbeteiligte, quasi Schlafwandlerische heraus. Es hatte keinen Zweck, weiter auf ihn einzureden. Besser war es, gleich das Thema zu wechseln.

»Morgen kommst du mit, und ich zeige dir meine Lager und Werkstätten, und dann den Palast, die neue Rennbahn …«

Doch sein Freund unterbrach ihn und ergriff entschuldigend seine Hand. »Nein, Malchos, ich muß jetzt erst einmal aufs Geratewohl in dieser Stadt umherschlendern. Es ist Zeit, daß ich die Welt leben sehe.«

Als Malchos tags darauf auf dem Weg zu Mittagessen und Schläfchen mit seinem Maultier die übliche Abkürzung durch eine Art verwilderten Obstgarten ritt, sah er plötzlich inmitten einer kleinen Menschenansammlung Mani auf einem Stein sitzen. Beim Näherkommen bemerkte er, daß sein Freund ein offenes Buch auf dem Schoß liegen hatte, in das er etwas zu zeichnen schien, während er gleichzeitig mit den Leuten sprach, die um ihn herumstanden. Gerade wollte der Tyrer absteigen, als er die fünf, sechs Personen erkannte, die sich um den Maler drängten. Da besann er sich anders, ritt weiter und sah dabei in eine andere Richtung.

Zu Hause setzte er sich wortlos an den Tisch.

»Willst du denn nicht auf Mani warten?« erkundigte sich Chloe vorwurfsvoll.

»Der soll essen, wenn er kommt. Ich habe jetzt Hunger.«

Wenn Malchos seine Schmollmiene aufsetzte, sah er noch feister aus als sonst, und sein runder Bart stand ihm ganz struppig im Gesicht.

»Wohl wieder Ärger mit den Karawanenführern«, vermutete sie. Doch ihr Mann stopfte nur schweigend ein Stück Brot nach dem anderen in sich hinein und starrte dabei auf seine Finger. Chloe fragte nicht weiter nach und machte sich wieder um ihn herum zu schaffen.

Nach dem Obst legte er sich nicht schlafen, sondern setzte sich auf ein Kissen und ließ wütend seine Gebetsschnur durch die Finger gleiten. Nach einer Stunde kam Mani. Malchos sah nicht auf.

»Als ich durch den kleinen Garten geritten bin, habe ich dich gesehen ... Du warst da mit ein paar Individuen in ein Gespräch vertieft ... Kennst du sie?«

»Nein. Ich zeichnete gerade mit roter Tusche eine Girlande, da kamen sie zu mir her, und ich habe sie angesprochen.«

»Ohne sie zu kennen?«

»Außerhalb deines Hauses kenne ich niemanden in dieser Stadt.«

»Ich kann dir sagen, wer diese Leute sind: es sind Müßiggänger, Taugenichtse, Spinner und Säufer, lauter Leute, die den ganzen Vormittag nichts Besseres zu tun haben, als auf so einem Gelände herumzulungern... Du sagst ja gar nichts! Dir ist es also gleichgültig, daß deine Zuhörer die schlimmsten Strolche des ganzen Viertels sind!«

Mani blieb stumm. Aber in dem Schweigen dieses Kindes, dieses vierundzwanzigjährigen, bärtigen, buntscheckigen Kindes, lag so viel Arglosigkeit, daß Malchos es dabei bewenden ließ. Die Arme sanken ihm herab, die Augen fielen ihm halb zu, und so zog er sich zurück, um sein unnützerweise verzögertes Schläfchen zu machen.

An den folgenden Tagen mied der Tyrer besagten Garten. Lieber nahm er einen großen Umweg in Kauf, als noch einmal mitansehen zu müssen, welch zweifelhaften Umgang Mani da pflegte.

Sei es nun aus Neugier, aus Überdruß oder ganz einfach aus Unachtsamkeit: Tatsache ist, daß er eine Woche später doch wieder seinen alten Weg ritt. Diesmal bot sich ihm ein anderes Bild. Es standen nunmehr gut fünfzehn Personen um den Maler herum, darunter zwei oder drei der Gaffer vom erstenmal, aber auch Leute jeglichen Standes, wie etwa ein Nachbar Malchos', Tyrer wie er, reich und geachtet. Der Sohn Babels saß wie gewöhnlich auf seinem linken, angewinkelten Bein und hatte sein Buch geöffnet vor sich liegen, doch hatte er aufgehört zu malen und sich den Pinsel hinters Ohr gesteckt. Sein Freund stieg ab, kam näher heran, versteckte sich notdürftig hinter einer jungen Zypresse und hörte zu. Mani, der seine Gegenwart nicht bemerkt zu haben schien, fuhr fort:

»... zu Anbeginn des Universums gab es zwei Welten, die voneinander getrennt waren: die Welt des Lichts und die Welt der Finsternis. In den Gärten des Lichts waren alle begehrenswerten Dinge, und in der Finsternis herrschte die Begierde, eine mächtige, drängende, tobende Begierde. Und plötzlich tat es an der Grenze der beiden Welten einen Schlag, den gewaltigsten und furchtbarsten Schlag, den das Universum je erlebt hatte. Darauf vermengten sich die Partikel des Lichts auf tausendfache Weise mit der Finsternis, und so sind alle Geschöpfe entstanden, die Himmelskörper und die Wasser, die Natur und der Mensch ...«
Sein Reden setzte aus, wie auf der Suche nach einer Eingebung. Dann begann es wieder dahinzufließen.

»In jedem Wesen und jedem Dinge berühren und überschneiden sich Licht und Finsternis. Eine Dattel, in die ihr hineinbeißt, nährt mit ihrem Fruchtfleisch euren Körper, mit ihrem lieblichen Geschmack aber, ihrem Duft und ihrer Farbe nährt sie euren Geist. Das Licht in euch nährt sich von Schönheit und Erkenntnis, so denkt daran, es beständig zu nähren, und begnügt euch nicht damit, euren Körper vollzustopfen. Eure Sinne sind dazu geschaffen, die Schönheit zu erfassen, sie zu berühren, zu atmen, zu schmecken, zu hören und zu schauen. Ja, ihr Brüder, eure fünf Sinne sind Destillatoren des Lichts. Bietet ihnen Düfte, Musik, Farben. Erspart ihnen Gestank, Geschrei und Schmutz.«

Während seine Zuhörerschaft noch auf die Fortsetzung wartete, stützte Mani sich auf den Stock, den er stets mit sich führte, und stand auf. Alle traten respektvoll beiseite, um ihn durchzulassen, und blickten dabei unverwandt auf sein hohlwangiges, verstörtes Jünglingsgesicht. Als seien sie durch feine Fäden mit ihm verknüpft, gingen sie dann einer nach dem anderen hinter ihm her, stumm und gebannt.

Zwar machte sich Malchos nun etwas weniger Gedanken über den Umgang seines Freundes, doch waren deshalb seine Ängste noch lange nicht zerstreut. Hatte er gestern noch gebangt, ein eifriger Wächter werde Mani vielleicht für einen der Nichtsnutze aus dem Viertel halten, so befürchtete er nun, er könne aus weit schwerwiegenderen Gründen festgenommen werden. Man konnte in den Straßen Ktesiphons nicht jeden Tag Dutzende, ja vielleicht bald Hunderte von Menschen um sich versammeln, ohne irgendeines Komplotts verdächtigt zu werden. Was er gerade aus dem Munde seines Freundes vernommen hatte, enthielt zwar nicht das mindeste aufrührerische Wort. Und doch war Malchos voller Skepsis. Er kannte Mani gut genug, um zu ahnen, daß dies erst der Anfang seines Lehrens sei und er sich nicht ewig auf entrückte Betrachtungen über den Anbeginn des Universums beschränken würde. Eines vielleicht gar nicht so fernen Tages würde sein Freund den einen Satz zuviel sagen, der ihn ins Unglück stürzen würde. Je mehr der Tyrer sich die Sache durch den Kopf gehen ließ, um so offenkundiger und drohender erschien ihm die Gefahr. Im Geiste sah er schon sich selbst wegen Beihilfe in irgendeinem Kerker schmachten, sah sein Geschäft ruiniert, all seine Pläne zerschlagen und seine Frau zum Betteln genötigt ...

»Ich muß mit dir sprechen, Mani«, sagte er kurz angebunden. Das war nicht in feindseligem Ton gesprochen, es sollte nur aufrichtig und ernst klingen. Der Sohn Babels mußte erst einmal lächeln.

»Zieh doch deine Augenbrauen nicht so zusammen, diese finstere Miene will so gar nicht zu deinen runden Backen passen. Aber sprich nur, sag mir, was du auf dem Herzen hast ...«

»Du und ich haben unsere ganze Jugend in jenem Palmenhain zugebracht, fern der Welt mit ihren Freuden und Zwängen, und du hast noch viel mehr als ich in deinen Büchern gelebt, niemand weiß besser über Medizin und Theologie Bescheid als du, ich bewundere dein Wissen, dein Talent, deinen Eifer. Menschen wie du hinterlassen Spuren auf ihrem irdischen Weg und im Herzen ihrer Nächsten. Es gibt aber so allerhand, wovon du keine Ahnung hast, und was der größte Tölpel eher begreift als du, das gestehst du mir doch zu?«

Mani pflichtete ihm bei, wodurch sein Freund sich zum Weiterreden ermuntert fühlte.

»Erst einmal scheinst du vergessen zu haben, daß der Herr über Ktesiphon und über dieses ganze Reich der Sassanide Ardascher ist, der König der Könige. Ich darf dich an seinen Namen und seine Dynastie erinnern, und auch daran, daß er zur Errichtung seiner Herrschaft das Partherreich hinweggefegt und dessen letzten Herrscher Ardewan getötet hat. Falls du es noch nicht begriffen haben solltest, sage ich dir noch einmal, daß die Sassaniden ihr Reich auf den Trümmern der Parther errichtet und diese über ganz Mesopotamien und Medien bis hin zu den Toren Arabiens und Indiens gejagt haben. Und du, Mani, halte dir das stets vor Augen, bist Parther, bist für die neuen Herrscher in erster Linie ein Adeliger aus einem Parthergeschlecht. Nicht nur entstammt dein Vater dem Hause Haskaniya, sondern deine Mutter soll sogar eine Kamsaragan sein, also einer noch adeligeren und älteren Familie angehören, die an der Partherherrschaft teilhatte.«

»Lange war mir diese Abstammung verborgen, und als ich davon erfuhr, habe ich ihr keine Beachtung geschenkt. Wie du weißt, gibt es für mich weder Rassen noch Kasten.«

»Ja, ich weiß das, Mani, und ich achte dich auch dafür, aber die Welt sieht diese Dinge anders. Heute abend kann dem König der Könige von übelwollender Seite über einen parthischen Adeligen namens Mani berichtet werden, der auf den Straßen seiner Hauptstadt Versammlungen abhält. Und schon wäre es aus mit deinem Unternehmen.«

»Warum sollte man es auf mich abgesehen haben, ich kümmere mich doch nicht um Staatsangelegenheiten, spreche nur vom Himmel und rufe nicht zur Rebellion auf.«

»Hast du nicht gerade gesagt, daß du weder an Rassen noch an Kasten glaubst? Diese Worte brauchst du nur in aller Öffentlichkeit auszusprechen, und schon hast du Majestätsbeleidigung begangen, denn unser König ist auf seine Kaste ebenso stolz wie auf seine Rasse. Und selbst wenn du nur vom Himmel reden solltest, glaubst du etwa, das würde schon deine Unschuld beweisen? Vielleicht bist du dir dessen nicht bewußt, aber die Zeiten haben sich geändert. Als deine Partherverwandten noch an der Macht waren, wurden alle Religionen geduldet. Ich habe Christen als Nachbarn, die damals ihren Glauben lebten, ohne sich verstecken zu müssen. Der jüdische Exilarch ging im Palast ein und aus, und überhaupt wußte man nicht einmal, welcher Religion der Herrscher angehörte. Ardascher ist da anders. Er hat sich mit einer Magierschar umgeben, die dem ganzen Reich die Anbetung des Feuers aufzwingen will. In einem abgeschiedenen Palmenhain an einem Tigriskanal kann man sich noch zu der Religion seiner Wahl bekennen. Aber hier in der Hauptstadt hält man den Mund und verkriecht sich, und wer unbedingt noch Jesus, Baal, Nabû oder Moses verehren will, der tut das in seinen eigenen vier Wänden.«

»Deine Worte schrecken mich nicht, Malchos. Sollte man mich festnehmen, so wäre das für mich eine Gelegenheit, meine Botschaft dem Herrn dieses Reiches vorzutragen.«

»Du bist also so naiv wie eh und je. Da fällt dir irgendeine alte Fabel aus deinen Büchern ein, in der ein Angeklagter vor dem König erscheint, und schon siehst du dich dem Monarchen im Zwiegespräch gegenübersitzen, ihn in deinen Bann schlagen und schließlich bekehren. Wach auf, Mani, häng doch nicht länger diesen Jünglingsträumen nach! Nicht vor den König der Könige wird man dich führen, du Unglückseliger, sondern dich in ein verdrecktes Verlies werfen, wo du dich dann mit Ratten und Ungeziefer unterhalten kannst.«

»Darin täuschst du dich. Ich weiß, daß ich eines Tages zu Königen sprechen werde ...«

Malchos sah seinen Freund aufmerksam an, um herauszufinden, wo sich solche Gewißheit wohl herleiten mochte. Da kam Chloe und blickte so unsicher drein wie jemand, der nicht weiß, ob die Nachricht, die er bringt, Freude auslösen wird oder Verwirrung.

»Pattig ist da«, sagte sie.

Mani stand auf und tat einen Schritt auf die Tür zu; sein Gastgeber dagegen, noch ganz in seinen Sorgen befangen, erhob sich nur widerwillig, doch als der noch immer nach Art der Weißen Gewänder gekleidete Pattig das Zimmer betrat, streckte er ihm herzlich die Arme entgegen. Der alte »Bruder« ließ ihm lediglich eine flüchtige Umarmung zuteil werden. Er hatte nur Augen für seinen Sohn. Dem allerdings kam er nicht allzu nahe, sondern betrachtete ihn aus einiger Entfernung wie eine glühende, unstete und nicht ganz ungefährliche Erscheinung.

»Ich war fest davon überzeugt, daß ich dich nie wiedersehen würde! Als du fortgegangen bist, habe ich geweint und wollte mich zu Tode fasten. Auch Sittai hat geweint, als hätte er seinen richtigen Sohn verloren. Dann sind Brüder gekommen, die dich die Brücke nach Seleukeia haben überqueren sehen. Ich habe dann gleich vermutet, daß du zu Malchos gehen würdest, du kennst ja sonst niemanden in diesen Städten. Also bin ich dir nachgegangen. Alle Brüder wollten einen Zug bilden und mich begleiten. Daß du weggegangen bist, hat sie bekümmert und erschüttert. Wenn ich dich nur in unseren Palmenhain zurückbringen könnte, wäre die ganze Gemeinschaft überglücklich. Niemandem, hörst du mich, niemandem würde es einfallen, dir auch nur den geringsten Vorwurf zu machen, du könntest laut und offen sprechen und uns deine Gedanken erläutern ...«

Bei jedem Wort seines Vaters war Manis Gesicht härter und härter geworden.

»Wenn du nur gekommen bist, um mir das zu sagen, dann wärst du besser gleich bei den Weißen Gewändern geblieben. Merke dir ein für allemal, daß ich nie in deinen Palmenhain zurückkehren werde und nichts mehr mit dieser Religion zu schaffen habe.«

»Und ich, Mani, hast du auch nur einen Augenblick lang an mich gedacht? Ich habe mich von der Welt und ihren Freuden gelöst und meine Frau verlassen, um in dieser Gemeinschaft zu leben, von der ich mir Reinheit und Brüderlichkeit erhoffte, und jetzt sagt mein eigener Sohn zu mir, daß ich mein ganzes Leben umsonst geopfert habe. Höre ich auf dich, so verleugne ich alles, was mir je etwas bedeutet hat, und bleibe ich der Gemeinschaft verbunden, so verliere ich den einzigen Menschen, der mir nahesteht. Ich habe ja nur mehr dich auf der Welt.«

»Dann bleibe bei mir. Höre meinen Worten zu. Wenn sie deinen Erwartungen entsprechen, dann folge mir auf meinem Weg, so wie du bisher Sittai gefolgt bist. Wenn nicht, dann geh wieder zurück in den Palmenhain.«

Wie zu einem Fremden hatte Mani das gesagt. Oder wie zu einem Rivalen. Pattigs Gefühlsausbruch empfand er als Aggression, und fehl am Platze erschien ihm auch jede Anspielung auf ihre Verwandtschaft. Verschämt beobachteten Malchos und Chloe die Szene und wurden zu verlegenen Zeugen der Abrechnung zweier Schicksale. Da hatte ein Vater seinen Sohn und seine ganze Familie den Launen einer frommen Verirrung unterworfen, und nun erfolgte die unglaubliche Revanche. Pattig fiel plötzlich auf die Knie, als gehorche er einem göttlichen Befehl.

»Ich werde bei dir bleiben, Mani, werde deinen Worten lauschen und mich bemühen, sie bis in mein Herz dringen zu lassen. Lege mir deine Hände auf, ich werde dein erster Jünger sein.«

Mani antwortete nicht. Mit geschlossenen Augen suchte er seine Erinnerung nach irgendeinem Vorzeichen, irgendeinem Omen ab, das ihm diese seltsame Szene, die er jetzt erlebte, hätte ankündigen können. Nie hätte er gedacht, daß alles einmal so kommen würde.

Langsam öffnete er dann die Lider und legte seinem knienden Vater die rechte Hand aufs Haupt. Ohne es zu wissen, wiederholte und tilgte er damit gewissermaßen die Geste, mit der seinerzeit Sittai im Garten des Nabûtempels Macht über Pattig gewonnen hatte.

Brummend und schimpfend schlich Malchos an den darauffolgenden Tagen in seinen Werkstätten umher, vertat sich in einem fort und war zu keiner vernünftigen Arbeit imstande. Rätsel hatte Mani ihm zwar schon immer aufgegeben, noch nie jedoch war er ihm derart ungreifbar und verwirrend vorgekommen. Manchmal agierte er wie ein von Jüngern umgebener Meister, und einen Augenblick später wieder wie ein Kind; manchmal bewunderte, ja verehrte Malchos ihn, und gleich darauf wollte er ihn nur noch beschützen wie einen kleinen Bruder.

Vor allem gingen dem Tyrer immer wieder die jüngsten Ereignisse durch den Kopf. Eine sonderbare Kirche war da in seinem Hause entstanden, durch den widernatürlichen Treueschwur eines Vaters gegenüber seinem Sohn. Welche Rolle sollte dabei er spielen, Malchos aus Tyr, seines Zeichens Händler und ehemaliger Sektierer, der vor Kirchen und Gemeinschaften das Weite gesucht hatte?

Es gab da in den Beziehungen zu seinem Freund ein Mißverständnis, über dessen Ausmaß und Folgen er sich bisher noch nicht klargeworden war. Beide hatten sie voller Erleichterung den Palmenhain der Weißen Gewänder verlassen, doch aus ganz unterschiedlichem Antrieb. Er selbst hatte von jeher gewußt, was er vom Leben wollte: Wohlstand, sein geliebtes Weib, ein ansehnliches Heim und später dann den Palast, den er sich bauen würde ... Und Mani? Wovon träumte er beim Verlassen der Sekte? Von einer neuen Religion? Unverkennbar waren bei ihm das Bedürfnis zu predigen und die immer häufigeren Anspielungen auf eine himmlische Stimme... Doch wie ließ sich dann erklären, daß Malchos noch am Abend von Pattigs Ankunft aus Manis Mund folgenden hintergründigen Satz vernommen hatte: »Manchmal frage ich mich, ob nicht der Herr der Finsternis zu allen Religionen inspiriert, und zwar einzig und allein, um Gottes Bild zu entstellen!«

Waren das etwa die Worte eines Gottesmannes?

II

Bei diesem ersten Aufenthalt außerhalb des Palmenhains kamen sie endlich auf Mariam zu sprechen. Noch nie zuvor hatten sie sie erwähnt, und selbst diesmal brachte Mani es fertig, ihren Namen nicht auszusprechen. Er fragte lediglich:

»Hast du je erfahren, was aus ihr geworden ist?«

Sie gingen in einer stillen Allee der Stadt Ktesiphon nebeneinander her und hatten beide schon eine ganze Weile ihren Gedanken nachgehangen. Es dämmerte der Morgen, und die Sonne hatte auf die sanft erwachende, vom Fluß her milde angewehte Stadt noch nicht ihre Glut herabgesandt. Pattig besann sich nicht lange. Als sei es ausgemacht, daß der seit einem Vierteljahrhundert zwischen ihnen stehende Schatten sich nun endlich auch ihrer späten Vereinigung anschließe.

»Vor ein paar Jahren bin ich wieder einmal nach Mardinu gekommen. Da hat man mir im Garten unseres früheren Hauses ihr Grab gezeigt. Ich würde dir gern einiges erklären, Mani . . .«

Der Sohn aber blieb so ruckartig stehen, daß sein Stock in den Boden fuhr. Ganz nah hielt er die erhobene Hand an seines Vaters Gesicht und vollführte damit die gleiche Geste, mit der Pattig sich einst gegenüber seiner Gattin durchzusetzen pflegte, eine Geste, die bedeutete: »Kein Wort mehr.«

Pattig gehorchte. Außerhalb seines Hauses hatte er stets zu gehorchen gewußt. Und als Mani dann in schnellerem Tempo weiterging, folgte er ihm. Schweigend und mit zwei Schritten Abstand.

Von da an war dieses Thema für sie abgeschlossen. Die Wunde

aber würde noch so manches Mal durch ein ungeschicktes Wort wiederaufgerissen werden.

Zwischen Pattig und Mani würde sich die seltsamste Beziehung entwickeln, die zwischen einem Vater und seinem Sohn überhaupt vorstellbar ist. Im Verlauf der Jahre würde sich allmählich eine Freundschaft herausbilden, eine echte, tiefe Zuneigung, nicht jedoch aufgrund ihrer Blutsbande, sondern vielmehr diesen zum Trotz, geradezu, um sie zu verleugnen. Pattig würde bis zu seinem Tod ein vertrauter Jünger Manis sein, sein treuester Reisegefährte und eifrigster Zuhörer.

Eifrig zwar, anfangs aber auch ziemlich vorsichtig. Jedesmal wenn Malchos durch den Garten kam, in dem sein Freund nun regelmäßig malte und lehrte, sah er den Vater etwas abseits auf einem umgehauenen Baumstamm sitzen und dem Redner lauschen, stets völlig vertieft und recht sorgenvoll. Manchmal setzte der Tyrer sich zu ihm, begrüßte ihn mit einer linkischen Handbewegung und einem matten Lächeln, sprach aber kein Sterbenswörtchen, um nicht zu stören. Dann hörte er selbst Manis Worten zu, wobei er aufmerksam die Reaktionen der Zuhörerschaft beobachtete und sich nach bekannten Gesichtern umsah. Wer ihm dabei zugeschaut hätte, dem wäre er wohl kaum weniger sorgenvoll erschienen als Pattig, wenn auch aus anderen Gründen.

Die Befürchtungen, die er seit der Ankunft seines Freundes gehegt hatte, sollten sich als völlig begründet erweisen. Eines Tages nämlich, als Mani gerade mit lauter Stimme zu einer Menge sprach, die sich noch dichter drängte als sonst, wurde Malchos von einem Geräusch abgelenkt, von schweren Schritten, die über das trockene Gras knisterten. Als er sich umwandte, blickte er einem *Gsir* ins Auge, einem Ordnungsbeamten, der ihn zu sich winkte.

»Wer ist der Mann dort?«

»Ein junger Priester aus dem Lande Babel. Sein Name ist Mani.«

»Wovon spricht er?«

»Von Gebet und Fasten.«

»Welcher Religion gehört er an?«

Das hätte Malchos selbst gern gewußt! Doch hielt er es für klüger, mit verzogener Miene zu antworten:

»Der des Nazareners, glaube ich.«

Der Beamte notierte sich das in seinem Gehirnregister.

»Und wer bist du? Dich habe ich doch schon mal gesehen hier im Viertel?«

»Ich heiße Malchos, bin Händler und stamme aus Tyr. Ich kam gerade hier vorbei und …«

Verärgert über das ständige Gemurmel hinter sich, drehte Pattig sich um und hob drohend die Hand, um den Störenfrieden Ruhe zu gebieten; er ließ sie gleich wieder sinken, als er den uniformierten *Gsir* erblickte. Der hieß ihn näherkommen.

»Kennst du den da?« fragte der Offizier und deutete auf Mani.

»Das ist mein Sohn!«

»Wie heißt du denn?«

»Pattig.«

»Das ist doch ein parthischer Name, wenn mich nicht alles täuscht.«

»Ja, ich bin Parther und stamme aus Ekbatana.«

»Und wie kommt es dann, daß dein Sohn und du so gut aramäisch sprecht?«

»Ich bin schon als kleiner Junge nach Babel gekommen, und mein Sohn ist hier geboren, in dem Dorf Mardinu.«

»Welcher Sippe gehörst du an?«

»Den Haskaniya«, sagte Pattig mit einem plötzlichen Anflug sonst verborgenen Stolzes.

»Ein tapferes Kriegergeschlecht, dessen Heldentaten unvergessen sind!« sagte der Beamte mit einemmal bewundernd und ehrerbietig.

Seine Beflissenheit war jedoch nur von kurzer Dauer, denn Pattig beeilte sich, ihn im unversöhnlichsten Tone über seine Überzeugungen aufzuklären:

»Ich habe mein Lebtag an keiner Schlacht teilgenommen. Meine Religion verbietet mir, eine Waffe zu tragen, zu welchem Zweck auch immer.«

»Wenn ich also dieses Schwert zücke, um für Recht und Ordnung zu sorgen und die Feinde unseres Herrschers zu bekämpfen, dann bin ich in deinen Augen nicht mehr wert als irgendein Mörder oder Räuber!«

Da hielt Malchos es für angebracht, sich einzuschalten:

»Fürst Pattig und sein Sohn führen seit jeher ein zurückgezogenes Leben in einem Palmenhain und widmen sich der Lektüre alter heiliger Bücher. Von dem, was in der Welt geschieht, haben sie wenig Ahnung.«

Durch diese Erklärung, die Malchos mit einem betonten Augenzwinkern unterstrich, ließ der Beamte sich besänftigen. Doch Pattig fühlte sich bemüßigt, noch hinzuzufügen:

»Wir waren glücklich in diesem Palmenhain, bis mein Sohn beschlossen hat, nach Ktesiphon zu gehen. Da mußte ich ihm folgen.«

»Wozu ist er denn hergekommen?«

»Er will den Völkern eine neue Religion verkünden.«

»Wie bescheiden! Und wie lange gedenkt ihr uns noch mit eurer Anwesenheit zu beehren?«

Leise sagte Pattig, als spreche er zu sich selbst:

»Wenn es nach mir ginge, würde ich mich auf der Stelle davonmachen. Wenn man schon das Glück hat, weit weg von all dieser Korruptheit zu leben, von dieser Verderbtheit, diesen Tavernen…«

»Früher war es doch viel besser«, suggerierte ihm der Beamte.

»Das ist wohl wahr.«

»Unter den Parthern war überhaupt alles besser.«

Trotz seiner maßlosen Naivität merkte Pattig allmählich, daß ihm hier eine Falle gestellt wurde. Doch da ergriff Malchos auch schon die Initiative:

»Der Himmel verlängere das Leben unseres göttlichen Herrn Ardaschir und seines geliebten Sohnes, des göttlichen Schapur, seines Teilhabers an der Macht. Nie zuvor hat in dieser Stadt so viel Wohlstand und Ordnung geherrscht, als seit sie unter ihren Fittichen steht. Mögen die beiden stets über unseren Köpfen walten!«

Der Beamte rümpfte die Nase über dem dichten Schnurrbart, so als wollte er sagen: »Ich sehe schon, Tyrer, daß du die üblichen Floskeln kennst, aber damit allein wirst du dich nicht aus der Affäre ziehen.« Und doch mußte auch er nun heruntersagen: »Mögen sie ewig leben!«

Auf diese gängige Formel folgte ehrfürchtiges Schweigen. Dann begann der Beamte wieder, Pattig von oben bis unten zu mustern, und schickte sich an, ihm wieder eine Frage und damit wieder eine Falle zu stellen. Doch da wurde Manis Stimme lauter, und alle sahen und hörten auf ihn:

»… Gott, der reines Licht ist, kannte die Welt der Finsternis schlecht, und so rief er den ersten Menschen zu sich und sprach zu ihm: ›In dir ist zugleich Licht und Finsternis, und so bist du der beste Verbündete, den ich je haben könnte. Ja, Mensch, du bist die Falle, die das Licht der Finsternis stellt. Dir vertraue ich die Aufgabe an, die Schöpfung zu beherrschen und zu bewahren.‹«

Währenddessen kam der Beamte näher heran. Mit seinem kurzen Stock in der Hand und dem Schwert an der Seite watschelte er dickbäuchig über den kurzen, steinigen Weg zwischen Mani und seinem Publikum. Direkt vor Mani angelangt, blieb er stehen und schüttelte sich kurz. Was das zu bedeuten hatte, war allen Zuhörern sofort klar, denn ausnahmslos wandten sie ihre Blicke vom Redner ab und sahen den *Gsir* an, standen dann einer nach dem anderen auf und zogen sich umständlich zurück, wobei sie so lange rückwärts gingen, bis sie schließlich weit

genug weg waren, um sich umdrehen und davonlaufen zu können.

Da setzte sich der Beamte mit hocherfreuter Miene, ganz stolz
darauf, sich durch das Wunder der Autorität in die Gesamtheit
der Zuhörerschaft verwandelt zu haben.

Ein letzter Satz Manis:

»Den Völkern in allen vier Weltgegenden werde ich die Religion
der Schönheit verkünden.«

Dann verstummte er, ohne jedoch seinen Platz zu verlassen; es
war, als setze er die unterbrochene Predigt in sich selber fort. Der
Beamte beobachtete ihn, versuchte sich ein Bild von ihm zu machen, und setzte dann ein besorgtes Gesicht auf, so als suche er
vergeblich nach geeigneten Worten, die er an diesen seltsamen
Menschen richten könne. Schließlich aber verzichtete er darauf,
ihn anzusprechen, ließ ihn aufstehen und davonhumpeln.

Der einzige Zuhörer blieb wie angeschraubt sitzen, beinahe dö-
send, und erst als Mani schon weg war, kam er wieder zu sich.
Dann richtete er sich auf, eilte Malchos nach und holte ihn vor
seiner Haustür ein.

»Richte diesen Parthern aus, ich will ihre Gewänder hier in Ktesiphon nicht mehr herumschleichen sehen. Sie sollen zurück in
ihr Dorf und sich dort für immer vergraben. Sag mir doch noch
einmal ihre Namen!«

»Pattig und Mani.«

»Und du heißt Malchos, nicht wahr? Hier wohnst du also?
Schön hast du es hier!«

Als der Beamte einen neiderfüllten und zugleich drohenden
Blick über den Besitz schweifen ließ, ertappte Malchos sich dabei, wie er die Mauern seines Hauses schon sehnsüchtig betrachtete, als sehe er sie zum letztenmal aufrecht stehen.

Er schwankte in den schattigen Innenhof, sank dort nieder und
ließ sich von Chloe einen Brombeersaft mischen. Er stürzte ihn

hinunter und verlangte noch einen, ehe er sich überhaupt den Schweiß von der Stirn wischte. Wollte er sich sein Hab und Gut und seine Familie erhalten, so wußte er, was er zu tun hatte, wußte, welches infame Ansinnen er an Mani würde herantragen müssen. Doch wie sollte er nur die entsprechenden Worte über die Lippen bringen? Als Pattig sich zu ihm gesellte, unterhielten die beiden sich nur mit Gebärden und ersticktem Flüstern.

Erst eine Stunde später traf ein frischer, heiterer, hellwacher Mani ein.

»Ich habe nachgedacht«, sprach er. »Ich muß fort aus dieser Stadt.«

Im ersten Augenblick empfand Malchos Erleichterung, bemühte sich aber, sich davon nichts anmerken zu lassen. In etwas affektiertem Ton und nicht ohne einen Anflug von Spott fügte Mani hinzu:

»Ich habe meinen himmlischen Gefährten um Rat gebeten, und er hat mir geantwortet: ›Ktesiphon ist ein riesiges Tor; kannst du es nicht aufbrechen, so versuche dir den Schlüssel zu besorgen.‹ Ich gehe noch heute abend fort. Und wenn *Mar* Pattig es wünscht, kann er mich begleiten.«

Als einzige Antwort stand der Vater auf, löste die Kordel um sein weißes Kleid und band sie fester zu.

Malchos war nun wieder in der Lage, mit der gebotenen Zuvorkommenheit zu reagieren.

»Wäre es nicht vernünftiger, die Morgendämmerung abzuwarten?«

Indes gingen seine tatsächlichen Gefühle über diese Höflichkeitsfloskel hinaus. Er war peinlich berührt, und zwar mit jedem Augenblick mehr. Er schämte sich, Mani fortgewünscht, ja ihn beinahe zum Gehen aufgefordert zu haben. Die Szene, der er hier beiwohnte, erfüllte ihn mit Bitterkeit, und er fühlte genau, daß er diese Bitterkeit bis an sein Lebensende nicht mehr loswerden würde. Hatte er nicht jahrelang das tröstliche Bild seines Freundes vor Augen gehabt, der im Speisesaal des Palmenhains die Dattelkerne hatte verschwinden lassen? Er war nunmehr überzeugt davon, daß er sich noch in zehn oder zwanzig Jahren mit unverminderter Scham und Bitterkeit an den Tag erinnern würde, an dem er ihn aus seinem Haus verjagt hatte. Verjagt? Eigentlich hatte er ihn gar nicht verjagt, und in Manis Gesicht stand auch nicht der geringste Vorwurf, doch würde der Tyrer sich niemals seinen Mangel an Großmut verzeihen können. Was also sollte er tun? Vater und Sohn zurückhalten und damit das Risiko eingehen, alles zu verlieren, sein Haus, sein Geschäft, einfach alles, was er sich seit seiner Ankunft in Ktesiphon aufgebaut hatte?

So kam er nach und nach, und ohne es sich so recht eingestehen zu wollen, auf einen absonderlichen, ja aberwitzigen Gedanken. Und wenn er ihn auch auf der Stelle verwarf: Der Gedanke schlich sich wieder heran und ließ sich nicht mehr verscheuchen.

Armselig und bleich sah Malchos zu, wie seine Gäste ihr dürftiges Gepäck aufsammelten. Da kam Chloe herein. Bevor noch irgendein klärendes Wort fallen konnte, erfaßte sie mit einem Blick die Situation: die Abreise der Gäste und den Zwiespalt des Gatten.

Voller Zärtlichkeit sah sie die drei lange an und nahm dann ihren Mann beiseite.

»Wenn du die beiden ein Stück begleiten willst, dann nur zu. Trotz ihrem Alter sind sie doch nur Kinder, sie wissen nicht, was sie unterwegs erwartet, ohne dich wären sie verloren.«

Als habe Malchos nur auf diese ermunternden Worte gewartet, stand er plötzlich energiegeladen da. Und strahlte über das ganze Gesicht.

»Also los! Ich lasse gleich die Reittiere vorbereiten.«

Ein »Stück« hatte seine Frau gesagt? Jahre später würde Malchos sich noch immer fragen, wie er sich derartig leichtsinnig auf ein solches Abenteuer hatte einlassen können.

Über das Ziel seiner Reise schien Mani sich gar nicht im klaren zu sein. Jeden Morgen marschierte er von neuem drauflos, so daß er sich keine zwei Nächte auf derselben Matte zur Ruhe legte. Und seine Gefährten folgten ihm. Nach Ganazak in Atropatene, nach Armenien, durch die Berge Mediens, die Sümpfe von Mesene und schließlich in das am Tigris liegende Kaschkar, wo sie sich einschifften.

»Und wohin jetzt?«

Auf diese Frage erwartete Malchos ebensowenig eine Antwort wie auf die zwanzig vorhergehenden. Er war auf dem Heck neben Pattig niedergesunken und hatte sich ein feuchtes Tuch um den Kopf geschlungen. Die Sonne war so nahe, daß man sie in den Schläfen pochen hörte. Nur Mani stand aufrecht da, und sein Schatten duckte sich zu seinen Füßen. Ohne sich umzudrehen, verkündete er, so als blättere er gerade im Schiffstagebuch:

»Heute abend werden wir in Charax übernachten. Dann bringt uns ein Schiff über das Große Meer. Nach Indien.«

Malchos brachte schon gar keine Einwände mehr vor. Er legte sich abends nieder, stand morgens wieder auf, hörte Mani an und trottete weiter. Mochte er aber noch so fügsam dreinblikken, so stellte er dennoch unentwegt seine Berechnungen an. Wir schreiben doch jetzt *Ayar*, dachte er, den letzten Frühlingsmonat, in dem der Monsun beginnt und die Schiffe gen Osten treibt, und das wissen auch alle Seeleute und Fernhändler, aber woher nur hat Mani diese weltlichen Kenntnisse? Malchos stützte sich auf einen Ellbogen, um besser nachdenken zu können. Hatte sein Freund sich etwa mit der Lehre von den Winden beschäftigt? Sollte er von Anfang an, als er ihn zu dieser vermeintlichen Irrfahrt mitnahm, schon geplant haben, daß sie Charax genau zu dem Zeitpunkt erreichen würden, an dem sich die jahreszeitlich bedingten Wege nach Indien auftun? Oder ist etwa sein »Zwilling« der Allwissende, und er läßt sich von ihm führen? Sein «Zwilling»? Wer ist denn eigentlich Mani, und wer ist sein »Zwilling«? Mit ein und derselben Hand verscheuchte Malchos verärgert seine Zweifel und die Mücken aus den Sümpfen.

III

Reisen wurden in Charax, diesem Umschlagplatz Mesopotamiens, in den Spelunken vorbereitet, die sich entlang der Flußmündung aneinanderreihten. Schiffsmieter, Matrosen, Geldwechsler, ehrbare Schieber, Dirnen, Wahrsagerinnen. Von diesem dröhnend lachenden, zotenreißenden Volk hielten Mani und Pattig sich fern und bogen lieber in ein schattiges Sträßchen ein. Die Kontaktaufnahme blieb allein Malchos überlassen, der auch schon Ausschau nach einem Landsmann hielt. Daß er einen oder gleich mehrere finden würde, wußte er bestimmt, denn die Gewürznelken- und Kardamomstraße wurde schon seit Jahrhunderten von Tyrern befahren.

Und tatsächlich fiel ihm in einem der weniger lärmenden Grüppchen ein Gesicht auf, eine Bartform, eine Haartracht, ein Ring. Er nahm Fühlung auf, ließ sich einen Platz anbieten und zu Gerstenbier einladen. Man sprach über *Drachmen* und *Denare, Lari* und *Aurei,* dann über Seegang, Riffe und Piraten. Malchos erzählte von Ktesiphon, pries seine Werkstätten, seinen guten Ruf, sein Händlergeschick und seine Kundschaft und malte seinem Gesprächspartner in den schönsten Farben aus, auf wie lukrative Weise sie miteinander ins Geschäft kommen könnten. Eine Stunde später waren die beiden Tyrer handelseinig, was sie per Handschlag besiegelten.

»Wann stechen wir in See?«

»Die Waren sind schon an Bord, desgleichen das Süßwasser, wir warten nur noch auf ein gutes Vorzeichen. Unserem Zimmermann ist letzte Nacht im Traum eine ganze Herde Ziegen erschienen, die waren so schwarz wie ein sich zusammenbrauendes Gewitter. Daraufhin wollten meine Seeleute nicht mehr losfahren. Morgen vormittag werde ich im Tempel an der Mole einen Stier opfern. Wird er angenommen, dann gehen wir am Nachmittag unter Segel, bevor die Götter es sich noch einmal anders überlegen.«

Mit einem gezwungenen Lachen standen sie auf; denn ohne Bangen fährt niemand aufs Meer hinaus. Malchos begab sich dann wieder zu seinen Freunden und meldete, daß alles arrangiert sei.

Mani und Pattig waren von einem Zuhörerkreis umgeben, so wie es noch in jedem Ort, durch den ihr Weg sie geführt hatte, der Fall gewesen war. Sollte er sie unterbrechen, um seinen Erfolg hinauszuposaunen? Wozu nur, er wußte ja schon, wie sie reagieren würden, wie schlaftrunkene Lämmlein würden sie ihn anschauen, als sei es seit jeher ausgemacht, daß er beim Betreten jener Taverne einem tyrischen Reeder begegnen würde, der ausgerechnet nach Indien wollte, seinen Aufbruch um genau einen Tag verschoben hatte und nichts lieber tun würde, als sie alle drei an Bord zu nehmen! Nein, Malchos würde nichts sagen, er würde die beiden Parther ihrer himmlischen Mission nachgehen lassen und sich inzwischen um eine weit profanere Angelegenheit kümmern: um die Lebensmittel nämlich. Hatte sein Landsmann auch höflicherweise darauf bestanden, für die Beförderung kein Entgelt zu nehmen, so verstand es sich doch von selbst, daß sie wie alle Passagiere für ihre Verpflegung selbst sorgen würden.

Kann man sich überhaupt vorstellen, was für einen Proviantberg es anzuhäufen galt, um drei Männer die ganze Überfahrt lang zu verkösten? Mit großen Schritten ging Malchos in Richtung Hafenbasar. Und während er so marschierte, grummelte er unaufhörlich vor sich hin. Ohne daß er es eigentlich merkte, blubberten die Worte aus seinem Innersten empor wie Bläschen, die von Fischen an die Wasseroberfläche geschickt werden. Bei ihrer Abreise aus Ktesiphon hatte er wie jeder halbwegs vernünftige Mensch vorgehabt, einen oder zwei Diener mitzunehmen. Doch Mani hatte nichts davon hören wollen.

»Und wer soll dann unsere Zelte aufbauen und für uns kochen?«

»Weder Zelte werden wir brauchen noch einen Koch. Bei jedem Aufenthalt werden großzügige Menschen uns Kost und Logis anbieten.«

»Dann sollen wir also ganz allein losziehen wie Bettler?«

Mani hatte gelacht.

»Wem sollte es mehr zustehen, die Welt zu führen, als einem Bettler?«

Einem Kaufmann mußte eine derartige Überlegung wahrlich irritierend vorkommen!

»Es gibt Tage, Mani, an denen ich dich wirklich nicht mehr begreife. Ich frage mich, ob du nicht nur so daherredest, um mich durcheinanderzubringen.«

Da hatte Mani eine völlig ernste Miene aufgesetzt und erklärt:

»Wer sich dazu entschlossen hat, andere zu führen, der muß auf jegliche Macht und jeglichen Reichtum verzichten und darf nur das Kleid besitzen, das er am Leib trägt, sonst nichts, nicht einmal die Speise für den nächsten Tag. So lassen sich die Weisen von den Scheinheiligen unterscheiden, die mit dem Glauben nur ihre Geschäfte machen.«

»Aber wie sollen diese Weisen dann überleben?«

»Das Volk wird sie jeden Tag ernähren.«

»Könnte das Volk nicht eines Tages keine Lust mehr haben, sie zu ernähren?«

»Wenn einmal auf der ganzen Erde kein Mensch mehr dazu bereit ist, einen Weisen zu ernähren, dann verdient die Welt keine Weisen mehr, und es ist Zeit für sie zu gehen.«

»Sollen sie sich dann zugrunde gehen lassen?«

»Wenn die Welt die Weisen im Stich läßt, werden die Weisen sie verlassen. Dann ist die Welt allein und wird unter ihrer Einsamkeit leiden.«

Malchos hatte dreimal seine Mütze auf dem Kopf hin und her gedreht.

»Wenn ich also richtig verstanden habe, dann gehen wir ohne Lebensmittel und ohne Gold auf Reisen.«

»Ja, ohne all das. Wie Weise werden wir uns auf den Weg machen.«

Wie Verrückte, hätte der Tyrer am liebsten gesagt. Doch mit welchen Argumenten hätte ein derartiges Unverständnis noch überbrückt werden sollen?

So zogen Mani, sein Vater und sein Freund also los und hatten keine andere Ausrüstung dabei als ihre Reittiere. Malchos hatte es sich allerdings nicht verkneifen können, unter seinem Rock eine Börse zu verstecken. Gelegenheit, sie aufzuknüpfen, hatte er aber den ganzen Weg nicht gehabt. Kaum ritten sie in eine Stadt, wie etwa Holvan, Kengavar oder Artaxata, oder auch nur in eine kleine Ortschaft hinein, da kamen schon Leute herbei, zuerst nur aus der Neugier heraus, die sie jedem Fremden entgegenbrachten. Sobald Mani dann zu predigen begann, versammelte sich eine ganze Zuhörerschaft um ihn. War dem Sohn Babels das örtliche Idiom unbekannt, so bot sich einer der Umstehenden als Dolmetscher an, und gegen Abend bat dann der gleiche Mann oder irgendein anderer die Reisenden inständig, sie sollten ihm doch die Ehre erweisen und die Nacht in seinem Haus verbringen.

Bei jeder Mahlzeit stritten sich die Honoratioren darum, die Besucher bei sich bewirten zu dürfen; und den ganzen Tag über kamen, während Mani predigte, Frauen herbei und brachten ihm, seinen Begleitern und den Zuhörern Obst und erfrischende Getränke.

Bevor Mani das Brot brach, sprach er immer ein kurzes Gebet: »O Herr, um diese Speise zuzubereiten, mußte dem Boden, den Pflanzen und anderen Geschöpfen ein Leid zugefügt werden. Aber getan wurde das einzig in der Absicht, das Licht zu nähren, das im Menschen ist, und Dein Wort leben zu lassen.«

Dann verteilte er das Essen um sich herum, als sei er der Herr im Haus, und begnügte sich selbst mit etwas Brot und ein paar Früchten. Wassermelonen hatte er besonders gern, und wenn er nach dem Grund dafür befragt wurde, erklärte er, in keinem anderen Nahrungsmittel sei so viel Licht konzentriert: »Schaut nur die Wassermelone an, eure Augen erfreuen sich an ihrer Farbe und eure Nase an ihrem zarten Duft, eure Hand streicht über die feste, glatte Schale, ihr braucht nichts dazu zu trinken, denn sie birgt ihr Wasser in sich selbst, ihr braucht sie nicht auf einen Teller zu legen, denn sie bietet sich in ihrem eigenen Gefäß an, in dem sie herangereift ist. Fangt an den Enden an und eßt euch zur Mitte vor: Mit jedem Bissen nähert ihr euch so den Gärten des Lichts.«

Auch ofenwarmes Brot und Gurken schätzte er, sowie Datteln, und zwar besonders die fast durchsichtigen. Fleischgerichte hingegen wies er mit an Unhöflichkeit grenzender Bestimmtheit von sich. Er nahm auch weder Wein noch vergorene Getränke zu sich, sondern tat nur zu Beginn jeder Mahlzeit so, als nippe er ein wenig davon, damit die Tischgenossen sich unbefangen daran gütlich tun konnten. Trunkenheit aber duldete er nicht; es brauchte sich nur bei einem der Anwesenden der Alkohol irgendwie bemerkbar zu machen, und schon stand Mani auf und verließ ohne Rücksicht auf seine Gastgeber den Raum.

Wenn Mani sich wieder auf den Weg machte, hatte er oft schon mehrere Menschen erobert, die nicht mehr von ihm weichen wollten. Zu diesen sagte er dann aber: »Folgt mir jetzt noch nicht, die Zeit dazu ist noch nicht gekommen. Wartet auf mich, seid meine Hoffnung in dieser Stadt, erzählt weiter, was ihr aus meinem Mund vernommen habt, und sagt jedem, daß ich wiederkommen werde.«

Manchmal brachten die Honoratioren des jeweiligen Ortes ihm auch Geschenke dar, neue Kleider und Goldstücke, bei deren Anblick Malchos' Augen zu funkeln begannen. Doch bedeutete

Mani ihm mit einem Stirnrunzeln, nichts davon anzurühren, und sprach dann zu seinen Wohltätern: »Voller Dankbarkeit nehme ich euer Geschenk an. Bewahrt es in eurem Hause an gut sichtbarer Stelle auf, denn es soll euch an meine Anwesenheit hier erinnern und euch meine Wiederkehr verkünden.«

So waren sie schließlich nach Charax gelangt, hatten jeden Tag essen und sich waschen können, waren aber nicht reicher geworden. Ärmer allerdings auch nicht, denn Malchos hatte kein einziges Mal in seine Börse gegriffen. Gern hätte er nun zugegeben, daß seine Vorsichtsmaßnahme sich als überflüssig erwiesen habe, wäre da nicht die geplante Überfahrt nach Indien gewesen. Zog man auf dem Landweg dahin, so konnte man bei jedem Halt Essen und Unterkunft finden, darin hatte Mani durchaus recht behalten, und Malchos' Zweifel waren unbegründet gewesen. Auf dem Meer jedoch konnte es nicht auf gleiche Weise zugehen, da war jeder auf seine Vorräte angewiesen, besonders auf dem Weg nach Indien, wo die Küstenstriche oft unbewohnt und nur selten gastlich waren.

Für wieviel Zeit man sich mit Proviant versorgen müsse, hatte Malchos den tyrischen Reeder gefragt. Wenn man zur unrechten Jahreszeit die Küste entlangfahre, hatte der geantwortet, dann könne sich die Reise über Monate hinziehen; lasse man sich aber vom Monsun dahintreiben, so könne das Industal in knapp drei Wochen erreicht werden. Grob gesagt müsse man also dreißig Tage veranschlagen, wenn man die Wetterunbilden berücksichtige.

Haltbare Lebensmittel für dreißig Tage und drei Personen, rechnete Malchos. Dann blickte er an der nächsten Kreuzung um sich und rief schließlich zwei an einem Brunnen sitzende Träger herbei. Die beiden arbeiteten oft für Reisende und führten ihn sogleich zum Hafenbasar, wo sie ihren Stammlieferanten hatten, einen Nabatäer aus Petra, der angeblich so preiswert war wie kein anderer und ihnen auch gleich mit einem Augenzwinkern die übliche Provision versprach.

Er erkundigte sich nach der Reiseroute und stellte dann selbst die Liste der benötigten Lebensmittel zusammen. Für die erste Hälfte der Reise brauche man hartgekochte Eier, Fladenbrot, Käse, getrockneten oder gepreßten Fisch; für danach Gerste, Dinkel, Linsen, Saubohnen, weiße Bohnen und Erbsen; natürlich auch zwei Krüge gestampfte Datteln, Zwiebel- und Knoblauchkränze, Oliven, Honig, getrocknete Aprikosen, Öl, Salz und verschiedene Gewürze; den Wein nicht zu vergessen, am besten ein paar Schläuche voll, die der Kapitän wohl gefälligerweise im Kielraum aufbewahren werde, bis zur Hälfte eingegraben in den feuchten Sand, der als Ballast diene. Selbstverständlich müsse man den Wein dann auch in seiner Gesellschaft trinken.

»Mit Kochgerät und Gefäßen werdet ihr ja von der Reise her schon versorgt sein.«

»Nein«, klagte Malchos, »wir hatten nur einen Krug zum Trinken.«

»Und wie habt ihr dann euer Essen zubereitet?«

»Nun, wie soll ich Euch das begreiflich machen? Wir haben auf die Güte des Himmels gebaut.«

»So reist eben jeder auf seine Art«, bemerkte der Nabatäer, der sich in Glaubensdingen äußerste Vorsicht angewöhnt hatte. »Nehmt aber trotzdem einen Topf und Brennholz mit!«

Als nach vielem Feilschen alles gekauft war, mußte Malchos einen dritten und dann noch einen vierten Träger herbeirufen; er selbst bahnte nicht nur dem Zug einen Weg durch die Menge, sondern war ebenfalls bis zum Kinn beladen, als er wieder bei seinen Gefährten anlangte. Mani redete noch immer, und Pattig stand daneben und hörte zu. Da bedeutete Malchos den Trägern, sich noch ein wenig zu gedulden. Ohne zu murren, luden sie ihre Last ab, auf höheres Entgelt spekulierend.

Als die Predigt schließlich beendet war, betrachtete Mani ohne Begeisterung die vor ihm liegenden Waren.

»Die viele Mühe hast du dir umsonst gemacht.«

Darauf schwieg Malchos lieber. Nicht wie ein Schüler vor seinem Lehrer, sondern ganz im Gegenteil wie ein älterer Bruder, der beschlossen hat, dem jüngeren, unreifen nicht mehr zu widersprechen. Und wenn er auch nicht besonders abergläubisch war, so wußte er doch, daß zwei Freunde sich niemals streiten sollen, bevor sie aufs Meer hinausfahren.

Welchem abgebrühten Seemann mag es wohl eingefallen sein, den drei mörderischsten Klippen des Großen Meeres den unnachahmlichen Namen »Meine Sicherheit und ihre Töchter« zu verpassen? In den furchterregenden Legenden, die sich die Seefahrer von Kanton bis zu den Handelshäfen Abessiniens erzählten, war diese Benennung von einer Sprache in die andere übergegangen. Drei dunkle Felsen staken aus dem Wasser, eine oft durch Nebel und Finsternis verborgene Höllengabel, die von Dschunken lieber umfahren wurde, während Boote mit weniger Tiefgang sich manchmal mit einem Todesmut hindurchwagten, von dem die zahlreichen Wracks auf dem Meeresgrund beredtes Zeugnis ablegten.

Für Manis Begleiter war es eine Überfahrt der Schrecken. Kaum hatte das Schiff die Meerenge mit dem göttlichen Namen Hormus hinter sich, da wurden die Reisenden durch ein Schreien aus ihrem Mittagsschlaf gerissen: »Wal! Wal! Wal!«

Alarm geschlagen hatte ein aus Susa stammender Matrose, der mit der Hand aufs Meer hinausdeutete. Zuerst eilte der Reeder herbei, dann der Kapitän, der vor allem vermeiden wollte, daß die Passagiere in Panik ausbrachen und alle an der gleichen Stelle zusammenliefen, was das Schiff mit viel größerer Sicherheit aus dem Gleichgewicht gebracht hätte als die beiden Wale, die darauf zugeschossen kamen.

»Keiner rührt sich vom Fleck! Den ersten, der aufsteht, werfe ich über Bord!«

Wenn die Reisenden diese Drohung auch nicht ganz ernst nahmen, verharrten sie doch alle auf ihren Plätzen. Nachdem der Kapitän sich vergewissert hatte, daß seine Anordnung befolgt wurde, sagte er:

»Keine Angst, der Schiffsrumpf ist solide, wir sind noch auf jeder Reise von Walen angegriffen worden und trotzdem nicht untergegangen!«

Als wollten die Tiere den Kapitän herausfordern, stießen sie leicht an das Schiff und brachten es ins Schlingern.

»Bringt die Simander her!«

Die Simander? Keiner der Passagiere war verzweifelter als Pattig. Da er wußte, daß diese Instrumente in Kirchen als Gongs benutzt wurden, fiel er mit gefalteten Händen auf die Knie und murmelte: »Beten, beten, jetzt hilft nur noch beten!« Dabei sollte das Dutzend Simander, das der Schiffszimmermann jetzt herbeischaffte, zu einem ganz anderen Zweck dienen. Sie wurden an die Mannschaft verteilt, und da noch zwei übrigblieben, bekam auch Malchos einen. Damit sollte er sich über Bord beugen, mit dem Klöppel gegen die Scheibe schlagen und dabei so viel Lärm erzeugen wie nur irgend möglich. Unterstützt wurden diese Bemühungen dann auch vom Koch des Kapitäns, der ein Kupfertablett hervorholte und mit einer Kelle darauf eindrosch. Nach und nach machte jeder mit, jede Oberfläche wurde zum Gong, alles trommelte, klopfte und schlug drauflos, und dazu wurde geschrien, gepfiffen und geplärrt, voll munteren Entsetzens. Und das Lärmen half. Nach einigen Minuten wurde steuerbord in etwa einer Seemeile Entfernung eine hochschießende Fontäne gesichtet. Die Wale waren davongeschwommen und sollten sich auch später nicht mehr blicken lassen.

Beunruhigender war die Wasserhose, die am Abend des dritten Tages auftauchte. Zuerst sah man nur eine weiße Wolke, die aber von Minute zu Minute größer wurde, anschwoll und sich verdichtete, bis sie dann anfing, sich zu drehen, schneller und schneller, so daß sie wirkte wie ein riesiges Horn, das sich gleich in die Fluten stürzen will. Dabei war genau das Gegenteil der Fall, denn an genau jener Stelle fing es im Meer plötzlich zu brodeln an wie in einem Kessel auf dem Herd, und wie von Zauberhand hob sich mit einemmal die Wasseroberfläche empor und wurde von der wirbelnden Wolke hinaufgezogen; rauschend stand nun eine schwarze Wassersäule da und stieg und stieg immer weiter, und man mochte meinen, es würde das ganze Meer zum Himmel hinaufgesogen werden.

Die Passagiere waren wie versteinert. Mit zunehmender Dunkelheit sah die Wasserhose auch immer mehr aus wie ein apokalyptisches Ungeheuer, wie eine Art riesiger, zwischen Himmel und Meer dahinschwebender Drache, und nicht wie eine gewöhnliche Naturerscheinung. Selbst der Reeder bekam es mit der Angst zu tun. Aus seinem Koffer holte er eine aus Goldstücken gebildete Kette hervor und wickelte sie sich um den Hals. Ein junger Matrose zückte einen spitzen Dolch und hielt ihn sich an die Kehle, als warte er nur auf ein Zeichen, um sich zu töten. Pattig hatte sich niedergeworfen und sprach Gebet um Gebet.

Niemand schlief in jener Nacht, alles spitzte die Ohren und suchte unentwegt den Horizont ab, ob die Gefahr nicht schon herannahte. Zwei Männer jedoch waren gegen jede Angst gefeit. Einmal der Kapitän, ein alter Seebär aus Charax. Hatte er auch alle Hebel in Bewegung gesetzt, um die Wale zu vertreiben, so begnügte er sich beim Erscheinen der Wasserhose damit, die Segel zu streichen, denn was hätte er weiter tun sollen? Er wußte, daß die Säule zerfallen würde, nah oder fern, vielleicht zu gewaltigen Wasserladungen, die das Schiff zum Kentern bringen konnten, vielleicht aber auch zu feinen Tröpfchen, zu harmloser Gischt. Also harrte er der Dinge, die da kommen wollten, und ging einstweilen ruhigen Schrittes zwischen seinen aufgeregt zappelnden Schäflein umher. Die klammerten sich an ihn, flehten, ja herrschten ihn an, und wurden von ihm doch stets nur mit den gleichen Worten bedacht, und manchmal, etwas von oben herab, mit einem teilnahmsvollen Blick.

Als er einmal bei Mani vorbeikam und gerade zu einem aufmunternden Wort ansetzen wollte, da tönte ihm entgegen:

»Bist also du der einzige Mensch auf Deck, der meine Gelassenheit teilt?«

Der Kapitän stutzte. Durch diese Umkehrung der Rollen wurden die Floskeln, die er parat hielt, mit einemmal überflüssig.

»Das nenne ich couragiert gesprochen! Alle Achtung! Wer bist du, edler Reisender?«

Der Name dieses wie auch der zwanzig anderen Passagiere war ihm schon genannt worden, doch sollte mit dieser Frage die einem Schiffskommandanten gebührende Autorität wieder zur Geltung kommen.

Mit vorstellenden Worten hielt Mani sich nicht lange auf.

»Ich habe in Indien eine Mission zu erfüllen, und dieses Schiff bringt mich dorthin. Keine Klippe, kein Wal und kein Wirbelsturm kann meine Reise unterbrechen. So ist es nun mal. Das Meer hat darauf keinen Einfluß.«

»Was für ein Segen, in einer solchen Nacht einen so zuversichtlichen Menschen zu hören! Allzuoft heißt es, das Meer sei unbarmherzig; mir jedoch hat es noch nie Angst eingejagt. Wenn ich einmal sterbe, dann bestimmt in meinem Haus in Charax an irgendeinem vermaledeiten Fieber. Auf dem Wasser aber stehe ich meinen Mann, lache aller Gefahren und weiß genau, daß mir nichts passieren kann.«

Die ganze Nacht über standen der Sohn Babels und der Kapitän plaudernd an der Reling, tauschten Seefahrergeschichten und Gelehrtenreden aus, und einer hörte dem anderen ohne Überdruß zu. Beide ließen auch den Passagieren, von denen sie aufgesucht wurden, die gleichen tröstenden Worte zuteil werden, denn auf Deck herrschte immer noch ängstliche Aufregung. Beim ersten Tageslicht aber konnte man erleichtert feststellen, daß die Wasserhose sich fernab in nichts aufgelöst hatte, ohne irgendwelchen Schaden anzurichten. Dann erhob sich endlich das stille Blau der südlichen Meere über dem Blitzen der einstweilen reuigen Wellen.

Man atmete auf, die Zungen lösten sich, und es durften nun Fragen gestellt werden, die am Vorabend noch unangebracht und unglückbringend erschienen wären. Der tyrische Reeder erklärte, was es mit der Goldkette auf sich hatte, die er um den Hals trug:

»Wenn ich auf dem Meer unterwegs bin und Todesgefahr droht, dann frage ich mich immer voller Entsetzen, was wohl mit meinem Körper geschehen würde, falls ich das Pech haben sollte zu ertrinken. Vermutlich würde ich dann an Land gespült, wo mich jemand fände und nicht so recht wüßte, was er mit mir anfangen solle; wenn er aber dann all diese Goldstücke entdeckte, würde er sich für reich belohnt halten und aus Dankbarkeit meinen Überresten eine anständige Grabstätte verschaffen.«

Da war auch noch der junge Matrose, der sich offenbar hatte töten wollen. Er war ein Tayyaye, ein Araber. Er sagte, wenn einmal der Tod eintrete, dann solle seine Seele lieber ins Freie hinausgelangen und zum Himmel emporstreben, als von den Fluten verschlungen und Gefangener jener bösen Geister zu werden, die in der Tiefe ihr Unwesen treiben.

Mani wurde nun jegliche Art von Aufmerksamkeit zuteil. Er wurde noch mehr verehrt als in den Städten, durch die er gezogen war, ständig waren Menschen um ihn, die ihm zuhörten, und der Kapitän lud ihn ein, ihm bei allen Mahlzeiten und abends Gesellschaft zu leisten, was sich auch auf seine beiden Begleiter bezog. Der von Malchos angehäufte Proviant würde bis zum Ende der Überfahrt so gut wie nicht angetastet werden. Auch über die Reiseroute teilte der Kapitän nur Mani, seinen Gefährten und dem Reeder etwas mit. Als etwa Malchos auffiel, daß das Schiff, statt geradeaus gen Morgen zu fahren, mit einemmal auf Mittag zuhielt, fand sich der Kapitän zu einer Erklärung bereit:

»Wer das Meer nicht kennt, der sieht darin nur eine riesige Wasserfläche. Doch wie auf dem Festland gibt es auch hier Pfade, verschlungene Wege, Sackgassen und eben auch breite, von Strömungen und Winden gebahnte Straßen. Eine davon führt in dieser Jahreszeit von der Spitze Arabiens bis nach Indien. Um darauf zu gelangen, müssen wir nun nach Süden fahren. Dann erst segeln wir, so schnell es geht, in Richtung Osten, wie auf einer hervorragend markierten Strecke. Wir werden Deb erreichen, ohne auch nur ein einziges Mal angelegt, ja ohne überhaupt Land gesehen zu haben, es sei denn einige Inseln, über die man sich gräßliche Legenden erzählt und an die kein Seemann sich je heranwagen würde.«

Deb hatte der Kapitän gesagt? Diese Stadt hatte am Indusdelta gelegen, und zwar an einem Arm, der durch die Anschwemmungen aus dem Hochgebirge allmählich versandet war. Von Jahr zu Jahr waren die Schiffe, die dorthin gelangen konnten, seltener geworden. Eines Morgens war der Hafen aufgewacht und gänzlich von Land umgeben gewesen, war gestrandet. Daraufhin hatten sich die Menschen an andere Orte in jener Gegend aufgemacht, nach Tatta, Sind, Lahri, und später nach Karatschi.

Was ist übriggeblieben von Deb? Was ist übrig von seinen Palästen, seinen auf Hügeln errichteten Tempeln, seinem ziegelroten, spitzgiebligen Zollgebäude, nach dem die Seeleute schon von fern Ausschau hielten wie nach einem Leuchtturm? Bis ins siebzehnte Jahrhundert hinein wird die Stadt noch von Reisenden erwähnt. Dann ist sie wie vom Erdboden verschluckt. Kein Name weist darauf hin und nicht die Spur einer Ruine. Niemand mehr weiß etwas. Während diese Zeile geschrieben wird, suchen noch immer Archäologen die Indusmündung nach irgendwelchen Überbleibseln ab.

Manis Zeitgenossen mußte Deb wohlbekannt sein. Vor allem den aben-

teuerlustigen unter ihnen. In deren Ohren klang dieser Name wie ein
gedämpfter Ruf, der Fernweh wach werden ließ. Man kannte damals
von der Welt, was flüsternd zu einem drang, man tastete sich langsam
auf ihr vorwärts, die Erdkarten waren verworren, phantastische Ge-
schichten ließen Inseln zu Kontinenten anschwellen und Meeresarme zu
Ozeanen, aus denen Seeungeheuer auftauchten, die dann von Geogra-
fen gezeichnet wurden; auf einem die Stadt Deb überragenden Berg hat-
te ein gewissenhafter Schreiber vermerkt, so als gebe er die Quelle eines
Stromes an: »An diesem Ort sollen die ersten Skorpione entstanden
sein.«

Bei jeder Reiseetappe war man auf das Schlimmste gefaßt, auf Pest, wil-
de Tiere, Hungersnot, Krieg und Plünderer, aber auch auf Zyklopen,
Drachen und allerlei Hexenwerk; aber auf das Reisen verzichten wollte
man dennoch nicht. Der Tod war eine vertraute Brennessel. Abenteuer
wollten so gelebt sein. Ein kurzer Abschied, und schon zog man dahin.
Im ungewissen darüber, wann und ob man wiederkehren würde. Und
wenn man dann kühn genug war und die Winde und das Glück einem
gewogen waren, dann kam man bis nach Deb.

Mani schreibt, daß zu seiner Zeit vier große Reiche die Welt unter sich
aufteilten: die Römer, die sassanidischen Perser, die Chinesen und die
Aksumiten, die Erben des Königreichs Saba. In keinem anderen Hafen
kamen die Bewohner dieser Reiche enger miteinander in Berührung als
in Deb; für Dschunken aus Kanton war die Stadt die letzte Zwischen-
station auf dem Weg nach Arabien; für aus dem Westen Kommende
war sie das Tor nach Indien, wobei der Begriff Westen hier so zu
verstehen ist, wie Mani selbst ihn verwendete. Er umfaßte damals
Italien, Griechenland und Karthago, aber auch Ägypten, Phönizien
und das ganze Aram, die Länder also, die uns aufgrund einer Verlage-
rung des geschichtlichen Schwerpunkts heute als Naher Osten bekannt
sind.

Durch eine der zahlreichen Reisebeschreibungen, die der Sohn Babels in
der Bibliothek der Weißen Gewänder gelesen hatte, war seine Phantasie
in ganz besonderem Maße angeregt worden: durch den Bericht des Tho-
mas nämlich, des sogenannten Zwillings Jesu, der die Botschaft des

*Nazareners in Indien verbreitet hatte. Ihm wollte Mani vermutlich
nacheifern, als er sich zu dieser Überfahrt entschloß.
Und angelegt hatte Thomas damals der Überlieferung nach in Deb.*

IV

I n Manis Jahrhundert waren alle indischen Kirchen nach Thomas benannt und angeblich samt und sonders von dem Apostel persönlich gegründet worden, von dem Legenden erzählt und Reliquien aufbewahrt wurden. Oft waren diese heiligen Stätten recht bescheidener Natur; einige befanden sich in den Höhlen von Gandhara, wo es zur Beseelung der noch ganz unverbrauchten Frömmigkeit nicht mehr als eines Kreuzes und dreier Fackeln bedurfte.

Ganz anders verhielt es sich in Deb, wo die Gebetshäuser und Kultgegenstände vom blühenden Wohlstand einer Handelsstadt zeugten. Dort wurde ehrlich erworbenes Gold aus Dankbarkeit gespendet, und unehrlich erworbenes aus Reue. Die Kirche war ausgeschmückt und vergrößert worden, und die Stadtbewohner konnten dort auch Durchreisenden begegnen, einem bekehrten Matrosen aus Alexandria etwa, oder einem Katechumenen aus Ostia, die entzückt waren, endlich einmal in aller Öffentlichkeit ihren Glauben leben zu können.

Es muß hinzugefügt werden, daß die Stadt lange Zeit unter der gütigen Herrschaft der Kuschanfürsten gelebt hatte, der Erben des großen Kanishka, eines der gerechtesten Könige, deren man sich im Orient zu entsinnen vermochte, des erhabenen Kanishka, der es noch auf dem Höhepunkt seiner Macht als eine Ehre ansah, unter seinem Dach einen Bettelmönch beherbergen zu dürfen. Die Kuschanfürsten hatten es sich stets angelegen sein lassen, dem Ruf ihres Ahnen keine Schande zu bereiten. Bei jeder sich bietenden Gelegenheit hatten sie sich als großzügig und gerecht erwiesen, hatten jedwede Glaubensgemeinschaft unter ihre Fittiche genommen und auf ihre Münzen die Symbole von achtundzwanzig verschiedenen Religionen prägen lassen.

So standen am Rande des Gevierts, auf dem die ausländischen Händler ihre Waren feilboten, die Kirche des Heiligen Thomas, die Tempel von Poseidon, Anahita und Wischnu, die Kultstätten von Allat und Yama, eine angeblich zu Alexanders Zeiten gebaute Synagoge, und an der Straße nach Taxila erhob sich ein buddhistischer *Stupa* mit dazugehörigem Kloster.

All diese Gottheiten wurden bei Manis Ankunft noch nebeneinander verehrt, und so lenkte der Sohn Babels, sobald er den Boden der Stadt betreten hatte, als erstes seine Schritte zu der vom Kai aus gut sichtbaren Kirche. Es war Sonntag, und viele Menschen strömten auf den Kirchenvorplatz zu. Thomas hatte die Inder gelehrt, was schon Jesus die Apostel gelehrt hatte: Sie sollten jede Woche mit vorbildlichem Eifer den Sabbat begehen und am Tag darauf wieder zusammenkommen und sich den eigenen Riten widmen, dem Unterricht vor allem und der Lektüre der heiligen Texte, der Schriften der Kirchenväter und der Episteln, die von Gemeinden überall in der Welt zu ihnen gelangten. Und wenn einmal ein bedeutender Glaubensbruder in die Stadt käme, so sollten sie ihn zu sich sprechen lassen.

Durch die Art, wie Mani sich hochmütig hinkend einen Weg durch die Menge bahnte, verstand er vom ersten Augenblick an wie ein Mann aufzutreten, den man anhören muß. Bereitwillig überließ der Priester ihm die Kanzel, wenn er ihn auch von der Apsis aus wachsam im Auge behielt. Es erhoben so viele erwiesene oder verkappte Ketzer ihre Stimme, daß man stets bereit sein mußte, im geeigneten Augenblick einzugreifen, den Seelenverderber zum Schweigen zu bringen oder ihn gar hinauszuwerfen, wobei man sich an die beherzt zupackenden Hafenarbeiter wenden konnte, die der Messe beiwohnten und sich gern zu so frommem Tun hergaben.

Mani sprach aramäisch, was nicht viele der Anwesenden hinreichend verstanden, außer dem Priester vielleicht noch zwei oder drei Gebildete. Und doch hörte jeder zu. Denn erklang hier nicht die Sprache Jesu, die Sprache Thomas'? Es herrschte große Ergriffenheit. Auf den Inhalt kam es nicht so sehr an. Entscheidend war die Intonation, waren ein paar begnadete Namen, die immer wieder auftauchten, und das abgezehrte Gesicht dieses krummbeinigen Mannes aus den Heiligen Landen.

Mani wollte seinem Publikum auch gar nicht zuviel auf einmal zumuten. Da er seine Nachfolgerschaft in direkter Linie von Jesus herleitete, hielt er sich getreu an dessen Worte, so wie sie von Thomas überliefert worden waren. Dieses Vorgehen war keineswegs neu. Ebenso verfuhren auch die Christen aus dem Römischen Reich in den Synagogen der Diaspora. Sie stellten sich vor, verkündeten dann, sie kämen geradewegs aus Jerusalem, berichteten von den jüngsten die Glaubensgemeinde betreffenden Ereignissen, erzählten von der Not und dem Warten der Menschen in Judäa, sprachen von der Bibel, zitierten auswendig Passagen, in denen das Kommen eines Messias vorhergesagt wurde, und ließen dann anklingen, da sich die Juden gerade in einer derartigen Misere befänden, würden sich diese Prophezeiungen vielleicht schon bald erfüllen. Den Raffiniertesten gelang es so, sich recht lange auf der Kanzel zu halten, und wenn sie dann endlich enttarnt wurden, hatten sie bereits einen Teil der Zuhörerschaft für sich eingenommen oder zumindest seine Neugier geweckt. So manch einer folgte dem Redner dann nach draußen oder lud ihn sogar zu fortgesetztem Predigen zu sich nach Hause ein. Durch dieses Geschick unterschied sich der wahre Apostel von all den Heißspornen, die beim Betreten einer Synagoge augenblicklich ihren neuen Glauben hinausplärrten und gleich darauf auch schon wieder mutterseelenallein und manchmal übel zugerichtet auf der Straße saßen, bevor der ganzen Gemeinde überhaupt klargeworden war, warum man sie hinausgeworfen hatte.

Legt man dieses Kriterium zugrunde, so war Mani vom Schlage

der ganz großen Apostel, eines Paulus, Markus oder Thomas, denn er wirkte in den Kirchen so wie seine Vorgänger in den Synagogen. Und zwar mit der gleichen Überzeugung. Wie auch die ersten Christen in Palästina sich für die besseren, ja vielleicht sogar die einzig wahren Juden gehalten hatten, war Mani von dem Gedanken durchdrungen, er sei gekommen, die Botschaft Christi zu vollenden und sie zu einer Universalreligion zu vervollkommnen, die alle tiefempfundenen Glaubensvorstellungen der Menschen unter ihrem Dache vereinigen könne.

Während nun Mani in der Kirche von Deb mit seiner Predigt begann, warfen Malchos und Pattig besorgte Blicke in die Runde, beobachteten gespannt die Reaktionen der einzelnen Zuhörer und lauerten auf das leiseste Blinzeln des Priesters, sei es nun wütend oder beifällig. Ob er wohl bis zum Ende zuhören oder plötzlich »Ketzerei« und »Gotteslästerung« schreien würde?

Seltsamerweise tat sich gar nichts. Weder Begeisterung wurde laut noch Entrüstung. Und doch blieben die Menschen nicht gleichgültig. Es war aus aller Augen Inbrunst herauszulesen, doch war sie gepaart mit Traurigkeit. Der Priester wiederum wartete mit undurchschaubar ernster Miene, bis der Gast zu Ende gesprochen hatte, dann erhob er sich, sprach ein Dankeswort, lobte Manis Gelehrsamkeit sowie seine umfassende Kenntnis der heiligen Schriften, und nach einem kurzen Gebet, das im Chor nachgesprochen wurde, hieß er die Gläubigen dann in Frieden hingehen.

Während die Leute unter Niederknien und Kreuzschlagen rückwärtsgehend das Gotteshaus verließen, lud der Priester Mani, seine Gefährten und ein hochgestelltes Gemeindemitglied in sein bescheidenes Ziegelhaus neben der Kirche.

»Verzeiht uns, ehrenwerte Brüder«, sagte er, »wenn der Empfang, den wir euch bereitet haben, eurem Rang und eurer Gelehrtheit nicht würdig ist. Doch vielleicht habt ihr selbst gespürt, von welcher Angst die Gläubigen gepackt sind.«

Am meisten erstaunt über diese Vorrede war Pattig.

»Dabei scheint eure Gemeinde es doch so glücklich getroffen zu haben wie keine zweite. Wir haben eure Brüder in Ktesiphon, in Kaschkar und in zwanzig anderen Städten getroffen, doch nirgends ertönte der Klang ihrer Gebete.«

Malchos ging noch weiter:

»Euch wird seltenes Glück zuteil. In den römischen Provinzen werden die Christen verfolgt, und im Sassanidenreich ist der Kult des Feuers zur offiziellen Religion erhoben worden; andere Glaubensgemeinschaften werden dort nur noch geduldet, wenn sie darauf verzichten, neue Anhänger zu werben. Sie werden scharf überwacht, zur Zahlung von Tributen gepreßt, dürfen ihre Viertel nicht verlassen und müssen Kleider tragen, an denen man sie jederzeit erkennen kann.«

Der Priester war berührt. Und schämte sich.

»Eure Worte sind die Wahrheit selbst, vielleicht haben wir dem Vater im Himmel nicht genügend für die milden Jahre gedankt, die wir genießen durften ... Tatsächlich war nichts von dem, was ihr beschreibt, hier bei uns in Deb der Fall. Wir lebten inmitten der Menschen, trugen die gleiche Kleidung wie sie und sprachen mit lauter Stimme.«

Die letzten Worten brachte er nur noch schluchzend hervor, und Tränen liefen ihm übers Gesicht. Verwirrt wandten Mani, Malchos und Pattig die Augen ab. Nur der Mann, der ihnen als Bar-Tuma vorgestellt worden war, legte ihm brüderlich-tröstend die Hand auf die nach vorne gesackte Schulter. Der Priester hatte ihn als den angesehensten christlichen Kaufmann der Stadt bezeichnet. Er war von sehr dunklem Teint und hatte nach Art der Inder durchstochene Ohrläppchen; sein für das Land Aram typischer Name wies ihn jedoch als Mischling aus.

Hatte er bis dahin auch geschwiegen, so bemühte er sich nun, das grobe Mißverständnis auszuräumen, das er allmählich aufkommen sah.

»Ehrenwerte Gäste, seid ihr etwa die einzigen Menschen in die-

ser Stadt, die nicht wissen, daß unsere Herrscher, die Kuschanfürsten, jüngst von der persischen Armee besiegt worden sind
und sich über die fünf Flüsse zurückgezogen haben?«

Er drückte sich in sehr gebrochenem Aramäisch aus und betonte
die meisten Wörter falsch, wie so viele Gläubige, die sich zwar
bemüßigt fühlen, die Sprache der Liturgie zu erlernen, aber
kaum Gelegenheit haben, sie im Alltagsgespräch zu benutzen.
Wenn ihm ein Wort fehlte, ersetzte er es geläufig durch die griechische Entsprechung, in der Überzeugung, von jedem der Anwesenden verstanden zu werden.

»Ehrenwerte Brüder«, sprach er ungeduldig, aber dennoch respektvoll weiter, »habt ihr denn nicht bemerkt, daß sich in den
Straßen Debs kein einziger Soldat mehr aufhält?«

»Das ist mir tatsächlich aufgefallen«, antwortete Malchos, »doch
hat es mir nur als Beweis dafür gegolten, daß in dieser Stadt Friede und Sicherheit herrschen.«

»Der Friede in deiner eigenen Seele hat dich über die betrübliche
Realität hinweggetäuscht. In Wirklichkeit ist die Stadt nämlich
ihrem Schicksal überlassen, die Garnison ist abgezogen und mit
ihr der Gouverneur; als letzte Amtshandlung hat er die Vorste-
her aller Glaubensgemeinschaften und Zünfte zusammengerufen und ihnen geraten, sich den neuen Landesherren zu unterwerfen.«

»Und wo sind denn diese neuen Herren?«

»Es heißt, ihr Heer lagere einen Tagesritt von hier, auf den
Turanhügeln, und befehligt werde es von einem ganz jungen
Fürsten namens Hormisd, einem Enkel Ardaschirs, des Königs
der Könige. Was gedenkt er zu tun? Wann wird er unsere Stadt
einnehmen? Warum hat der Sassanidenfürst noch nicht die
Übergabe verlangt, obwohl seine Truppen so nahe sind? Der
Allerhöchste hat nicht die Güte gehabt, uns darüber Aufschluß
zu geben. Daher die Bestürzung, die uns alle ergriffen hat, selbst
die glaubensstärksten, die am meisten auf Seinen Ratschluß vertrauen. Wart ihr schon auf den Märkten der Stadt?«

»Nein«, antwortete Pattig, »kaum haben wir einen Fuß auf den Kai gesetzt, ist der andere auf diese heilige Stätte zugeeilt.«

Der Priester, der sich wieder etwas gefaßt hatte, rief überschwenglich aus:

»Gott segne euch! Möge doch der Herr die Erde mit Menschen erfüllen, wie ihr es seid!«

Darauf sprach Bar-Tuma weiter:

»Nach einem Gang durch die Stadt werdet ihr begriffen haben, wie es um uns steht. Die Marktstände sind leer, und verschwunden sind kostbare Stoffe, seltene Gewürze und Edelsteine. Wo sonst die Händler aus Kanton beherbergt wurden, ist alles verödet. Jede Dschunke, die hier anlegt, sticht voller Waren und Kaufleute wieder in See. Auch in den Armenvierteln hat man Angst. Die Männer haben sogar ihre Frauen wieder zu sich geholt.«

Er befürchtete, sich nicht ganz begreiflich gemacht zu haben, und fügte eilig hinzu:

»Das ist hier eine Tradition. Jeden Monat, wenn die Frau unrein ist, jagt ihr Mann sie aus dem Haus, um zu zeigen, daß er sich ihr nicht genähert hat. So verbringt sie eine Woche auf der Straße unter einem Vordach. Jetzt aber werden die Frauen, ob sie nun befleckt sind oder nicht, alle ins Haus zurückgeholt, da man Angst hat, sie könnten sonst beim Eintreffen der Soldaten verschleppt werden.«

»Das scheinen mir übertriebene Befürchtungen zu sein«, schaltete sich Malchos ein. »Daß es nicht ohne irgendwelche Plündereien abgehen kann, wenn Truppen in eine eroberte Stadt einziehen, damit muß man sich abfinden; das Schlimmste aber läßt sich verhindern. Die Marktstände dürfen nicht leer bleiben, sonst werden die enttäuschten Soldaten ihr Mütchen an den Stadtbewohnern kühlen. Laßt ihnen so viel, daß sie ein wenig plündern können, ohne daß ihr selbst darüber arm werdet; setzt eine betrübte Miene auf, aber protestiert nicht. Wenn die Stadt sich kampflos preisgibt und dem Fürsten prächtige Geschenke überreicht, wird nur wenig zu Schaden kommen, und bald schon können die verborgenen Waren wieder hervorgeholt werden. Ich selbst bin Kaufmann in Ktesiphon, unmittelbar in Ardaschers Residenzstadt also, doch kann ich dort ohne größere Unannehmlichkeiten meinen Handel betreiben. Im Verlauf der letzten Jahre haben die Sassaniden mehrere Hafenstädte besetzt, Charax etwa, wo wir gerade herkommen, doch allzusehr gelitten hat man dort unter der Fremdherrschaft nicht. Den Sassaniden kommt es vor allem auf Ordnung an; ihr werdet ihnen Steuern zahlen müssen, aber in Ruhe arbeiten können und vor Piraten geschützt sein.«

Mit diesen Worten vermochte Malchos seine Gesprächspartner ein wenig aufzurichten, so daß sie nunmehr, statt sich in Wehklagen zu ergehen, in Betracht zogen, dem Eroberer eine Abordnung entgegenzusenden. Der Priester regte an, sie könne sich aus den bekanntesten Händlern der Stadt zusammensetzen, und ein geachteter Mann solle dann im Namen der Bürger sprechen und Geschenke überbringen.

»Es lassen sich vielleicht bessere Lösungen finden«, gab Bar-Tuma höflich zu bedenken. »Könnte ein ganzer Schwarm pausbäckiger, in Brokat gehüllter Kaufleute mit perlen- und smaragdbehängten Ohren nicht schier als Einladung zu Mord und Raub aufgefaßt werden?«

Der Priester dachte nach. Er war durchaus bereit, mit den Führern der anderen Glaubensgemeinschaften selbst zu Ardaschir zu gehen. Doch sollte es stimmen, daß die Sassaniden gegen alle fremden Religionen derartig feindselig eingestellt waren, so stand zu befürchten, daß er sie durch seine Anwesenheit lediglich reizen würde.

Während all dieser Überlegungen hatte Mani nur still dagesessen, in sich gekehrt und so abwesend, daß die anderen ihn nahezu vergessen hatten. Vielleicht waren sie der Auffassung, solch irdische Belange seien ihm fremd. So waren sie äußerst erstaunt, als er plötzlich das Wort ergriff und im unschuldigsten Ton sagte:

»Ich werde zu dem Fürsten gehen.«

»O nein«, entfuhr es Malchos, »nein, du ganz bestimmt nicht!« Er suchte nach einem plausiblen Argument, um seine allzu spontane Reaktion zu überspielen.

»Du bist doch auch ein Mann der Religion, und überdies bist du gerade erst in dieser Stadt angekommen, wie willst du da in ihrem Namen sprechen?«

»Ich bin aus Babel«, sprach Mani weiter, als habe er gar nicht zugehört. »Empfiehlt es sich nicht, daß der Mann, der im Namen dieser Stadt sprechen soll, ein Untertan der Sassaniden ist? Und daß er zu ihnen in einer Sprache spricht, die sie verstehen?«

Malchos begann zu flehen. Er sah noch immer den Beamten vor sich, der um sein Haus herumgestrichen war.

»Da sind wir aus Ktesiphon fort, um vor Ardaschirs Soldaten zu fliehen, und du willst ihnen jetzt entgegengehen!«

»Es war ja nie meine Absicht, zu fliehen«, entgegnete Mani milde. »Ich bin mit einer Mission hierhergekommen.«

»Zur Sassanidenarmee?«

Der Sohn Babels antwortete nicht sogleich.

»Bis zum heutigen Tage«, sagte er schließlich, »wußte ich noch nicht, welche Mission mich bis nach Indien geführt hat. Nunmehr weiß ich es!«

V

Hormisd, der Enkelsohn des Reichsgebieters, thronte auf einem reich geschnitzten Holzstuhl in einer weiträumigen Jurte, einem wahren Palast aus Leinen, dessen Planen hochgeschlagen waren, damit Licht und Luft hereindringen konnten. Um ihn herum scharten sich Offiziere und Schreiber, allerdings mit geneigtem Haupt, mit am Körper angelegten Armen und ohne sich je im Ton zu vergreifen.

Bevor er den Ankömmling zur Audienz zuließ, hatte er sich von seinem Sekretär informieren lassen. »Ein Mann aus Babel mit einem krummen Bein. Sein Schiff hat vor drei Tagen in Deb angelegt.«

»Was für eine Ladung hast du mitgebracht?« fragte der Fürst Mani.

»Meine Worte, sonst nichts.«

»Eine seltsame Ware!«

Wenn Hormisd loslachte, hüpfte der silberne Ring auf und ab, den er um seine Bartspitze trug, und seine Höflinge stimmten zappelnd in die Heiterkeit ein, ohne sich jedoch gehen zu lassen, denn sobald ihr Herr wieder eine ernste Miene aufsetzte, hatten sie es ihm augenblicklich nachzutun, wollten sie nicht dreist und arrogant erscheinen. Der Fürst selbst lachte nur maßvoll, stets wachsam umherspähend.

»Das Wort ist doch eine treffliche Ware«, sprach er weiter, als habe es ihm dieser Ausdruck ganz besonders angetan. »Im Laderaum wiegt es nicht schwer, und wenn du es in klingende Münze umzusetzen verstehst, so kann es dich reich machen.«

Und für den Fall, daß die Umstehenden seine Anspielungen nicht verstanden haben sollten, fügte er erklärend hinzu:
»Dieser Mann ist ein Erzähler! Ich werde ihn zu den Offiziersabenden kommen lassen. Kennst du die alten Heldenepen über Kyros und Dareios, die Glanztaten der Achaimeniden und die unserer Dynastie?«
»Ich kenne ganz andere Geschichten, die noch nie jemand vernommen hat.«
»Deine anderen Geschichten interessieren mich nicht. Meine Leute wollen nur die Epen hören, die sie schon kennen. Oder Jagdgeschichten. Wenn du solche kennst und sie uns anschaulich erzählen kannst, so soll es dein Schaden nicht sein.«
»Ich verkaufe meine Worte nicht, ich verteile sie.«
»Dann bist du ja weder ein Kaufmann noch ein Erzähler.«
Der Fürst war ungehalten darüber, den Besucher so mißverstanden zu haben, und die Höflinge schlugen die Augen nieder. Da trat ein Mann heran, um dessen faltenloses Gesicht sich ein sorgfältig gekämmter blonder Bart rankte. Er trug einen gelbschimmernden, bis zum Boden reichenden Seidenmantel, der am Kragen mit schwarzen Stickereien verziert war. Vertraulich beugte er sich zu Hormisd vor, flüsterte ihm etwas ins Ohr und ging dann wieder an seinen Platz zurück.
»Mein treuer Berater, der verehrte Magier Kirdir, ist der Meinung, du seist einer jener Nazarener, die in Mesopotamien immer häufiger anzutreffen sind. Und nach Deb seist du gekommen, um deine ketzerischen Ansichten zu verbreiten.«
»Nicht um religiöse Fragen zu erörtern, bin ich vor den Fürsten getreten. Es geht mir um die Stadt …«
Hormisd unterbrach ihn.
»Zuerst möchte ich wissen, ob Kirdir richtig geraten hat.«
»Der geschätzte Magier hat sich nur halb getäuscht. Ich verehre zwar Jesus, aber auch Buddha und unseren Herrn Zarathustra.«
Da zuckte Kirdir zusammen, als sei er geohrfeigt worden. Er tat einen Schritt auf Mani zu.

»Was erdreistet sich dieser Nazarener, unseren heiligen Propheten in einem Atemzug mit diesen Hochstaplern zu nennen!«

»Unser verehrter Magier möge sich doch bitte wieder an seinen Platz begeben«, sprach darauf Hormisd, »unser Gast hat sicher nicht die Absicht gehabt, irgend jemanden zu beleidigen. Im übrigen erachte ich diese Debatte für beendet, religiöse Streitgespräche ermüden und betrüben mich nur. Ich habe heute einen wundervollen Tag verbracht, bin bester Stimmung und nehme an, daß niemand in meiner Umgebung mir meine gute Laune verderben möchte.«

Alle Höflinge pflichteten ihm beflissen bei, und so begann er voller Begeisterung und in aller Ausführlichkeit von des Tages Jagderlebnissen zu erzählen.

»... ›Geht weg‹, rief ich meinen Leibwächtern zu, ›überlaßt diesen Löwen mir, sein Körper soll keine anderen Spuren tragen als die meiner Lanze.‹ So jagte ich ihm alleine nach. Er lief nicht schnell, und plötzlich blieb er stehen und bewegte sich auf mich zu. Meine Stute scheute, also sprang ich ab und ließ sie davonlaufen.

Nun waren die Raubkatze und ich allein, standen uns Auge in Auge gegenüber. Ganz ruhig gingen wir aufeinander zu, keiner von uns beiden wollte sich so edlem Tode entziehen. Keine sechzig Schritte trennten uns mehr. Da eilten entgegen meinen Anordnungen meine Begleiter herbei und stellten sich mir mit ihren Lanzen schützend zur Seite. Das Raubtier blieb stehen, wandte sich dann um und zog gemächlich und würdevoll von dannen. Als ihm nun alle nachsetzen wollten, schrie ich so laut, daß sie wie festgenagelt stehenblieben: ›Ich verbiete euch, ihm nachzujagen, denn er ist tapfer auf mich zugegangen und nur deshalb davongezogen, weil ihr unser Duell verdorben habt. Laßt ihn am Leben!‹«

Auf ein derartiges Ende der fürstlichen Jagd war Mani nicht gefaßt gewesen. Spontan rief er aus:

»Diese Geschichte werde ich den Bewohnern von Deb erzählen!

Dann wissen sie, daß sie von dem Eroberer Großmut und Milde erhoffen dürfen und er sich ihrer Stadt ohne Massaker und Zerstörungen bemächtigen wird.«

Der noch ganz in seine Erinnerungen versunkene Hormisd reagierte gar nicht. Die Antwort kam vom Magier Kirdir.

»Der Löwe wollte kämpfen und hat sich damit die Gnade des Fürsten verdient. Die Bewohner von Deb wollen nicht kämpfen, sie sind nichts weiter als Schafe, und ihr Schicksal ist es, wie Schafe geschoren und geschlachtet zu werden.«

»Kaufleute sind es, denen durch die Gesetze des Reiches das Waffentragen verboten ist!« rief Malchos, der zusammen mit Pattig am Eingang der Jurte stand und sich über den Verlauf der Debatte allmählich Sorgen zu machen begann.

»Hatte die Stadt etwa keine Garnison?« fragte der Magier.

»Die Soldaten sind zusammen mit dem Gouverneur abgezogen«, sagte wiederum Malchos.

»Dann hätten die Bürger sie eben zurückhalten sollen, haben sie denn nicht genügend Gold, um sie zu bezahlen? Warum sollte der Fürst sich gegen diese verfetteten, weinerlichen Händler großmütig erweisen?«

Da fragte Mani:

»Hat die Milde, die der Fürst dem Löwen gegenüber hat walten lassen, dem Löwen zum Ruhme gereicht oder dem Fürsten?«

Hormisd, der endlich aus seinen Träumereien erwachte, gab mit einem lässigen Nicken zu verstehen, daß der Ruhm ihm gebühre. Doch Kirdir sprach weiter:

»Der Fürst ist ein Krieger, wie alle Mitglieder der göttlichen Dynastie. Der Kampf ist für ihn eine Gelegenheit, seine Trefflichkeit unter Beweis zu stellen. Die Bewohner von Deb haben ihn enttäuscht. Sie verdienen nichts weiter als seine Verachtung.«

Diese Worte wurden mit einem wahren Beifallssturm begrüßt. Mani vermochte sich eine derartige Verbissenheit nicht zu erklären.

»Da beugt sich eine Stadt der Autorität des Fürsten, öffnet ihm seine Tore und schickt sich an, ihn in aller Ergebenheit zu empfangen und ihm Geschenke darzubringen. Und diese Stadt soll bestraft werden!«

Da entfuhr Hormisds Munde die Wahrheit:

»Seit unsere Soldaten losmarschiert sind, denken sie an nichts anderes als an die Reichtümer von Deb, an seine Märkte, seine Handelsdepots, seine Frauen. Jedesmal wenn es einen Berg zu übersteigen oder eine Salzwüste zu durchqueren galt, hielten wir ihnen Deb vor Augen.«

»Aber wenn die Stadt sich ergibt, dann darf sie doch nach den Gesetzen des Reiches gar nicht geplündert werden!«

Eben. Noch bevor Mani mit seinem Satz zu Ende war, hatte er begriffen. Nicht ihre Feigheit warf man den Kaufleuten von Deb vor, sondern ihre Weisheit. Indem sie sich einem Kampf verweigerten, brachten sie die Plünderer um ihre Beute! Der Sohn Babels spürte nun nur noch deutlicher, wie wichtig der Vorstoß war, den er im Namen der Stadt unternahm. Und so sprach er:

»Die Tore Debs sind offen und werden es auch bleiben. Die Garnison ist abgezogen und wird durch keine andere ersetzt. Es befindet sich keine einzige Waffe in der Stadt, selbst die Küchenmesser sind zerbrochen worden! Die Soldaten können in die Stadt einziehen, sie könnten töten, plündern, vergewaltigen und brandschatzen, doch wäre dies ein Treubruch an den Gesetzen des Reiches und denen des Himmels. Daß ein tapferer Sohn der großen Dynastie derlei zulassen sollte, vermag ich mir nicht einen Augenblick lang vorzustellen.«

Hormisd schien verwirrt zu sein, und Mani sprach weiter:

»Die Bewohner von Deb begehren allein, daß ihre städtischen Freiheiten und Traditionen respektiert und ihr Leben und ihre Habe nicht angetastet werden. Sie möchten lediglich in Ruhe unter der Oberherrschaft eines gerechten, aufgeschlossenen Fürsten leben. Das liegt in ihrem Interesse, aber auch im Interesse des Fürsten. Diese Stadt ist das Kleinod des Landes, das er erobern und regieren möchte, wozu sollte er sie da ruinieren?«

Kirdir merkte, wie sein Herr zu schwanken begann, und antwortete:

»Es obliegt nicht den Kaufleuten Indiens, sich Gedanken über die Gerechtigkeit unserer Fürsten zu machen, und erst recht nicht über die Interessen des Reiches. Das Heer hat sich geschlagen, es ist ihm eine Belohnung versprochen worden, und die soll es nun auch bekommen.«

Aus den Reihen der Offiziere wurden beifällige Rufe laut.

»Selbst wenn Deb seine Tore öffnet und seine Waffen vergräbt«, fuhr der Magier fort, »so ist und bleibt es doch eine gottlose Stadt. Unsere siegreichen Truppen sind ausgezogen, um die Ungläubigen zu unterwerfen, sie zu bestrafen und ihnen die Wahre Religion aufzuerlegen. So ist es gerecht und dem Himmel wohlgefällig. Deb wird drei Tage lang den Soldaten ausgeliefert, seine ketzerischen Kultstätten werden samt und sonders dem Erdboden gleichgemacht, und sodann wird am Hafen eine Danksagung veranstaltet, so wie der göttliche Ardaschir, der König der Könige, unser aller Herr, es befohlen hat.«

Hormisd wußte, daß diese Zeremonie von seinem Großvater, dem König der Könige, gewünscht wurde, und er kannte auch die Begehrlichkeiten seiner Offiziere. Er selbst jedoch war nicht ganz unempfänglich für die Argumente Manis und suchte ihn unauffällig zu unterstützen.

»Die Worte des Magiers Kirdir erscheinen mir durchaus vernünftig, was hast du darauf zu antworten, Mann aus Babel?«

»Ich müßte reichlich dreist sein, wollte ich eine Antwort wagen, bin ich doch nur ein durchreisender Gast, während der Magier ganz offensichtlich eine höchst angesehene Persönlichkeit ist, da er sich erlauben darf, dem Fürsten vorzuschreiben, wohin er seine Heere lenken soll und wie er sich in eroberten Städten zu verhalten hat.«

Da sprang Kirdir auf und legte die Hand aufs Herz:

146

»Wenn es ein Verbrechen ist, seinem König einen Ratschlag zu erteilen, so will ich bestraft werden! Bei all meinem Reden und Handeln habe ich stets nur das Beste der göttlichen Dynastie im Sinn gehabt und einzig danach getrachtet, daß dieses Reich und seine Religion sich unter alle Himmel erstrecken und alle Feinde zertreten soll, als seien es nur Schlangen, Skorpione und bösartiges Gezücht. Mein Herr, der Enkel des göttlichen Ardaschir, wird sich nicht gegen mich einnehmen lassen; schließlich kann er die weisen Vorschriften der Awesta nicht vergessen haben. Steht im Buche nicht geschrieben, die zweibeinigen Wölfe müßten lange vor den vierbeinigen ausgerottet werden?«

»Um was für Wölfe geht es da?« fragte Hormisd etwas zu naiv.

»Der vierbeinige Wolf reißt ein Schaf und verschlingt es, der zweibeinige jedoch lullt den Schäfer mit schönen Worten ein und führt dann die ganze Herde auf den Pfad der Verdammnis.«

»Zweibeinige Wölfe«, hielt Mani dagegen, »sind Menschen, die andere als Beute ansehen und ständig auf Unterwerfung, Herabsetzung, Bestrafung und Erniedrigung bedacht sind. Es hat sich heute eine Stimme erhoben und behauptet, die Einwohner von Deb seien nichts weiter als Schafe und verdienten es, geschlachtet zu werden. Ist aber nicht genau das die Sprache eines zweibeinigen Wolfes? Und hat nicht der weise und heilige Hirte Zarathustra, als er jene Worte in der Awesta niederschrieb, an genau diejenigen gedacht, die zu solchen Massakern aufrufen?«

»Nun ja, das ist eben eine andere Interpretation der Awesta.« Mit dieser Bemerkung suchte Hormisd den direkten Angriff auf Kirdir etwas abzumildern. Doch der Magier schäumte vor Wut: »Was heißt hier Interpretation? Dann soll also jeder die heiligen Texte auslegen dürfen, wie es ihm gerade gefällt? Und die Interpretation eines hinterhältigen Nazareners soll genausoviel wert sein wie die meine? Habe etwa nicht ich unsere Wahre Religion sechzehn Jahre lang studiert? Bin etwa nicht ich hier der Sachwalter des zoroastrischen Glaubens?«

»So manch einer wähnt sich als Träger einer Botschaft und ist dabei nur noch ihr Sarg.«

Kirdir wollte gar nicht glauben, daß sich jemand ihm gegenüber zu derartigen Worten verstiegen habe. Er ließ sie sich von einem Vertrauten noch einmal ins Ohr sagen und ging dann vor bis zum mittleren Mast. Auf den von Manis Satz ausgelösten Tumult war drückendes Schweigen gefolgt. In allen Blicken las der Sohn Babels nichts als Schmach und Empörung. Nur die Augen von Hormisd schienen schelmisch zu blitzen. Der Magier mußte dies bemerkt haben, denn er sagte vorwurfsvoll:

»Weiß mein Herr eigentlich, was für ein Gesindel diese Nazarener sind?«

Weiter sollte er nicht kommen. Durch eine wunderbare Fügung wurden seine ersten Silben übertönt von den Schreien einer sehr jungen Frau, die hereingestürmt kam, den Kreis der Höflinge durchbrach und sich dem Fürsten zu Füßen warf.

»Herr! Deine Tochter! Deine Tochter!«

»So sprich doch, Denagh!«

Er schüttelte die junge Frau an den Schultern, war aber mit einem Male kraftlos wie ein Kind, das sich ans Kleid der Mutter klammert.

»Sie ist am Bach gelaufen und hingefallen, jetzt rührt sie sich nicht mehr!«

»Ist sie verletzt?«

»Nein, Blut sieht man keines!«

»Atmet sie noch?«

»Ja«, sagte die Frau verängstigt, »aber es gelingt mir nicht, sie wieder zu sich zu bringen.«

Niedergeschmettert saß Hormisd da, bar jeder Erhabenheit, hineingerissen in einen Strudel von Schreckensvisionen. Da nützte Kirdir die Gunst der Stunde und erhob anklägerisch den Zeigefinger:

»Der Geist des Unglaubens, der hier Einzug gehalten hat, bringt Verderben auf uns herab. Es sind gotteslästerliche Töne angeschlagen worden. Sollte der Tochter des Fürsten ein Unheil zustoßen, so wäre dieser verfluchte hinkende Nazarener daran schuld.«

Hormisd waren jegliche Urteilsfähigkeit und jeglicher Wille abhanden gekommen. Jeder in seiner Umgebung wußte, wie sehr er seiner Tochter zugetan war. Die Lieblingsfrau des Fürsten war bei der Geburt des Mädchens gestorben, und Hormisd hatte die ganze Liebe, die er für die Mutter empfunden hatte, auf die Tochter übertragen. So brauchte Kirdir ihm also nur den vermeintlichen Urheber seines Unglücks anzuzeigen, und schon richtete der Fürst einen wutentbrannten Blick auf Mani. Dieser jedoch ließ sich nicht aus der Fassung bringen.

»Ich bin Arzt. Statt die Krankheit des kleinen Mädchens zu nichtswürdiger Polemik zu mißbrauchen, sollten wir lieber versuchen, sie zu heilen. Führt mich zu ihr!«

Da Hormisd nichts unversucht lassen wollte, begleitete er Mani ans Bett seiner Tochter.

Wie sie so dalag mit ihrem sorgsam geflochtenen Haar und dem tadellos sitzenden Kleid, sah sie aus wie eine Tote. Nur eine etwas offenstehende Truhe, aus der ein zerbrochenes Spielzeug hervorlugte, verlieh dem Zimmer eine Spur von Unordnung und Lebendigkeit. Dieses Kinderzimmer war nur eine Abteilung der Fürstenjurte und hatte statt einer Tür mit bunten Muscheln behängte Schnüre, die bis zwei Ellen über dem Boden reichten. Somit war die Prinzessin die einzige, die eintreten konnte, ohne daß die Muscheln aneinanderstießen.

Mani legte die Wange an die Stirn des Kindes, fühlte ihm den Puls, zog ein Lid hoch und bat dann die junge Frau, die der Fürst Denagh genannt hatte, ihm aus sauberem, weißem Stoff fünf handbreite Streifen zurechtzuschneiden und etwas Kampfer zu besorgen. Er selbst ging hinaus und pflückte unter Bäumen und an Abhängen Halme, Blüten, Heilkräuter und Beeren, die er gewissenhaft einzeln zwischen den Fingern zerrieb, um ihre Beschaffenheit zu prüfen.

Nachdem er mit dieser bunten Mischung wieder in das Kinderzimmer zurückgekehrt war, knetete er die Pflanzen zu einem erdfarbenen Teig, den er ausgiebig mit Kampfer bestreute und dann dick auf die Stoffetzen strich. Diese legte er zusammen, drückte sie flach und legte dem Mädchen einen auf Stirn und Ohren, wickelte zwei weitere um die Handgelenke und die beiden letzten um die Zehen. Dann nahm er einen Krug und tränkte die Kompressen mit einem dünnen Wasserstrahl.

Niemand um ihn herum wagte das leiseste Geräusch. Jedesmal wenn einer der Umschläge getrocknet war, benetzte Mani ihn wieder, und als nach einer Stunde der Krug leer war, hielt er ihn dem Fürsten hin und sagte:

»Er muß am Wildbach aufgefüllt werden.«

Hormisd ergriff das Gefäß und reichte es mit der größten Selbstverständlichkeit dem hinter ihm stehenden Ordonnanzoffizier.

»Nein, vom Fürsten eigenhändig«, sagte Mani, ohne aufzublikken.

Erst stutzte der Sassanide, dann nahm er den Krug zurück und machte sich zur Verblüffung der Soldaten und Höflinge selbst auf den Weg zum Bach. Er vermutete wohl, von seinen Fürstenhänden geschöpftes Wasser werde Heilkräfte entwickeln. Dergleichen flüsterte man sich auch in der Menge zu, und Malchos war einer der wenigen, die sich den Vorgang anders zusammenreimten. In den Städten, durch die sie gezogen waren, hatte er seinen Freund schon oft genug beobachtet, um zu wissen, daß er voll Dankbarkeit den Teller Suppe und die Zwiebel annahm, die eine Frau aus dem Volke ihm anbot, daß er die Frau eines wohlhabenden Kaufmanns, die ihm erlesene Speisen reichte, mit ebensolcher Höflichkeit beschied, selbst wenn er dann nicht mehr als einen Bissen zu sich nahm, daß jedoch jede Dienerin, die mit einem Tablett zu Mani kam, unweigerlich zurückgeschickt wurde: »Richte deinen Herrschaften aus, sie sollen mir die milde Gabe selbst bringen, damit ich sie segnen und ihnen danken kann!«

So wollte er das Wasser, um das er den Fürsten gebeten hatte, vom Fürsten selbst bekommen, und nicht von seiner Ordonnanz!

Hormisd kam zurück und hielt den Krug mit beiden Händen. Dies tat er so ungeschickt, daß er mit dem Fuß an einen Mast der Jurte stieß und die nächststehenden Höflinge ihn schon stützen wollten, aber gleich darauf die Augen abwandten, als er sich wieder fing, denn er sollte nicht merken, daß sie ihn hatten stolpern sehen.

Es wurde schon Abend, und Mani, der zur Linken des Kindes auf seinem angezogenen Bein saß, wachte immer noch über die Umschläge und tränkte sie, sobald sie austrockneten. Ganz in seiner Nähe kniete Denagh mit besorgter Miene und war ständig zum Aufstehen bereit, falls Mani etwas brauchen sollte. Am aufgeregtesten war Hormisd, der auf der anderen Seite des Kindes saß.

Plötzlich sagte der Fürst in die Stille hinein:
»Wenn meine Tochter wieder gesund wird, dann schwöre ich, daß Deb nicht geplündert wird. Einwohner, Häuser, Märkte, Kultstätten: alles soll verschont bleiben. Wenn nur mein Kind überlebt!«

Mani rührte sich nicht. Er sagte nur im gleichen Gebetston:
»Möge der Himmel diese Worte der Weisheit und Großmut vernehmen!«

Dann war es wieder still. Die Stunden gingen dahin, und trotz seiner Besorgnis wurde der Enkel des Königs der Könige immer schläfriger. Denagh schlug ihm halblaut vor, sich ein wenig auszuruhen, und versprach ihm, ihn gegebenenfalls zu wecken. Worauf er sich gleich auf den Boden legte, den Ellbogen als Kopfkissen benutzend.

Das Tageslicht schien schon durch die Zeltbahn herein, als Hormisd sich wieder aufrichtete. Sechs Stunden waren vergangen. Denagh saß noch immer in der gleichen Position da, und Mani goß den letzten Wassertropfen auf die Stirn des Kindes.

»Soll ich den Krug wieder füllen?« flüsterte der Fürst.

»Das ist nicht mehr nötig«, sagte Mani laut. »Der Himmel hat dich erhört. Dein Kind ist geheilt.«

Als habe das Mädchen seinen Ruf vernommen, schlug es die Augen auf und lächelte.

»Hast du sie aufgeweckt?« fragte der noch ganz ungläubige Hormisd.

»Ich habe ihr Leiden eingeschläfert.«

Mani, dem keine Rührung über seinen Erfolg anzumerken war, richtete das Kind im Bett auf und legte ihm ein großes Kissen unter. Dann nahm er einen Umschlag nach dem anderen ab und reichte sie dem Fürsten.

»Sie müssen in den Wildbach geworfen werden, und zwar an der Stelle, an der der Krug gefüllt wurde.«

Hormisd hielt die Hände flach vorgestreckt, als nehme er ein kostbares Geschenk in Empfang. Ihm standen Tränen in den Augen, und die Kehle war ihm wie zugeschnürt.

»Trag sie mit einer Hand und gib die andere deiner Tochter, die gern mitkommen möchte.«

Das Mädchen hüpfte bereits wieder fröhlich lachend umher.

Draußen wurden dem Vater und seiner Tochter Ovationen bereitet, an deren Widerhall der noch immer an der gleichen Stelle verharrende Mani sich stillschweigend ergötzte. Neben ihm war soeben Denagh erschöpft eingeschlafen. Zum erstenmal konnte er sie genauer betrachten. Sie hatten eine ganze Nacht nebeneinander verbracht, ihre wache, hingebungsvolle Präsenz war so beruhigend gewesen, und gemeinsam hatten sie die gleiche Sorge und die gleiche Hoffnung durchlebt. Aber angesehen hatte er sie bisher noch nicht. Nicht einmal ihr Zopf war ihm aufgefallen, der lange schwarze Zopf, den sie jetzt nach vorn geschlagen trug, so daß er mit dem Ende ihr Knie berührte. Mani war überrascht, wie jung sie noch war. Während der gemeinsamen Nachtwache war ihr Gebaren gänzlich erwachsen gewesen. Jetzt aber sahen Nase, Kinn, Lippen, alles in ihrem Gesicht kindlich aus, klein und zart. Und äußerst wohlgeformt. Der Kindheit entwachsen schien nur ihre Brust zu sein, um die der Stoff spannte. Wie alt sie wohl sein mochte? Dreizehn, dachte Mani, vielleicht auch erst zwölf.

Behutsam hob er ihren Kopf an und bettete ihn auf ein flaches Kissen.

VI

Mani wartete, bis der Jubel der Soldaten und Höflinge abgeebbt war, und verließ dann, stolz gefolgt von Malchos und Pattig, das Kinderzimmer, um sich vom Fürsten zu verabschieden.

»Gesegnet sei der Tag, an dem du meinen Weg gekreuzt hast, Arzt aus Babel.«

Hormisds Augen waren noch ganz gerötet, und er sprach mit bewegter Stimme.

»Ich gebe dir so viel Gold, daß du dein Leben lang keine Not leiden wirst.«

»Ich will kein Gold. Da ich mir nun einmal die Fähigkeit zu heilen angeeignet habe, wie hätte ich da dieses Kind sterben lassen können, ohne irgend etwas zu unternehmen? Nähme ich für derlei eine Belohnung an, so würde ich mich meiner Heilkunst unwürdig fühlen.«

»Und ich wäre meines Vermögens unwürdig, wenn ich dich ohne Belohnung ziehen ließe!«

»Ich will nichts von deinen Reichtümern oder von den Ehren, die du zu erweisen vermagst. Jedoch ...«

Er stockte plötzlich, als habe er einen dringenden Ruf vernommen und spreche nun unter dessen fernem Diktat.

»Ich möchte jedoch eine Bitte an dich richten.«

»Sprich nur, sie ist dir von vornherein erfüllt!«

»Ich will das sanfteste Mädchen deines Hauses.«

»Denagh?«

»Eben sie.«

Hormisd war überrascht und sichtlich verlegen. Doch wer beschreibt die Reaktion von Malchos und Pattig? Die beiden sahen Mani an, als sei er gerade durch einen schelmischen Doppelgänger ersetzt worden.

»Ich habe gesagt, daß ich dir nichts abschlagen werde, doch dieses Mädchen gehört nicht zu meinen Besitztümern. Sie ist die Tochter eines Offiziers, der mir sehr teuer war und der vor vier Jahren an meiner Seite im Kampf gefallen ist. Ich hatte mich leichtsinnig bis mitten in die feindlichen Linien vorgewagt, und er eilte herbei, um mich zu retten. Ich kam mit einer leichten Verwundung davon, er dagegen hat durch meine Schuld sein Leben eingebüßt. Daher beschloß ich, seine einzige Tochter, die damals neun Jahre alt war, bei mir aufzunehmen. Ich habe ihr meinen Schutz angedeihen lassen und sie liebevoll behandelt. Um mein Kind kümmert sie sich nur deshalb manchmal, weil die beiden sich gern haben. Aber Denagh ist weder Dienerin noch Sklavin. Sie gehört dem Klan der Karen an, einem der vornehmsten unseres Geschlechts. In ihrer Familie wird genauso wie in meiner ein Mädchen nicht gegen seinen Willen verheiratet. Wird sie denn einverstanden sein, mit dir zu gehen?«

»Ich glaube, ja.«

»Hat sie dir das gesagt?«

»Ich habe sie nicht gefragt.«

»Bringt sie her, ich werde sie selbst befragen.«

Hormisd, dessen Verlegenheit mit jedem Augenblick des Wartens noch zu wachsen schien, begann laut nachzudenken:

»Vor einem Jahr besuchte mich mein älterer Bruder Bahram. Er sah Denagh, sie gefiel ihm, und er sprach mich darauf an. Da ich damals anderes mit ihr vorhatte, antwortete ich, sie sei noch nicht heiratsfähig. Das war sie tatsächlich noch nicht! Wenn Bahram jedoch erfährt, daß ich das Mädchen mit jemand anderem habe ziehen lassen, so wird er mir das nie verzeihen. Er blickt ohnehin schon voller Neid auf alles, was ich besitze ...«

Dennoch sagte der Fürst nach seinem Monolog resigniert:

»Du hast mir mein Kind zurückgegeben, Arzt aus Babel, ich stehe zutiefst in deiner Schuld. Wenn ich diese Schuld mit einem Wink an meinen Schatzmeister hätte begleichen können, hätte ich mich dann wirklich davon erlöst gefühlt?«

Kaum hatten sie das Lager verlassen, da beugte Malchos sich zu Mani hinüber. Er hätte viele Fragen stellen mögen, beschränkte sich jedoch auf eine einzige:
»Was sollen wir denn jetzt mit ihr machen?«
Dabei wies er mit dem Kopf auf Denagh, die direkt hinter ihm ritt. Mani antwortete so laut, daß auch sie mithören konnte:
»Wo immer ich hingehe, wird auch sie hingehen. Wer mir seine Gastfreundschaft gewährt, der wird auch sie aufnehmen.«
»Aber sie ist doch eine Frau! Die Leute werden tausend Fragen stellen.«
»Die Leute stellen immer tausend Fragen.«
»Sie brauchen eben eine Erklärung!«
Eine Erklärung? Mani selbst hatte nicht nach einer Erklärung gesucht. Die innere oder himmlische Stimme, die manchmal aus seinem Mund sprach, hatte ihn um dieses Mädchen bitten lassen. Er hatte gehorcht. Und so hatte sich Denagh seiner Karawane angeschlossen.
Malchos zog bald von dannen. Und wurde gleich von Pattig abgelöst. Der wiederum machte sich seine ganz eigenen Sorgen.
»Mein Sohn, hast du etwa beschlossen, dir eine Frau zu nehmen?«
Augenblicklich setzte Mani ein abweisendes Gesicht auf.
»Wozu sollte sich ein Mann eine Frau nehmen, wenn er sie dann doch wieder verlassen muß?«
Auf diese Frage gab es keine rechte Antwort, und der Vater wagte nicht, sich zu verteidigen. Sollte er sich etwa für sein Verhalten gegenüber Mariam rechtfertigen, für seinen Abschied aus Mar-

dinu nach der Begegnung mit Sittai im Tempel des Nabû, sollte er an die Gelübde erinnern, die er im Palmenhain getan hatte? Er wußte nur zu gut, wie sein Sohn darauf reagieren würde. Daher zog nun auch er es vor, das Feld zu räumen.

An Manis Seite ritt bald darauf Denagh. Beide sahen in die Ferne. Voll freudigen Erstaunens. Aber auch mit einer Art Stolz. Zu Pferd schien der Sohn Babels an seine parthische Herkunft anzuknüpfen, dies vielleicht wegen seines krummen Beines, das ihn zwar auf dem Boden hinken ließ, ihm aber Gewandtheit verlieh, sobald er auf dem Rücken eines Reittiers saß. Auch Denagh gewann zu Pferd an Schönheit; ihr ansonsten jugendlich-schamvoll vorgebeugter Körper richtete sich auf und erblühte. Mit ihrem sonnenbraunen Teint, dem auf der Schulter ruhenden Zopf und dem gegen den Horizont gereckten Profil sah sie aus wie eine Steppenreiterin. Mani blickte sie an und kam ihr mit seinem Pferd immer näher. Bis schließlich ihre Steigbügel sich berührten.

Noch immer hatten sie kein Wort miteinander gewechselt. Und ihr Schweigen dauerte weiter an. Gestört wurde es nur hin und wieder durch die Schreie der sie begleitenden Soldaten oder durch ein Wiehern.

In der Ferne sahen sie schon die Staubwolken der Stadt.

Seit die Garnison die Zitadelle und die Wachtürme verlassen hatte, sah man nicht selten die Kinder von Deb auf den Wehrgang steigen, wo sie nicht nur genießerisch an einem einstmals verbotenen Ort herumtobten, sondern auch angestrengt auf die nach Norden führende Straße hinausspähten, von wo der Einfall der Angreifer erwartet wurde. Als an jenem Tag einer der Jungen einen Schrei ausstieß, kamen die Stadtbewohner herbeigeeilt, erkletterten die höchsten Gebäude und drängten sich dort bald so zahlreich, daß die Dächer einzustürzen drohten. Vielerlei Volk kam auch in den Gassen am Paschkibur-Tor zusammen, das man weit offenstehen ließ, um anzuzeigen, daß an keinerlei Widerstand gedacht wurde.

Das Gerücht war schneller als die Reiter selbst, die noch eine ansehnliche Wegstrecke zurückzulegen hatten, so daß selbst die älteste Tochter des Schusters, die wegen ihrer anerkannt guten Augen auf dem höchsten Turm postiert worden war, weder Umhänge noch Standarten auszumachen vermochte. Aus dem Staubwölkchen, das in der Ferne am Himmel hing, schloß sie jedoch, es könne sich noch nicht um das Heer der Sassaniden handeln, sondern lediglich um einen kleinen Trupp, der die Lage auskundschaften oder eine Forderung überbringen solle. Nicht erraten konnte sie, daß sich hinter dieser Wolke die Eskorte verbarg, die von Hormisd beauftragt worden war, Mani nach Deb zurückzuleiten. Jener Offizier und seine zehn Untergebenen waren die allerersten Sassanidensoldaten, die die Bürger zu Gesicht bekamen, seit sie ihre Stadt schon belagert, ja so gut wie eingenommen wähnten und in ständiger Angst lebten. Die Heranreitenden machten nun allerdings drei Stadien vor der Stadtmauer halt, der Offizier sprang ab, verabschiedete sich von Mani und etwas flüchtiger auch von seinen Gefährten, bestieg dann wieder sein Pferd, kehrte um und preschte davon, ohne die auf den Zinnen harrenden Menschen oder das einladend offenstehende Tor eines eingehenderen Blickes gewürdigt zu haben. Eben dieses Tor durchritten nun in aller Gemächlichkeit Malchos, Denagh und Pattig und lenkten ihre Pferde dann ein wenig beiseite, um Platz zu machen für den Helden des Tages.

So unkriegerisch waren die Soldaten aufgetreten, so ehrerbietig hatten sie sich Mani gegenüber verhalten und so prompt waren sie schließlich wieder abgezogen, daß die Menge in derbe, ungläubig-staunende Fröhlichkeit ausbrach. Wie ein Splitter, den man aus der Haut zieht, war die Angst eine Zeitlang von ihnen gewichen. Da wurde innig umarmt, wer gerade am nächsten stand, mit Tränen in den Augen rief jeder den Gott an, den er für den Urheber dieses Wunders hielt, und alle blickten dankbar auf den Menschen, durch den es sich augenscheinlich vollzogen hatte.

Gelassen und erhobenen Hauptes ritt Mani in die Stadt ein, als habe er sein Leben lang Eroberung an Eroberung gereiht und ebenso viele Triumphzüge hinter sich. War da am Ende das Fürstenblut wieder erwacht, das sein Vater und er selbst stets verleugnet hatten? Oft ist ja einem Propheten von seinen Anhängern königliche Abstammung zugeschrieben worden, als vermöchte auf Erden himmlische Salbung allein nicht hinreichende Legitimität zu verleihen. Wurde so nicht Jesus mit dem Stamm König Davids in Verbindung gebracht, und Buddha mit dem Fürstengeschlecht Schakja? Mensch gewordener Gott oder gar entfernter Verwandter irgendeines Satrapen: Ohne solch kümmerliche Anhängsel scheinen manche Getreuen nicht auszukommen. Nach dem gleichen Muster gestrickt sind wohl die etwas naiven Aussagen mancher Chronisten, denen zufolge Mani schon in seiner Kindheit und selbst während des Demut fordernden Aufenthalts im Palmenhain der Weißen Gewänder über ein höchst königliches Attribut verfügte, über ein Selbstbewußtsein nämlich, das er einst von den Partherherrschern geerbt hatte, deren Reich sich bis nach Deb erstreckte. Wie hätte er sonst die Stirn haben können, vor Ardaschirs Enkel und später vor noch andere gekrönte Häupter zu treten? Und wie hätte er derart gelassen durch diese vor Begeisterung tobende Stadt zu paradieren vermocht?

Aus allen Stadtvierteln strömten nun die Menschen auf ihn zu. Wenn ihnen auch tausend Fragen auf der Zunge brannten, wagte doch keiner, ihn anzusprechen, selbst die nicht, die ihn wiedererkannten oder gar seine Predigt in der Kirche gehört hatten. Malchos nahm an, sein Freund werde ganz einfach zum Haus des angesehenen Christen Bar-Tuma reiten, in dem sie ihre bisher einzige Nacht in der Stadt verbracht hatten. Doch Mani schlug einen anderen Weg ein und lenkte sein Pferd zur Residenz des geflüchteten Gouverneurs, deren Tor er passierte, ohne daß es den Posten in den Sinn gekommen wäre, ihn daran zu hindern. Und dann wiederum, als jeder ihn schon im Geiste die Stufen des Palais hinaufschreiten sah, verließ er plötzlich den gepflasterten Weg und ritt durch den Garten auf einen Weißen Maulbeerbaum zu, den angeblich ältesten Baum der ganzen Gegend, der auf dem kahlen, trockenen Boden einsam emporragte und zu jener Stunde seinen bizarr geformten Schatten gen Osten warf.

Mani stieg ab und erhob die Arme, um den Zug zum Stehen zu bringen. Dann ging er allein zu dem Baum, legte die Handflächen auf den Stamm und verneigte sich. Solange er in der Stadt sei, sagte er, werde er hier seine Tage und Nächte verbringen.

Daraufhin kamen die Menschen näher, bildeten einen Kreis um ihn, und von den kühnsten Lippen erschollen dann die drängenden Fragen: Ob er mit dem Eroberer gesprochen habe? Was für ein Mensch Hormisd sei? Wann er von ihrer Stadt Besitz ergreifen werde? Welches Schicksal sie dann erwarte? Ob der Handel wieder aufgenommen werden könne? Ob die Religionsfreiheit respektiert werde?

»Der Fürst, der mich empfangen hat«, antwortete er, »entbehrt nicht der Weisheit und der Einsicht. Unter Helmen, Putz und Kettenhemden glüht in jedem Menschen ein verborgener Funke.«

Wenn Mani auch nichts versprechen wollte, so übten seine Worte doch eine beruhigende Wirkung aus, und man scharte sich noch mehr um ihn. Es war schon seltsam mitanzusehen, wie diese ehrbare Handelsstadt sich von einem frisch aufgekreuzten Bettler Trost spenden ließ! Tatsächlich waren die Einwohner von Deb felsenfest davon überzeugt, daß keine Armee der Welt ihrer Stadt etwas anhaben könne, solange Mani an seinen Baum gelehnt dasaß, redete, betete und sich von Frauen aus dem Volke ernähren ließ. Und so ging es auf den Kais allmählich wieder belebter zu. Es wurden wieder Schiffe be- und entladen, und auf den Märkten wagte man die Stände wieder etwas ansprechender zu gestalten.

Unter dem Maulbeerbaum versammelten sich nunmehr die Einwohner der Stadt zu einem bunten Durcheinander aller Schichten und Religionen. Hier trafen sie ihre Absprachen, bereinigten ihre Streitigkeiten und gerieten dabei wohl auch einmal in Wallung, doch bedurfte es dann nur eines einzigen Wortes aus Manis Mund, und schon herrschten wieder Stille und andächtiges Lauschen. Der Sohn Babels hatte hier genau die nach Wahrheit dürstende Zuhörerschaft vor sich, auf deren Betörung er sich so lange vorbereitet hatte. So hatte er also bis nach Indien kommen müssen, um auf solch ein Publikum zu treffen und in diesem facettenreichen Spiegel sein eigenes Bild zu erblicken, das Bild eines Propheten: »Gesegnet seien alle Weisen früherer, jetziger und kommender Zeiten, gesegnet seien Jesus, Schakjamuni und Zarathustra, ihre Worte wurden von ein und demselben Licht erleuchtet, und dieses Licht erstrahlt heute in Deb. Wer von euch meiner Lehre folgt, der braucht sich weder von dem Tempel abzukehren, in dem er immer gebetet hat, noch von dem Altar, an dem er der Seelen seiner Toten gedenkt.«

In Deb, wo sich so viele Glaubensüberzeugungen entfaltet hatten, klangen Manis Worte wohltuend in den Ohren aller versöhnlich gestimmten Menschen. Viele von ihnen griffen in dieser schweren Zeit nach dem Strohhalm, den dieser großzügige Glaube ihnen bot. Es regte sich aber auch Widerspruch in den Reihen der Zuhörer, denn so mancher wurde durch Manis Thesen aus der Fassung gebracht, war entrüstet:

»Wenn du das gleiche sagst wie der Messias oder wie Buddha, warum suchst du dann eine neue Religion zu stiften?«

»Der eine hat sich im Westen erhoben, doch im Osten ist seine Hoffnung kaum erblüht; der andere hat sich im Osten erhoben, doch den Westen hat seine Stimme nicht zu erreichen vermocht. Muß etwa jede Wahrheit sich kleiden und sprechen wie derjenige, der sie empfangen hat?«

»Meister, ich will ja gern zugeben, daß so mancher Glaube Respekt verdient. Aber was ist mit den Götzendienern und den Sonnenanbetern?«

»Glaubst du, ein König wäre eifersüchtig, wenn du den Saum seines Kleides küßtest? Die Sonne ist nichts weiter als eine Paillette auf dem Kleid des Allerhöchsten, durch ihr Glitzern aber vermögen die Menschen am besten Sein Licht zu schauen. Da glauben die Menschen, Gott zu verehren, dabei haben sie noch nie etwas anderes kennengelernt als Abbilder davon, seien sie nun aus Holz, aus Gold oder aus Alabaster, seien es Gemälde, Worte oder Vorstellungen.«

»Und die, die überhaupt keinen Gott anerkennen?«

»Wer sich weigert, Gott in den Bildern zu sehen, die ihm dargeboten werden, ist dem wahren Bild Gottes bisweilen näher als so mancher andere.«

Eines Tages wurde er gefragt:

»Welchen Namen trägt der, dessen Bote du bist?«

»Ich nenne ihn den ›König der Gärten des Lichts‹.«

»Aber ist er nicht der Vater, der Allmächtige, der unendlich Gute, der Schöpfer aller Dinge?«

»Wie sollte er zugleich gut und allmächtig sein? Hat etwa er Lepra und Krieg erschaffen? Läßt er zu, daß Kinder sterben und Unschuldige mißhandelt werden? Hat er das Reich der Finsternis und seinen Herrn erschaffen? Hat er zugelassen, daß dieser Herr der Finsternis existiert? Wenn er ihn im Handumdrehen vernichten könnte, warum sollte er es dann nicht tun? Wenn er das Reich der Finsternis nicht vernichten will, dann ist er nicht unendlich gut; wenn er es vernichten will, aber nicht kann, dann ist er nicht unendlich mächtig.«

Nach kurzem Schweigen fügte er hinzu:

»Die Schöpfung ist dem Menschen anvertraut worden. Ihm also obliegt es in erster Linie, die Finsternis zurückzudrängen.«

Der Sohn Babels hielt sich seit zehn Tagen bei dem weißen Maulbeerbaum auf, als die Sassanidenarmee in Deb einmarschierte. Die Soldaten postierten sich an den Toren, auf den Wehrtürmen, auf den Kais und den Geschäftsstraßen. Ohne Mord oder Plünderung. Dann ließ Hormisd mit seinem Gefolge sich in der Gouverneursresidenz nieder.

Mani verblieb noch einige Tage in dem Garten, umgeben von einer eifrigen Zuhörerschaft, die aus seiner Gegenwart Kraft schöpfte, bald jedoch schon aus seinem Mund Worte des Abschieds vernehmen sollte.

Eines Nachts nämlich wurde Mani dringend zu Hormisd gerufen. Er war noch wach und saß an seinen Baum gelehnt da; der Ordonnanzoffizier half ihm mit einer Hand beim Aufstehen, in der anderen hielt er eine Fackel.

Beim Fürsten war ein hochrangiger Schreiber.

»Das ist Nam-Veh, mein Vertrauter. Er kommt aus Ktesiphon.«

»Die Welt ist von einem großen Schicksalsschlag ereilt worden. Unser aller Herr, der große Ardaschir, der König der Könige, der Gott unter den Menschen, der Mensch unter den Göttern, hat sich zu den glorreichen Herrschern gesellt, die ...«, begann der Schreiber.

»Mein Großvater ist gestorben«, unterbrach ihn Hormisd.

Die Angst in seinen Augen war erloschen. In Manis Augen wiederum zeichnete sich schon der Rückweg ab.

Die Begegnung mit dem Sassanidenfürsten blieb nicht folgenlos. Zwischen Mani und der mächtigsten Dynastie seiner Zeit war eine Beziehung entstanden, die sich als stürmisch, intensiv und manchmal auch grausam erweisen sollte. Und stets war sie ambivalent, wie es zwischen Ideenträgern und Szepterträgern wohl nicht anders sein kann.

Für Manis Existenz bedeutete es einen grundlegenden Wandel. Für die des Reiches allerdings auch.

Dritter Teil

Umgang mit Königen

Ich bin aus dem Lande Babel gekommen,
um durch die Welt einen Ruf ertönen zu lassen.

Mani

I

Während Mani darauf wartete, in den Thronsaal vorgelassen zu werden, konnte er seinen Blick nicht von der monumentalen Pforte wenden, vor der sich die blutroten Filzmützen der Gardesoldaten aneinanderreihten. Hatte sein »Zwilling« nicht jene Pforte gemeint, als er davon sprach, Ktesiphon zu erobern? So hatte Mani also bis an den Indus fahren, dem Sassanidenfürsten begegnen und seine Tochter heilen müssen, um schließlich zu erwirken, daß Hormisd ein Empfehlungsschreiben an seinen Vater Schapur richtete, den neuen Herrscher des Reiches ...

Im Vestibül ließ er sich noch einmal das Zeremoniell erklären. Ein Wort ging dabei dem Zeremonienmeister ständig über die Lippen wie eine Exorzistenformel: *Padham*. So wurde zur Zeit der Sassaniden das weiße Taschentuch genannt, das vor den Mund zu halten hatte, wer sich Geweihtem näherte. Geweihtes nämlich durfte durch den Atem eines Sterblichen nicht besudelt werden, weder durch den Magier, der vor dem Feueraltar die heiligen Handlungen vollzog, noch durch irgendeinen Menschen, der bei einer öffentlichen Audienz zum König der Könige sprach.

Die Höflinge hatten also stets ein *Padham* im Ärmel, und fremde Besucher bekamen von Würdenträgern des Palastes eines zugesteckt, wobei sie auch gleich in der Geste der Ehrerbietung unterwiesen wurden, zu der der Zeigefinger der rechten Hand leicht gekrümmt vorzustrecken war. Daneben wurden ihnen die offiziell zugelassenen Sätze eingebleut: Wie im Ägypten der

167

Dynastien und wie übrigens auch in Rom galt der Herrscher nämlich als über alles erhaben, und damit nahm man es in Ktesiphon besonders genau. Weder mit einem Namen noch mit einem Titel durfte der Reichsgebieter angesprochen werden. Es waren ihm besondere Formeln gewidmet, von denen niemand abweichen durfte: »Ihr göttlichen Persönlichkeiten!«, »Ihr unsterblichen Götter!« oder zumindest »Eure Gottheit!«

Jedes Detail der Hofgestaltung zielte nur darauf ab, die Kluft zwischen dem Monarchen und dem Rest der Lebenden noch zu vertiefen. Alles fügte sich zu einem Bild unmenschlicher Macht, himmlischen Gepränges und ewigen Fortbestandes. Das Gewölbe des Thronsaals reichte so hoch hinauf, als sei es für eine Versammlung von Riesen erbaut worden. Und so weit das Auge auch an den Wänden emporblickte, stieß es nur auf Behänge, die an keiner noch so winzigen Stelle die ursprüngliche Nacktheit des Gemäuers ahnen ließen.

Am Ende des mächtigen Raumes stand lediglich eine vorhangbewehrte Estrade, um die die Höflinge im Halbkreis versammelt waren. In zehn Ellen Entfernung saßen die Personen königlichen Geblüts; zehn Ellen weiter die Vertrauten Schapurs, des Königs der Könige, nämlich seine Tischgenossen, seine engsten Berater, die religiösen Würdenträger, die Exegeten und Rezitatoren der Awesta sowie namhafte Gelehrte, Astrologen und Ärzte; weitere zehn Ellen dahinter die zur Unterhaltung des Königs dienenden Hofnarren, Jongleure, Akrobaten und Tänzer, allesamt Leute, die am Sassanidenhof weit mehr geschätzt wurden als etwa Architekten, Maler oder Dichter. Unvergleichlich höheres Ansehen genossen jedoch Musiker. Gemäß den gebührend kodifizierten Wünschen des Dynastiebegründers wurden Komponisten und anerkannte Meister in Instrumentenspiel und Gesang wie Mitglieder des Königshauses behandelt und saßen somit in zehn Ellen Abstand vom Vorhang, allerdings auf der linken Seite. Dann kamen zweitrangige Musiker und Sänger und weitere zehn Ellen dahinter die Menge der Lauten-, Zand- und Mandolinenspieler.

Mit einem Trommelwirbel wurden die Anwesenden aus ihrer Lethargie geweckt, bevor dann der rituelle Ruf erscholl: »Ihr Menschen, möge eure Zunge euch euren Kopf bewahren, euer Herr ist unter euch.« Während die Musiker in der ersten Reihe die Tagesmelodie spielten, die erst wieder am gleichen Tag des darauffolgenden Jahres zu hören sein würde, zogen unsichtbare Hände den Vorhang auf.

Ein jeder warf sich mit der Stirn zu Boden und wartete, bis ein neuerlicher Ruf ihm erlaubte, wieder aufzuschauen. Und da war er dann, der Monarch, ein regloser Götze, grellgoldene Opulenz; denn golddurchwirkt waren sein Gewand, das Kissen, die Wandbespannung, aus massivem Gold auch der Thron, und golden die ziselierten Halsketten, Ringe und Spangen; selbst der Bart war mit Goldstaub bestreut, der auch auf Lippen, Wimpern und Augenbrauen blendend glitzerte.

Über dem Monarchen prangte die legendäre, mehr als mannes- schwere Krone, die kein Haupt zu tragen vermocht hätte, und sei es ein kaiserliches. Doch gewahrte nur, wer näher herantrat, daß sie an einer dünnen, am Gewölbe befestigten Kette aufge- hängt war. Zog der König sich also zurück, so schwebte die Kro- ne wie durch ein Wunder über dem leeren Thron; der gottglei- che Mensch altert und geht dahin, die Erhabenheit bleibt.

Von weitem war die Illusion perfekt, und man sah nur ein unbe- greifliches, allen Schreckensvorstellungen und morbiden Sehn- süchten der Menschheit entsprungenes Legendenwesen, eine bestürzende, faszinierende, einschüchternde Prachterschei- nung.

Und dieses sagenhafte Ungetüm wollte Mani also zähmen!

Fürs erste ließ der Sohn Babels jeden Schritt und jede Gebärde noch einmal Revue passieren und prägte sich die Worte ein, die er zu sprechen gedachte; vor allem die ersten, noch in anfängli- cher Benommenheit vorgebrachten, die man unter forschenden

Blicken gewöhnlich herausstottert; diese allerwichtigsten also sagte er sich immer wieder voller Nervosität vor.

Da wurde plötzlich sein Name aufgerufen. Er drehte sich um, wollte sichergehen, ob er sich nicht verhört habe. Zu spät, die Pforte war schon aufgegangen, schon hatte eine Hand ihn hineingeschoben, wehe dem, der den göttlichen Schapur warten ließe! Mani ging auf dem eingefaßten Läufer, der zu den Thronstufen führte, aber er hatte den Eindruck, ständig abzugleiten, so sehr war ihm jegliches Gefühl für Entfernungen abhandengekommen. Der König schien ihm ganz nahe, so wie die Sonne Mardinus es sein konnte, blendend nahe, brennend nahe, und doch kam ihm der Weg dorthin unendlich vor, felsig und steil, es dünkte ihn nur ungeheuer langsam vorwärtszugehen, und Beklemmung kam ihn an. Es war dies ein Augenblick des Zweifels und der Reue. Warum hatte er nur nicht auf Malchos gehört, der ihn noch bis zum Palasteingang beschworen hatte, von seinem Vorhaben abzulassen. Warum war er bloß nicht in seinem Palmenhain geblieben; »wie ein Ysophälmchen zwischen Steinen«, so hätte Sittai sich wohl ausgedrückt. Zwei Jahre war das nun her. Zwei Jahre, eine Ewigkeit! Mani besann sich noch auf diese Zeit, aber seine Erinnerungen waren so verschwommen, als gehörten sie einem früheren Leben an.

Da rief er seinen »Zwilling« an, sein zweites Ich, es solle sich doch um Himmels willen melden, er bedurfte nun der Gewißheit, daß es bei ihm war, daß es diesen Leidensweg Seite an Seite mit ihm ging und das Wort ergreifen würde, falls sein eigener Mund ihm den Dienst versagen sollte. »Bleibe gelassen, Mani, vergiß das Gold, achte nicht des Prunks, laß dich niemals von einem Menschen blenden, und sei er König oder Prophet. Das Schicksal hat ihn mit dem ausgestattet, womit es auch dich und jeden anderen ausgestattet hat. Sich dessen bewußt zu werden, darauf kommt es an. In tausend Jahren wird von Schapur nur noch die Rede sein, weil dein Weg dich durch seinen Hof geführt hat.«

170

Endlich langte er beim Kämmerer an. Dieser bedeutete ihm, sich niederzuwerfen, und flüsterte ihm dann zu, er dürfe sich wieder erheben. Bevor Mani zu sprechen anhob, zog er ein makelloses *Padham* aus dem Ärmel.

»Ehre sei dem mächtigsten unter den Menschen! Mögen seine edelsten Wünsche in Erfüllung gehen!«

Eine ungebräuchliche Formulierung; der Würdenträger runzelte die Stirn, und über das hoheitsvolle Antlitz des Königs ging ein ungöttlich-staunendes Zittern. Unehrerbietiges war jedoch nicht geäußert worden, und so wurde Mani schließlich mit einer Geste aufgefordert, sich vorzustellen.

»Ich bin ein Arzt aus dem Lande Babel.«

»Mein geliebter Sohn hat mir einen Brief gesandt, in dem er des Lobes voll ist über dich. Du scheinst ihm gefallen zu haben.«

»Die Vorsehung hat gewollt, daß ich seine schon verloren geglaubte Tochter geheilt habe.«

»Womit kurierst du?«

»Mit Worten und mit Pflanzen.«

»Und Messer? Feuer? Blutegel?«

»Darauf verstehen andere sich besser.«

Das Wort »Blutegel« war, was Mani nicht wissen konnte, eine Falle, denn Schapur hatte eine Aversion gegen dieses Heilmittel und gegen alle, die es anwandten. Beruhigt sprach der Herrscher weiter:

»Mein Sohn erwähnt auch gewisse Gedanken, die du gerne verbreiten möchtest.«

»Mir ist eine Botschaft offenbart worden.«

Unter den Höflingen wurde ein Murren laut, doch wagte niemand, der Reaktion des Monarchen vorzugreifen. Dieser wiederum harrte der Fortsetzung, und als sie auf sich warten ließ, fragte er den Besucher in leicht gereiztem Tone:

»Was für eine Botschaft? Wir hören dir zu.«

»Es hat ein neues Zeitalter begonnen, das einen neuen Glauben erfordert, und zwar einen Glauben, der nicht nur auf einem einzigen Volk, einer einzigen Rasse oder einer einzigen Lehre gründet.«

Auf welches Volk, welche Rasse und welche Lehre Mani damit anspielte, brauchte er gar nicht näher zu erläutern. Unter den Würdenträgern in der zweiten Reihe wurde ein Taschentuch geschwenkt.

»Diesem Mann bin ich schon begegnet!«

Mani drehte sich um und machte in der Magierschar sogleich den blonden Bart Kirdirs aus.

»Er ist Nazarener und der hinterhältigste Feind unserer Religion. Ich bin auf ihn gestoßen, als ich bei unserer siegreichen Armee in Indien weilte. Unser Herr, der göttliche Ardaschir, hatte mir aufgetragen, dort ein gewaltiges heiliges Feuer zu entzünden, um den Triumph der glorreichen Dynastie zu feiern und die Stimmen der Ungläubigen zum Verstummen zu bringen. Aber dieser Nazarener hat mich mit allerlei Hexenwerk an der frommen Tat gehindert.«

Kirdir hatte es geschafft. Die Anwesenden durften sich nun darüber erregen, wie schmählich sich dieser Arzt aus Babel gegenüber dem verstorbenen König der Könige verhalten hatte. Schapur schien Mani nicht ganz so finster anzublicken und einer der wenigen zu sein, die überhaupt noch gewillt waren, seine Verteidigung anzuhören.

»Ich bin nur hier, um dem obersten Gebieter eine Botschaft zu überbringen«, sprach Mani weiter. »Seinem Urteil hat der Himmel mehr Gewicht verliehen als unser aller Meinungen. Möge er meinen Worten in aller Gelassenheit lauschen und sich dabei nicht von der Feindseligkeit beeinflussen lassen, die mir hier von einigen entgegengebracht wird!«

»Ich habe dir diese Audienz gewährt, um deine Botschaft anzuhören. Du hast das Wort.«

»Euer Reich erstreckt sich im Westen bis Aram, Adiabene und Osroene, wo es viele Nazarener gibt; im Osten reicht es bis Baktrien, Indien und Turan, wo Buddha verehrt wird. Morgen wird die Dynastie ihre Herrschaft auf Gegenden ausdehnen, in denen es nicht üblich ist, Ahura Masda anzubeten, und sie wird zahllose Untertanen haben, die sich zu den verschiedensten Religionen bekennen. Ist es etwa vernünftig, diese Leute so zu erniedrigen, daß sie zu Verrätern werden? Ist also ein besserer Verbündeter der Dynastie, wer ihr die Menschen nahezubringen sucht, oder wer ihr den Groll ihrer eigenen Untertanen zuzieht?«

In den Zügen des Monarchen ließ sich ein Anflug von Zustimmung ausmachen, den Kirdir sogleich zu verwischen bemüht war.

»Der beste Verbündete der Dynastie!« höhnte er. »Da stehe ich hier vor unserem göttlichen Herrn und soll erklären, warum ein Anbeter Ahura Masdas ein besserer Verbündeter der Dynastie ist als ein Nazarener! Verschleierten Worten scheinen die Herzen nicht mehr zugänglich zu sein; darf ich also geradeheraus sprechen? Ich habe einige der Schriften in Händen gehalten, die von den Nazarenern in den Städten des Reiches in Umlauf gebracht werden; mir ist auch so manches berichtet worden, was sie in ihren Versammlungen von sich geben. Wünscht mein göttlicher Herr zu erfahren, wie sie sich über unsere Religion, unsere Gesetze, unsere Traditionen und über die Dynastie äußern? Diese Leute behaupten, die gesamte Nachkommenschaft der Sassaniden sei verdammt.«

Es war Schapur äußerst unlieb, daß solche Worte fielen, selbst wenn sie den Nazarenern zugeschrieben wurden. Seine Finger krampften sich um den Knauf seines Szepters. Kirdir ließ sich dadurch nicht abschrecken, sondern sprach weiter, nun mit vollerer, wütend-beherrschter Stimme.

»Steht in der Awesta nicht geschrieben, daß göttliche Huld über der *Khvedodah* liegt, der Geschwisterehe, durch die Todsünden getilgt und böse Geister verjagt werden? Steht nicht geschrieben, daß kein frommes Tun dem Himmel wohlgefälliger ist? Ist uns nicht gelehrt worden, daß nach dem Vorbild des großen Dareios all unsere göttlichen Herrscher sowie die Magier und die Krieger ihre nächststehende Verwandte, sei es nun ihre Schwester, Tochter oder Mutter, ehelichen sollen, wenn sie Witwe wird? Hat nicht unser göttlicher Herr seine Schwester, die göttliche Königin Azur-Anahit, zu seiner Lieblingsfrau erkoren? Nun, für die Nazarener sind wir allesamt zum Höllenfeuer verdammt, selbst unser göttlicher Herr und seine göttliche Schwester-Königin, denn was für uns höchste Frömmigkeit darstellt, ist ihnen höchstes Greuel.«

Kirdir riskierte mit solch ungebührlichen Worten Kopf und Kragen. Doch seine Kühnheit zahlte sich aus. Es gab keinen Zweifel über Urheber und baldiges Opfer des Zorns, der nun das Gesicht des Monarchen anschwellen ließ.

»Du niederträchtiger Arzt aus Babel, sind etwa das die Gefühle, die du den göttlichen Wesen unserer Dynastie entgegenbringst? Dir soll das Los zuteil werden, das unser Gesetz für Gotteslästerer vorsieht!«

Die Gardesoldaten eilten herbei, um den Schuldigen zu ergreifen. Als Mani ihre schweren Hände auf seine Arme und Schultern herniedergehen fühlte, da war es ihm, als verschwimme alles um ihn herum. Hilflos und stumm vor Schreck stand er da und glaubte jeden Augenblick zusammenzubrechen. Ein einziger Gedanke hielt ihn noch aufrecht: Der »Zwilling«, sein himmlischer Gefährte, konnte ihn doch an diesem Tag nicht im Stich lassen! Er schloß die Augen und versuchte sich sein tröstliches Antlitz vorzustellen.

Mit einem Male erhob sich ein von kaum unterdrückten Lachern durchsetzter Tumult. Die unerträgliche Spannung, die über dem Hof gelegen hatte, war auf wunderbare Weise verflogen. Es wurde ein *Padham* geschwenkt, dessen Anblick allein zu genügen schien, um Schapurs Züge zu entspannen.

»Der ewig junge Juvanoe möge vortreten!«

Die plötzliche Fröhlichkeit des Herrschers übertrug sich augenblicklich auf die Gesichter aller Anwesenden. Nicht davon angesteckt wurde nur der Betroffene selbst, der das Gekicher nicht schätzte, das er bei jedem Auftreten unfehlbar auslöste. Er hatte den Monarchen von klein auf erzogen und war nun der älteste Magier bei Hofe, wo es niemandem in den Sinn gekommen wäre, seine Gelehrsamkeit und seinen nicht nachlassenden Scharfblick in Zweifel zu ziehen. Zum Nachteil gereichte ihm einzig der unter den Adeligen und Magiern weitverbreitete, auf den Schultern eines Neunzigjährigen aber wie eine Bürde lastende Vorname Juvanoe, »Jüngling«. Des Königs Hofnarr hatte den alten Magier zur bevorzugten Zielscheibe seines Spottes auserkoren und verstand sich glänzend darauf, seine kratzige Stimme nachzuahmen, sein nach oben spitz zulaufendes Erscheinungsbild, das pendelartige Hin und Her des wattigen Bartes und die verkrampfte Haltung der knochigen Finger. Jedem Höfling, der in den letzten zwanzig Jahren auch nur ein einziges Mal an einer der abendlichen Gesellschaften Schapurs hatte teilhaben dürfen, fiel beim Anblick des ehrwürdigen Hofmeisters unweigerlich der Narr ein, dessen wirklichen Namen schon gar niemand mehr wußte, so sehr hatte man sich daran gewöhnt, ihn mit seinem Lieblingsopfer zu identifizieren.

Das Herrscherauge lächelte, wie jedermann im Saal, doch kaum begann Juvanoe zu sprechen, da deutete Schapur der Versammlung mit einem Stirnrunzeln an, daß das Intermezzo nunmehr beendet sei.

»Es ist mir während meines allzu langen Lebens vergönnt gewesen, meinem göttlichen Herrn die Eigenschaften ans Herz zu legen, die aus ihm einen großen König nach dem Vorbild seiner glorreichsten Vorgänger machen werden, als da sind wahre Religion, gesunder Menschenverstand, Bereitschaft zum Verzeihen, Liebe zu den Untertanen, Frohsinn, Großzügigkeit, Gerechtigkeit …«

»Ich habe nichts davon vergessen«, warf Seine Göttlichkeit ungeduldig ein, um sich den Rest der endlosen Liste zu ersparen. »Dieser Mann aus Babel ist schwerwiegender Vergehen geziehen worden, die bestraft werden müßten. Doch will mein Herr in den Augen der Nachwelt nicht als Tyrann gelten, so hat er die Pflicht, des Mannes Rechtfertigungen anzuhören. Denn so lautet unser Gesetz!«

Schapur umfing den Hofmeister mit einem liebevollen Sohnesblick. Amüsiert mit den Achseln zuckend, rief er dann einen Sekretär herbei:

»Schreib, daß ich beschlossen habe, am heutigen Tage dem verehrten Magier Juvanoe ein Ehrenkleid zu bewilligen, da er mich davor bewahrt hat, ein Unrecht zu begehen, das unserer Dynastie zur Schande gereicht hätte!«

Und während der strahlende Hofmeister rückwärts gehend an seinen Platz zurückzockelte, wandte sich der Herrscher Mani zu und erklärte sich nunmehr zum Zuhören bereit, wenn auch der Henker noch immer in Rufweite stand.

Wie es einem mit knapper Not Geretteten den Atem hervorstößt, so sprudelten nun dem Sohn Babels die Worte aus dem Mund.

»Der verehrte Magier Kirdir wollte mir widersprechen und hat dabei doch nur den schlagendsten Beweis dafür geliefert, wie recht ich habe. Jeder von uns fühlt sich nun gekränkt, aufgewühlt und bedroht, und jeder spürt, wie sehr sein eigenes Dasein und das des ganzen Reiches durch religiös genährten Haß in Mitleidenschaft gezogen werden. Ich selbst müßte genauso erschüttert sein wie ihr, denn ich bin parthischer Abstammung, und bei meinen Vorfahren war es üblich, daß Bruder und Schwester einander heirateten, um die Gebräuche zu wahren und dem Himmel wohlgefällig zu sein.

Die Nazarener empören sich nun über diese Ehen und nennen sie blutschänderisch. Dabei steht in der Bibel geschrieben, daß Gott den ersten Mann und die erste Frau erschaffen hat und die Erde einzig von diesen beiden ausgehend bevölkert wurde. Die Kinder des ersten Paares müssen daher wohl untereinander geheiratet haben! Somit wäre die gesamte Menschheit aus blutschänderischen Ehen hervorgegangen. Also könnten wiederum

die Anhänger der Awesta über die Verfechter der Bibel herzie-
hen. Wozu jedoch all diese Streitereien, diese Verwünschungen,
dieser Spott? Jedes Volk hat seine Gebräuche, die sich in seinen
Gesetzen niederschlagen und auf den göttlichen Willen zurück-
geführt werden. Sollte dieser aber bei jedem Volk ein anderer
sein? In Wahrheit wissen wir nichts über den göttlichen Willen
und nichts über die Gottheit, weder wie sie heißt, noch wie sie
aussieht oder wie sie ist. Die Menschen geben Gott unzählige
Namen, und diese sind alle wahr und alle falsch. Wenn Er einen
Namen hätte, so könnte dieser nicht mit unseren Worten geschrieben noch mit unseren Mündern gesprochen werden. Es
heißt, Er sei reich und mächtig? Nur nach menschlichem Maßstab stellen Reichtum und Macht Werte dar, nach göttlichem
Maßstab bedeuten sie nichts. Es werden Ihm auch Begierden
unterstellt, Befürchtungen, Launen, Gereiztheit; manche sagen,
Er sei auf eine Statue eifersüchtig, kränke sich wegen irgendwelchen Tuns, kümmere sich darum, wie wir sprechen, wie wir niesen, wie wir uns an- oder auskleiden. Ich, Mani, bringe allen Völkern eine neue Botschaft. Zuerst habe ich mich an die Nazarener
gewandt, unter denen ich meine Kindheit und Jugend verbracht
habe. Ich habe zu ihnen gesagt: Höret das Wort Jesu, denn er ist
weise und rein, aber höret auch die Lehre des Zarathustra, suchet
das Licht, das in ihm vor allen anderen geleuchtet hat, als die
ganze Welt noch in Unwissenheit und Aberglauben stak. Sollte
meine Hoffnung eines Tages obsiegen, so wäre dies das Ende
allen Hassens.

Ich richte daher meinen Blick auf den Magier Kirdir und sage
ihm mit all dem Respekt, der ihm gebührt: Du hast das Übel,
von dem das Reich bedroht ist, darzustellen gewußt, und ich
habe das Heilmittel verschrieben. Du hast wie ein Patient gesprochen und ich wie ein Arzt.«

»Dieser Mann versteht sich darauf, unser Mißtrauen einzuschlä-
fern«, sagte der Magier. »Aber auf welche Religion er sich eigentlich beruft, hat er immer noch nicht bekannt.«

»Ich berufe mich auf alle Religionen, und auf keine. Man hat die Menschen gelehrt, sie müßten einem Glauben angehören, so wie man einer Rasse oder einem Stamm angehört. Ich aber sage ihnen: Ihr seid belogen worden. Bemüht euch, in jedem Glauben und Gedanken den leuchtenden Kern freizulegen und die Schale zu entfernen. Wer meinem Weg folgt, kann Ahura Masda anbeten und Mithras und Christus und Buddha. In die Tempel, die ich errichten werde, kann jeder mit seinen Gebeten kommen.

Ich respektiere jeden Glauben, und genau das ist in aller Augen mein Frevel. Die Christen hören nicht zu, wenn ich Gutes über den Nazarener sage, sie werfen mir vor, daß ich nichts Böses über die Juden und über Zarathustra äußere. Die Magier hören nicht hin, wenn ich ihren Propheten lobpreise, sie wollen mich Christus und Buddha verfluchen hören. Denn nicht um das Fähnchen der Liebe scharen sie die Gläubigen, sondern um das Banner des Hasses, und einig sind sie sich nur in der Ablehnung der jeweils anderen. Nur durch Verbote und Bannflüche werden sie zu Brüdern. Und ich, Mani, der ich aller Freund sein möchte, werde sie bald alle zu Feinden haben. Mein Verbrechen ist, daß ich sie zur Versöhnung bewegen will. Das werde ich bezahlen müssen. Denn um mich zu verdammen, werden sie sich zusammentun. Wenn aber die Menschen einmal aller Riten, Mythen und Verwünschungen überdrüssig sind, dann werden sie sich daran erinnern, daß eines Tages, zur Zeit des großen Schapur, ein demütiger Sterblicher einen Ruf durch die Welt ertönen ließ.«

Schapurs Neugier war geweckt.

»Soll die Religion, die du verbreiten möchtest, auch über Tempel und Magier verfügen?«

»Es wird Kultstätten geben und Auserwählte. Sie werden sich dem Gebet, dem Unterricht, der Kunst, dem Schreiben und der Pflege des Rechts widmen, so wie es heute die Magier tun. Verzichten müssen sie allerdings auf Vermögen, Ruhm und Macht.«

Diese Einschränkung war ganz offensichtlich nach dem Geschmack des Monarchen. Kirdir schwenkte von neuem sein *Padham,* doch Schapur hatte sich bereits seinem *Khorram-Bash* zugewandt, dem Vorhangbediensteten, dem er mit einem leichten Beben der Finger einen Befehl erteilte. Sekunden darauf eilten zwei Schreiber herbei und nahmen zu Füßen des Herrschers Platz. Dies war das Zeichen, daß die Beratung vorbei war und der Monarch nunmehr gesetzgebend tätig wurde, und zwar nach einem seit Partherzeiten eingespielten Verfahren: Der König der Könige diktierte in einfachen Worten seine Wünsche, und diese wurden dann von einem der Sekretäre laut wiederholt, aber nicht wortwörtlich, sondern quasi simultan in den gespreizten Stil der offiziellen Erlasse gedolmetscht. Der zweite Schreiber trug das Ergebnis dann mit Schönschrift in das hierfür vorgesehene Register ein.

»Wir haben heute beschlossen ...«, begann der Herrscher. Der Sekretär erweiterte dies zu: »Wir, der göttliche Schapur, König der Könige des Iran und des Nicht-Iran, Gott unter den Menschen, Mensch unter den Göttern ...«

Schapur wartete die Transkription ab und fuhr dann fort: »... daß wir unseren treuen Untertanen Mani dazu befugen, in allen Städten und Dörfern des Reiches völlig frei seine himmlische Botschaft zu verbreiten, die unsere allerhöchste Zustimmung gefunden hat. Es ergehe an alle Könige, Satrapen, Gouverneure und Beamte der Befehl, ihm Beistand zu leisten, als sei er allerorten unser eigener Gesandter.«

II

Als Mani den Palast verließ, vermochte er nichts anderes zu tun, als einfach geradeaus vor sich hin zu marschieren und dabei mit dem gesunden Fuß kräftig auf die staubigen Straßen Ktesiphons zu treten.

Die Menschen drehten sich nach ihm um und zeigten ihren Kindern diesen verstört dreinblickenden Fremdling, diese aus den Wolken heruntergehüpfte unansehnliche Heuschrecke, denn was für einen Eindruck hätten sie in jenem Augenblick sonst von ihm haben sollen?

Am nächsten Tag aber, ja, gleich am nächsten Tag schon, da würden all diese Leute begreifen. Schon im Morgengrauen würden nämlich Herolde auf den Plätzen das Edikt austrommeln, in dem von Mani, dem »Arzt aus dem Lande Babel« die Rede war. In der ganzen Hauptstadt würden dann ausgeschmückte Berichte seiner Palastaudienz in Umlauf sein, man würde sich darüber auslassen, wie er gekleidet war, und jeder würde prahlen, ihn auf der Straße an seinem vergeistigten Gang und seinem himmelblauen Umhang erkannt zu haben. Noch vor Ablauf von zehn Tagen würden in die abgelegenen Teile des Sassanidenreiches berittene Boten mit den ordnungsgemäß abgeschriebenen, mit Wachs und Salz versiegelten Befehlen des Königs der Könige unterwegs sein.

Mani war damals sechsundzwanzig Jahre alt, und dieses Land Mesopotamien, dieses Reich, ja die ganze Welt dünkte ihn zu klein, um tüchtig auszuschreiten. Läßt sich etwa vorstellen, Jesus, den Mani so sehr liebte, sei nach seinen Predigten in galiläischen Marktflecken gen Rom gezogen, habe bei Tiberius Cäsar vorgesprochen und danach den Palatinhügel mit einem Edikt in der Tasche verlassen, das ihn in der Stadt und in allen Provinzen zum Lehren bevollmächtigt und alle Herodes und Pontius Pilatus strikt angewiesen hätte, ihm in jeder Weise behilflich zu sein?

Diesen Vergleich hatte Mani damals vor Augen. So wie die Dinge sich zu entwickeln schienen, glaubte er sich zu den närrischsten Hoffnungen berechtigt. Und da er weder seinen Gedanken noch seinen Schritten Einhalt zu gebieten wußte, ging er weiter und weiter, trunken und verklärt.

Seine Freunde warteten vor dem Palasteingang auf ihn, doch ging er an ihnen vorbei, ohne sie zu sehen. Denagh war da, Pattig, Malchos und Chloe, und alle riefen sie ihn an, aber er war wie taub. Da stürzten sie ihm nach, doch er befand sich auf einer Bahn wie ein vom Katapult geschossener Felsblock. Die Frauen blieben erschöpft stehen, und schließlich auch sein Vater. Nur Malchos gab nicht auf. Seit der Zeit bei den Weißen Gewändern war er hartnäckig bemüht, Mani stets einzuholen.

Als er ihn erreicht hatte und auch schon ein paar Schritte über ihn hinaus war, um von seinem verstörten Blick abzulesen, ob er vor Glück so dahinrenne oder vor Wut, da bat er ihn ganz außer Atem, er solle doch langsamer gehen, solle ihn ansehen und endlich etwas sagen. Doch Mani sprach weder von Schapur noch vom Thronsaal. Er teilte ihm ganz einfach mit, daß er wieder fortgehen werde.

»Fort? Wir sind doch schon durch das ganze Reich gezogen, von Ktesiphon nach Deb, und von Deb nach Ktesiphon, über Straßen, Flüsse und übers Große Meer. Wo sollen wir denn jetzt noch hin?«

»In alle Gegenden unter der Sonne, bis zum äußersten Horizont aller Ebenen, und dann noch weiter, noch viel weiter, bis vor die

181

Haustür eines jeden Geschöpfs! Wirst du mich dorthin begleiten?«

Bevor sein Freund noch antwortete, fuhr er schon fort, als könne
er gar nicht mehr aufhören, als gingen seine Worte mit ihm
durch:

»Wer von nun an zu mir kommen wird, den werde ich nicht
mehr bitten, zu warten, sondern ihn ersuchen, sich meinem Gefolge anzuschließen. Wir werden Hunderte sein, Tausende, und
mehr Staub aufwirbeln als ein ganzes Heer, und in die Haut dieser Welt werden wir eine Furche eingraben, die sich nie mehr
glätten wird.«

Bei diesen Worten ging er noch schneller. Da bemühte Malchos
sich nicht mehr, mit ihm Schritt zu halten. Schwerfällig setzte er
sich auf einen Stein, während sein Freund davonzog.

Wie sollte ich ihm noch folgen können? fragte sich der Tyrer.
Damit meinte er schon gar nicht mehr dieses absurde Rennen
durch die Straßen der Hauptstadt, sondern die noch viel absur-
dere Reise ans Ende der Welt, zu der Mani ihn gerade eingeladen
hatte.

»Eingeladen ... Ob das überhaupt das treffende Wort ist?« fragte
sich Malchos weiter, und das Lächeln, das sich dabei auf seinem
Gesicht abzeichnete, verzerrte sich durch die Müdigkeit zu einer
schmerzvollen Grimasse. Seit jener ersten Begegnung im Speisesaal des Palmenhains hatte er Mani nie etwas abschlagen können. Einwände hatte er schon so manches Mal vorgebracht, hatte genörgelt, geflucht und sich geschworen, daß ... Aber wozu
eigentlich, am Ende tat er ja doch jedesmal haargenau das, was
sein Freund von ihm wollte. Und wenn er sich tatsächlich einmal dessen Ansinnen zu widersetzen suchte, dann trat Chloe,
sein eigenes Weib, auf den Plan und stimmte ihn um.

Dabei würde Manis Anliegen weder ihm noch ihr jemals wirklich am Herzen liegen. Darin bestand vielleicht auch das Einzig-
artige ihrer Freundschaft. Mit einem Religionsgründer Umgang
zu haben, der einem nicht seine Überzeugungen aufzuzwingen

trachtete, das war nur vorstellbar, weil Mani eben der Verfechter eines so großzügigen Glaubens war. Und weil sein Gott nicht auf der Suche nach Anbetern war.

Mit religiösem Gedankengut hatte der Tyrer nichts zu schaffen, er war ganz einfach einem Weisen begegnet, einem schönheitstrunkenen Menschen, den jedermann gern zum Freund gehabt hätte. Ihm nahe sein zu dürfen war ein nicht zu unterschätzendes Privileg. Solange seine Beine ihn noch trugen, würde er ihm folgen.

Während Malchos so in seine Gedanken vertieft war, hing Mani den seinen nach. Er war bis zum Tigrisufer gegangen. Und dort war an einer weniger belebten Stelle seine Euphorie plötzlich verflogen und hatte der Angst Platz gemacht.

Als er noch bar jeden Schutzes und jeder königlichen Fürsprache gewesen war, hatte er davon geträumt, die Welt mit bloßen Händen zu packen. Jetzt aber stand ihm die Welt offen, jetzt ebneten sich ihm alle Wege, und die Eroberung sollte beginnen! Eroberung? Ohne Waffen? Sollte er etwa mit seinem lahmen Bein von Land zu Land hinken, sich mit Satrapen auseinandersetzen, mit Nationen, Kasten, Sekten und Bruderschaften, und die Menschen aus ihren verknöcherten Ritualen, ihrem Herdentrieb und ihrer Unzulänglichkeit herausreißen? Sollte er ohne Unterlaß lehren, schreiben, zeichnen, debattieren und dann zur nächsten Etappe aufbrechen, dort wieder neue Scharen um sich versammeln und jedesmal genau den Ton treffen, der zugleich bezaubert, erschüttert, tröstet und aufpeitscht, bis schließlich die ganze Menschheit dadurch umgestaltet war?

Wie es ihm bisweilen widerfuhr, verwandelte sich auch diesmal die als Monolog begonnene Meditation in einen Dialog mit seinem *alter ego*, seinem »Zwilling«.

»Wieviel Zeit ist mir gewährt für alles, was ich noch zu tun habe?«

»Das sollst du nie erfahren«, antwortete der Andere.

»Darf ich wenigstens wissen, ob ich noch über sieben Jahre verfüge, ob ich das Alter Christi und Alexanders erreichen werde?«

»Du hast die Ewigkeit und den Augenblick, was liegt daran? Die Zeit ist der Köder der Finsternis, laß dich von ihr nicht betören, sondern denke Tag für Tag nur an deine Mission!«

»Darf ich zumindest erfahren, ob ich die Vollendung meines Werkes erleben werde?«

»Vertraue deine Zukunft mir an und gehe hin, dein Schicksal galoppiert dir schon weit voraus. Die Leute in Betlapat werden ungeduldig!«

Seit der Bekanntmachung des kaiserlichen Edikts gab es keine Stadt mehr, die nicht auf Mani gewartet hätte. Und doch gab es für den Sohn Babels kein Zögern. Er marschierte geradewegs nach Betlapat.

Zwar war der Ort nur ein größeres Dorf in Susiana ohne Prestige oder glorreiche Vergangenheit, doch hieß es, Schapur, der mehrfach in Betlapat geweilt hatte, habe dort an Luft und Wasser Gefallen gefunden und seine Architekten mit umfangreicheren Bauarbeiten beauftragt; gewissen Gerüchten zufolge trug sich der Herrscher mit dem Gedanken, aus dem Ort eines Tages seine Sommerresidenz zu machen. Vermutlich erhoffte er sich Vorteile aus der günstigen Lage zwischen Mesopotamien und Persis, also zwischen den beiden Bestandteilen des Sassanidenreiches, dem semitischen Westen und dem arischsprachigen Osten. Rührte daher Manis Entschluß, seine Rundreise in Betlapat zu beginnen?

Wenn er den Ort auch noch nie aufgesucht hatte, so wußte er doch, daß sich dort eine rege Christengemeinde gebildet hatte, und wollte sich zuallererst an sie wenden. Doch bald schon mußte er einsehen, daß die Zeiten anonymen Umherreisens vorbei waren und er gar nicht mehr dazu kam, wie noch in Deb einfach auf das Gebäude seiner Wahl zuzugehen.

Kaum erfuhren die Honoratioren der Ortschaft vom Eintreffen Manis und seines Gefolges, da eilten sie auch schon herbei, allen voran der örtliche Potentat, der mit herausgereckter Brust für sich das Privileg in Anspruch nahm, den Schützling des göttlichen Schapur bei sich beherbergen zu dürfen. Erwiderte Mani dann, es sei ihm zur Gewohnheit geworden, sich in einem Garten am Fuße des erhabensten Baumes niederzulassen, so wurde der Mann wütend, sagte pathetisch seine gesamte Ahnenfolge herunter, die ihn als Nachkommen der ältesten Dynastien auswies, und gestattete sich mit Zustimmung der ihn begleitenden Schreiber, auf seiner Einladung zu bestehen. Schlüge man sie aus, so beleidige man damit seine Vorfahren oder ziehe gar die Frömmigkeit seines Hauses in Zweifel. Trotz Denaghs Verlegenheit und Pattigs Unbehagen gab Mani nicht nach. Am Fuße des Baumes würden die Menschen seine Botschaft hören, hier und nirgends sonst werde er die Nacht verbringen.

Besonders entgegenkommend war dieses Verhalten wahrlich nicht, unnötig kränkend sogar, und doch das einzig Vernünftige. Während all seiner Reisen würde der Sohn Babels nämlich solchen Bestürmungen standzuhalten haben, die manchmal in purer Gastfreundschaft ihren Ursprung hatten, meist aber in weniger ehrenhaften Erwägungen, in dem Wunsch eines in Ansehen stehenden Bürgers etwa, seine Vorrangstellung dadurch herauszustreichen, daß er einen Schutzbefohlenen Schapurs bei sich empfing, oder in dem Bestreben, Mani, seine Gefährten und diejenigen unter den Einheimischen auszuspionieren, die sich für seine Lehren allzu empfänglich zeigen sollten.

So wurde gleich zu Beginn der großen Reise eine Ambivalenz deutlich. Wenn auch die Provinzgrößen nichts weiter als untertänigste Ergebenheit an den Tag legen konnten, sobald es einen Befehl des Königs der Könige auszuführen galt, und sie demnach jedem herzlichste Aufnahme gewähren mußten, der zu allerhöchstem Wohlwollen gelangt war, so wußten sie doch recht gut, wie flüchtig alle Gunst ist, und namentlich die Gunst der Fürsten, so daß sie den Gast zwar neidvoll betrachteten, sich aber auch ständig vor Augen hielten, wie schnell er in Ungnade fallen konnte; war es dann einmal soweit, so mußten sie gleich den Beweis erbringen können, stets mißtrauisch geblieben zu sein.

Im Falle Manis war die Lage noch offenkundiger. Neuigkeiten verbreiteten sich schnell im Sassanidenreich. Da brauchte nur ein Höfling einem *Vitax* etwas ins Ohr zu flüstern und dieser bei einem Bankett des niederen Adels eine Bemerkung fallen zu lassen, und drei Wochen später wurde die Angelegenheit auf jedem Dorfplatz erörtert. Auf diese Weise war die im Thronsaal geführte Debatte bekanntgeworden, und die Äußerungen Kirdirs hatten zu größtem Argwohn gegenüber dem Arzt aus Babel veranlaßt.

So wurde Mani in Betlapat zwar mit den gebührenden Höflichkeitsbezeigungen willkommen geheißen, doch blieb jeder auf der Hut. Als er sich am späten Nachmittag unter einem Baum niederließ, einer Mispel, standen auf dem Hügel in den ersten Zuhörerreihen sämtliche Würdenträger und darunter selbstverständlich die Magier. Derweilen strichen Soldaten umher, die aber zu dem Ereignis, dem sie da beiwohnten, eine respektvoll-gutmütige Miene aufsetzten.

Mani sah es als seine Pflicht an, einleitend zum Ausdruck zu bringen, wie sehr er sich durch das vom König der Könige entgegengebrachte Vertrauen geehrt fühle und wie gerührt er von dem Empfang sei, den Betlapat ihm bereitet habe. Nachdem er so mit einigen Redewendungen sein Beglaubigungsschreiben überreicht hatte, äußerte er die Hoffnung, einmal alle Untertanen des Reiches um eine gemeinsame Weisheit versammelt zu sehen. »Der gleiche göttliche Funke ist in uns allen, er gehört keiner Rasse und keiner Kaste, er ist weder männlich noch weiblich, ein jeder muß ihn mit Schönheit und Wissen nähren, auf daß er hell erglänze, denn groß ist der Mensch nur durch das Licht, das in ihm leuchtet.«

Die hochgestellten Persönlichkeiten unter den Zuhörern tauschten beleidigte Blicke aus. Sie waren stolz auf ihre Rasse, waren von Ardaschir damit beauftragt worden, über die Einhaltung der Kastenhierarchie zu wachen, damit jeder voller Verehrung auf diejenigen blicke, die von der Vorsehung über ihn gestellt worden waren, und voller Mitleid auf die anderen, die ihren Platz unter ihm hatten, und ihnen war eingeschärft worden, dies sei die Grundlage sassanidischer Ordnung und überhaupt jeglicher Ordnung, sei sie nun irdisch oder himmlisch, und da erdreistete sich nun dieser Arzt aus Babel dazu, vor ihnen und, schlimmer noch, vor der Menge der Untertanen, vor dem einfachen Volk, vor Kesselflickern, Krämern, Lastenträgern und Teppichknüpfern zu verkünden, sie sollten sich über das Kastenwesen hinwegsetzen und gar die Rassenzugehörigkeit unbeachtet lassen! Zu anderen Zeiten wäre dieser Mann schon nach den ersten Worten ergriffen, in Eisen gelegt, durchgeprügelt oder gar enthauptet worden. Und jetzt genoß, wer da so zu ihnen sprach, den Schutz des Königs der Könige! Kopfschüttelnd machten sich einige Honoratioren stillschweigend davon, während ganz im Gegensatz dazu manch junger Magier sich einen lautstark-wütenden Abgang verschaffte.

Im Verlauf seiner Reisen erwarb sich Mani einen soliden Ruf als Unruhestifter. Jedesmal, wenn er irgendwo zu sprechen begann, stellten sich Provokateure ein, die einen Streit vom Zaun zu brechen suchten und ihm möglichst aufrührerische Worte entlocken wollten. Ihm selbst waren solcherlei Herausforderungen nicht zuwider, denn sie gehörten zu den Mitteln, mit denen er arbeitete, und wenn er auch manchmal nicht gleich darauf einging, wenn er seine Kritik abzumildern verstand und sich manch zwietrachtsäende Äußerung vorläufig versagte, so blieb er doch, sobald er etwas eindringlicher befragt wurde, keine Antwort schuldig, was immer sein Gegenüber auch für Absichten haben mochte. Ob es nun um das Rassendenken ging, um Kastenschranken, Magierrituale oder eifersüchtige Götter, stets vertrat er dann aufrecht und kompromißlos seine Ansichten. Artete die Versammlung aus, so zuckte er nur mit den Schultern.

»So tönt es, wenn die Welt sich häutet! Sorgen werde ich mir erst dann machen, wenn die Menschen sich einmal auf meine Worte so weich betten wie auf die Federn eines Kopfkissens.«

Mit derlei Erläuterungen wandte er sich meist an Denagh. Sie stand ihm nunmehr am nächsten. Wenn der Tag sich neigte und Mani sich unter seinem Baum oder, durch die Unbilden der Witterung dazu genötigt, unter dem Dach eines Gläubigen niederlegte, dann war Denagh niemals fern. Jeder in Manis Gefolge konnte beobachten, mit welchem Eifer seine Gefährtin ihn umsorgte, jeder erriet, was für einen besonderen Platz sie einnahm, und doch wußte keiner mit Gewißheit zu sagen, wie die beiden wirklich zueinander standen, und mit welchen Worten, welchen Blicken und welcher Art von Freundschaft sie einander umfingen, sobald sie allein waren.

Wer hätte es auch wagen sollen, derartige Fragen zu stellen? Eines Tages unterfing Pattig sich dazu. Wenn auch mit umständlicher Behutsamkeit.

»Gesegnet seist du, mein Sohn, und gesegnet sei auch der Tag, an dem die Vorsehung mich in dein Kielwasser stieß. Mein Herz quillt jedesmal vor Freude über, wenn ich höre, wie die Leute über deine Verdienste sprechen, über deinen asketischen Lebenswandel und all die Entbehrungen, die du deinem jungen Manneskörper auferlegst.«

»Welches Verdienst«, unterbrach ihn Mani, »soll wohl darin bestehen, auf ein Vergnügen zu verzichten, das man nie kennengelernt hat?«

Da ging Pattig davon und murmelte einen Segensspruch vor

sich hin, um wieder Haltung zu gewinnen. Mani hatte seinen Vater bei dieser hingeworfenen Antwort nicht einmal angeschaut, doch nachdem er ihn nun einige Schritte hatte tun lassen, rief er ihn auf respektvollste Weise zurück:

»*Mar* Pattig!«

Eifrig kam der Vater wieder herbeigeeilt. Zu hören bekam er jedoch:

»*Mar* Pattig, wann wirst du endlich kein Weißes Gewand mehr sein?«

Durch den desillusionierten Ton und die ehrerbietige Anrede erschien dem Vater die Frage um so bohrender. Er versuchte sich zu verteidigen:

»Ich habe die Gemeinschaft und alle meine Brüder verlassen, um dir zu folgen, ich bin vor dir niedergekniet, ich, dein Vater, ich habe demütig all deinen Predigten zugehört …«

»Zugehört hast du mir stets, *Mar* Pattig, aber du redest noch immer wie ein Weißes Gewand. Deine Worte beleidigen mich.«

»Ich habe dir doch nur zugetragen, wie deine Verdienste gerühmt werden!«

»Wer Entbehrungen auf sich nimmt, um gelobt zu werden, verdient überhaupt kein Lob, denn er ist eitler als der schlimmste Wüstling. Der Weise fastet nur, um sich selbst näher zu sein, er allein ist Richter, er allein Zeuge. Wenn du verzichtest, dann tu es nicht, um den Anforderungen einer Gemeinschaft Genüge zu tun, oder aus Angst vor Strafe oder in der Hoffnung, Verdienste anzuhäufen und sie in einer anderen Welt geltend zu machen. Derlei Berechnungen sind in meinen Augen schändlich.«

Pattig zwang sich ein Lächeln ab.

»Mein Sohn, wenn du mir sagst, man müsse das Gute um des Guten willen tun, ohne Lohn dafür zu erwarten, so ist dein Verdienst um so größer.«

Da sah Mani ihn endlich an, doch voller Betrübnis.

»Hast du mich jemals von gut oder böse reden hören? Diese verdorbenen Wörter gehören meinem Sprachschatz nicht an!

Mein himmlischer ›Zwilling‹ hat mich ja gewarnt. Was ich auch sagen werde, die Menschen werden es falsch auffassen, selbst die, die mir am nächsten stehen. Ich habe gesagt, daß in jedem Wesen sich Licht und Finsternis vermischen und es des ganzen Scharfsinns eines Weisen bedarf, auseinanderzuhalten ...«

Dann atmete er tief durch, als wolle er erst einmal zu seiner inneren Gelassenheit zurückfinden.

»In Wirklichkeit wolltest du mich fragen, was Denagh mir bedeutet.«

Überrumpelt hob Pattig beide Hände zu einer abwehrenden Geste. Sein Sohn fuhr fort:

»Ihre Kleider sind die Umrisse meines unsteten Königreiches.«

Diesmal stand Mani auf, humpelte beim Weggehen stärker denn je und überließ es seinem Vater, sich dieses janusköpfige Geständnis wieder und wieder durch den Kopf gehen zu lassen.

Nun wagte es erst recht niemand mehr, den Sohn Babels über seine Gefährtin zu befragen. Am allerwenigsten Chloe, obwohl sie vor Neugier brannte. Zwar blieb sie in Ktesiphon, wo sie sich um ihre Familie und um die Geschäfte Malchos' kümmerte, während dieser unterwegs war, doch hielt Mani sich in ihrem Hause auf, wenn er in die Hauptstadt des Reiches kam, und dann mußte sie ihn immer gedankenvoll anschauen. Warum hatte er damals behauptet, er werde sich nie eine Frau zur Seite gesellen? War sie in seinem Leben zu früh in Erscheinung getreten? Hatte er sie ganz einfach aus Freundschaft zu Malchos belogen? Mit diesen Fragen konnte die Tochter des Griechen sich niemandem anvertrauen, ja nicht einmal sich selbst so richtig, und so versuchte sie sie aus ihren Gedanken zu verdrängen, indem sie sich verstärkt um Denagh bemühte. Wenn sie die andere aber wieder neben Mani sitzen und wie gebannt auf seine Lippen starren sah, peinigten die Fragen sie erneut.

Denagh. Ihr vorn herabhängender Zopf verhüllte die rosabraune Tönung ihres leicht vorgeneigten Halses. Es ging von ihr arroganzlose Jugend aus, ungeschminkte, spiegellose Schönheit, eine Schönheit, die so endgültig war wie das letzte Argument einer Debatte. Um die Hüfte hatte sie eine Art dicken, zusammengerollten Wollgürtel geknotet. Als sich eines Nachmittags der Himmel verdüsterte und ein frischer Wind aufkam, fror Denagh, löste den Gürtel, rollte ihn auf und legte ihn sich über die Schultern. Da wurde ein mit feinen Strichen aufgemaltes, blumenumrahmtes Antlitz sichtbar: das Antlitz Denaghs. Jeder erkannte sofort die Pinselführung Manis, und so wurde das Tuch so etwas wie eine verehrte Reliquie. Wer nähertrat, um es zu berühren, atmete den Duft ein, den es verströmte, eine von Mani selbst zusammengestellte Mischung aus Aloe, Amber, Seerose und tibetanischem Moschus.

Hatte er nicht einmal gesagt, in den Gärten des Lichts werde alles Duft und Farbe sein, werde nichts im Stofflichen verharren?

Zwar wurden in Manis Gefolge ständig ernste Themen diskutiert, doch herrschte insgesamt eine friedvoll-festliche Stimmung. Jeder machte sich die Beherrschung einer Kunst zur Aufgabe. So beschäftigten sich viele mit Musik und Gesang, die sich im Sassanidenland großer Beliebtheit erfreuten, mit Poesie auch, und selbstverständlich mit Malerei und Kalligrafie, nach dem Vorbild des Meisters, um den sie sich scharen durften, wenn er einen Stoff spannte oder ein Pergament schliff, wenn er Lacke und Farben zusammenmischte und selbst wenn er Konturen zeichnete und zu malen begann. Nie ließ er sich durch die Gegenwart seiner Jünger ablenken, ihre Blicke schienen auf seinen Händen nicht zu lasten; und oft begann er beim Malen zu reden, wobei er seine Worte mit Pinselstrichen akzentuierte. Das waren für seine Jünger die intensivsten Augenblicke, die nie hätten enden sollen. Stundenlang harrten sie dann auf ihren Plätzen aus und hielten den Atem an, um den Zauber nicht zu verscheuchen.

Trotz der stummen Verehrung, die seine Gefährten ihm zuteil werden ließen, war Mani nie von erdrückender Präsenz. Von seinen vertrautesten Jüngern, den Erwählten, die später einmal die Vollkommenen heißen sollten, verlangte er zwar, sich mit Kunst, Unterricht und Meditation zu befassen und sich von jeglicher Habe freizumachen, doch wurde er zugleich nicht müde, zu betonen, man könne zu ihm kommen, ohne Arbeit und Besitz aufzugeben, ohne sich von seinen Gebräuchen und seinem Lebenswandel abzukehren. Nur dürfe man keinem Geschöpf Schaden zufügen und die Weisen nicht sterben lassen.

»Dann gibt es ja zwei Arten von Moral in deiner Religion«, entsetzte sich einmal ein Kontrahent.

Mani stritt das keineswegs ab.

»Es gibt einen steilen Weg, den wählt, wer nach Vervollkommnung strebt. Und einen geebneten Weg für die gesamte Menschheit.«

»Aber wenn beide Wege zum Heil führen, welchen Vorteil sollte es mir dann bringen, mich für den schwierigen zu entscheiden?«

»Wenn du das Wort ›Vorteil‹ überhaupt in den Mund nimmst, hast du dich schon entschieden.«

Von Etappe zu Etappe fand er immer mehr Anhänger, vor allem in den Städten, unter Handwerkern, Kaufleuten, Ausländern und Mischlingen. Wer sich von der strengen Religions- und Kastenordnung eingeengt fühlte, wer unter dem Mangel eindeutiger Zugehörigkeit litt, wer nicht das Gefühl hatte, sein Leben lang auf einem dicken Privilegienkissen zu sitzen, auf den übte Mani ganz offensichtlich eine große Anziehungskraft aus.

Und doch kam gerade in der am wenigsten begüterten Kaste die Verbreitung seiner Lehre am langsamsten voran. Wenn er predigte: »Tötet keinen Baum, verletzt den Boden nicht!«, wie hätte er da bei den Bauern auf begeisterte Zustimmung stoßen sollen? Aus der Kriegerkaste hingegen vermochte er einige namhafte Männer für seine Sache zu gewinnen. Peroz und Mirhshah etwa, zwei Brüder Schapurs. Und vor allem natürlich den jüngeren Sohn des Königs der Könige, den Wegbereiter Hormisd, der sich nunmehr ganz offen als Jünger Manis bekannte und – obwohl er weiterhin Ahura Masda anbetete – in Deb Münzen mit Buddhakopf prägen ließ. Von der Mehrheit seiner Standesgenossen sowie von den Magiern wurde dies allerdings mißbilligt. Vor den Feueraltären in Ktesiphon, der Persis und in Atropatene wurden aufgeregte Versammlungen abgehalten. Buddha auf Sassanidengeld, war denn das zu fassen! Und als nächstes wohl das Kreuz des Nazareners?

Mit derlei Ausrufen und Fragen wandte man sich selbstredend nicht an Mani. Seine offenbare Absicht, die Ordnung des Reiches umzustoßen und die Grundlagen zu erschüttern, auf denen die Sassanidendynastie und die Wahre Religion errichtet worden waren, bestätigte ja nur das feststehende Urteil Kirdirs, er sei »ein Nazarener von der heimtückischsten Sorte, ein zweibeiniger Wolf«. Aber Schapur? Warum sollte der göttliche König der Könige eigenhändig zerstören wollen, was das Fundament seiner Macht darstellte?

In den Zusammenkünften von Adeligen und Magiern nahm man lieber an, er sei hintergangen worden. Sobald er über den verheerenden Schaden, den dieser Ketzer verursachte, hinreichend unterrichtet wäre, würde er ihm augenblicklich seinen Schutz entziehen und gegen ihn die vom Gesetz vorgesehene exemplarische Strafe verhängen. Aus Fürsten von Geblüt und hochrangigen Magiern wurde eine Delegation gebildet, die klageführend vor den Thronherrn trat:

»Dieser Mani führt eine Bettlerhorde an, die über jede Ortschaft im Reich herfällt wie ein Heuschreckenschwarm über eine Oase, er schmäht die himmlischen Gebote und hetzt das gemeine Volk dazu auf, die kraft Geburt über ihm Stehenden zu verachten. Der Handwerker will Schreiber werden, der Schreiber Ritter, Respekt und Autorität schwinden dahin, die dynastische Ordnung bricht zusammen, und im ganzen Reich wird verbreitet, das alles geschehe auf Wunsch unseres göttlichen Herrn in Person ...«

Schapur hörte zu. Und versank in langes Meditieren. Dann stand er unerwartet auf. Die Höflinge hatten gerade noch Zeit, sich niederzuwerfen. Als sie wieder zum Thron aufzublicken wagten, war der Vorhang bereits zugezogen.

Hatte den König der Könige etwa erschüttert, was ihm da offenbart worden war? Oder hatte der von den Fürsten und Magiern angeschlagene Ton ihn gestört? Jedenfalls wurden die Delegationsmitglieder von keinerlei Strafe ereilt. Aber auch gegen Mani wurden keine Maßnahmen getroffen.

So vergingen einige Wochen, und nichts geschah. Daraufhin setzten die heimlichen Unterredungen und Zusammenkünfte wieder ein. Daß der göttliche König nicht reagiert habe, dachte Kirdir, sei ein Zeichen dafür, daß er das Ausmaß der Gefahr nicht richtig einschätze, oder aber noch zögere. Sollte es jedoch zu einem schweren Zwischenfall kommen, so würde der Monarch eindeutig Stellung beziehen müssen.

III

Für den schweren Zwischenfall brauchte Kirdir gar nicht zu sorgen, denn Mani selbst schuf alle Voraussetzungen dafür, indem er plötzlich beschloß, sich in die Mediermetropole Ekbatana zu begeben, aus der sein Vater stammte, die aber vor allem seit jeher eine Hochburg der Magier gewesen war. Schon der Besuch als solcher konnte als Provokation aufgefaßt werden und dies um so mehr, als Mani ihn mehrere Wochen im voraus bei einer öffentlichen Predigt auf dem Hauptplatz des Ktesiphoner Vororts Seleukeia ankündigte. Er sagte zugleich, diese Reise werde strapaziös sein und er könne seinen Anhängern nicht empfehlen, mitzukommen. Und dennoch folgten sie ihm zu Hunderten.

Von seinen Gegnern beschloß Kirdir, sich persönlich auf den Weg nach Ekbatana zu machen, nicht ohne sich vorsichtshalber von Schapurs älterem Sohn Bahram begleiten zu lassen. Weder in der Magier- noch in der Kriegerkaste hatte Mani einen unerbittlicheren Feind.

Während für Kirdir der Sohn Babels eine Bedrohung der neuen religiösen Ordnung darstellte, die die Magier dem Reich aufzwingen wollten, sah Bahram ihn in erster Linie als einen Verbündeten seines jüngeren Bruders und ewigen Rivalen Hormisd.

Verschärfend hinzugekommen war natürlich die Angelegenheit mit Denagh: Daß ein von Bahram begehrtes adeliges Mädchen es mit der Billigung von Hormisd vorgezogen hatte, mit dem Arzt aus Babel durch die Lande zu ziehen, war ein Affront, der

195

sich nicht vergessen ließ! Die Geschehnisse von Ekbatana würden nur ein Vorgeschmack auf künftige Racheakte sein!

Die erste Prüfung, die Manis Zug über sich ergehen lassen mußte, war die Kälte. Der Herbst neigte sich seinem Ende zu. In den Ebenen Mesopotamiens waren die Tage noch mild, doch kaum ging es die Bergwege hinauf, verspürte man das Bedürfnis, sich dichter zu umhüllen. Sechs Parasanges vor Ekbatana stießen sie auf die ersten Schneeflächen, die von den aus sumpfigen Gegenden Stammenden voller Staunen betastet wurden.

Zum Glück hatte der Zug kaum etwas mit jener »Bettlerhorde« gemein, als die er von den Magiern so gerne verschrien wurde. Unter den Gläubigen befanden sich begüterte Kaufleute, die es sich angelegen sein ließen, die Asketen mit Kleidung, Schuhzeug und Nahrung zu versorgen. Einer davon war niemand anderes als Malchos, der sich stets, wenn es zu religiösen Debatten kam, irgendwo eine Beschäftigung suchte, meist bei den Reittieren, denn er hatte es sich zur Aufgabe gemacht, Mani von allen irdischen Sorgen zu befreien. Mit seiner Karawanenerfahrung erwies er sich als unentbehrlicher Organisator. Einigen Maultieren waren sogar Mäntel und Wolldecken aufgepackt, die man für noch stärkere Kälteeinbrüche in Reserve hielt. Sie waren keineswegs überflüssig, wie vor dem Stadttor Ekbatanas ein riesiger Löwe anzeigte, auf dessen Mähne ein weißes Häubchen thronte, winzig zwar nur, aber doch demütigend für die berühmteste Statue des Reiches, die doch gerade als Talisman errichtet worden war, um die Stadt vor Schnee zu bewahren.

Bei Manis Ankunft waren die Straßen Ekbatanas menschenleer. Oder sahen zumindest so aus. Der Morgenwind hatte sich gelegt; die Sonne stand kaum verschleiert am Himmelszelt, und ihre jungen Strahlen versuchten die Atmosphäre aufzuwärmen. Der Zug kam durch eine mit Läden gesäumte Straße, doch waren sie allesamt geschlossen. Dabei war es weder Essens- noch

Ruhezeit. Wann arbeitete die hiesige Bevölkerung, wann ging sie spazieren, erledigte ihre Einkäufe?

»Wo sind denn die Leute?« murmelte Denagh naiv.

»Sie stehen hinter den Fenstergittern und lauern. Anscheinend ist ihnen befohlen worden, zu Hause zu bleiben.«

Bei dieser Antwort hatte Mani seinem Pferd auf den Rücken geklopft und dann Denagh so freudig angelächelt, daß sie schon ahnte, es werde bald Grund zur Besorgnis geben. In fröhlich-herausforderndem Tonfall fuhr Mani fort:

»Am Stadttor haben sie uns eingelassen, ohne irgendwelche Fragen zu stellen. Jetzt beobachten sie uns aus der Ferne, ohne uns den Weg zu versperren. Noch weiß ich nicht, an welcher Stelle sie uns erwarten werden. Vielleicht an der Zitadelle.«

Hinter den niedrigen Häusern erblickten Denagh und der ganze Zug schon die dunkle Silhouette der Anlage, in der sich einst Dareios verschanzt hatte. Als Alexander in Persien eingedrungen war, hatte der König der Könige in Ekbatana ein tausendräumiges Schloß bauen lassen, groß wie eine Stadt, eine Art Riesentresor, in dem er hinter acht schweren Eisentüren seine Frauen, seine kleinen Kinder und seinen Schatz verschloß. Der Bau war nunmehr eine Ruine, doch war ein Flügel wieder hergerichtet worden, in dem bisweilen das eine oder andere Mitglied der Herrscherfamilie residierte.

Geschäftig wie Arbeiter auf einer Baustelle gingen oder ritten in unmittelbarer Nähe der Zitadelle Patrouillen von jeweils zehn Soldaten umher, ohne die herannahende Karawane eines Blickes zu würdigen. Denagh fragte Mani, ob es nicht vernünftiger sei umzukehren, doch davon wollte er nichts wissen. Mochten ihm auch Gefangenschaft oder Tod drohen, er würde diese Nacht in der Stadt verbringen, denn schließlich könne es niemandem unbekannt sein, daß er mit höchster Erlaubnis ausgestattet sei. Um seinen Worten Nachdruck zu verleihen, sprang er vom Pferd und ließ die Zügel los. Seine Gefährten taten es ihm nach. Die Soldaten waren inzwischen um sie herum, waren mitten unter ihnen, es wimmelte nur so davon, wenn sie auch niemanden berührten.

Mani blieb stehen und hob die Hände, wie er dies immer tat, wenn sein Gefolge halten sollte. Dann ging er allein auf die Esplanade, die zur Zitadelle führte. Da stürmten plötzlich auf irgendein verabredetes Signal hin fünf Soldatentrupps auf ihn zu, umringten ihn und bildeten so mit ihren Körpern eine starre Barriere. Einige der Anhänger, vor allem Frauen, versuchten mit lächerlicher Verbissenheit, die Soldaten wegzuzerren und Mani zu befreien, doch forderte dieser sie auf, zu gehen. Allein Denagh gab und gab nicht nach, bis sie mit einemmal ostentativ durchgelassen wurde, als seien in bezug auf das Mädchen mit dem Zopf besondere Anweisungen erteilt worden. Augenblicklich eilte Denagh zu Mani.

Bahram, der mit Kirdir auf den höchsten Wachturm gestiegen war, beobachtete die Szene mit Ergötzen: Ohne belästigt worden zu sein und ohne auch nur eine einzige Drohung vernommen zu haben, war Mani nun mit seiner Gefährtin in diesem seltsamen Gefängnis eingesperrt, um dessen Mauern herum gleich noch eine zweite Reihe Soldaten postiert wurde. Sie würden dort die Nacht verbringen, dann den nächsten Tag und wieder eine Nacht, stets am gleichen Fleck, ohne Feuer, ohne Wasser, ohne Nahrung und auch ohne Decken, gewärmt nur durch die tröstende Gegenwart des jeweils anderen, während die Wachsoldaten alle zwei Stunden abgelöst wurden.

Erst als der älteste Sohn Schapurs am übernächsten Tag erfuhr, der »Ketzer« sei in Denaghs Armen ohnmächtig geworden, ließ er der Marter ein Ende bereiten. Und während die Gläubigen sich beeilten, den beiden Gefangenen Beistand zu leisten und Mani aus Ekbatana fortzuschaffen, bevor er wieder zu sich kommen und darauf bestehen könne, in der Stadt zu bleiben, gab Bahram sich ausgedehnten Tafelfreuden hin und ließ sein Lachen durch die ganze Stadt dröhnen. Sollte Mani sich beim König der Könige beschweren, würde er immer noch beteuern können, er habe lediglich aus nächster Nähe für den Schutz des Besuchers gesorgt, und diesem sei kein Härchen gekrümmt worden.

Auf solch eine Argumentation aber ließ Schapur sich nicht ein. Sobald der Zwischenfall bekannt wurde, bestellte er seinen Sohn nach Ktesiphon, wo er ihn zur Verblüffung der versammelten Höflinge des Ungehorsams bezichtigte, ihn einen liederlichen Menschen nannte und schließlich befahl, er solle in einem Jagdpavillon unter Hausarrest gestellt werden.

Während an diesem Tag die kaiserliche Garde Bahram ergriff, machte sich ein anderer Trupp auf nach Kengavar, wo Mani sich gerade aufhielt. Er sollte von dort auf schnellstem Wege in die Hauptstadt verbracht werden. Auf schnellstem Wege und allein.

Da Schapur noch nie auch nur die harmloseste Verletzung seiner Monarchenwürde hatte durchgehen lassen und jetzt sogar seinen eigenen Sohn öffentlich gedemütigt hatte, wagte niemand sich auszumalen, wie es demjenigen ergehen würde, der allgemein als der eigentliche Unruhestifter angesehen wurde.

Bevor der Sohn Babels seine Gefährten verließ, instruierte er sie noch, wie sein Werk weitergeführt werden sollte. Er wollte noch mit jedem seiner engeren Vertrauten ein kurzes Gespräch führen, doch der Offizier forderte ihn auf, die Verabschiedung zu beschleunigen.

IV

Als Mani sich im Palast einfand, wurde er zum *Darbadh* geführt, dem Verwalter des kaiserlichen Hauses. Der hieß ihn ein paar Minuten warten, verschwand dann, und als er wiederkehrte, bat er ihn, zu folgen. Doch führte er ihn nicht etwa zum Thronsaal, sondern auf verschlungenen Wegen und durch Gärten hindurch zu einer feingeschnitzten, niedrigen Tür, die er nach Manis Eintreten gleich wieder von außen verschloß.

In dem Mann, der da in einem prunklosen Raum vor ihm saß, erkannte Mani nur mit Mühe Schapur, den König der Könige. Keine Spur von goldener Pracht umgab ihn diesmal. Zwar waren seine Kleider aus edlen Stoffen geschnitten und betörten mit harmonischen Doppelmustern, doch hätten sie auch nicht auf den Schultern eines Höflings wundergenommen, ebensowenig wie das lange, mit Sandelholzöl parfümierte Lockenhaar. Die Gesten waren nicht sorgsam abgezirkelt wie bei den feierlichen Audienzen, und die an knappe Befehlsgebärden gewöhnten Finger schienen sich über ihre Nutzlosigkeit hinwegzutrösten, indem sie mit den rosafarbenen Kugeln einer Gebetskette spielten.

Als der Sohn Babels in einer späten Erleuchtung begriff, daß er dem gottgleichen Monarchen gegenüberstand, kniete er nieder und nestelte in seinem Ärmel nach dem rituellen Taschentuch. »Laß nur dein *Padham* stecken, Mani, so mancher Atem ist unreiner als der deinige. Steh auf und setz dich auf dieses Kissen zu meiner Rechten.«

Wenn seine Stimme auch nach wie vor einer Abfolge von Befehlen Ausdruck gab, klang sie nun doch sanfter, ja zitterte gar ein wenig. Darin mochte sich die momentane Unbeholfenheit des Schauspielers offenbaren, der aus seiner Rolle heraustritt.

»Aus den Provinzen wird mir berichtet, daß die Verbreitung deiner Lehre Fortschritte macht und sich schon ganze Gemeinden auf dich berufen. Hier im Palast freuen sich einige über deine Erfolge, andere wiederum geraten in Panik oder sind empört, weil es immer öfter zu Zwischenfällen kommt.«

Mani gedachte nicht, sich zu rechtfertigen. Der Herrscher schien auch gar keine Antwort zu erwarten, sondern seine weiteren Worte abzuwägen.

»Was sich bisher ereignet hat, bekümmert mich wenig, denn ich hatte wesentlich brutaleren Widerstand erwartet als die Kindereien meines Sohnes.«

»Für mich ist diese Episode längst vergessen, mit jedem Tag liegt sie ein Jahrhundert weiter zurück, und ich hege keinerlei Groll darüber.«

»Daran tust du unrecht; mich hat das Leben eines Besseren belehrt. Das Dasein ist eine Schuldenkette, eine Aufeinanderfolge von Abrechnungen. Beim Begleichen dieser Schulden kann man kleinlich oder großzügig vorgehen, aber begleichen muß man sie. Straflosigkeit ist mir ein Greuel, selbst wenn ich ihr Nutznießer bin. Und als Hüter des Reiches darf ich sie nicht tolerieren. Mein Sohn wird für seine Charakterschwäche und seinen Ungehorsam noch lange zu büßen haben.«

Durch den Ton, in dem diese letzten Sätze gesprochen wurden, fühlte Mani sich wieder in den Thronsaal versetzt.

»Kommt es denn nie vor, daß Ihr jemandem verzeiht?«

»Nur wenn es jemand ist, den meine Barmherzigkeit härter trifft als jede Strafe. Mein älterer Sohn ist nicht von dieser Art. Dir habe ich übrigens auch Vorwürfe zu machen.«

So übergangslos kam das, daß Mani zusammenzuckte.

»Wie kannst du dich von Bahram so demütigen lassen? Hast du etwa vergessen, daß dein Reisen und Lehren im Reich unter meinem Schutz steht, daß du mein Vertrauen und meine Autorität in dir trägst und sie nicht verhöhnen lassen darfst, da du sonst mich damit erniedrigst?«

Nach einem Augenblick der Verblüffung straffte der Sohn Babels sich und sagte stolz und herausfordernd:

»Ich habe noch einen anderen Auftraggeber, einen himmlischen Beschützer, der Beleidigungen nicht fürchtet.«

Schapur lachte affektiert auf, was bei ihm einer Entschuldigung gleichkam.

»Ich habe dich gar nicht kommen lassen, um dich zu schelten. Ich habe mich nur ereifert, wie ich mich jedesmal ereifere, wenn ich über diesen Sohn spreche. Ich verüble ihm, daß er den von mir gewährten Schutz ins Lächerliche gezogen hat. Vor allem aber betrübt es mich, mitanzusehen, wie er zu einem Spielzeug in den Händen der medischen Magier wird. Versteh mich nur recht, ich hege keine Feindseligkeit gegenüber den Magiern; Juvanoe etwa stand mir näher als mein Vater, er hat mich alles gelehrt, was ich weiß, und besteht nur aus Reinheit, Anstand und Weisheit. Aber nicht alle sind von diesem Schlag. Auf einen Magier, der sich aufopfert, kommen vierzig, die machtbesessen und nur auf Komplotte und Intrigen aus sind. Jedem schreiben sie vor, wie er essen, trinken, sich anziehen, husten, rülpsen, weinen und niesen soll, welchen Spruch er bei welcher Gelegenheit herunterzusagen hat, welche Frau er heiraten soll, wann er sie meiden und wann und wie er sie umarmen soll. In groß und klein halten sie die Angst vor Unreinheit und Gottlosigkeit wach.

Sie haben sich in jeder Gegend die besten Ländereien angeeignet, haben Reichtümer angehäuft, ihre Tempel quellen über vor Gold, Sklaven und Getreide; wenn Hungersnot herrscht, werden sie als einzige nie in Mitleidenschaft gezogen. Unter jedem Herrscher haben sie neue Vorrechte erlangt. Kein Jüngling kann heute mehr einen Buchstaben auf eine Tafel schreiben, ohne daß ein Magier ihm die Hand hält. Kein Kaufvertrag kann mehr geschlossen werden, ohne daß sie ihren Anteil daran bekommen. Kein Streitfall kann mehr ohne ihren Schiedsspruch beigelegt werden. Und ob ein königliches Dekret mit göttlichem Gesetz zu vereinbaren ist, entscheiden ebenfalls die Magier, wobei sie dieses Gesetz natürlich nach ihrem Gutdünken auslegen. Aber ich finde mich damit ab, bemühe mich, sie nicht zu verstimmen, und versuche gar nicht, sie um ihre übermäßigen Privilegien zu bringen. Hättest du den König der Könige so großer Geduld für fähig gehalten?«

Mani ertappte sich bei einer mitleidigen Handbewegung, während der Herr des Reiches mit seiner Anklage fortfuhr.

»Glaubst du nun, damit hätten sie genug? Da kennst du die medischen Magier schlecht! Den Thron begehren sie, nichts weniger als meinen Thron, und wenn sie ihn schon nicht in ihre Gewalt bringen können, dann möchten sie ihn zumindest entwürdigen und ans Gängelband nehmen.

Als eines Tages mein Vater, der göttliche Ardaschir, fiebergeschüttelt darniederlag und sich dem Tode nahe fühlte, brachten ihm die höchsten Magier mit wichtiger Miene einige aus der Awesta abgeschriebene Seiten ans Krankenbett und trugen sie aus dichten Weihrauchschwaden heraus feierlich vor. Was wollten sie damit wohl? Ihrem Herrn Trost spenden und ihm durch diese schweren Stunden hindurchhelfen? Ihm von einer besseren Welt erzählen, in der sein Leiden vergessen sein und er inmitten der glorreichen Herrscher vergangener Zeiten Platz nehmen würde? Nein, wegen dergleichen wären sie nicht von den vier großen Feuern des Reiches zu ihrem Herrscher geeilt. Herbeibemüht hatten sie sich einzig und allein zu dem Zweck, meinen alten, geschwächten Vater ein Edikt unterzeichnen zu lassen, das den Obermagier zur Bestimmung des Thronfolgers ermächtigte! Selbstverständlich wurde dieses Anliegen anders formuliert: Laut der Awesta seien nur die Engel im Himmel befugt, den zukünftigen König der Könige zu ernennen, doch heiße es an einer anderen Stelle, die von den Engeln getroffene

Wahl müsse dem Obermagier mitgeteilt werden, dem es dann obliege, sie den Menschen kundzutun.

Bei mir selbst stellte sich dieses Problem gar nicht, denn ich habe zum Aufbau dieses Reiches ebensoviel beigetragen wie mein Vater, so daß er mich noch zu Lebzeiten am Thron hat teilhaben lassen. Doch wenn ich einmal nicht mehr bin, werden die Magier diese absonderliche Verfügung wieder zu Ehren bringen. Sie flüstern ja jetzt schon meinen Söhnen und Brüdern ein, daß sich ihren Wünschen zu beugen habe, wer immer eines Tages an die Macht gelangen wolle. Begreifst du nun, daß ich wütend werde, wenn mein eigener Sohn mir nicht gehorcht, um sich mit diesen vorgeblichen Königsmachern gutzustellen? Begreifst du, wie zornig es mich macht, wenn einer meiner Schützlinge unter den beifälligen Blicken der Magier von Bahram gedemütigt wird? Wohl hast du noch einen anderen Auftraggeber, der weit über irdischen Begehrlichkeiten schwebt, weit über aller Rachsucht. Schutz erbeten aber hast du von mir, Arzt aus Babel. Ich habe ihn dir gewährt. Und du hast ihn angenommen. In allen Gegenden, durch die du gekommen bist, hast du dich darauf berufen. Du darfst mich jetzt nicht mehr im Stich lassen. Und mich auch nicht verraten!«

Im Stich lassen? Verraten?

»Der Himmel hat gewollt, daß ich in diesen Palast komme und daß die Saat meiner Hoffnung in diesem Reich aufgeht, unter deiner gesegneten Herrschaft. Warum sollte ich da Verrat begehen wollen?«

»Du hast gewiß nicht die Absicht, mich zu verraten, aber du tust es dennoch.«

Mani begriff um so weniger, als Schapur in wohlwollendem, beinahe freundschaftlichem Tone sprach, der so gar nicht zu derart schweren Anschuldigungen paßte.

»Du bist zu mir gekommen, Mani, und hast von einem neuen Glauben erzählt, der die Weisheit Zarathustras sowie den Kult Ahura Masdas respektieren, aber zugleich allen religiösen Würdenträgern den Besitz von Land und Gold verbieten und ihren Wirkungsbereich auf Gebet, Lehre und Meditation beschränken soll. Diesem Glauben nun möchtest du zum Sieg verhelfen, weil das die Botschaft ist, die dir offenbart wurde. Mir wiederum liegt ebenfalls an seiner Verbreitung, und zwar im Interesse der Dynastie. Du predigst die Harmonie zwischen Völkern und Religionen, um den Befehlen des Allerhöchsten Folge zu leisten, und ich wünsche ebendiese Harmonie herbei, weil sie für den Zusammenhalt und das Wohlergehen des Reiches notwendig ist. Der Himmel und ich sind auf die gleiche Beute aus, Mani, und das hast erst du mir begreiflich gemacht. Dem Himmel und mir treten auf unserem Weg die gleichen Feinde entgegen. Diese möchte ich bekämpfen und vernichten, und während ich mir erhoffte, dabei in dir den idealen Verbündeten gefunden zu haben, gehst du hin und verrätst mich.«

Mani war verwirrt. Sobald er glaubte, Schapur verstanden zu haben, machte dieser ihn wieder ganz irre. Jedem anderen als dem König der Könige hätte er wütend die Meinung gesagt. Aber unter den gegebenen Umständen mußte er seinem Zorn auf indirekte Weise Luft machen.

»Ich verstehe zwar immer noch nicht, inwiefern ich einen Verrat begangen habe, doch wenn es tatsächlich der Fall ist, so habe ich den Tod verdient und will ihn gern auf mich nehmen.«

Der Herrscher warf den Kopf in den Nacken. Es sah aus, als suche er Beistand bei dem Sonnenstrahl, der durch das rosettenförmige Fensterchen hereinfiel. Dann wickelte er seine Gebetskette fest um die Finger und bekannte:

»Ich empfinde mehr Zuneigung für dich als für meine eigenen Söhne. Solange ich lebe, wird keine Hand sich gegen dich erheben, weder die meinige noch irgendeine andere. Aber warum versteifst du dich nur darauf, immer wieder von der Abschaffung der Kasten zu predigen?«

Das war es also, dachte Mani und war regelrecht vergnügt darüber, endlich begriffen zu haben, worauf Schapur eigentlich hinauswollte. Schon sammelte er seine Gedanken, um sich zu rechtfertigen. Doch das ersparte ihm der Monarch.

»Du brauchst mir deine diesbezüglichen Thesen gar nicht darzulegen; es könnte durchaus sein, daß ich mich deiner Meinung anschließe. Ich bin der König der Könige und habe es nicht mehr nötig, mich auf eine Kaste oder Rasse zu berufen, vielmehr berufen diese sich auf mich. Doch wenn wir gegen die Magier kämpfen, dürfen wir es nicht gleichzeitig mit der Kriegerkaste verderben. Krieger nämlich sind alle Provinzgouverneure, alle Armeebefehlshaber und alle Fürsten! Wenn all diese Leute sich auf die Seite der Magier schlügen, würdest du zerquetscht werden und deine Hoffnung hinweggefegt, und selbst ich, Schapur, der König der Könige, könnte dann nichts mehr für dich tun. Ja vielleicht würde dein Fall sogar mich mit in die Tiefe reißen. Jedesmal wenn du predigst, gewinnst du für deine Sache Gebildete, Handwerker, Bürger, auch Sklaven, wie man mir berichtet hat, und viele Frauen und Ausländer. Aber all diese Anhänger werden nichts gelten, wenn es einmal zur großen Auseinandersetzung kommt.«

Ohne Atem zu holen, fuhr er fort, doch klang seine Stimme plötzlich gedämpft und leicht ängstlich.

»Ich habe heute morgen dich betreffende Befehle erteilt. In jedem meiner Paläste ist von nun ab für dich ein Sitz reserviert. Dies gilt für den Audienzsaal wie auch für meine privaten Sitzungen. Wo immer ich auch hingehen werde, wirst du mich begleiten.«

»Ich habe den Völkern eine Botschaft zu übermitteln …«

»Das werden deine Jünger in deinem Namen tun. Du gehörst nunmehr zu meinen engsten Vertrauten. In einem Triumphzug sollst du herumreisen, ohne erniedrigende Zwischenfälle, Provokationen, Schlägereien und Gedränge. Männer aller Kasten und Rassen sollen um dich sein, vor allem aber Krieger, Fürsten und Satrapen. Und selbst unter den Magiern sollst du dir Anhänger schaffen. Wenn dir das gelingt …«

Schapur hielt inne, schien noch ein letztes Mal zu zögern, und als er weitersprach, schlug er aus Scham oder einer damit verwandten Empfindung die Augen nieder:

»Wenn dir das gelingt, so soll durch einen Erlaß verkündet werden, daß der König der Könige beschlossen hat, den Glauben des Mani anzunehmen.«

Nach seinem ersten Besuch, bei dem er lediglich das Recht zu predigen erwirkt hatte, war Mani überschwenglich und siegessicheren Schrittes aus dem Palast getreten. Nach der zweiten Unterredung nun, bei der der König der Könige ihm versprochen hatte, sich zu bekehren, und ihn beschworen hatte, all seine Untertanen um sich und seine Botschaft zu versammeln, schlich er so bedrückt hinaus, als lasteten auf ihm zugleich das Kreuz Christi und die Krone der Sassaniden!

Was war ihm nur widerfahren? Rückte nicht die Erfüllung seiner kühnsten Hoffnung näher, und zwar hundertmal so schnell, wie er erwartet hatte? Morgen der König der Könige, übermorgen das Reich: Bald würde die gesamte Menschheit von seinen Gedanken beseelt sein. Dies war nicht mehr nur ein einsamer Traum, eine Verheißung seines »Zwillings« an einem Tigriskanal, er zog nicht mehr wortesäend und bettelnd umher, sondern der Triumph war zum Greifen nahe.

Und dennoch zog er sich nun in das Zimmer zurück, das er immer noch bei Malchos bewohnte, wenn er nach Ktesiphon kam. Er verließ es an diesem Tag nicht mehr, und auch am nächsten nicht, verblieb in tiefer Versenkung, fastete und richtete nicht ein einziges beruhigendes Wort an die zahlreichen Anhänger, die in jedem Winkel von Haus und Garten seiner harrten. Nur Denagh wagte sich kurz hinein und stellte lautlos einen Krug Wasser auf das Fensterbrett.

In der Tat war sie auch höchst seltsam, diese Begegnung zwischen ihm, dem hinkenden Jungen aus dem Palmenhain, und Schapur, der auf Inschriften als »Abkömmling der Götter, erhabener Bruder von Sonne und Mond, Herr über die vier Horizonte ...« bezeichnet wurde. Wie sollte denn zwischen den beiden Geistesverwandtschaft bestehen, heim-

liches Einverständnis, Vertrautheit oder gemeinsame Denkungsart? Und doch hatte der Monarch entschuldigende Gesten angedeutet. Und doch war er errötet, hatte die Augen abgewandt und war schließlich, um seine Schüchternheit zu verbergen, enteilt, kaum daß er seinen Wunsch bekannt hatte, zu Manis Glauben überzutreten.

Zu Manis Glauben übertreten? Sich bekehren? Sollte er, der König der Könige, niederknien und Mani bitten, ihn durch Auflegen der Hände zu segnen? Wäre das nicht ein einziger bitterer Trug?

Wieder einmal mündete Manis Ratlosigkeit in einen Gedankenaustausch mit seinem »Zwilling«, der ihm im Brustton der Überzeugung versicherte:

»Schapur hat mehr mit dir vor als du selbst! Er ist heute der mächtigste Mann der Erde, seine Heere sind in der Lage, die Armeen Roms und Chinas zu schlagen, er legt sich schon den Titel Herrscher über Orient und Okzident bei und sieht sich als Nachfolger Alexanders. Und du, Mani, hast ihm verkündet, es habe ein neues Zeitalter begonnen. Nichts wäre ihm lieber als das! Ließe sich darin, daß der Zeitpunkt der Offenbarung mit dem Beginn seiner Herrschaft zusammengefallen ist, nicht ein Zeichen sehen, das der Himmel Schapur gesandt habe, um ihm zu versichern, daß seine Ambitionen legitim seien und mit den Plänen der Vorsehung übereinstimmten? Er will an dich glauben, du sollst ein würdiger Nachfolger der heiligsten Propheten sein, sollst einem Zarathustra ebenbürtig, ja größer noch als dieser sein. Schließlich waren die Fürsten, die zu Zarathustras Zeiten regierten, auch nicht größer als Schapur!«

»Dann wäre ich ein schmückendes Beiwerk zu Schapurs Herrschaft!«
»Warum sollte nicht vielmehr er das Werkzeug deiner Herrschaft sein? Und was heißt überhaupt schmückendes Beiwerk? Warum legst du so viel Bitterkeit und Verachtung an den Tag? Du sollst diesem Monarchen dabei behilflich sein, die Machtfülle seiner Magier zu beschränken. Und außerdem braucht er dich, um zwischen den von ihm regierten Völkerschaften eine Harmonie herzustellen. Wenn er erst einmal alle Länder erobert hat, die er noch begehrt, und ihm so viele verschiedene Völker unterstehen, wie soll er da noch den Zusammenhalt des Reiches

aufrechterhalten? Etwa, indem er allen die altüberlieferte Religion der Perser aufzwingt und überall Feuertempel errichten läßt, damit die Überheblichkeit der Magier noch größer wird? Oder indem er zuläßt, daß die Sektierer überhandnehmen, die jeweils von ihrem einzigen Gott künden, all die neidischen, streitsüchtigen Religionen, die dem Reich und überhaupt allen Reichen Jahrtausende voller Blut und Feuer einbringen? Nur du allein, Mani, kannst den Menschen diese Verirrungen ersparen.«

»Dieser König möchte die Welt mit Waffengewalt erobern, und ich soll mich ihm anschließen, der ich doch nicht einmal die Rinde eines Feigenbaums zu ritzen vermag?«

Als Mani nach drei Tagen endlich aus seiner Abgeschiedenheit hervorkam, verrieten weder seine Worte noch seine Stimme etwas von den Zweifeln, die ihm zu schaffen gemacht hatten. Seinen Anhängern, die zahlreich ausgeharrt hatten, verkündete er, daß der Triumph kurz bevorstehe, das Reich bald erobert sei und gerade aufgrund dieser Hoffnung seine Botschaft unverzüglich zu den entferntesten Völkern gelangen müsse. Er trug seinen treuesten Jüngern auf, sich in die Provinzen der vier Reiche aufzumachen, von China bis Ägypten und Aksum, und von Rom bis Palmyra. »Die früheren Religionen wandten sich jeweils in einer einzigen Sprache an eine einzige Gegend. Meine Religion ist so beschaffen, daß sie in allen Gegenden und allen Sprachen zugleich ans Licht treten muß.«

Er selbst, der sich nun nicht mehr so frei bewegen konnte, begann wie ein Besessener zu schreiben. So entstanden Hunderte von Episteln, Hymnen, Psalmen und Büchern, die er nicht nur eigenhändig in Schönschrift niederschrieb, sondern auch mit Ornamenten verzierte, illustrierte und mit Vergoldungen überzog. Es war dies die einzige Gelegenheit, bei der er sich dazu bereitfand, mit seinen Fingern Gold zu berühren.

Aus dieser Periode stammt eines der erstaunlichsten Werke aller Zeiten, ein Buch nämlich, das Mani ganz einfach mit Das Bild betitelte und in dem er seine sämtlichen Glaubensvorstellungen in einer Abfolge von

Bildern veranschaulichte, ohne sich auch nur eines einzigen Wortes zu bedienen. Welch besseres Mittel konnte es für ihn geben, um sich über sämtliche Sprachbarrieren hinweg an alle Menschen zu wenden?

V

Mani wurde nun bei Hofe zum gewohnten Anblick. Wenn er einmal verschwand, um sich etwa mit seinen Anhängern zu versammeln, ließ Schapur bis zu dreimal pro Tag nach ihm schicken, da er ihn bei allem zu Rate zog, was ihn als Mensch oder Herrscher gerade bewegte, ob es nun seine Gesundheit war, der Gang der Gestirne, die Launen seiner Schwester-Gattin Azur-Anahit, die täglichen Niederträchtigkeiten der Magier oder die Beziehungen zwischen dem Reich und den anderen Mächten, seien es unterworfene Staaten oder Gegner.

Zu letzteren gehörte vor allem Rom, die ewige Rivalin der Parther und nun der Sassaniden. Zwar hatte nicht dynastisches Wirken die Geschichte Roms geprägt, doch strebten – wie Schapur und wie vor ihm sein Vater Ardaschir – auch die größten römischen Kaiser danach, unter ihren ehernen Adlern die beiden Hälften der Welt zu vereinigen.

Römer und Perser, zwei feindliche Wogen, die durch einen gemeinsamen Wahn dazu verurteilt waren, aufeinander zuzubranden, sich aneinander zu brechen.

Die Sassaniden, deren Gebiet bis weit in die asiatischen Steppen hineinreichte, hatten es vorgezogen, ihre Hauptstadt im äußersten Westen ihres Herrschaftsbereichs zu belassen, in einer ihrer Kultur und ihren Kulten fremden Gegend, dem semitischen und schon teilweise christianisierten Mesopotamien. Ihr Traum war es nämlich, ihre Standarten in allen Ländern zwischen dem Tigris und dem Strymon aufzupflanzen, in dessen Nähe Alexander geboren war. Somit sollte Ktesiphon eines Tages nicht mehr nur eine Grenzregion des Reiches sein, sondern sein Mittelpunkt.

Rom war zur damaligen Zeit ganz dem Morgenland zugewandt, das es verehrte und vergötterte, von dem es Ruhm und Heil erwartete. So wurden dort aus Syrien und Arabien stammende Prätoren an die Macht gebracht, wurden die wenigen Philosophen des Landes in Ägypten ausgebildet und bezogen sich die Glaubenslehren, deren Verbreitung akzeptiert wurde, auf Adonis, Hermes Trismegistos, den Indo-Iraner Mithras, die Unbezwingbare Sonne von Emesa und – so unglaublich es klang – einen jüdischen Aktivisten, der sich einst gegen Rom erhoben hatte! Überdies spielte man bereits mit dem Gedanken, in der Nähe des Pontos Euxeinos auf dem Boden der früheren griechischen Kolonie Byzantion dem Reich eine zweite Hauptstadt zu erbauen, eine zukunftsträchtige Metropole, die von manchen schon in frevelhafter Anmaßung als Neues Rom bezeichnet wurde!

Welche der beiden Mächte, die einander die Welt streitig machten, würde die Oberhand gewinnen? Die Sassanidenwoge hatte durchaus gute Aussichten. Während die Autorität der »göttlichen Dynastie« sich unter der Ägide der Gründerkönige ständig festigte, versank Rom in Anarchie. Allein im Verlauf von Ardaschirs und Schapurs Herrschaft waren vierundzwanzig Cäsaren aufeinander gefolgt, so als reiche stets einer dem anderen statt des Zepters einen Dolch. Den Bürgern war schon der Name des jeweiligen Herrschers nicht mehr geläufig, und die Legionen wußten nicht mehr, wem sie gehorchen sollten. Sobald in Rom einem neuen Kaiser zugejubelt wurde, hatte in Gallien, Dakien oder gar in Italien selbst schon wieder ein Heeresführer rebelliert. Die Wasser des Rubikon konnten sich ihrer Jungfräulichkeit gar nicht mehr entsinnen.

Wenn Barbaren wie etwa die Hunnen, die Sarmaten oder die Alanen irgendeine sassanidische Provinz bedrohten, sandte der König der Könige ihnen einen Ritter aus edlem Hause entgegen, einen tapferen *Spahdar,* den es nach Erledigung seines Auftrags drängte, sich stolz seinem Herrscher zu Füßen zu werfen, um einige Lobesworte und ein Ehrenkleid zu empfangen. Wurde dagegen der Limes der Römischen Reiches von denselben Barbaren oder von den Persern berannt, so fühlte der Kaiser schon, wie sein Thron wankte. Es war unschwer vorauszusehen, daß der Kommandant der siegreichen Legionen im Vollgefühl seines frischerworbenen Ruhms geradewegs auf Rom zumarschieren würde, um die Macht an sich zu reißen. Und sollte er dazu weder Neigung noch Kühnheit aufbringen, so würden seine Zenturionen ihn eben gegen seinen Willen zum *Imperator* ausrufen. Somit konnte jedem Nachfolger des Augustus nur geraten werden, sich persönlich an die Spitze seiner Truppen zu setzen und darauf zu hoffen, er werde eigenhändig die Siegeslorbeeren pflücken. Doch kaum hatte er sich dann aus der Stadt entfernt, da wurden schon die ersten Komplotte geschmiedet.

Und selbst an der Front war er nicht gegen alles gefeit. Die Historiker fragen sich noch heute, ob der zum Kriegführen nach Nordmesopotamien gekommene junge Kaiser Gordian, der dritte seines Namens, von einem in Sassanidensold stehenden Schützen oder aber auf Betreiben seines eigenen Prätorianerpräfekten Marcus Julius Philippus tödlich getroffen wurde. Zumindest wurde letzterem in der *Urbs* das Verbrechen gerüchteweise angelastet. Dadurch wurde er gemäß den Verfassungsbräuchen der damaligen Zeit in aller Logik zum Nachfolger des Verstorbenen. In der Liste der römischen Kaiser erscheint er unter dem Namen Philippus Arabs, da er das Licht der Welt bei einem Nomadenstamm am Rande der arabischen Wüste erblickt hatte.

Jener Stamm soll schon sehr früh für den Glauben des Nazareners gewonnen worden sein. Der Kirchenschriftsteller Bischof Eusebius von Caesarea behauptet, Philipp sei lange vor Konstantin der erste christliche Kaiser gewesen, sei heimlich in Katakomben gegangen und habe gemeinsam mit Büßern aus dem einfachen Volk die Beichte abgelegt; einzig seine prekäre Stellung an der Spitze des Reiches habe ihn daran gehindert, sich in aller Offenheit zu dem zu bekennen, worüber in den ärmlicheren Vierteln jenseits des Tibers und in den Gängen des Kapitols schon gemunkelt wurde.

Er regierte fünf Jahre lang, von 244 bis 249. So ausgedrückt, nämlich nach dem Maßstab der erst später eingeführten christlichen Zeitrechnung, möchte man diesen Jahreszahlen keine besondere Bedeutung beimessen. Erst durch einen Vergleich mit dem römischen Kalender wird klar, was für eine Bewandtnis es damit hat. 244 entspricht dem Jahre 996 seit der Gründung Roms, 249 dem Jahr 1001. Unter der erhabenen Schirmherrschaft von Philipp dem Araber wurde also mit unerhörter Pracht die Tausendjahrfeier der Stadt begangen. Monatelang wurden gigantische Festlichkeiten veranstaltet, Zirkusspiele, Paraden, Triumphzüge, Opferzeremonien, nicht enden wollende Feiern auf den Plätzen der Stadt, und stets wurde dabei wie zur Beschwörung der Wirklichkeit ein und dasselbe Motto hinausposaunt: die Unsterblichkeit des Reiches und seiner Macht.

Es war dies nur ein kurzer Augenblick in der Herrschaft dieses rätselhaften Beduinenkriegers. Aber was für ein Augenblick!

Da er ihn voll auszukosten und persönlich den Vorsitz bei der Organisation der Jubiläumsfeier zu übernehmen gedachte, zugleich aber auch seine Rivalen ausschalten und die ungebärdigen Gotenhorden in Schach halten wollte, brauchte er eine lange Atempause in seiner Auseinandersetzung mit den Sassaniden. So schickte er seinen damals etwa zwanzigjährigen Sohn nach Ktesiphon.

Als der Abgesandte in der imposanten Feierlichkeit des Thronsaales empfangen wurde und mit sicherem Auftreten, aber etwas jugendlicher Ungeduld auf griechisch den dringenden Wunsch vorbrachte, einen immerwährenden Frieden zu schließen, dachte der König der Könige zunächst an Armenien. Dieses Land war seit Partherzeiten der Schauplatz ständiger Konfrontationen zwischen Rom und Ktesiphon, und seine Fürsten mußten aufs armseligste zwischen den beiden Räubern lavieren. Im dem Kampf, den die zwei großen Reiche im Osten und im Westen um die Vorherrschaft führten, war Armenien das Zünglein an der Waage. Und deshalb verlangte Schapur das Land als Preis für den Frieden.

Philipps Sohn willigte in alles ein, ja ging noch darüber hinaus. Man werde die Legionen aus Armenien abziehen und den einheimischen Adel auffordern, von nun an die Oberherrschaft des Königs der Könige anzuerkennen, in der Hoffnung, der »Basileus«, wie er ihn nannte, werde »in seiner unermeßlichen Großmut« niemandem sein bisheriges Treueverhältnis nachtragen. Mit herablassender Geste gab Schapur dazu sein Einverständnis. In so langsamer Bewegung, wie seine Würde es erforderlich machte, kreuzte er dann die Arme und legte sich die Hände auf die Schultern, was bei ihm ein Zeichen intensiven Nachdenkens war. Wenn dieser arabische Römer, so sagte er sich, innerhalb von ein paar Sekunden auf jahrhundertealte Ansprüche verzichtet, dann heißt das, daß er den Frieden, um den er da bettelt, teuer zu bezahlen gewillt ist, und zwar außerordentlich teuer! Um das Terrain zu sondieren, erkühnte sich der Sassanide zu einer völlig übertriebenen Forderung. Bestimmt würde der Sohn des Cäsaren sich darüber empören, doch konnte man ja anschließend die Umrisse einer Kompromißformel herausarbeiten.

Schapur wollte nicht gleich seine göttliche Person in die Verhandlungen einbeziehen, da es sich sonst für ihn nicht mehr geziemt hätte, auch nur in dem kleinsten strittigen Punkt nachzugeben. Daher winkte er seinen Kämmerer herbei und diktierte ihm den Standpunkt ins Ohr, den er geäußert haben wollte. Armenien, sagte er im wesentlichen, habe für das Reich noch nie ein Streitobjekt dargestellt. Wenn die Legionen daraus abzögen, so geschehe das nicht aus Großzügigkeit, sondern aus schierer Vernunft, da die tapferen Sassanidenheere schon bereitstünden, um mit dem Schwert das Reich wieder in seine ewigen Rechte an diesem unantastbaren Teil seines Machtbereiches einzusetzen. Nein, wenn der römische Cäsar wirklich von ganzem Herzen und ohne trügerischen Sinn Frieden wolle, so müsse er den Weg beschreiten, den vor ihm schon so viele Könige gegangen seien, um das Wohlwollen des Herrschers zu erlangen.

Mit seinem *Padham* in der Hand wartete der Abgesandte, bis der Kämmerer den Wunsch seines Herrn zum Ausdruck brachte.

»Rom soll dem göttlichen Schapur, dem Bruder von Sonne und Mond, dem Herrscher über Morgenland und Abendland, jedes Jahr hunderttausend Goldstücke zahlen.«

Ein Tribut! Der römische Kaiser sollte dem Sassaniden einen jährlichen Tribut entrichten! Sollte also sein Vasall werden, genauso wie der Khan der Saken, der Oberschamane der Verten oder der Marspan der Gedrosier! Das Gesicht des jungen Abgesandten lief purpurrot an, seine Nägel bohrten sich in die Handballen, seine Faust krampfte sich wütend um das weiße Taschentuch, und er hatte gute Lust, es zusammenzuknüllen und demjenigen vor die Füße zu werfen, der ihn derart beleidigt hatte. Die Höflinge hielten den Atem an; sie waren schon darauf gefaßt, daß der Römer sich gleich verabschieden und eiligst seinen Vater von der erlittenen Schmach benachrichtigen werde. Dann würden die Kriegshandlungen erst recht wieder aufflammen. Doch Philipps Sohn blieb sitzen, seine Faust lockerte sich allmählich, und die Wangen entfärbten sich wieder, bis sie ganz blutleer waren. Er gewann seine Fassung zurück, ja quälte sich gar ein Lächeln ab. Und als er nach einigen unendlich langen Sekunden des Schweigens wieder zur Bildung eines zusammenhängenden Satzes in der Lage war, da versuchte er gar nicht, das Prinzip eines Tributs zurückzuweisen, sondern wollte lediglich über die Höhe des Betrags und die Zahlungsbedingungen verhandeln.

Schapur wollte seinen Ohren kaum trauen. Er führte diesen ganzen absonderlichen Vorgang auf die Unerfahrenheit des Abgesandten zurück. Kein Zweifel, daß dieser bei seiner Rückkehr von seinem Vater aufs strengste zurechtgewiesen und dann desavouiert werden würde.

Mitnichten. Philipp würde zahlen. Jahr für Jahr. Genau die vereinbarte Summe. Nur würde er das Gold vorsichtshalber von einer aus Leuten seines Stammes bestehenden Karawane heranschaffen lassen, um den Namen Roms und die Legionärsuniformen keiner Erniedrigung auszusetzen. Nachdem somit der Schein gewahrt war, ließ er gleich bei seiner Thronerhebung ein Edikt veröffentlichen, vermöge dessen er sich zusätzlich zu den Titeln *Imperator* und *Augustus* auch noch die Bezeichnung *Persicus maximus* zubilligte, »Großer Bezwinger der Perser«.

Schapur freilich erfuhr nie ein Sterbenswörtchen von diesen Prahlereien und war nach Abschluß des Waffenstillstands überglücklich. Hatte er jemals auch nur den leisesten Zweifel an seinem glorreichen Schicksal gehegt, so war dieser Zweifel nun weggewischt. Nichts konnte ihn nun mehr von dem Gedanken abhalten, daß die Vorsehung ihn von jeher dazu bestimmt habe, einmal über die Gesamtheit aller Geschöpfe zu regieren. Wer sollte ihm das zum Vorwurf machen? Denn was hätte er sich Besseres wünschen können, als plötzlich Lehnsherr seines einzigen Rivalen zu sein? Jeden Winter, wenn in Ktesiphon die Karawane mit dem Gold der römischen Unterwerfung eintraf, wurde drei Tage gefeiert, wurden in den Tempeln Opfer dargebracht und die Bedürftigen krügeweise mit Lebensmitteln beschenkt. In der Hauptstadt und dann in den Provinzen und den angegliederten Königreichen verbreiteten Herolde die Nachricht in aller Lautstärke, damit jedermann sie vernehmen möge, vom mächtigsten Satrapen bis zum kleinsten Dorfvorsteher.

Schapur durfte sich der Ergebenheit aller gewiß sein, denn wer hätte es wagen sollen, sich dem Manne zu widersetzen, dem selbst der römische Cäsar Tribut zahlte?

VI

Der König der Könige schien über alle Maßen zufrieden zu sein. Und doch verriet bisweilen ein überdrüssiges Wort sein wachsendes Unbehagen. Wenn die Römer schon derart hilflos waren, zeugte es da nicht von Leichtsinn, sich mit einem Tribut zu begnügen, statt dem darniederliegenden Feind ein für allemal den Garaus zu machen? Warum sollte er die Römer wieder zu Kräften kommen lassen und dabei selbst wertvolle Jahre verlieren? Er war schon weit über die Vierzig hinaus; sollte er etwa warten, bis er alt war, bevor er zur Eroberung des Abendlandes ansetzte? Aber ein Pakt war ein Pakt, und Schapur nicht der Mann, sein Wort und sein Siegel zu brechen. Er, dessen Autorität sich aus tausend Treuegelöbnissen aufbaute, wäre schlecht beraten gewesen, auf solch beispielhafte Weise Verrat zu begehen.

Sein Zwiespalt schien beendet zu sein, als er eines Tages erfuhr, Philipp sei, wie es so der Brauch war, zusammen mit seinem Sohn und den meisten seiner Gefolgsleute von aufbegehrenden Legionen niedergemetzelt worden. Desgleichen eine größere Anzahl von Christen, die sich der Unterstützung des Kaisers schuldig gemacht hatten.

Schapur rief die wichtigsten Würdenträger des Sassanidenreiches sowie einige unentbehrliche Berater zusammen und forderte sie auf zu sagen, welches Vorgehen nun zweckmäßig sei. Als erster schwenkte Kirdir sein *Padham*.

»Unser aller Herrscher«, sprach er, »hat gegenüber den Römern außerordentliche Großzügigkeit an den Tag gelegt. Er, dessen siegreiche Heere imstande gewesen wären, die Ungläubigen zu erniedrigen und ihr Reich zu zerstören, hat mit einer Geduld, einer Güte und einer Gewissenhaftigkeit gehandelt, die ihm zur Ehre gereichen, die aber unsere Feinde nicht verdient haben! Es hat ein Pakt bestanden zwischen unserem Herrscher und dem Cäsaren Philipp. Letzterer hat sich nicht aus Ehrenhaftigkeit daran gehalten, sondern aus reiner Schurkerei, aus dem Entsetzen heraus, das die Macht der göttlichen Dynastie ihm einflößte. Jetzt wo Philipp in Ahrimans Reich der Finsternis eingegangen ist, wird Rom unseren gerechten Zorn zu schmecken bekommen, so wie es allzulange unseren Edelmut genossen hat.«

Wenn auch Lobesworte ihn verbrämten, entging doch niemandem der Tadel an der bisher verfolgten Politik. Vorgebracht aber wurde er nicht von Kirdir allein, denn alle, die das Wort ergriffen, seien es nun Magier, Adelige oder Sekretäre, empfahlen den Griff zu den Waffen.

Obgleich es verboten war, den König der Könige anzuschauen, riskierte der eine oder andere bisweilen einen flüchtigen Blick, um abzuschätzen, wie es um Gefühle und Laune des Herrschers bestellt sein mochte. Zweifelsohne stimmten dessen geheimste Besorgnisse mit den Argumenten der Würdenträger überein. Der Krieg gegen Rom war lange hinausgezögert worden – zu lange. Nunmehr mußte er geführt werden, und der Anlaß dazu war gefunden. Der Monarch schickte sich an, zu sprechen, und suchte nur noch nach den geeigneten Worten, um nicht den Eindruck zu erwecken, er lasse sich sein Tun von den Magiern vorschreiben, als plötzlich der bis dahin zurückhaltende Mani sein Taschentuch schwenkte. Er stützte sich auf den rechten Arm, um sich aus dem dicken Kissen hochzuquälen, das ihm als Sitz diente, und begann dann die Vorteile aufzuzählen, die dem König der Könige »durch seine geschickte Waffenstillstandspolitik« erwachsen seien, wobei er ausführlich auf den jahrelangen Wohlstand einging, den das Sassanidenreich habe genießen dürfen, sowie auf die herausragende Stellung, die »der Erste unter den Menschen« in den Augen aller Völker erlangt habe. Mit dieser schlauen Vorrede milderte er Schapurs Reue über unterbliebene Taten und verschaffte ihm gegenüber allen Besserwissern eine günstigere Position. Dann warnte er:

»Wenn die Truppen der Dynastie zum Sturm auf das Römische Reich ansetzen, werden sie gewiß Sieg um Sieg davontragen, doch zwingen sie zugleich auch die Legionen, sich unter einem vereinigten Oberkommando zu versammeln. Anstatt also den Feind vollends zur Strecke zu bringen, wie hier einige es fordern, verabreichen wir ihm somit eine zwar schmerzhafte, aber kräftigende und wirksame Medizin, die ihn wieder auf die Beine bringt. Ist etwa das das Ziel meiner Vorredner? Möchten sie die kluge Politik unseres Herrschers durch derartigen Wahnsinn ersetzen?«

Schapur schien verwirrt, und da ihm seine Unschlüssigkeit nur allzu deutlich ins Gesicht geschrieben stand, wurden um ihn herum eifrig Taschentücher geschwenkt. Er erteilte jedoch niemandem mehr das Wort, denn es war Zeit, daß er wieder seine Autorität zur Geltung brachte und die entscheidenden Worte sprach:

»Für uns hat sich in bezug auf den Vertrag mit den Römern noch nichts geändert. Wenn ein Cäsar einem anderen nachfolgt, hat er die von seinem Vorgänger übernommenen Verpflichtungen einzuhalten. Tut er dies, so werden auch wir uns weiterhin an unser Wort gebunden fühlen. Sollte jedoch die Zahlung des Tributs ausgesetzt werden, so würden wir mit all der Strenge reagieren, zu der wir gegenüber Verrätern berechtigt sind. Um für alle Eventualitäten gerüstet zu sein, werden wir alle unsere Vasallen, die unterworfenen Völker und die Söldner in Einsatzbereitschaft versetzen. Beim ersten Treubruch werden unsere unbesiegbaren Heere zur Westküste und nach Anatolien und Kappadokien stürmen. Und auch darüber hinaus werden sie die Provinzen der Römer verwüsten, bis diese uns wieder ihre untertänigste Ergebenheit bekunden.«

Als die Würdenträger entlassen waren, gingen sie in den Palastgängen auseinander und kommentierten dabei noch die ange-
borene Hinterhältigkeit des Feindes, die sprichwörtliche Feigheit seiner Truppen und Befehlshaber sowie die erwiesene
Unbesiegbarkeit des Königs der Könige. Nur Mani stand düster
abseits, bald von allen vergessen. Sobald der Ratssaal leer war,
ging er zum Kämmerer und bat um eine Privataudienz bei Schapur. Unverzüglich wurde er empfangen.

»Ich hätte noch etwas hinzuzufügen gehabt, aber das Wort war
bereits demjenigen zugefallen, der als letzter spricht.«

Der Monarch bedeutete ihm, weiterzureden.

»Der Herr des Reiches hat deutlich gemacht, er werde gegen die
Römer einzig dann vorgehen, falls sie die Tributzahlungen ein-
stellen sollten. Habe ich das richtig verstanden?«

»Du weißt, daß Philipp von seinen Gegnern vorgeworfen wurde,
ein schändliches, entwürdigendes Abkommen unterzeichnet zu
haben. Vielleicht haben sie ihn sogar deswegen umgebracht.«

»Vielleicht. Doch sollte der neue Cäsar sich aus irgendeinem
mir unbekannten Grund dazu entschließen, die Zahlungen fort-
zusetzen, würde er dann trotzdem bekriegt?«

»Ich habe mich in dieser Hinsicht klar geäußert. Wenn sie ihr
Wort halten, halte ich auch das meine!«

»Warum sollen dann aber der Schatzkammer, den Vasallen, den
Rittern und allen Untertanen so hohe Ausgaben auferlegt werden, wie eine Mobilmachung sie erforderlich macht, bevor die
Haltung der Römer überhaupt bekannt ist? Wenn die Armee
erst einmal zusammengerufen ist und die Vasallenstämme und
die Söldnertruppen bereitstehen, werden sie kämpfen und Beute machen wollen und man wird sie nicht mehr mit leeren Händen nach Hause schicken können. Das hat sich in der Vergangenheit schon so zugetragen: Erst wird mobil gemacht, weil
Kriegsgefahr droht, und wenn die Bedrohung dann gewichen
ist, wird der Krieg trotzdem angefangen, weil die Armee nun einmal zum Losschlagen bereit ist.«

»Diese Frage wird sich gar nicht stellen. Jeder weiß, wie die Römer sich verhalten werden. Außerdem habe ich meine Entscheidung schon verkündet, und es kommt nicht in Frage, daß ich sie rückgängig mache.«

»Rückgängig zu machen braucht unser Herrscher überhaupt nichts. Er hat gesagt, er werde seine Truppen versammeln, dies kann er durchaus tun, aber niemand kann ihn schließlich dazu zwingen, alle Satrapen, Stämme und Vasallen auf einmal einzuberufen. Die Vorbereitungen können langsam erfolgen. Und sollten die Römer den Weg der Herausforderung einschlagen, so könnte die Mobilmachung immer noch beschleunigt werden.«

»Dies lag nicht in meiner Absicht, doch will ich gern deine Argumente gelten lassen und deinen Rat befolgen. Gebe der Himmel, daß ich es nicht einmal bereuen muß. Weißt du eigentlich, Mani, daß keiner der bei der Ratsversammlung Anwesenden mich von irgendeiner Entscheidung abbringen könnte? Auf dich aber höre ich, und deiner Meinung schließe ich mich an, weil du bei dieser Dynastie und in meinem persönlichen Schicksal einen Platz einnimmst, von dem du dir selbst gar keine Vorstellung machst.«

Im Verlauf der folgenden Wochen vermied es Schapur, die militärischen Vorbereitungen zu erwähnen. Trotzdem merkten in den Palastgängen nur wenige, daß es überhaupt zu einer politischen Veränderung gekommen war. Man mutmaßte eher, dem König der Könige sei daran gelegen, angesichts der Gefahr eines in Ktesiphon schon als gewonnen erachteten Krieges Herablassung und Zuversicht zu demonstrieren. Es hieß bereits, der Herrscher selbst werde die große Armee befehligen und einer seiner Söhne ihn dabei unterstützen. Welcher aber? Der wieder in Gunst stehende, von den meisten Magiern und Kriegern bevorzugte Bahram? Oder aber der als tapferer und überlegter geltende Hormisd, von dem jedoch gemunkelt wurde, er sei durch den Umgang mit Mani und seinen Ideen ein wenig schlaff geworden?

Die Spekulationen versiegten, als unvermutet ein römischer Abgesandter eintraf und eine Botschaft überbrachte, in der der neue Kaiser Decius »seinem Bruder, dem göttlichen König der Könige« versicherte, der von Philipp abgeschlossene Pakt werde eingehalten, und zwar einschließlich aller Geheimklauseln; das Gold sei übrigens schon unterwegs und werde diesmal nicht schamhaft von Beduinenkarawanen transportiert, sondern in aller Offenheit von einer Abordnung der Prätorianergarde!

In Ktesiphon hätte man sich beglückwünschen sollen. Bisher hatte sich der von Philipp geleistete Treueid auf einen einzigen Mann bezogen, einen durch die Launen des Schicksals an die Reichsspitze gelangten Usurpator, der bereit war, Staatsschatz und Provinzen zu verschleudern, nur um sich an der Macht zu halten. Nunmehr aber wurde die Vorrangstellung des Königs der Könige von ganz Rom anerkannt!

Und dennoch herrschte am Sassanidenhof Trauerstimmung. Man fühlte sich um die Auseinandersetzung betrogen, und einige dachten sogar daran, den Abgesandten Roms in einen Hinterhalt zu locken, um somit vollendete Tatsachen zu schaffen. Doch so mächtig die kriegslüstern Gesinnten auch sein mochten, fürchteten sie gleichwohl, sich mit derlei Aktionen den Zorn Schapurs zuzuziehen. Dieser wiederum war unschlüssig. Wenn ihn auch nach wie vor ein militärisches Vorgehen reizte, so wußte er doch die Bedeutung dieses neuen Treueschwurs zu ermessen, der ihm schmeichelte und ihn vor allem auch über die anhaltende Schwäche seines Feindes beruhigte.

Nicht wenige führten, gleich Kirdir, die Unentschlossenheit des Herrschers auf den wachsenden Einfluß des »verfluchten Nazareners aus Babel« zurück. Schließlich war jedermann darüber im Bilde, daß die beiden tagtäglich vertrauliche Unterredungen miteinander führten. Schapur hatte nicht vergessen, daß Mani als einziger das Verhalten der Römer vorausgesehen hatte, und verließ sich daher auf sein Urteil; jedesmal, wenn ihn Kriegsgedanken plagten, vertraute er sich dem Sohne Babels an. Und der verstand es stets, überzeugend zu argumentieren.

»Für die Römer ist es gewiß eine entsetzliche Vorstellung, daß Eure Armee über ihre Provinzen herfallen und ihre Städte bedrohen könnte. Aus dieser Angst nun können Euch große Vorteile erwachsen. Sorgt dafür, daß diese Lage so lange wie möglich andauert, nötigt Eurem Feind alles ab, was er aus seiner Schwäche heraus gewähren muß, und laßt Euch Jahr für Jahr und vor den Augen aller Völker von ihm den Vorrang Eurer Dynastie und Eurer Person bestätigen. Warum sollte der Erste unter den Menschen die gesegnete Stellung aufgeben, die er derzeit innehat, um sich den Fährnissen kriegerischer Unternehmungen auszusetzen?«

Diesem Standpunkt mochte der Monarch sich gern anschließen, solange nur der Feind weiter seinen Tribut leistete. In Rom jedoch gestalteten sich die Verhältnisse immer ungünstiger. Zwei Jahre nach Philipps Tod wurde auch sein Nachfolger umgebracht. Daraufhin machten nicht weniger als vier Thronanwärter einander die Macht streitig. Bisweilen schickte einer von ihnen einen Abgesandten zum König der Könige und buhlte um dessen Gunst. Schapur belustigte dies. So war er also nicht nur Lehnsherr Roms, sondern sollte auch noch Schlichter spielen, wenn dessen Generäle sich stritten? Nie hatte der Sassanide ein derart skurriles Privileg zu erhoffen gewagt.

Im darauffolgenden Winter jedoch blieb das fällige Gold erstmals aus. Nicht etwa, daß in Rom mit voller Absicht beschlossen worden wäre, den mit Ktesiphon geschlossenen Pakt zu kündigen; es war nur keiner der vier Cäsaren imstande, die Summe aufzubringen. Im Kampf gegen seine Rivalen brauchte jeder das ihm zur Verfügung stehende Gold dringend genug.

Am Sassanidenhof war wieder von Krieg die Rede. Die Magier und Krieger machten sich eifrig zu schaffen, und Schapur bemühte sich nicht mehr, ihnen zu widerstehen. Als er sich aus all der Aufregung wieder einmal zum Gespräch mit Mani zurückzog, wollte er sich nicht noch einmal die Vorzüge des Waffenstillstands auseinandersetzen lassen.

»Ich habe stets auf dich gehört, Arzt aus Babel, und habe deine Ratschläge selbst dann befolgt, wenn sie meinen Neigungen zuwiderliefen. Nun aber mußt du, mein Schützling und Gefährte, dich meiner Meinung anschließen. Du sollst in der Schlacht, die bald beginnen wird, mit Herz und Verstand ganz und gar an meiner Seite stehen, denn ich habe dich zu einer Säule meiner Herrschaft und der Dynastie gemacht.

Dieser Krieg wird mir aufgezwungen. Ich habe mich lange geduldig und großzügig erwiesen und den Waffenstillstand nicht gebrochen, obwohl ich es hätte tun können und die Magier mir im Namen der Awesta versicherten, dies sei legitim und verdienstvoll. Ich habe also auf dich gehört und meine Heere nicht mobil gemacht, um den Römern eine Chance zu geben, ihre Verpflichtungen einzuhalten. Jetzt haben sie die Zahlungen eingestellt und damit den schützenden Pakt selbst gebrochen. Was auch immer die Gründe für diesen Treubruch sein mögen, ich kann ihn nicht hinnehmen, ohne die Achtung und den Gehorsam meiner Untertanen einzubüßen. Die Strenge der Bestrafung muß dem Ausmaß meiner Geduld und meiner Großzügigkeit entsprechen.

Wenn es mir gelingt, das Cäsarenreich zu zerschlagen, dann wird dieser Krieg der letzte gewesen sein. Es wird dann für die Menschen ein Zeitalter des Friedens anbrechen. Ich weiß, daß es dir widerstrebt, Blut zu vergießen, und sei es das Blut meiner Feinde. Doch wenn du an meiner Seite an dieser Schlacht teilnimmst, dann verrätst du damit keines deiner Prinzipien; denn durch den Tod einiger weniger wird das Leben vieler geschützt werden.

So mancher hat mich im Lauf der Jahre vor dir gewarnt, Mani. Es waren viele Neider darunter, aber auch Leute, die ich für ehrlich und ergeben halte. Du werdest zu mir stehen, sagten sie, solange ich meine zurückhaltende Politik verfolgen werde. Doch sobald die Zeit der Eroberungen gekommen sei, werdest du mich verlassen. Sie fragten mich, wie ich zu meinen Vertrauten einen Menschen zählen könne, der sich heute über meine Unentschlossenheit freue und morgen meine Siege betrauern werde. Ob an diesen Worten etwas Wahres ist, vermag ich nicht zu beurteilen. Und dennoch hoffe ich auf deine Unterstützung und will mit dir diesen Eroberungszug führen.«

Noch nie hatte Schapur in diesem Ton zu ihm gesprochen; weder zu ihm, noch zu irgend jemand anderem. Noch nie hatte er mit solcher Ungeduld auf die Reaktion eines Gegenübers gewartet. Als er Manis erste Sätze hörte, war er beruhigt.

»Es ist wahr, daß mir Blutvergießen widerstrebt, nicht aber widerstrebt es mir, zu erobern. Ganz im Gegenteil, ich träume von Eroberungen. Wenn der Reichsgebieter heute erwägt, Aram oder Kappadokien einzunehmen, oder etwa Iberien, so habe ich, Mani, den Ehrgeiz, Rom zu erobern, nichts weniger als Rom, Rom mitsamt dem ganzen Imperium, denn ich werde mich nicht mit irgendeiner Provinz begnügen, so groß und blühend sie auch sein mag. Ich habe in dieser Stadt Dutzende von Jüngern, die mir in ihren Briefen berichten, was dort vorgeht. Rom dürstet nach einem neuen Glauben. Lange hat es sich eingebildet, daß sein Reich unwandelbar sei und sein Gesetz ewig, daß Erde und Meer ihm stets gehören und der Himmel es unablässig beschützen werde. Heute zweifelt Rom an sich selbst, an seinen kurzlebigen Herrschergestalten, seinem von allen Seiten bedrängten Imperium und seinen Gottheiten, die es an Schutz gebrechen lassen; und beim Anblick all der Viertel, die sich mit Notleidenden bevölkern, zweifelt es auch an seinem Reichtum. Rom erwartet aus dem Morgenland einen Bezwinger, wie eine reife Frau auf einen Liebhaber wartet. Nicht durch das Schwert

227

jedoch wird die Stadt zu erobern sein, sondern durch Zauberwort, ja, sie wird den erhören, der Worte der Liebe zu ihr spricht.

Ich bin bereit, nach Rom zu gehen. So, wie ich ehedem in Deb die Anbeter Buddhas und Ahura Masdas um mich versammelt habe, werde ich dort die Anhänger des Nazareners und die des Mithras um mich scharen, ohne jedoch dabei die Philosophen zu verfolgen oder Jupiter herabzuwürdigen. Ich werde einen für alle Menschen gültigen Glauben verkünden. Sein Mittelpunkt wird Ktesiphon sein, sein bescheidener Botschafter ich selbst, und sein Beschützer der König der Könige. Wäre nicht solch umfassendes Erobern eines Dareios oder Alexander würdig, ja sogar größer, edler und vor allem dauerhafter noch als alle Eroberungen der Vergangenheit?«

Schapur war perplex. Doch wollte er keine Mißverständnisse aufkommen lassen, sondern Mani beim Wort nehmen.

»Du sprichst von Eroberung, und ich spreche von Eroberung; wenn wir verständlicherweise nicht die gleichen Waffen benutzen, so hegen wir doch die gleichen Ambitionen. Zusammen können wir in dieser Welt etwas aufbauen, was nie zuvor jemandem gelungen ist. Es hat Erobererkönige gegeben, die die gesamte Menschheit zu einem besseren Schicksal hinführen wollten, doch stand ihnen kein Botschafter des Heils zu Seite; es hat auch heilige, redegewandte Propheten gegeben, die den Menschen eine hoffnungsfrohe Zukunft auszumalen verstanden, doch mangelte es ihnen an der Unterstützung durch einen mächtigen, von dem gleichen Ehrgeiz bewegten Monarchen. Erstmals fällt nun eine himmlische Botschaft mit einer großen Herrschaft zusammen!

Unter unseren Augen wird eine neue Welt entstehen. Zusammen werden wir, der König der Könige und der Prophet des Lichts, nach Armenien gehen, in das Land Aram, nach Ägypten, Afrika, Kappadokien und Makedonien, und selbst in Rom werde ich der gerechten Dynastie zur Macht verhelfen, und du wirst den Universalglauben verkündigen, der sämtliche Religionen umfaßt. Nimm also teil an meinem Traum, so wie ich den deinen mitzuträumen begehre. Ich werde die Welt mit meiner Macht zusammenfügen, und du wirst sie mit deinem Wort befrieden.

Die Magier drängen sich vor meiner Tür, sie möchten sich diesen Krieg und diese Eroberung zu eigen machen. In jedem eingenommenen Land wollen sie unliebsame Glaubensrichtungen abschaffen und allen die Religion der Arier aufzwingen. Anderswo halten sich die Sektierer der eifersüchtigen Götter schon sprungbereit, um überall die Intoleranz an die Macht zu bringen. Du und ich allein können das noch verhindern!

Komm, reite neben mir an der Spitze des Heeres, du brauchst nur ein Wort zu sagen, und ich lasse diese verfluchten Magier in ihren Feuertempeln, präsentiere dich meinen Vasallen, meinen Rittern und allen meinen Untertanen und verkünde ihnen, daß diese Eroberung in deinem Namen stattfindet, im Namen des neuen Glaubens, dessen Prophet du bist.«

Ganz überschwenglich war der Herrscher nun, beinahe flehend. Mani war vor Überraschung und Ergriffenheit wie gelähmt. Er brachte keinen Ton hervor. Schapur schwieg eine Weile und fuhr dann im Tone wiedererlangter Majestät fort:

»Ich weiß, daß du nichts entscheidest, ohne die himmlische Stimme zu befragen, die zu dir spricht. Geh hin, sammle dich, denke nach, halte Zwiesprache mit deinem Engel. Und komm dann mit deiner Antwort zurück.«

So wandelte also Mani allein in den Palastgärten umher. Die Wächter erkannten ihn mittlerweile an seinem Hinken, seinem blauen Umhang, seinem Stock, und ließen ihn in seinem gewohnheitsmäßigen Tun gewähren. Er hatte nämlich im Verlauf seiner Besuche schon mancherlei Gepflogenheit angenommen, ging auf vertrauten Pfaden dahin, suchte bestimmte Bäume auf

und setzte sich vor allem gern an einen Teich, mit einem angewinkelten und einem ausgestreckten Bein, so wie er einst als
Kind am Tigriskanal gethront hatte, und er fand sogar in der
Höhle des mächtigsten Herrschers der Welt zu jener Alchimie
aus Frieden und innerer Bewegung zurück, die es ihm ermög-
lichte, in Meditation zu versinken.

Und so vernahm er dann seine innere Stimme.

»Es gibt Augenblicke, Mani, in denen man plötzlich ein Schwert
in der Hand hält. Man schämt sich, es zu benutzen, aber es ist
trotzdem da, kalt, scharf, verheißungsvoll. Und der Weg ist
dann vorgezeichnet. Es haben sich vor dir schon andere Propheten in ähnlichen Situationen befunden. Jeder mußte allein entscheiden. Und allein bist auch du. Mehr denn je. Allein gegen
die Meinung Schapurs und seiner Höflinge. Allein gegen das
Rechenbrett der Vorsehung. Ohne eine andere Laterne als das
Fünkchen Licht, das in dir steckt, wirst du abwägen und entscheiden müssen.«

»Ich brauchte nur ›ja‹ zu sagen, und das Schwert des Königs der
Könige würde mir den Weg ins weite Universum eröffnen.«

»Dann würde dein Name Jahrhundert für Jahrhundert von den
Menschen verehrt werden, man würde Mani anbeten, in seinem
Namen opfern, in seinem Namen regieren und ohne Reue in sei-
nem Namen töten.«

»Ich kann noch ablehnen …«

»Wenn du ablehnst, wenn du dich mit deinem spröden Körper
und deinen naiven Vorstellungen dem Krieg in den Weg stellst,
vermittelst, beharrst und dich an jedes Fetzchen Frieden oder
Waffenstillstand klammerst, dann wird dein Name verflucht
und getilgt und deine Botschaft entstellt.«

»Lange?«

»Vielleicht, bis die Feuer des Universums verloschen sind. Und
nach Rom wirst du dann nicht gelangen. Und aus Ktesiphon
fliehen müssen. Was also wählst du?«

Seine Antwort tat Mani stehend kund, und schaute dabei dem Himmel ins Gesicht:

»Meine Worte werden kein Blut vergießen. Meine Hand kein Schwert segnen. Nicht einmal die Messer der Opferpriester. Nicht einmal die Axt eines Holzfällers.«

Vierter Teil

Die Verbannung des Weisen

*Blicket mich an, sehet euch satt an meinem Bilde,
denn in dieser Erscheinung werdet ihr
mich nicht mehr erschauen.*

Mani

I

Der König der Könige brach ohne Mani zu seinem Feldzug auf. Mit vierzigtausend Bogenschützen, mit den Unsterblichen seiner Garde und ihren zehntausend blutroten Mützen, mit der edlen Reiterei, bei der Mann und Roß einen gußeisernen Schuppenpanzer trugen, mit verdrecktem Fußvolk aus fronpflichtigen Bauern, die barfüßig und unbewaffnet dahinzogen und als Schild nur eine auf zwei gekreuzte Schilfrohre gespannte Ziegenhaut vor sich hertrugen, mit der bunt zusammengewürfelten Truppe der unterworfenen Volksstämme, der Geli, Kadusioi, Verten, Dailamiten, Hunnen und Albaner, mit Elefanten und ihren Treibern, mit Trommeln, Hörnern und Fahnenträgern setzte sich Schapur in Bewegung, nachdem er den auf sechzig Schultern ruhenden Schlachtthron bestiegen hatte, und mit ihm zogen seine Frauen, seine Musiker, seine Ärzte, seine Köche, seine Spaßmacher, seine Seher, seine Schreiber, seine Schmeichler und seine Berater. Nur Mani nicht.

Zunächst ging es in Richtung Norden, nach Armenien. Es konnte dabei noch nicht von einem externen Krieg im eigentlichen Sinne die Rede sein, da die Oberherrschaft über dieses Land ja den Persern vom römischen Cäsar überlassen worden war und der einheimische Adel sich in die neuen Umstände geschickt hatte. Dennoch war Armenien nach wie vor ein Königreich, unterworfen zwar, aber stets in der Hoffnung lebend, das Sassanidenjoch eines Tages abschütteln zu können.

In einem alten armenischen Heldenepos wird berichtet, wie der ehrwürdige König Chosroes im neunundvierzigsten Jahr seiner

235

Herrschaft unter dem Vorwand einer Treibjagd aus seinem Palast in Khalkhal gelockt und dann von zwei in Ktesiphons Diensten stehenden Männern hinterrücks niedergestochen wurde; wie es daraufhin zu blutigen Auseinandersetzungen kam und wie Schapur, der seine Truppen zweckmäßigerweise bereits entlang der Grenze postiert hatte, sich gezwungen sah, einzumarschieren und den unzumutbaren Unruhen ein Ende zu bereiten; wie die herrschende Dynastie enteignet und ihr Lehen umgehend dem Sassanidenbesitz einverleibt wurde; wie im Gefolge der Ritterschaft Magier aus Atropatene mit auf Gebetswagen montierten Feueraltären ins Land kamen, nach und nach durch sämtliche armenischen Satrapien zogen, einheimische Glaubenslehren hartnäckig ausmerzten und abtrünnige Gottheiten verhöhnten; wie schließlich die erlauchtesten Familien des Landes ins Exil gingen, zuerst nach Melitene und Pontos, dann nach Rom selbst, wo sie Prätoren und Senatoren mit ihrem Leidensbericht zu erweichen suchten. Man hörte sie an, bemitleidete sie, entrüstete sich und geizte nicht mit Versprechungen. Unternommen aber wurde nichts.

Genau darüber wollte Schapur sich noch einmal Gewißheit verschaffen, bevor er seine Leute über das Amanosgebirge und die Euphratquellen nach Kappadokien, Kilikien und in das römische Syrien führte. Mühelos nahm er den Römern siebenunddreißig Städte mit ihrem jeweiligen Hinterland ab, darunter Batnai, Barbalissos, Hierapolis und Alexandrette; auch Hamam, Chalkis und Germanicia; vor allem aber das wimmelnde, blühende Antiochia, das ausgiebig geplündert wurde. Seine Gemüsegärten wurden verwüstet, seine jungen Frauen entführt und seine Handwerker zu Tausenden nach Ktesiphon verschleppt, wo man ihnen einen Vorort als Wohnsitz zuwies.

Ein römischer Prokonsul, der sich nicht rechtzeitig nach Ägypten hatte einschiffen können, mußte mit aneinandergeketteten Füßen an dem Triumphzug teilnehmen, den der König der Könige durch die beflaggten Straßen der Hauptstadt defilieren ließ.

Aus allen Ecken des Sassanidenreiches strömten Delegationen herbei und jubelten dem Sieger zu.

Mani feierte nicht mit. Während all dieser Kriegsjahre wandelte er mit seinen eigenen Truppen auf eigenen Pfaden und hatte eine andere Art der Eroberung im Sinn. Historiker mutmaßten später, er habe sich in jener Zeit damit beschäftigt, Stein um Stein seine Kirche aufzubauen. Doch das Wort »Kirche« mißfiel ihm. Er sagte mit Vorliebe »meine Hoffnung« oder »die Meinigen«. Sagte zärtlich »meine Karawane«. Oder auch »die Söhne des Lichts«. Für außenstehende Beobachter jedoch handelte es sich durchaus um eine Kirche mit auserwählten Hirten und ihrer Herde; Autorität aber kam darin nur denen zu, die als Bettler lebten oder deren Hände und Geist Schönheit hervorbrachten. Eine andere Verdienste ausschließende Hierarchie der Mittellosigkeit und der Inspiration: so war die von Mani entworfene Kirche, und so hätte sie auch fortbestehen sollen.

Manis Hoffnung erblühte damals entlang der von ihm beschrittenen Wege, und sein Glaube erwies sich als eroberungsstark, auch ohne Feuer, Schwert und Züchtigung. Wenn aus dem Noricum, aus Mauretanien oder Gallien stammende römische Kriegsgefangene auf sassanidischen Boden verbracht wurden, gingen Jünger des Propheten auf sie zu, sprachen von der Eitelkeit des Schlachtenglücks und ließen in dem menschlichen Durcheinander der Gottheiten und Sprachen einem jeden seinen ganz besonderen Trost zukommen. Viele Handwerker und Frauen und viele besiegte Legionäre wandten sich so diesem großzügigen Glauben zu.

Auch nicht wenige von Schapurs Untertanen litten unter dem Krieg, hatten einen lieben Menschen verloren oder waren davon betroffen, daß die Karawanenwege so lange nicht benutzt werden konnten. Auch bei ihnen fanden Manis Worte Anklang. Es waren schon seltsame Jahre, in denen der König der Könige einen fortwährenden Feldzug führte, während sein Schützling in den Reichsprovinzen ein Loblied auf den Frieden sang und nicht weniger forderte als eine »Verachtung der Schwerter und der Arme, die sie geschwungen haben«.

Das waren aufrührerische Töne, die in den Ohren von Rittern und Magiern unerträglich klingen mußten. Doch was sollten sie tun? »Jedem König sein Narr«, spöttelte Kirdir, wenn er sich in einem seiner Feuertempel unbelauscht wußte, »je größer der König, um so größer die Narretei!« Schapur nämlich weigerte sich, Manis Verfehlungen zu ahnden, und sei es auch nur durch einen öffentlichen Tadel. Wenn jemand es wagte, dieses Thema in seiner Gegenwart anzuschneiden, so wurde der Herrscher sichtlich ungehalten und drohend, woraufhin der kühne Höfling dann verstummte und sich hinter seinem schlotternden *Padham* so unauffällig wie möglich zu machen suchte.

Trotzdem war für den Sohn Babels in jenen Kriegsjahren verständlicherweise kein Platz mehr bei Hofe. Schapur nahm es zur Kenntnis und verzichtete darauf, seinen Rat einzuholen, ohne ihm jedoch seinen Schutz zu entziehen. Etwa, weil er sein Wort nicht brechen wollte? Das war nicht der einzige Grund. Seit dem Beginn der Feldzüge war er stets von kriegslüsternen Magiern umgeben, die ihm keinerlei Freiraum mehr ließen und ihn stets bedrängten, sei es nun in seinem Privatrat, in seiner Kanzlei oder in seinem militärischen Stab, in dem die Ansichten des zum *Mobedhan-Mobedh*, also zum obersten Chef aller Magier, avancierten Kirdir nunmehr diskussionslos obsiegten, da es kaum noch einem Ritter oder Schreiber einfiel, ihnen zu widersprechen. Manis Schuld bestand also in Schapurs Augen darin, ihn mit Menschen allein gelassen zu haben, die er verabscheute, ihm nicht mehr als Ausgleich zur Seite zu stehen, ihn nicht mehr hin und wieder eine andere Stimme hören zu lassen.

Wenn der Monarch sich gerade zwischen zwei Expeditionen ein paar Wochen Ruhepause gönnte, kam es vor, daß er einen seiner Vertrauten, etwa seinen Sohn Hormisd, seinen Bruder Peroz oder seinen Lieblingslautenspieler Zeraw darüber befragte, ob sie nicht etwas von Mani gehört hätten, dessen treue Bewunderer sie alle drei waren; gewöhnlich antworteten sie dann, er sei gerade mit seinen Anhängern in der Charakene unterwegs, in der Persis oder in der Gegend von Abarshahr. Ob man ihn kommen lassen solle? Das jedoch verbat sich der Herrscher mit einem lässigen Fingerschnippen, wandte sich augenblicklich von seinem Gesprächspartner ab und sprach über etwas ganz anderes, als interessiere ihn das Treiben dieses Menschen aus Babel nicht im mindesten und als habe er sich auch keineswegs nach ihm erkundigt.

Im vierten Kriegsjahr erhielt der König der Könige von einem seiner Spione, der als Händler verkleidet durch einige römische Provinzen gezogen war, einen besorgniserregenden Bericht. Die Legionen, die sich bis dahin untereinander geschlagen hatten, um dem *Imperator* ihrer Wahl zum Sieg zu verhelfen, schienen ihre mörderischen Rivalitäten mit einem Schlag überwunden zu haben; von den vier Thronanwärtern seien drei von ihren eigenen Truppen ermordet worden. Aufgerüttelt durch die im Morgenland erlittenen Demütigungen stehe das Römische Reich plötzlich wie durch ein Wunder hinter einem einzigen Cäsar, einem siebzigjährigen Patrizier und ehemaligen Senatspräsidenten namens Valerius, der als besonnener Politiker, aber auch als ruhmreicher Soldat gelte und es sich unmittelbar nach Erlangung der kaiserlichen Würde zur Aufgabe gemacht habe, das Vorrücken der Sassaniden zu stoppen.

In der Absicht, bei seinen Feinden jegliche Revanchegelüste im Keim zu ersticken, lenkte Schapur seine Truppen nochmals ins römische Syrien, besetzte weitere Städte, verwüstete so manche bislang verschont gebliebene Gegend und ließ die Garnison von Antiochia verstärken. Bei seiner Rückkehr nach Ktesiphon paradierte er in einem neuerlichen Triumphzug. Als vielbestaunte Trophäe mußten diesmal sechshundert in Zweierreihen aneinandergekettete Legionäre hinter dem Wagen des Siegers einhermarschieren.

Zuversichtlicher denn je erwog der König der Könige daraufhin, zum Sturm auf Griechenland oder Ägypten anzusetzen, als ihn ein Fieberanfall dazu zwang, seine Pläne auf das folgende Jahr zu verschieben. Seine Leute ließ er bis dahin ihre Quartiere beziehen.

Kaum hatte er die beutebeladenen Hilfstruppen nach Hause geschickt und Eliteregimenter nach Drangiane entsandt, wo sie einige aufsässige Stämme zur Räson bringen sollten, da wurden ihm neue Meldungen seiner Spione überbracht: Valerius sei an der Spitze der mächtigsten römischen Armee im Anmarsch, die man jemals versammelt gesehen habe! Er habe gerade über den Bosporus gesetzt und rücke stetig in Kleinasien vor. Seine Vorhut sei schon in Kommagene gesichtet worden. Die Legionen des Valerius versuchten, sich unter den Mauern von Samosata zu vereinigen, von wo aus sie innerhalb von zehn Tagen bis zu den Küstenebenen hinunter oder aber die Kaukasustäler hinaufmarschieren könnten.

Während Schapur noch überlegte, inwiefern es solch beängstigenden Nachrichten Glauben zu schenken galt, wurde ihm gemeldet, Antiochia sei unvermittelt gefallen und die Sassanidengarnison niedergemetzelt worden. Da berief der Herrscher in aller Eile den Rat der Reichsgroßen ein und verlangte, diesmal solle der Sohn Babels herbeigeschafft werden.

Der Page, der in seiner offiziellen Sänfte vor Malchos' Haus anlangte, erfuhr von den Nachbarn, Mani sei an jenem Morgen in sein Heimatdorf gereist. Sein Vater Pattig war in der Nacht verstorben und hatte zuvor den Wunsch geäußert, in Mardinu bestattet zu werden, im Garten des Hauses, das er einst verlassen hatte, neben der Frau, die für allzu kurze Zeit seine angebetete Gattin und dann das Opfer seiner frommen Schrullen gewesen war. Mani würde also das Dorf seiner frühesten Kindheit wiedersehen, und vielen seiner Jünger war es ein Anliegen gewesen, sich dieser intimen Wallfahrt anzuschließen.

Eigentlich war es für einen Propheten und Religionsstifter schon recht seltsam, so lange mit seinem Vater zusammenzuleben. Bei Moses, Buddha, Jesus und Zarathustra ist der Erzeuger abwesend, schemenhaft oder früh verschwunden, als seien die Schläfen von Waisen geeigneter, die himmlische Salbung zu empfangen. Bei Mani ist der Fall anders gelagert. Sein Vater war stets nahe und wich ihm bis ins Erwachsenenalter nicht mehr von der Seite; als Abenteurer starrer Gläubigkeit und später als Jünger und Apostel begründete, erhellte und veranschaulichte er mit seinem Werdegang den seines Sohnes und Meisters.

Als Mani vor der Gruft Mariams und Pattigs stand und mitunter auch zu dem ein paar Furchen weiter liegenden Grab der vergessenen treuen Seele Utakim hinüberblickte, schien er ganz um seine natürliche Haltung gebracht zu sein und hatte so gar nichts mehr von einer Führernatur. Sein Denken geriet wie ein zerbrechlicher Nachen in einen Strudel der Gefühle und Erinnerungen, so daß er mit knapper Not imstande war, den vertrautesten Auserwählten, einen Jünger aus Edessa namens Sissinios, darum zu bitten, er solle an seiner Stelle das Totengebet sprechen und die Predigt halten. Diese war kurz und nüchtern, doch konnte der Sohn Babels sie nicht bis zum Schluß verfolgen, denn seine Kräfte verließen ihn. Denagh eilte zu ihm, und gleich darauf auch Malchos, Chloe, Sissinios und einige andere, die ihn stützten und vorsichtig ins Haus führten, bis hin zu dem Bett seiner Eltern, auf dem er sich ausstreckte, ganz geblendet noch und im Gehirn so trübe wie die Morgennebel über den Sümpfen von Mesene.

Trotz unruhig verbrachter Nacht bestand Mani am nächsten Tag darauf, wieder abzureisen. Es war ihm darum zu tun, so schnell wie möglich diesen Ort zu verlassen, an dem er sich so verwundbar und unsicher fühlte. Er versicherte seinen Freunden, er werde die zwei Tage, die sie bis nach Ktesiphon unterwegs sein würden, ohne Schaden überstehen. Doch schon nach drei Stunden steinigen Weges wurde er wieder ohnmächtig und mußte die Reise auf einem Wagen liegend fortsetzen, wo er unter einem Frauenbaldachin vor der Sonne und den Blicken der Seinen geschützt war. Nur Denagh blieb bei ihm und befeuchtete ihm unablässig Stirn, Nacken und Lippen mit frischem, duftendem Wasser.

Lange noch bevor sie in Sichtweite der Hauptstadt waren, kam ihnen der Abgesandte des Palastes entgegen und überbrachte Mani die kaiserliche Vorladung. Mit schwacher Stimme bat der Sohn Babels, der Herrscher möge ihn entschuldigen, und versprach, er werde der Aufforderung Folge leisten, sobald er wieder einigermaßen hergestellt und in der Lage sei, vor den König der Könige zu treten. Der Page wollte schon weiter auf ihn eindringen, aber da er sich selbst von Manis Erschöpfungszustand überzeugen konnte, machte er kehrt und zog verärgert davon, ohne sich förmlich verabschiedet zu haben.

Als die Karawane nach einigen Stunden endlich vor Malchos' Haus eintraf, stand der Abgesandte schon wieder da. Aber diesmal nicht allein. Schapur hatte ihm den *Drushbadh* mitgeschickt, den obersten Arzt des Reiches, einen in seine vorschriftsmäßigen Gewänder gehüllten bedeutenden Würdenträger, der von einer ganzen Armee von Schröpfern, Apothekern, Räucherern und Blutegelauflegern begleitet wurde, von denen jeder seine Heil- beziehungsweise Folterinstrumente demonstrativ vor sich hertrug. Um das Maß vollzumachen, hatte der Monarch es auch nicht an drei Opferpriestern und dem Chor der Gesundbeterinnen fehlen lassen.

Mani hätte es sich denken können: Wurde man zum göttlichen Schapur gerufen, dem König der Könige, dem Gott unter den Menschen und Menschen unter den Göttern, dem Bruder der Sonne und des Mondes, so konnten weder ein Trauerfall noch Krankheit oder Gebrechen als annehmbare Entschuldigungen gelten...Bleich, aber höflich lächelte er also die um ihn Versammelten an:

»Sagt dem Reichsgebieter, seine Fürsorge hat mich schon geheilt, so daß ich eurer Medizin nicht mehr bedarf. Noch heute abend werde ich mich zu Füßen des Thrones niederwerfen. Beim Aufstehen aber werden mir vielleicht zwei kräftige Wächter behilflich sein müssen.«

II

Als erstes befahl Schapur, man solle ihn mit Mani allein lassen. Dann blickte er unendlich lange von seinem Monumentalthron auf ihn herab. Beide schwiegen. Schließlich wandte der König der Könige den Blick von seinem blassen Abendbesucher ab und sprach:

»Ich hatte einmal einen Freund. Hatte Zuneigung zu ihm gefaßt und behandelte ihn voller Achtung, obwohl er vom Alter her hätte mein Sohn sein können. Doch als ich eines Tages einen seiner Ratschläge nicht befolgte, da verließ er mich und kümmerte sich fortan nicht mehr um mein Schicksal, als hätte ich ihn nie geliebt und beschützt, als herrsche in diesem Palast der barbarische Thronräuber eines gesetzlosen Königreichs.«

Er verstummte. Schweigen erfüllte den Raum. Dann erfolgte Manis Antwort. Kaum vernehmbar.

»Ich habe in all diesen Jahren stets gebetet, der Himmel möge dem Reichsgebieter langes Leben verleihen.«

Aus Schapurs Kehle ertönte ein rauhes Kichern.

»Schande über dich, du angeblicher Friedensbotschafter! Du betest also für den, dem alle Schwerter dieses Reiches gehorchen, du betest darum, daß mir ein langes Leben beschert sei, dabei weißt du doch, daß ich den Krieg weiterführen werde und daß meinetwegen Tausende von Menschen zugrunde gehen werden? Widerspricht es nicht deinem Glauben, wenn du mit deinen Gebeten zum Fortgang des Gemetzels beiträgst?«

Mani schlug nun einen neutralen, didaktischen Ton an, als bemühe er sich, auf die ernstzunehmenden Besorgnisse eines gewissenhaften Jüngers einzugehen.

»Wenn ein Arzt einen Patienten behandelt, sei es nun ein König oder ein Kameltreiber, dann braucht ihn nicht zu kümmern, was dieser Mensch anfangen wird, sobald er wieder gesund ist. Und so verhält es sich auch mit meinen Gebeten.«

»Für meine Gesundheit betest du also, aber dafür, daß ich den drohenden Feind zurückschlage, nicht!«

»Mein Wunsch ist, daß alle Angreifer zurückgeschlagen werden, daß überall im Universum alle Häuser, Tempel, Menschen, Bäume und Himmelskörper von jeglicher Brutalität und Erniedrigung verschont bleiben und alle Herrscher zu innerer Ruhe zurückfinden, sowohl in ihrem eigenen Interesse als auch zum Nutzen und Frommen ihrer Schutzbefohlenen.«

»Was helfen deine Wünsche, wenn vor unseren Toren der Feind steht?«

»Was haben all die Kriegszüge geholfen, wenn jetzt vor unseren Toren der Feind steht?«

Schmerzhaft verzog Schapur das Gesicht, über seine vom Fieber schmal gewordenen Züge fuhr ein Schauer. Dann aber blickte er milder drein.

»Von allen, die ich zu Rate gezogen habe, hast tatsächlich du als einziger vorhergesagt, daß die Römer sich bald wieder fassen und dann versuchen würden, für die erlittenen Demütigungen bittere Rache zu nehmen. Du darfst dich rühmen, recht gehabt zu haben!«

Mani zog eine verächtliche Miene.

»Ob ich nun recht oder unrecht gehabt habe, was hat das zu bedeuten? Ich weiß heute kaum noch, was für Ansichten ich damals vertreten habe. Berater schwätzen nur, allein der Herrscher entscheidet und befiehlt.«

»Denk zurück, Arzt aus Babel, ich habe lange gezögert, abgewogen und Zeit gewinnen wollen. Mit deiner Beharrlichkeit hast du mich von Entscheidungen abgebracht, die ich bereits verkündet hatte. Ich habe sogar so lange geschwankt, daß schließlich meine Autorität darunter gelitten hat und bei Hof von morgens bis abends das Murmeln der Unzufriedenheit ertönte. Ich mußte mich schließlich entscheiden, das war meine Pflicht und mein Vorrecht als Herrscher. Deine Pflicht dagegen war es, bei mir zu bleiben.«

Seine Stimme war bei diesen letzten Worten lauter geworden und fiel nun, gleichsam aus Überdruß, wieder ab.

»Ja, Mani, ich habe nicht genug auf dich gehört, bevor ich mich auf diese Kriegszeiten eingelassen habe, aber du hättest mich trotzdem auf jeder Etappe meines Weges begleiten sollen, denn in Armenien und vor Antiochia hätte ich vielleicht mehr auf dich gehört, mit deiner Hilfe hätte ich bestimmt Kirdirs Zerstörungseifer gezügelt und die Magier davon abgehalten, überall die Bevölkerung zu quälen und sie damit gegen uns aufzubringen. Mein Sohn Hormisd und alle Höflinge, die gewöhnlich auf dich hörten, waren in deiner Abwesenheit wie verwaist und stumm. Auch ich sehnte mich nach deinem gerechten, redlichen Wort. Verflucht seist du, Mani, ist das der Dank dafür, daß ich dich stets beschützt habe und dich trotz deinem Verrat noch immer beschütze? Wenn ein anderer meiner Untertanen sich so verhalten hätte, wenn ein anderer die aufrührerischen Sätze geäußert hätte, die du im ganzen Reich verbreitest, dann hätte ich ihn pfählen lassen! Warum werde ich nur immer so schwach, sobald es um dich geht, Arzt aus Babel?«

Er verstummte, als habe ihn seine eigene Frage überrascht, als habe ein Fremder sie ihm gestellt und er selbst wäre nie darauf gekommen. Diese Frage verwirrte ihn, ja stellte eine Herausforderung für ihn dar. »Vielleicht...«, setzte er an. Und hielt wieder inne. Dann sprach er stockend weiter:

»Wenn man auf diesem Thron sitzt, dann ist unter den Tausenden von Augenpaaren, die einen anblicken oder wegsehen, immer eines, in dem man sich als sterblichen Menschen wiedererkennt. Mir geht es mit deinen Augen so.«

Die zwei Männer schauten sich an und sahen beide gealtert und bleich aus. Und glichen sich sehr. Schapur bedeutete seinem Freund, die ersten Stufen des gewaltigen Thrones hinaufzusteigen und sich auf das Kissen zu setzen, auf dem für gewöhnlich der Vorhangbeamte Platz nahm, wenn der Herrscher ihm längere Zeit ins Ohr zu flüstern wünschte. Dann legte der König der Könige, der dergleichen noch nie getan hatte, dem Propheten die Hand auf die Schulter und sagte:

»So viele Menschen ermutigen mich, wenn ich meinen schlimmsten Neigungen nachgebe, doch die Stimmen der Freunde verstummen allmählich.«

Seine Worte hingen noch eine Weile im Raum. Er saß mit vorgebeugtem, beinahe eingefallenem Oberkörper auf seinem Piedestal.

»Ich habe Antiochia verloren, wo meine einzige größere Garnison lag. Die Römer werden also von jetzt ab eine Stadt nach der anderen zurückerobern. Und heute abend ist mir gemeldet worden, die römische Vorhut habe über den Euphrat gesetzt und sei bereits in Nordmesopotamien! In zwanzig Tagen könnte Valerius die Mauern von Ktesiphon berennen!«

Der Sohn Babels hatte nicht gedacht, daß es schon so schlimm stehe. Er wandte den Blick ab, da Schapur sich nicht bemitleidet fühlen sollte. Heftig atmend sprach der Monarch weiter.

»Ich muß die Armee so schnell wie möglich nach Edessa führen. Mesopotamien muß ich behalten, und wenn es geht, auch Armenien. Wenn du mich begleiten würdest, könntest du mir zumindest diesmal helfen, die richtigen Entscheidungen zu treffen.«

Mani zuckte, als wolle er sich losmachen, doch Schapurs Körper lastete immer schwerer auf seiner Schulter.

»Heute morgen«, sagte der König der Könige, »habe ich einen Erlaß unterschrieben, kraft dessen ich meinem Sohn Hormisd die Regierung Armeniens übertrage und ihn zum Großkönig ernenne. Er wird den Magiern gebieten, das Königreich zu verlassen. Alle alten und neuen Religionen sollen wieder respektiert werden. Genau das wolltest du doch?«

In kaum fragendem Tonfall sagte Mani:

»Dann sollen also alle Kultstätten wieder aufgebaut werden? Und alle Gottheiten wieder auf ihre Sockel zu stehen kommen?«

»So ist es.«

Erneut verzog der König der Könige das Gesicht vor Schmerz zu einer Grimasse. Er schien zu wanken und nur deshalb nicht von seinem Thron zu fallen, weil er sich auf seinen Besucher stützte. Aus seiner Stimme klang mit jedem Wort mehr Überdruß heraus.

»Von morgens bis abends werde ich als göttliches Wesen verehrt, aber sage mir, Mani: Entspricht es den Himmelsdekreten, daß göttliche Wesen am Sumpffieber leiden?«

Mani seufzte ohnmächtig.

»Die Ärzte, die mich betreuen«, fuhr Schapur fort, »versammeln sich zu siebt oder acht um mein Bett herum, verbreiten Kampfer- und Weihrauchschwaden, murmeln ein paar liturgische Formeln vor sich hin und lassen mich dann zur Ader, wieder und wieder, bis ich bleich werde und zittere. Muß diese Krankheit wirklich so behandelt werden?«

Mani entrüstete sich:

»Was soll denn das für eine Medizin sein! In welchem Hexenhandbuch werden solche Praktiken gelehrt!«

»Woher soll ich es wissen? Kirdir sagt mir immer wieder, dies sei die einzige dem göttlichen Gesetz gemäße Medizin, und nur sie allein könne mich heilen. Aber ich fühle mich von Tag zu Tag schwächer. Ach Mani, Arzt aus Babel, der du die Geheimnisse aller Pflanzen kennst, wenn du an meiner Seite verweilen und mich pflegen wolltest, dann würde ich mich all dieser Giftmischer auf der Stelle entledigen.«

»Kann mein Herr auch nur einen Augenblick lang an meiner Antwort zweifeln?«

Kaum hatte Mani diese Worte gesprochen, da richtete Schapur

sich wieder zu seiner vollen kaiserlichen Statur auf. Und im entsprechenden Tone sagte er:

»Ich wußte, daß ich auf deine Ergebenheit würde zählen können. Morgen bei Tagesanbruch ziehe ich den Römern entgegen, und du wirst in meinem Gefolge der einzige Arzt sein.«

Da begriff Mani erst, worauf der Monarch hinausgewollt hatte. Doch nun war es zu spät, das Gesagte zurückzunehmen. So mußte er gute Miene zum bösen Spiel machen.

»Hat meine bescheidene Heilkunst nicht schon seit jeher im Dienste der Dynastie gestanden?«

Schapur war bereits aufgestanden und ging auf die Tür zu, hinter der die Gemächer seiner Frauen lagen.

»Wie gefügig deine Worte sind, Mani, und wie aufsässig deine Gedanken!«

Hatte Mani sich auch eine kaiserliche Audienz lang bemüht, seine eigene Krankheit zu vergessen und sich nur um das Leiden Schapurs besorgt zu zeigen, so fühlte er sich jetzt, beim Verlassen des Palastes, doppelt so schwach und mußte gestützt, ja fast zu seiner Sänfte getragen werden, obwohl noch einige Minuten zuvor er selbst den Monarchen gestützt hatte. Als er bei Malchos ankam, wurde er sogleich in sein Zimmer transportiert, wo er in fiebrigen, unruhigen Schlaf fiel, ohne von seiner Unterredung auch nur das mindeste berichtet zu haben.

Als der Tyrer am darauffolgenden Tag nach ihm sehen wollte, war die Zimmertür angelehnt. Vorsichtig schob er sie auf, klopfte gleichzeitig mit der anderen Hand schüchtern an, und da bot sich ihm plötzlich ein Anblick, den er nie wieder vergessen sollte.

Denagh saß auf den Fersen mit dem Rücken zu Mani, und dieser flocht ihr mit geübter Hand den Zopf. Malchos verschlug es die Sprache. Üblicherweise, so dachte er, werden den Kriegern ihre Zöpfe von jungen Mädchen geflochten; wie aber kann es zugehen, daß der Abkömmling eines Partherkriegers sich dazu hergibt, einer Frau den Zopf zu flechten? Da kannten sie sich also schon über dreißig Jahre lang, und Mani gelang es immer noch, ihn zu verblüffen. Als Denagh ihn bemerkte, errötete sie und er trat einen Schritt zurück, doch Mani rief ihn zu sich und zwang ihn gleichsam, sich zu setzen und seine Fragen zu stellen, die er dann wie aus Trotz beantwortete, ohne in seiner seltsamen Beschäftigung innezuhalten.

»Schapur hat mir abgelistet, was ich ihm stets verweigert hatte, nämlich seine Armee auf einem Feldzug zu begleiten. Und siehst du, dafür schäme ich mich mehr als für das Flechten dieses Zopfes.«

Malchos konnte es sich nicht versagen, diese Szene den Jüngern zu erzählen, und diese brachten von da an Denagh und ihrem Haar eine Achtung entgegen, die bei manchen schier an Ehrfurcht grenzte. Und durch das stete Beobachten des Zopfes wurden sie schließlich gewahr, daß er seine eigene Sprache hatte: Wenn Manis Gefährtin ruhig und heiter war, schlug sie instinktiv ihren Zopf nach vorne, und zwar auf die rechte Seite; wenn sie Freude empfand, die aber mit Erwartung und Ungeduld vermischt war, trug sie ihn links; und wenn sie beunruhigt, ängstlich oder unglücklich war, ließ sie den Zopf hinten herabhängen.

In der folgenden Zeit sollte Denaghs Zopf nie lange am selben Platz verharren.

III

Die beiden großen Reiche belauerten einander bei Edessa. Die befestigte Stadt wurde von den Römern gehalten. Die Sassaniden belagerten sie in einiger Entfernung, ohne sich jedoch zum Sturmangriff entschließen zu können, da sie selbst im Norden, Süden und Westen von den Legionären des Valerius umgeben waren. Diese wiederum wechselten unablässig ihren Standort, um den Gegner über ihre Absichten und ihre Truppenstärke im ungewissen zu lassen.

Der Herbst neigte sich dem Ende zu, und so nahe an den Bergen und fernab von jedem Meer war es in der Nacht empfindlich kalt. Die Lebensmittel wurden allmählich knapp, die Böden ringsum waren trocken, verbrannt oder schon abgeerntet. Schapur merkte, wie die Ritter immer ungeduldiger wurden, und so ließ er es hin und wieder zu einem sorgsam begrenzten Scharmützel kommen. Ins Lager wurde dann eine bartlose Heldenleiche zurückgebracht, um die man sich zur Totenfeier versammelte. Somit war dem Kriegsalltag Genüge getan und der Minotaurus gesättigt. Morgen würde man ihn nötigenfalls wieder füttern, und überhaupt jedesmal, wenn das Kriegerblut wieder überzuschäumen drohte. Niemand aber konnte den König der Könige dazu zwingen, den Kampf zu eröffnen, bevor nicht der nach reiflicher Erwägung auserkorene Augenblick gekommen war. Vorläufig hielt er seine auf Hügeln lagernden Truppen in Defensivstellung. Er ließ den Druck auf Edessa allmählich anwachsen. Und wartete.

Worauf eigentlich? Das vermochte selbst unter seinen Vertrauten keiner mit Bestimmtheit zu sagen. Der Herrscher war mit allen Truppen, die ihm noch zur Verfügung standen, in den Norden hinaufgezogen, wo dann Hormisd an der Spitze seiner armenischen Reiterei zu ihm gestoßen war. Vermutlich hoffte er auf Verstärkung. Aber es war ja nicht gesagt, daß nicht Valerius seinerseits aus Emesa, Gaza, Palmyra oder Pontos auf Unterstützung rechnen durfte. Schapur waren diese Umstände wohlbekannt. Sorgfältig wog er die verschiedenen Möglichkeiten ab und suchte daraus eine Strategie zu entwickeln. Lediglich wenn der Kammerherr in seine Jurte einen Kundschafter oder einen als osroenischen Ziegenhirten verkleideten Spion einließ, blitzte in seinen Augen Erregung auf. Mit solchen Leuten unterhielt sich der Herrscher dann oft stundenlang unter vier Augen, unterbrach kaum jemals ihren Redefluß, befragte sie fiebrig und erwies ihnen zuweilen sogar die Ehre einer gemeinsamen Mahlzeit.

Mani hatte Schapur noch nie auf einem Feldzug erlebt. Er war eigentlich mitgekommen, um über die Gesundheit des Herrschers zu wachen, doch wirkte dieser mit einemmal wie neugeboren, strotzte vor Energie und hatte keine Anzeichen von Fieber mehr. Der König der Könige erweckte bei jedermann den Eindruck, die Lage vollständig im Griff zu haben und stets genau darüber Bescheid zu wissen, was sich am folgenden Tag ereignen würde. Das war gewiß übertrieben, aber Schapur wurde in jenem Augenblick von seinen Kämpfern so gesehen und damit als ihr Anführer anerkannt, dem sie ihr Leben in die Hand legen konnten. Mani beobachtete den Herrscher und mußte ihn sogar bewundern. Doch obwohl er ihm bei verschiedenerlei Gelegenheiten begegnete, insbesondere beim Morgenritual, wurde er nur selten um Rat gefragt.

Eines Tages jedoch kam zur Zeit der Mittagsruhe ein Wachbeamter zu ihm und befahl ihn eiligst in die kaiserliche Jurte. Dort hatten sich um Schapur und seine beiden Söhne Hormisd und Bahram bereits mehrere Personen versammelt, nämlich der Befehlshaber der gepanzerten Reiterei, der Zeughausvorsteher, die wichtigsten Kanzleibeamten, der Obermagier Kirdir, und mitten unter ihnen stand, militärisch gekleidet, ein Römer, ein hochrangiger Offizier, ein Zenturio vielleicht oder gar ein Kohortentribun.

Auf ihn waren aller Augen gerichtet, und die Zungen wollten sich nicht lösen, bevor das Rätsel seiner Anwesenheit nicht gelüftet war. Als erstes kam allen in den Sinn, Valerius habe wohl einen Abgesandten geschickt, der eine Forderung überbringen oder etwa einen Waffenstillstand vorschlagen solle. Doch hatte der Mann nicht die für Botschafter typische gekünstelte Haltung eingenommen und stand neben den sassanidischen Würdenträgern, als gehöre er zu ihnen.

Der König der Könige begann denn auch zu sprechen, ohne den Fremdling überhaupt vorzustellen. Und angesichts dessen, worüber er sprach, erstarrten die Anwesenden ob solcher Ungezwungenheit. Denn Schapur kündigte in aller Seelenruhe an, daß er die Absicht habe, die Römer im Morgengrauen mit einem Angriff zu überraschen, und daß er seine ranghöchsten und erfahrensten Leute zusammengerufen habe, um ihre Meinung zu hören. So gelassen sprach er dies, daß niemand sich auch nur andeutungsweise zu erkundigen wagte, wer zum Teufel denn dieser römische Offizier sei, den der Herrscher hier in den Kreis seiner Vertrauten miteinbezog und mit dem er ein so schwerwiegendes Geheimnis teilte.

Nachdem der Monarch seinen Entschluß offenbart hatte, gab er den Ort des Angriffs bekannt, eine an der Straße nach Charran gelegene Anhöhe, die von den Soldaten das »Wachturmplateau« genannt wurde, weil die Römer dort ein Gerüst errichtet hatten, von dem herab sie die Truppenbewegungen der Sassaniden beobachteten. Allein die gepanzerte Reiterei sollte angreifen und die Bogenschützen sich darauf beschränken, den Feind von jeglicher Verstärkung abzuschneiden.

Dann wandte der Monarch sich an Kirdir:

»Was sagen die Sterne?«

Die Antwort kam prompt:

»Diese Nacht, der morgige Tag und die ganze kommende Woche sind günstig für alle Unternehmungen.«

»Und die Vorzeichen?«

»Ich opfere jeden Morgen für den Fall, daß mein Herr mir diese heißersehnte Frage stellen sollte, und heute waren die Vorzeichen so deutlich wie nie zuvor: Es scheinen sich den Heeren des Ahura Masda und der göttlichen Dynastie sämtliche Wege zu ebnen.«

»Und du, Mani, was haben die himmlischen Stimmen gesagt, die zu dir sprechen?«

»Ich habe sie nicht befragt.«

Auf Kirdirs Gesicht zeichnete sich jungenhafte Freude ab, als er sah, wie sein Rivale der Gleichgültigkeit gegenüber den Angelegenheiten des Reiches überführt wurde. Doch Schapur kam seinem Schützling zu Hilfe.

»Wenn der Arzt aus Babel sich einen Augenblick zurückziehen möchte, um eine Antwort einzuholen, so werden wir auf ihn warten.«

Das war nicht nur als Vorschlag aufzufassen, und so tat Mani auf der Stelle, wie ihm geheißen.

Draußen folgte er einem Pfad bis zu einem einzeln dastehenden Baum, unter den er sich setzte. In solcher Umgebung gelang es ihm gewöhnlich, sich von allem zu lösen, was von nah und fern zu ihm drang, und sich an das Wesen zu wenden, das er seinen »Zwilling« nannte.

Doch an jenem Tag erschien ihm kein Gesicht. Und er vernahm auch nicht die vertraute Stimme. Seit ihrer ersten Begegnung im Palmenhain, als sie sich vor nunmehr dreißig Jahren plötzlich im Wasser des Kanals erblickt hatten, war sein himmlischer Gefährte ihm keine Antwort schuldig geblieben. Zwischen Mani und ihm konnte es zu Reibereien und Krisen kommen, sein zweites Ich konnte ihm so manche Wahrheit verschweigen, bis hin fast zu Täuschung und Irreführung. Doch wenn Mani es rief, dann war es stets und ausnahmslos zur Stelle.

Bis zu jenem Tag im Umland von Edessa.

Ohne sein himmlisches Abbild erschien es Mani, als habe er selbst aufgehört zu existieren. Es kam ihm plötzlich alles lächerlich und überflüssig vor, ja er erinnerte sich nicht einmal mehr, welche Frage er eigentlich hatte stellen wollen. Niedergeschmettert blieb er sitzen und starrte vor sich hin. Schließlich kam eine Wache, rüttelte ihn und zog ihn am Arm. Der Herrscher wurde ungeduldig.

»Nun, Arzt aus Babel, hast du die Antwort?«

»Nein.«

Schapur erwartete noch etwas. Es kam jedoch nichts.

»Was hat die himmlische Stimme geantwortet?«

»Nichts. Sie hat nicht einmal meine Frage anhören wollen.«

»Das ist reichlich wenig für eine so lange Wartezeit!«

Obwohl Mani von so bedeutenden Persönlichkeiten umgeben war, sprach er vor allem mit sich selbst:

»Dieses Schweigen! Nichts beunruhigt mich mehr als dieses Schweigen. Es ist ein finsteres, unendlich zorniges Schweigen.« Er benahm sich nicht wie gewöhnlich, schien verschreckt zu sein und wirkte wohl auf die Umstehenden so, als habe er eine Unglücksvision gehabt, die er nicht zu schildern wagte. Schapur, der bis dahin voller Zuversicht gewesen war, zeigte sich erschüttert über Manis Verstörtheit.

Auf einen diskreten Wink Kirdirs hin versuchte Bahram, seinen Vater wieder in die vorherige Gemütslage zu versetzen.

»Allen Sehern und Astrologen hat sich offenbart, daß auf diesem Unternehmen der Segen Ahura Masdas ruht. Sollte etwa der Arzt aus Babel einen anderen Himmel haben als wir?«

Schapur hörte gar nicht hin. Verwirrt und sorgenvoll starrte er Mani an, und je länger er hinblickte, um so verwirrter wurde er.

»Glaubst du, daß unsere Truppen in irgendeine Falle geraten werden?«

Manis prompte Reaktion war nicht weniger konfus:

»Ich weiß überhaupt nichts, ich habe keine Antwort, der Himmel hat sich meiner Frage verweigert, ich habe keinerlei Gewißheit, kein Argument, keine Meinung, nichts als Befürchtungen.«

Da hielt es der Römer, der bis dahin geschwiegen hatte, für angebracht, sich einzuschalten. Und zwar in gepflegtem Griechisch.

»Dafür, daß es keine Falle geben wird, hafte ich dem göttlichen Herrn mit meinem Leben. Ich werde während des Angriffs hierbleiben. Sollte auch nur der leiseste Verdacht aufkommen, daß ich einen Verrat begangen hätte, so will ich mit meinem Kopf dafür bezahlen.«

Um seine Worte zu unterstreichen, nahm er seinen behelmten Kopf in beide Hände und hielt ihn dem Herrscher entgegen wie einen Krug. Es war eine groteske, possenhafte Gebärde, aber keinem war zum Lachen zumute. Schapur hatte die Arme über der Brust gekreuzt und die Hände auf die Schultern gelegt, und während er so zögerte und sann, verharrten um ihn herum alle still und atmeten schwer. Endlich fiel sein Entschluß:

»Unser Angriff wird nicht verschoben. Laßt die feuerfarbenen Standarten aufstellen, aber auf ebener Erde, damit der Feind sie nicht von weitem sieht.«

Wieder wurde der römische Offizier mit besorgten Blicken bedacht. Doch Schapur ging darauf nicht ein. Er sprach zu Hormisd:

»Du bist doch dem Arzt aus Babel so wohlgesinnt und teilst so oft seine Meinung. Bist du nicht beunruhigt über seine Befürchtungen?«

»Ich werde darob nur um so wachsamer sein, aber nicht weniger wagemutig. Und kämpfen werde ich wie eh und je, so wie mein göttlicher Vater es mich gelehrt hat.«

Mehmals neigte Schapur ganz langsam das Haupt, als überlege er noch immer, halte aber die Argumente seines jüngeren Sohnes für stichhaltig.

»Dein Wagemut wird dir morgen nützlicher sein als deine

Wachsamkeit, denn du wirst die erste Attacke führen. Zurückkommen wirst du als Triumphator oder als Märtyrer. Laß an alle deine Soldaten eine doppelte Ration Brot, Milch und Fleisch ausgeben und rufe dann deine hochrangigen Ritter zusammen, denn ich will zu ihnen sprechen. Du, Bahram, mein ältester Sohn, wirst meinen Platz auf dem kaiserlichen Podium einnehmen und das Abzählen der Männer leiten.«

So wie das Kampfritual es vorschrieb, zogen die Sassanidenkrieger einzeln am Vertreter des Herrschers vorbei und warfen jeder einen Pfeil in einen der aufgereihten riesigen Weidenkörbe, die dann sofort verschlossen und versiegelt wurden. Nach dem Kampf würde man sie in einer ähnlichen Zeremonie wieder öffnen, jeder Soldat würde wieder einen Pfeil herausnehmen und der Monarch somit genau wissen, wie viele seiner Männer getötet oder gefangengenommen worden waren.

Es kam nicht zu schweren Verlusten beim Kampf um Edessa. Erwartet hatte man eine gigantische Konfrontation zwischen den beiden größten Reichen des Jahrhunderts, den beiden meistgefürchteten Armeen und zwei außergewöhnlichen Männern. War Schapur nicht der wahre Gründer des Sassanidenreiches, der Herr über alle Länder von der Arabischen Wüste bis nach Indien? Und hatte Valerius nicht auf wunderbare Weise die Römer wieder geeint, um sie vor der Dekadenz zu bewahren und an die ruhmreiche Zeit der Eroberungen und des Wohlstands anzuknüpfen? Dabei entschied sich alles durch einen sorgfältig geplanten, tollkühn ausgeführten und schließlich geglückten Handstreich: Als die von Hormisd angeführte gepanzerte Reiterei sich auf das an der Straße nach Charran gelegene römische Lager stürzte, fiel ihr gleich zu Anfang Valerius persönlich in die Hände, der zusammen mit dem Gardepräfekten der Prätorianer, mit seinem Kriegsschatz, seinen Eliteoffizieren und einer Reihe von mitgekommenen Senatoren in seinem Zelt ergriffen wurde.

Ihrer Anführer beraubt, war die römische Armee schon besiegt, bevor sie überhaupt gekämpft hatte, und als einige Kohorten und Zenturien herbeieilten, wurden sie nacheinander aufgerieben, wie sie gerade daherkamen; der Rest zog sich so schnell wie möglich über den Euphrat zurück, um dem Desaster zu entgehen.

Das Andenken an seinen Triumph ließ Schapur in Wort und Bild in einen Fels meißeln. In dem Text heißt es selbstgefällig, die Truppen des Cäsars Valerius seien »aus Germanien, Rätien, dem Noricum und Istrien« gekommen, und auch »aus Phrygien, Phönizien, Judäa und Arabien, eine siebzigtausend Mann starke Streitmacht«, die der König der Könige zerschlagen habe. Auf dem Basrelief ist Schapur zu Pferd dargestellt, wie er mit der linken Hand das noch in der Scheide steckende Schwert umfaßt und den rechten Arm als Zeichen der Milde dem Valerius entgegenstreckt, der in seinen römischen Mantel gewandet und mit dem Lorbeerkranz auf dem Haupt flehend vor dem Herrscher kniet.

Neben dem besiegten Cäsaren steht noch ein anderer Römer, in stolzer Haltung, aber doch dem König der Könige ergeben. Es ist der übergelaufene Offizier, ein gewisser Cyriades. Er hat durchaus verdient, auf der Triumphstele abgebildet zu werden, denn es war seiner Mithilfe zu verdanken, daß Valerius umzingelt und ein so leichter Sieg davongetragen werden konnte.

Als Gegenleistung für seinen wertvollen Verrat hatte er verlangt, von Schapur als neuer römischer Kaiser anerkannt zu werden. Das Versprechen wurde gehalten und der Römer in Edessa höchst feierlich inthronisiert, sobald die Stadt kapituliert hatte. Und als Schapur gleich nach seinem Sieg ein drittes Mal die östlichen Provinzen Roms besetzte, versuchte er die einheimischen Behörden für seinen Verbündeten zu gewinnen. Verlorene Liebesmüh: Es sollte Cyriades nie gelingen, sich durchzusetzen. Als die sassanidischen Truppen sich einige Monate später zurückzogen, schloß er sich ihnen vorsichtshalber wieder an.

In einer Villa in Ktesiphon setzte er seine Karriere fort, umgeben von einem attrappenhaften Hofstaat. Bis er schließlich von der Geschichte vergessen wurde.

Auch Valerius sollte sein Leben auf sassanidischem Boden beenden. Schapur hätte seine Freilassung gerne in klingende Münze umgesetzt, und zwar um so mehr, als die Macht in Rom an Gallienus gefallen war, den leiblichen Sohn des gefangenen Kaisers. Der jedoch lehnte jegliche Verhandlung ab und beteuerte, er werde sich auf kein Feilschen einlassen und niemals eine Provinz preisgeben oder die Kassen des Reiches plündern, um Lösegeld für einen Menschen zu bezahlen, und sei es für seinen Erzeuger. Was er gegenüber den Senatoren als Gipfel der Selbstverleugnung auszugeben suchte, wurde allerdings von den meisten Römern als elende Lumperei, ja beinahe als Vatermord angesehen.

Als Schapur die Hoffnung aufgegeben hatte, aus seinem Fang noch Kapital zu schlagen, ließ er Valerius zusammen mit den übrigen Gefangenen in die Persis schaffen, ohne besondere Rücksichtnahme, aber auch ohne übermäßige Grausamkeit. Der gestürzte Kaiser verbrachte dort seine letzten Lebensjahre, während deren er auf seinen Bezwinger angeblich weniger schlecht zu sprechen war als auf seinen mißratenen Sohn.

Der König der Könige übertrug ihm den Bau eines Staudamms am Fluß Karun, in der Nähe von Betlapat. Als Arbeitskräfte dienten ihm dabei seine mitgefangenen Legionäre. Valerius entledigte sich seines Auftrages ergeben und gewissenhaft. Siebzehn Jahrhunderte später steht das Bauwerk noch immer. Es heißt Band-e-Kaisar, der Staudamm Cäsars.

Der andere Verlierer der Schlacht um Edessa war Mani. Schapur hatte ihm eine letzte Chance gewährt, doch er hatte sie nicht genutzt. Als es gegolten hatte, dem Monarchen zu sagen, das Glück sei auf seiner Seite, der Sieg sei ihm gewiß und er könne ohne Bedenken den Befehl zum Angriff geben, hatte die prophezeiende Stimme in ihm es vorgezogen, zu schweigen.

Bei gewissen Gelegenheiten durfte er sich selbst gegenüber keine Zugeständnisse machen, auch wenn es noch so bequem sein mochte, sich auf Sterne und Vorzeichen herauszureden. Denn lehrte nicht er selbst seine Jünger: »Verrate das Reich, wenn es sein muß, und widersetze dich den himmlischen Dekreten, doch sei dir selbst treu und treu dem Licht, das in dir ist, sei treu diesem Quentchen Weisheit und Göttlichkeit.«

Dabei gehen Ideale gerade daran zugrunde, daß sie nicht verspottet werden, und Doktrinen vermögen inmitten der Welt und ihrer Fürsten zu überleben und zu gedeihen, weil ihre Propheten verschämte Kompromisse eingehen und ihre Jünger sie verraten.

Jede Religion hatte früher oder später ihre Legionen. Nicht aber die von Mani. Hat er etwa im falschen Zeitalter gelebt? Oder gar auf dem falschen Planeten?

IV

Noch mehr als auf den Beinamen »Eroberer« kam es den Sassanidenkönigen darauf an, als Städtegründer zu gelten, worin sie – wie in so vielem – dem unsterblichen Vorbild Alexanders nacheiferten. Hatte nicht dieser auf antikem Boden unzählige »Alexandrias« hinterlassen? Auf ebensolche Weise gedachte auch Schapur seinen Ruhm zu verewigen und überzog die von ihm unterworfenen Gebieten mit lauter fast gleichnamigen Städten, die alle ihm selbst gewidmet waren. Kaum hatte er einen Sieg errungen, da mußte er das Ereignis auch gleich an Ort und Stelle feierlich begehen und in die frisch verwüstete Erde den Grundstein zu einer Stadt legen, die er dann »Schapurs Triumph« taufte, »Schapur-sei-Ehre« oder »Tapferer Schapur«. Wer sich dort niederlassen wollte, dem wurden Titel, Privilegien und Steuerfreiheit gewährt, und wenn der Herrscher dann nach ein oder zwei Jahren wieder einmal an jenem Ort vorbeikam, dann geriet er in hellen Zorn darüber, daß »seine« Stadt nur so zögernd aufblühte, als sei der erhabene Namen, mit dem er sie bedacht hatte, schon eine Garantie für schlagartiges Prosperieren.

Es folgte aber ein Feldzug auf den anderen. Sieg reihte sich an Sieg. Und wie einer Geliebten waren jeder Eroberung die Herrlichkeiten ihrer Vorgängerin ein Dorn im Auge. So manche zu immerwährendem Bestand ausersehene Stadt wurde kurz nach ihrer Gründung auch schon wieder ihrem Schicksal überlassen und entwickelte sich zu einem Obstgarten oder einer Weide zurück. Einzig durch eine Stele gekennzeichnet, harrte sie dann in der stehengebliebenen Zeit der forschenden Schaufel eines Archäologen.

So erging es auch der neuen Metropole in der Nähe Edessas, die an genau der Stelle erstehen sollte, an der Valerius ergriffen worden war.

Am Tag nach dem Kampf wurde die Stätte mit einer Zeremonie geheiligt. Sinnigerweise war dabei der gefangene Cäsar höchstselbst zugegen, der zitternd und wie betäubt an einen Pfahl gebunden war und über das Schlußkapitel seines Schicksals natürlich noch nicht Bescheid wußte, weshalb er womöglich befürchtete, er könne zur Krönung der Feierlichkeiten als Opfer dargebracht werden. Um den Hals hatte man ihm eine silberne Kette gewickelt, die bis unter das Podium herabhing, auf dem Schapur thronte.

Die Magier waren in einer Prozession eingezogen und walteten nun ihres Amtes. Rauchschwaden, Tänze, awestische Psalmodien für die Ohren Eingeweihter, beschwörendes Murmeln für das gewöhnliche Volk: Jeder Atemzug war von den Vorläufern auf Schrifttafeln festgehalten worden. Die Anwesenden ließen sich verzaubern.

Die Predigt wurde von Obermagier Kirdir gehalten. Er sagte Ahura Masda Dank dafür, daß er den Sieg seinen Anbetern geschenkt habe, und zwar vor allem dem bedeutendsten unter ihnen, dem edelsten, frommsten und klügsten.

»Ruhm sei dem göttlichen Wesen, das unsere Rasse zum Triumph geführt und die Ungläubigen erniedrigt hat!«

»Ruhm!« erscholl es aus allen Kehlen.

»Ewig lebe der, der es durch diesen Sieg den glorreichsten Herrschern der Vergangenheit gleichgetan hat!«

»Ewig!«

Der Monarch sonnte sich in dem Bewußtsein, diesen Triumph und diese Ovationen verdient zu haben.

Kirdir aber schlug allmählich einen ganz anderen Ton an.

»Wie hätte wohl unser Sieg ausgesehen, wenn – der Himmel bewahre – der göttliche Reichsgebieter nicht auf die weisen Stimmen der Wahren Religion gehört hätte, sondern statt dessen auf das Geschwätz von Ketzern, Abtrünnigen und Verrätern? Gesegnet sei das Ohr, das stets und immerdar das Wahre vom Falschen zu unterscheiden vermag!«

»Gesegnet!«

Mani blickte hilfesuchend zu seinem Beschützer, denn er allein konnte Kirdir mit einer Geste oder einer verärgerten Miene den Mund verbieten. Doch Schapurs Augen waren auf den Magier geheftet, dessen Worten er diesmal gänzlich ohne Mißfallen zu lauschen schien.

Dadurch fühlte der Prediger sich ermutigt:

»Verflucht sei der giftige Mund, der im Augenblick der höchsten Entscheidung in den edlen Köpfen Verwirrung zu stiften suchte!«

»Verflucht!«

Noch immer war den Zügen des Monarchen nicht die mindeste Verstimmung abzulesen. Der Sohn Babels sah ihm nun direkt ins Gesicht, ein wenig flehend noch, aber auch schon etwas empört. So wie zur Todesstunde die Erinnerungen an einem vorbeiziehen, so gingen auch Mani die vielen Bilder ihrer Freundschaft durch den Kopf, die Bekenntnisse, die Versprechen, die vertrauten Gespräche, die Welt, die sie miteinander aufzubauen gedachten, gegen die Magier. Und jetzt dieses Schweigen. Und diese sich entziehenden Augen.

»Verflucht sei der verräterische Ketzer, der Feind der Dynastie und der Wahren Religion!«

»Verflucht!«

»Zertreten seien die Schädlinge, die unter den Füßen der göttlichen Wesen kriechen!«

Da ertönte plötzlich eine Stimme, ein Grollen:

»Magier aus Medien, soll ich dir mit deinem *Padham* das Maul stopfen lassen, damit ich deine Verwünschungen nicht mehr mitanhören muß?«

Das kam nicht von Schapur. Und erst recht nicht von Mani, der sich so nicht auszudrücken pflegte. Kirdir hielt augenblicklich inne. Sein Blick irrte umher.

»Suche nicht lange rechts und links«, sagte die Stimme, »ich, Hormisd, habe dich zum Schweigen gebracht! Und ich, Hormisd, Sohn des göttlichen Schapur, habe gestern im Morgengrauen gekämpft. Diesen Sieg, auf den du dir so viel einbildest, habe ich errungen, und den Märtyrertod sind meine Ritter gestorben, meine Waffengefährten. Und du willst ihr Blut nur benutzen, um deine schäbigen Rachegelüste zu befriedigen. Aber so seid ihr, ihr medischen Magier, ihr wartet wie Aasgeier, bis die Krieger auf die Totentürme gelegt werden, und weidet euch dann an ihren Leichen. Wie kannst du es nur wagen, die Ohren unseres Herrn zu beleidigen, indem du solche Ungeheuerlichkeiten über einen Mann verbreitest, der unter seinem göttlichen Schutze steht?«

Nunmehr war es Kirdir, dessen Blick von Schapur eine Reaktion erflehte. Der Monarch entschloß sich nun auch, einzugreifen. Er gab dem Vorhangbeamten einen Wink. Der beugte sich vor, lauschte, richtete sich dann wieder auf und gab die Worte des Herrschers bekannt:

»Nicht zum Streite haben wir uns versammelt, sondern zu gemeinsamer Feier. Wir haben einen Sieg davongetragen, den unsere Söhne noch bis in die dreiunddreißigste Generation voller Stolz erwähnen werden. Der Herr ordnet an, daß zehn Tage lang in der Armee und im ganzen Reich gefeiert werden soll. Ein jeder vergesse fruchtlose Rivalitäten und verletzende Worte, die in einem unbeherrschten Augenblick gefallen sein mögen. Unser Herr hat sich an diesem Freudentag einem jeden gegenüber milde erwiesen, doch mögen eure Zungen sich hüten, seine Ohren noch einmal zu beleidigen.«

Der gesamte Hof hatte das Gesicht zur Erde gerichtet. Stehengeblieben war lediglich der an seine Ketten gefesselte Valerius.

Daß Mani ihn beinahe um den schönsten Sieg seiner Herrscherzeit gebracht hätte, verzieh Schapur ihm nie. So wie auch Mani Schapur nicht verzieh, daß er zu den Schmähungen Kirdirs einfach geschwiegen hatte. Um ihre Freundschaft war es geschehen. Gewiß war sie ohnehin widernatürlich und nie frei von Berechnung gewesen. Dennoch wäre die Annahme ungerechtfertigt, der König der Könige habe Manis Idealen stets gleichgültig gegenübergestanden. Es war nicht nur gemeinsames Interesse gewesen, sondern auch die Begegnung zweier Hoffnungen. Und wahre Zuneigung.
Davon sollte auch noch etwas übrigbleiben. Obwohl sie miteinander gebrochen hatten, entzog der Herrscher Mani und den Seinen nicht seine Protektion. Wenn etwa ein Magiergericht einen Auserwählten im Schnellverfahren wegen Ketzerei oder Apostasie verurteilte oder – was immer häufiger geschah – Anhänger Manis aus einer Stadt vertrieben und ihre Häuser angezündet wurden, dann beauftragte der Sohn Babels einen seiner Vertrauten, bei der Kanzlei oder beim *Darbadh,* der das kaiserliche Haus leitete, auf Abhilfe zu dringen. Sobald der König der Könige unterrichtet war, erinnerte er in aller Öffentlichkeit an das von ihm erlassene Schutzedikt. Daraufhin ließ die Repression ein wenig nach. In anderen Reichsgebieten und in anderer Gestalt machte sie sich aber bald schon wieder bemerkbar. Selbstverständlich hätte der Herrscher auch härter durchgreifen und – wie einst bei seinem Sohn Bahram – ein Exempel statuieren können, um damit den Verfolgungen eine Ende zu bereiten, statt sie nur zu bremsen. Sein Beschützereifer war jedoch erlahmt, was wohl in gleichem Maße auf sein Alter wie auch auf seinen Groll zurückzuführen war.
Mani selbst ging nicht mehr in den Palast. Überhaupt war er nur

noch selten in Ktesiphon anzutreffen. Er hatte wieder seine Predigerreisen durch das Reich aufgenommen. Oft war er in Armenien, wo Hormisd ihm noch immer die gleiche Sohnesliebe entgegenbrachte. Den König der Könige aber bat der Sohn Babels nie mehr um eine Audienz. Und von Schapur zu sich gerufen wurde er auch nicht mehr.

Mit einer Ausnahme. Elf Jahre waren ins Land gegangen. Mani hielt sich gerade in Susa auf, als er von einem Abgesandten zum Monarchen gebeten wurde, der in seiner Residenz in Betlapat sein Winterquartier bezog.

Nicht ohne Wehmut kehrte Mani in die Stadt zurück, in der einst seine Reise durch das Sassanidenreich ihren Ausgang genommen hatte. Der Ort hatte damals noch seinen alten biblischen Namen getragen und war von einer kümmerlichen Einfriedung aus getrocknetem Schlamm umgeben gewesen, die nach jedem Regenfall neu befestigt werden mußte. Außerhalb der Stadt hatten sich endlose Pistazienfelder erstreckt, durch die man zu bescheidenem Reichtum gekommen war. Die Pläne des Herrschers waren noch kaum mehr als ein Gerücht gewesen, das die Bewohner zwar voller Entzückung und Stolz kolportiert hatten, ohne jedoch an einen derartigen Segen auch tatsächlich zu glauben.

Als der Sohn Babels nun die Stadt erneut aufsuchte, erkannte er sie kaum wieder. Was war denn auch von der damaligen Ortschaft noch übrig? Ein zusammengedrängtes, an allen Ecken und Enden verfallendes, klaffendes Dickicht aus bröckeligen, verwitterten Ziegeln. Und rundherum war eine riesige Baustelle, waren Paläste, Menagerien, Feuertempel, gepflasterte, mit frischgepflanzten Sträuchern gesäumte Straßen, Truppenquartiere und eine nagelneue, frischgetünchte Stadtmauer, die mit ihren zinnenbewehrten Türmen wie auf eine Parade zu warten schien.

Gundischapur hieß die Stadt nunmehr. Zumindest war das die offizielle Bezeichnung, die aber von den Einheimischen gemieden wurde. Für sie würde es stets bei Betlapat bleiben. Die Neustadt, die sie nur betraten, wenn es unumgänglich war, nannten sie »Bil«, nach dem Architekten, der sie entworfen hatte. Dem König der Könige durfte diese spöttische Aufsässigkeit jedoch nicht zu Ohren kommen.

Die einst so gastfreundlichen, stolzen Bewohner von Betlapat waren zu einem recht abweisenden Völkchen geworden, weil sie mittlerweile von räuberischem Gesindel zweierlei Art heimgesucht wurden. Da waren einmal die Soldaten: Wie sollte man seine Kinder großziehen und ehrlichen Handel betreiben, wenn man in der Nähe von Baracken wohnte, aus denen sich Abend für Abend ganze Rudel von Saufbolden auf die Straßen ergossen? Das zweite Übel waren die Reichsgrößen: Kaum hatte der Herrscher kundgetan, was er mit der Stadt vorhatte, da waren auch schon Fürsten, Minister, Sekretäre, Großeunuchen und Kastenälteste herbeigeströmt und hatten sich zu Spottpreisen die besten Grundstücke angeeignet. Da wo der Herrscher war, war auch die Hauptstadt, und so waren die Höflinge alle nachgefolgt, mitsamt ihrer Wichtigtuerei, ihren Intrigen und ihrer Hierarchie.

Der von Schapur in Auftrag gegebene Palast war innerhalb von zwanzig Monaten fertiggestellt worden. Es hatten aber auch Tausende von Kriegsgefangenen mitgebaut, und zwar nicht nur Hilfsarbeiter, sondern auch geschickte Handwerker, Maurermeister, Fliesenleger, Kunsttischler, Steinmetze und Polsterer, die den Sassaniden zum Großteil in Nisibis, Hatra, Singara oder anderen Handelsstädten in die Hände gefallen waren, als der Herrscher diverse Feldzüge in die Grenzregionen des Römischen Reiches unternommen hatte. Diesen unter Zwang zum Dienst herangezogenen, aber dennoch gewissenhaft arbeitenden Kräften war es zu verdanken, daß der Palast den Vergleich mit seinem Ktesiphoner Pendant nicht zu scheuen brauchte.

Der Thronsaal mochte etwas weniger hoch gewölbt sein; dafür war er reicher verziert, und die Spalten, durch die das Licht einfiel, waren ein Wunderwerk an Feinheit und Kunstfertigkeit, ließen zu jeder Tagesstunde die funkelndsten Sonnenstrahlen hereinblitzen, belebten die Farben, ohne zu blenden, beleuchteten, ohne zu erhitzen, und erfüllten den Raum beständig mit einem säuselnd-erfrischenden Windhauch.

Bevor Mani in den Palast ging, suchte er in der Altstadt die Gebetsstätte auf, in der sich nunmehr seine Anhänger zu versammeln pflegten. Die Wände waren von ortsansässigen Künstlern in der Art Manis dekoriert worden, dessen Malweise bereits Schule machte. Und in der Apsis lagen auf altarartigen Pulten drei aufgeschlagene Bücher und zeigten gleich geöffneten Handflächen zum Himmel empor. Kaum hatte er Gebete und Predigt beendet, als sich auch schon die Menschen um ihn drängten und eine ganze Litanei von Klagen vorbrachten, die er doch bitte dem Herrscher zur Kenntnis bringen möge. Mani seufzte mitleidig. »Die Liebe der Könige ist kaum weniger unheilvoll als ihr Haß«, murmelte er. »Selig das Wasser, das keiner trinkt! Selig der Baum, der fern von der Straße blüht, doch wie soll er je sein Glück erkennen?«

Der Monarch empfing Mani in einem Raum mit niedriger Tür, einer genauen Nachbildung des Zimmers, in dem sie zum erstenmal unter vier Augen miteinander gesprochen hatten. Auf seinen Beinen lag eine Wolldecke. Das lange Lockenhaar und der Bart waren von dem Zikadenrot, mit dem alte Männer gerne über ihre Jahre hinwegtäuschen. Die Feierlichkeit seiner ersten Worte entsprach eher dem Schreiberjargon als der Sprache des Königs der Könige, doch wollte er damit vielleicht nur die Rührung verbergen, die dieses Wiedersehen in ihm auslöste.

»Seit alters her ist es bei uns Brauch, daß jeder Herrscher sich vom geschicktesten Maler seiner Regentschaft porträtieren läßt.

Man hat mir gesagt, das seist du, Arzt aus Babel. Ist deine Hand noch sicher?«

»Sie vermag noch zu gehorchen.«

»Ich habe das Buch herbringen lassen, in dem alle Porträts meiner Vorgänger versammelt sind, damit du siehst, wie du vorzugehen hast.«

»Ich habe meine eigene Art zu malen.«

»Mir schien es eben, als habest du vom Gehorsam deiner Hand gesprochen.«

»Mein Kopf zeichnet, und meine Hand gehorcht. Zur Nachahmung der früher üblichen Malweise wäre jeder beliebige Künstler imstande, doch ließe sich dann ein Herrscher vom anderen nur durch die Form von Bart oder Krone unterscheiden. Wenn der Herr aber wünscht, so gemalt zu werden, wie er wirklich ist, so daß seine ureigenen Züge und der Charakter, der sich dahinter verbirgt, auf immer und ewig wiederzuerkennen sind, so werde ich ihn auf meine Art malen.«

»Verfahre, wie dir beliebt! Muß ich dir Modell sitzen, oder hast du meine Züge noch im Gedächtnis?«

»Meinem Gedächtnis haben sich Bilder eingeprägt, doch meine Augen sehen etwas anderes.«

»Vielleicht wäre es besser, du würdest mich aus deiner Erinnerung heraus malen. Das entspräche aber nicht der Tradition meiner göttlichen Vorfahren. Ich werde dir Modell sitzen.«

So saß also Schapur sieben Tage lang je zwei Stunden in seinem Prunkgewand vor Mani. Ohne sich zu rühren. Und stumm. Auch Mani sagte kein Wort. Als sein Werk beendet war, zeigte er es dem Herrscher. Der setzte ein enttäuschtes Lächeln auf.

»So sehe ich nunmehr leider aus.«

An dieser Stelle von Manis Lebensweg ist es Zeit für eine kurze Zwischenbemerkung. Sie mag an sich rätselhaft sein, ist aber vielleicht der Schlüssel zu einem anderen, viel älteren Rätsel.

Es war einmal eine Königin (so werden doch Sagen immer erzählt?).
Sie war schön, reich, gebildet, unaussprechlich ehrgeizig und von bemer-
kenswerter Klugheit, doch wurde sie von einer Krankheit gepeinigt, von
der sie durch kein Mittel zu befreien war. Als sie eines Tages ihrer Schwe-
ster ihr Leid klagte, erzählte ihr diese, was Karawanenführer über die
Wundertaten eines Arztes aus Babel berichteten. Daraufhin äußerte sie
den glühenden Wunsch, diesem Mann zu begegnen, und in derselben
Nacht noch sah sie im Schlaf sein Bild und hörte seine Stimme. Als sie
am Morgen aufwachte, war sie geheilt. Und bekehrt.

So ist diese Geschichte in den manichäischen Schriften festgehalten. Tau-
send solcher Wunder zieren die Beschreibungen von Prophetenleben,
und oft werden die gleichen Geschichten über verschiedene Personen er-
zählt, als gehörten jene Mythen zu einem gemeinsamen Bestand, aus
dem von Jahrhundert zu Jahrhundert, von Volk zu Volk und von
Glauben zu Glauben immer aufs neue geschöpft wird. Doch dann und
wann findet sich darin ein Körnchen Wahrheit, das ausgeschmückte
Abbild eines tatsächlichen Ereignisses.

Man weiß heute, daß die Königin Zenobia hieß, daß ihr Reich Palmy-
ra war und daß sie Manis Glauben annahm, den sie bis nach Ägypten
und darüber hinaus zu verbreiten suchte. Ob man wohl je erfahren
wird, aus welcher Art von Begegnung sich dieser Eifer nährte? Wie dem
auch sei, es sind zumindest andere Geheimnisse gelüftet worden. Denn
lange hatte man sich gefragt, welchem Glauben wohl diese große
Wüstendame anhängen mochte, die an ihrem Hof Philosophen, Juden
und Nazarener empfing und in den Tempeln ihrer Hauptstadt die An-
betung von Gottheiten aller Völker zuließ. Dieser Odem der Toleranz
war von Mani eingehaucht.

Palmyra war damals weit mehr als eine reiche Karawanenstadt. Es
strebte danach, zur Weltmetropole zu werden, und war ein Jahrzehnt
lang nahe daran, selbst Rom und Ktesiphon in den Schatten zu stellen.
Mit Zenobia hatte Mani also die Rivalin der Beherrscher von Morgen-
land wie Abendland für seine Sache gewonnen. Die freie Königin einer
freien Stadt aber sollte sich schließlich doch den beiden Kolossen beugen
müssen.

Ihr Name jedoch ist geblieben und leuchtet stärker als der ihrer Bezwinger.

Nur wenige Wochen lagen zwischen Zenobias Fall und Schapurs Tod. Sollte Mani je in einen Loyalitätskonflikt gekommen sein, so war dieses Dilemma aus der Welt.
Man schrieb das Jahr 272. Der Sohn Babels war damals sechsundfünfzig Jahre alt. War er mitgenommen? Kraftlos? Überdrüssig? Es brannte in ihm noch immer das gleiche Feuer.

V

Als Herolde in den Straßen Ktesiphons ausriefen, keiner der Einwohner dürfe in den folgenden Tagen Gebrauch von medizinischer Hilfe machen, damit der Himmel durch keine andere Heilung in Anspruch genommen werde als durch die des Königs der Könige und die göttliche Gnade sich nicht zersplittere, da begriffen alle, daß Schapur im Sterben lag.

Am Tag darauf wurde Trauer angeordnet. Getrauert wurde feierlich und ehrfürchtig, jedoch ohne Tränen und lautes Klagen, ohne Anzeichen von Betrübnis. Das Beweinen eines Toten gilt laut der Awesta als Zweifel am ewigen Heil und somit als Ausdruck krassen Unglaubens. Fromme Menschen brachten es sogar über sich, ihre Freude darüber kundzutun, daß der Herrscher nun im Jenseits als göttliches Wesen mehr Privilegien genießen dürfe als in der hiesigen Welt. Der Monarch lag noch in der Nähe des Thrones und war von dichtem Wacholderrauch umgeben, dessen Duft den Toten angenehm sein soll. Vor der Abenddämmerung würde er auf einen Ziegelturm verbracht und den Raubvögeln überlassen werden, da der Boden nie mit einem sich zersetzenden Körper besudelt werden durfte. Wenn die Gebeine des verstorbenen Reichsgebieters abgenagt und verblichen sein würden, würden Magier ihn in die Urne legen, die ihm als Sarg diente.

Noch bevor der Herrscher ein letztes Mal seinen Palast verlassen hatte, waren in einem Nebenraum des Thronsaales drei Männer zusammengekommen. Es waren Vertreter der drei mit den Staatsgeschäften betrauten Kasten: Magier, Krieger und Schreiber. Jedem von ihnen hatte der Herrscher eigenhändig einen versiegelten Brief übergeben, in dem er seinen Willen bezüglich der Thronnachfolge bekanntgab. Man durfte annehmen, daß die drei Schreiben identisch und die Kopien nur zur Verhinderung von Fälschungen angefertigt worden waren.

Welche Botschaft die Briefe enthielten, blieb bis zum letzten Augenblick ein Geheimnis. Denn wenn auch in der Formulierung gewisse Konventionen beachtet werden mußten, so richtete sich doch der Inhalt allein nach den Wünschen des Herrschers. Dieser konnte sich darauf beschränken, bestimmte für seinen Nachfolger notwendige Eigenschaften wie »Rechtschaffenheit«, »Tapferkeit« oder »Frömmigkeit« aufzuzählen, ohne irgendeine Person zu nennen; dann verwandelten sich die Kastenführer in Wahlmänner, die sich für dasjenige Dynastiemitglied entschieden, das ihrer Meinung nach diesen vagen Anforderungen am ehesten entsprach; konnten sie sich nicht einigen, so hatte der Obermagier das letzte Wort, nach einer »Befragung der Engel«. So lautete die in den heiligen Schriften überlieferte und vom Reichsgründer bestätigte Tradition.

In Schapurs Fall hätte man erwarten können, daß er seinen Nachfolger schon zu Lebzeiten bestimmen und sogar an der Macht würde teilhaben lassen, so wie Ardaschir mit ihm selbst verfahren war. Schapur tat aber nichts dergleichen. Vermutlich, weil ihm jene Zeit noch in schmerzlicher Erinnerung war, in der sich zwischen ihm und seinem Vater ein böses Mißverhältnis eingeschlichen hatte; denn kaum hatte Ardaschir ihn in sein Amt berufen, da hatte er ihn auch schon zu hassen begonnen, als habe er aus seinem Blick seinen eigenen Tod herausgelesen. Es läßt sich gut vorstellen, daß Schapur befürchtet hatte, mit seinem eigenen Erben könne es ihm ähnlich ergehen.

Vielleicht hatte er sich auch bis zum Schluß nicht entscheiden können, wen er überhaupt zu seinem Nachfolger bestimmen sollte. Ging nicht das Gerücht um, er habe bei seiner letzten Krankheit die drei künftigen Wahlmänner zu sich bestellt, ihnen die einige Jahre zuvor ausgehändigten Schreiben wieder abgenommen und sie durch andere, einem kürzlich erfolgten Sinneswandel gemäßere ersetzt?

Im Thronsaal zog man den Vorhang zu, um die herabhängende Krone zu verbergen. An der Stelle, an der sich sonst die Besucher zu Boden warfen, wurde ein Totensockel errichtet, der nach unten abfiel, da das Haupt des verstorbenen Herrschers hoch erhoben bleiben sollte. Rundum standen Magier, Weihräucherer und Totenbeter. Der übrige Hofstaat verharrte auf den gewohnten Plätzen. Draußen in den Palastgärten und am Tor drängte sich das Volk. Die Stadtbewohner beobachteten das gedämpfte Hin und Her der Mächtigen und vertrieben sich die Zeit mit Mutmaßungen über den Namen ihres neuen Herrn.

Endlich wurde das Beratungszimmer geöffnet. Die drei Würdenträger verließen es in der ihrem Rang entsprechenden Reihenfolge, also zuerst der Obermagier Kirdir, dann der Älteste der Kriegerkaste und schließlich der oberste Schreiber. Jeder von ihnen trug eine entsiegelte Pergamentrolle vor sich her, die sie alle drei gleichzeitig öffneten. Laut vorgelesen wurde der Text aber von Kirdir allein; die anderen begnügten sich damit, ihn mit ihrer Abschrift zu vergleichen.

»Ich, der Anbeter Ahura Masdas, Schapur, der König der Könige des Iran und des Nicht-Iran, Sohn des göttlichen Ardaschir, habe mehr Gebiete erobert, als ich aufzählen kann, und meinem Gott ergeben gedient. Möge der Himmel mein Andenken bewahren. In dieser Stunde, in der ich mich anschicke, in das himmlische Pendant meines Reiches einzugehen, habe ich beschlossen, das Zepter und die Krone dem verdientesten Mitglied der Dynastie zu übergeben, meinem geliebten Sohn ...«

Der Magier räusperte sich, und die ohnehin schon vollkommene Stille wurde dadurch noch klingender.

»... meinem geliebten Sohn, dem göttlichen Hormisd, dem Großkönig Armeniens; möge er für seine Tapferkeit ebenso berühmt werden ...«

Die letzten Worte gingen im Toben der Beifallsrufe unter. Die Höflinge hatten nur noch Augen für die Reihe, in der die Prinzen standen, für den neuen Herrscher, der instinktiv zwei Schritte vortrat, und für seinen Bruder Bahram, der sich beim Nächststehenden festhalten mußte. Bahram blickte kurz zu Kirdir, doch der konnte nur ohnmächtig mit den Mundwinkeln zucken.

Auch Mani war einem Schwächeanfall nahe, wenn auch aus ganz anderen Gründen. Bis zu jenem Augenblick war er überzeugt gewesen, daß der Thron an Bahram fallen würde, der sich vor kurzem mit seinem Vater ausgesöhnt hatte und mit der Unterstützung der Magier rechnen durfte, während Hormisd in seinem fernen armenischen Königreich mehr oder weniger in Ungnade lebte und mit dem König der Könige auf so schlechtem Fuß stand, daß er gar nicht daran gedacht hätte, ihn zu besuchen, wäre er nicht davon unterrichtet worden, daß sein Vater im Sterben lag.

Am Morgen noch, als Mani vom Ableben des alten Herrschers erfahren hatte, war es ihm erschienen, als verfinstere sich die Welt um ihn herum. In den vergangenen Wochen hatten selbst in der Hauptstadt die Verfolgungen zugenommen. Zurückzuführen war das auf die Krankheit Schapurs, der das letzte Bollwerk gegenüber den Fanatikern gewesen war und bis zuletzt – wenn auch mit weniger Eifer – sein Schutzversprechen eingelöst hatte.

Bevor der Sohn Babels in den Palast ging, hatte er seine Besorgnis seinem himmlischen »Zwilling« anvertraut und war von diesem nicht gerade beruhigt worden. »Wenn das Ende naht«, hatte er gesagt, »so mußt du dich damit abfinden und deine Anhänger darauf vorbereiten. War denn all dein Schreiben, Malen und Lehren nur für deine Zeitgenossen gedacht?«

Und nun war also dieser Albtraum vorüber und keimte wieder Hoffnung auf, dank den Worten, die ausgerechnet aus Kirdirs Mund gekommen waren: »... meinem geliebten Sohn, dem göttlichen Hormisd ...«

Der enttäuschte Magier fuhr im übrigen mit der Kulthandlung fort, ohne vom hergebrachten Ritual abzuweichen.

»Die Engel haben den göttlichen Hormisd, den Sohn des göttlichen Schapur, als Herrscher anerkannt. Unterwerft euch ihm, ihr Geschöpfe, und freuen wir uns gemeinsam!«

Er winkte den auserwählten Prinzen zu sich, faßte ihn an der Hand und fragte laut:

»Bekennst du dich vor dem Allerhöchsten zu der Religion des Zarathustra, die von Vishtasp bekräftigt und von Ardaschir neu belebt worden ist?«

»Ich werde Gott dienen und zum Besten meiner Untertanen wirken.«

Dann wurde der neue Herrscher ohne großes Gepränge zum Thron geführt. Mit dieser kurzen Zeremonie sollte lediglich die herrscherlose Übergangzeit so schnell wie möglich beendet werden. Die richtigen Feierlichkeiten würden am Krönungstag stattfinden, sehr viel später und an einem anderen Ort. Der Sitte nach mußten sie am nächsten Norus, dem Beginn des neuen Jahres, abgehalten werden, und zwar fern von Ktesiphon, an einer Stätte in der Persis, der Wiege der Sassanidendynastie.

Hormisd hielt jedoch die Macht bereits in Händen. Seine Untertanen warfen sich vor ihm nieder. Selbst Bahram zwang sich zu einem Fußfall und wurde daraufhin von seinem Bruder zum Thron heraufgebeten und unter lautstarkem Beifall umarmt.

Ungerührt von all dem Höflingsglück schien nur Mani zu bleiben. Seine Anhänger draußen und alle, die die gleiche Hoffnung mit ihm teilten, hatten Lust, sich zu freuen, zu singen und zu feiern; Denagh, für die der neue Herrscher wie ein zweiter Vater war, schlug ihren mit langen Silberfäden durchwirkten Zopf nach vorn, auf die linke Schulter ... Im Palast aber, inmitten der Würdenträger des Reiches, war die Freude der Weggefährten Manis verhalten.

Hormisd selbst löste sich einmal aus dem Taumel um ihn herum und sah sich nach dem Manne um, den er unter vier Augen

»Meister« nannte. Er blickte ihn eine Weile an, versuchte ihm ein heimliches Zeichen zu machen, doch der Sohn Babels sah nur in sich selbst hinein. Er machte in dieser Stunde des Glücks einen sorgenvollen, ja gequälten Eindruck.

Schließlich lenkte er seine Schritte zum Leichnam Schapurs, von dem sich mit Ausnahme der Weihräucherer alle abgewandt hatten. Er hätte gern den erstarrten Zügen des Herrschers, dem er so nahegestanden hatte, den Schlüssel zu dem Geheimnis abgerungen, das sich vor seinen Augen abspielte. Er versenkte sich in diese Betrachtung, war taub für seine Umgebung, war wie abwesend. Ohne den neuen König der Könige eines Blickes zu würdigen, bahnte er sich dann einen Weg zum Ausgang.

Als er schon beinahe durch den Wartesaal war, holte ihn keuchend der Vorhangbeamte ein. Der Herrscher, teilte dieser ihm mit, wünsche ihn morgen bei Sonnenaufgang zu sprechen.

»Habe ich etwa sowohl den Meister verloren als auch den Freund?« empfing ihn Hormisd. »Auf deinem Gesicht schien sich gestern weniger Freude abzuzeichnen als auf der Eselsfratze Kirdirs, und nicht einmal Bahram hat so bestürzt dreingeblickt wie du. Hast du etwa Angst vor allen Siegen? Mißtraust du jeglichem Glück?«

Mani sah zerknirscht aus. Und er war es auch tatsächlich, denn seit sie sich vor etwa dreißig Jahren am Indus zum erstenmal begegnet waren, hatte Hormisd ihm nie etwas anderes entgegengebracht als rückhaltlose Zuneigung, selbst wenn er sich seinetwegen mit der halben Welt überwerfen mußte.

»Mein Verhalten läßt sich nur durch meine völlige Überraschung erklären. Mir, Denagh, meinen Anhängern und dem ganzen Reich hat der Himmel ein Geschenk gemacht. Befürchtet hatten wir ein Regime, das uns verfolgen würde, und zuteil geworden ist uns eine Herrschaft der Generosität. Ist das nicht Grund genug, vor Glück ganz benommen zu sein?«

»Dann hatte dich also dein himmlischer Gefährte auf gar nichts vorbereitet!«

»Er hatte mir keinerlei Hoffnung gelassen.«

»Bestimmt wollte er dir nur die freudige Überraschung nicht verderben.«

Obwohl Hormisd schon jenseits der Fünfzig war, sprach aus seinen Augen noch eine so kindliche Treuherzigkeit, daß der Sohn Babels von namenloser Zärtlichkeit erfaßt wurde.

»Jetzt, wo die Überraschung vorbei ist, kannst du mir dein Glück doch offen zeigen!«

»Hat der Reichsgebieter etwa Zweifel daran?«

Demonstrativ ließ Hormisd seinen Blick durch den leeren Raum schweifen.

»Meinst du etwa mich damit, Mani? Der Reichsgebieter! Diese Anrede ist in öffentlichen Sitzungen angemessen, aber wenn wir allein sind, befehle ich dir als Reichsgebieter, mich so zu nennen, wie du es immer getan hast. Bei allen Himmeln, willst du dich etwa gerade jetzt von mir zurückziehen, wo ich deiner Anwesenheit, deiner Freundschaft und deines Ratschlags am allermeisten bedarf? Mein Vater hat dich zu Recht einen Deserteur genannt, denn das bist du wirklich. Aber ich werde weder so viel Geduld aufbringen wie er, noch die gleiche Selbstbeherrschung. Bei deiner Ehre und im Namen dessen, der dich zu seinem Botschafter gemacht hat, sollst du mir jetzt auf der Stelle sagen, ob du bis zu deinem letzten Atemzug meiner Herrschaft als Freund, Unterstützer, Inspirator und Licht zur Seite stehen wirst oder nicht. Antworte mir, oder verschwinde für immer und laß nie wieder von dir und den Deinen auch nur ein Sterbenswörtchen hören!«

»Hormisd, du bist der Freund, der mich gegen die Ungerechtigkeit der Welt verteidigt hat. Selbst wenn deine Hand mich erschlagen sollte, würde ich sie nicht verfluchen.«

»Dich erschlagen? Meine Hand?«

Dem König der Könige standen Tränen in den Augen.

Er ergriff Manis Hand und führte sie zu den Lippen, so wie er dies früher bereits manchmal getan hatte. Doch war er damals noch nicht König der Könige gewesen!

»Hat dein himmlischer Gefährte dir etwa geraten, mir zu mißtrauen?«

»Nein, Hormisd, wenn er deinen Namen nur erwähnt hätte, so wäre all meine Besorgnis zerstreut gewesen.«

»Und ist sie das jetzt?«

»An dir habe ich niemals gezweifelt.«

»Die Zeit des Zweifels ist vorbei, Mani. Und auch die Zeit der Unentschlossenheit. Wir haben zusammen etwas aufzubauen. Noch heute abend werde ich von Herolden ausrufen lassen, daß der König der Könige sich zum Glauben Manis bekennt.«

»Nein, Hormisd! Das ist genau der Irrweg, den dein Vater und ich schon eingeschlagen haben. Ich habe zuviel von ihm erwartet, und er zuviel von mir. Es wäre unvernünftig, so zu handeln. Eines Tages wirst du mir königliche Entscheidungen abverlangen, und ich werde dir prophetenhafte Skrupel auferlegen. Dann werden unsere Herzen sich mit Bitterkeit füllen, und wir werden uns entfremden, vielleicht gar zu Feinden werden. Ohne es je gewollt zu haben, wirst du dann plötzlich den Menschen töten, den du liebst. Und mich dann mit ehrlichen Tränen beweinen. Nein, Hormisd, bringe mich nicht dazu, zweimal denselben Fehler zu begehen, der Himmel würde mir ein nochmaliges Scheitern nicht verzeihen.«

»Du hast mir einmal gesagt, die Herrschaft des Lichts habe nicht mit der Herrschaft Schapurs zusammenfallen können. Ich hatte gehofft, während meiner Herrschaft werde dies gelingen.«

»Es liegt nicht an dir, Hormisd, und auch nicht an Schapur oder mir. Schuld ist dieses Jahrhundert. Überall um uns herum erheben Sektierer mit ihren eifersüchtigen Göttern das Haupt, und ich dagegen verkünde ein Gottsein der Großzügigkeit. Noch lange wird mein Glaube die Sache einer Handvoll Auserwählter sein, die über den Dingen dieser Welt stehen. Es kann nicht das ganze Reich diesen Glauben annehmen. Doch können wir trotzdem vieles miteinander errichten, wenn jeder sich seiner Aufgabe widmet. Wenn du gerecht regierst und dich für das Wohlergehen deiner Untertanen einsetzt, so wie du es geschworen hast, und wenn du allen die Glaubensfreiheit erhältst. Und wenn ich meinerseits mit den Jüngern, die sich meiner Hoffnung angeschlossen haben, mich bemühe, die Völker das Licht zu lehren.«

»Hindert uns das daran, Freunde zu bleiben?«

»Ich bin schließlich der Freund des Großkönigs von Armenien gewesen, warum sollte ich da nicht der Freund des Reichsgebieters sein? Jedesmal wenn du es wünschst, werden wir so wie heute allein zusammenkommen und uns über die Welt und die Gärten des Lichts unterhalten, und über Malerei und Medizin und Harmonie. Doch sobald ich dann den Palast verlasse, bin ich wieder Prophet und sonst nichts, und du bist wieder König der Könige, jeder auf seinem Weg, mit seinen eigenen Waffen und seiner eigenen Bürde.«

In den folgenden Monaten erlebte Manis Glaube im ganzen Reich und darüber hinaus einen spektakulären Aufschwung. Zahlreiche Ritter, den Dogmen Kirdirs feindlich gesonnene Magier und Menschen aus allen Kasten stießen zu den Auserwählten, den Adepten und den einfachen Hörern. Mani vermochte sich diesen plötzlichen Zuwachs nicht zu erklären. Ausschlaggebend war wohl die offenkundige Sympathie, die Hormisd dem Propheten entgegenbrachte, verknüpft mit der Zuneigung der Menschen zu dem neuen Herrscher, der sich als milde und doch nicht schwach erwiesen hatte und dessen Gegenwart auf dem Thron wie durch ein Wunder Überfluß und Glück zu verbreiten schien. Keine Epidemie, keine Hungersnot, keine Überschwemmungen: keine der Katastrophen, die ansonsten so oft zu wüten pflegten. Die Herrschaft schien unter einem besonders guten Stern zu stehen.

Die Vorbereitungen für die Krönungsfeierlichkeiten waren aufwendig und damit auch kostspielig gewesen, doch das Volk murrte nicht, denn man hatte dafür gesorgt, den Armen so viel zugute kommen zu lassen, daß auch sie das Fest würdig begehen konnten. Als Norus allmählich heranrückte, wurde Hormisd immer ungeduldiger. Jeden Morgen vor den Audienzen ließ er Mani zu sich rufen und vertraute ihm an, in welche Begeisterung er am Vorabend wieder geraten war und was er alles von dem großen Tag erwartete. Er hätte auf seiner Reise in die Persis den Freund so gerne an seiner Seite gehabt. Doch bat der Sohn Babels ihn, nicht weiter darauf zu drängen, da er bei solch einer Zeremonie nur fehl am Platze sei.

Ort der Feier war eine Schlucht zwischen zwei Felswänden, wo bereits Ardaschir und Schapur die Bilder ihrer Krönung in Stein hatten hauen lassen. Ein paar Schritte von den Reichsgründern entfernt harrte eine unberührte, glatte Oberfläche der Prägung durch das Bildnis des neuen, dritten Herrschers des Sassanidengeschlechts. Der steinige Boden dieses geheiligten Korridors war von einem Ende bis zum anderen mit Teppichen ausgelegt, und die Felswand hatte man bis in dreifache Manneshöhe mit seidenen Tüchern verhängt, auf denen die Embleme der Dynastie prangten, nämlich Sonne, Feuer, Mond, Ziegenböcke, Wildesel, Hunde, Löwen und Wildschweine. In der Mitte, wo die Passage weiter und heller wurde, war ein Podium aufgebaut, dessen Ränder sich sanft bis zum Boden herabneigten. Und auf dem Podium stand ein leerer Thron.

Von beiden Seiten her setzte sich je ein Zug in Marsch. Der eine wurde von Hormisd angeführt, der zu Pferde saß. Sein langes Lockenhaar stand unter einer helmförmigen, mit einer Kugel abgeschlossenen Krone hervor, an die bunte, flatternde Bänder geknüpft waren; der Ring um seinen Bart war aus Gold und Perlen. In gebührendem Abstand folgten die Gardeoffiziere, die königlichen Prinzen, die Vertrauten, die Musiker und dann alle Höflinge; von der anderen Seite kamen die Magier daher, an ihrer Spitze Kirdir. Er würde nun gleich während der Salbung an die Stelle Ahura Masdas treten, um dem Monarchen die höchste Würde zu verleihen.

Die beiden Züge schritten bedächtig einher, was die Feier länger andauern ließ. Schminke, Rauch, Düfte, Lieder. Epische Gesänge im Gefolge des Herrschers, sakrale Tänze in der Schar hinter dem Obermagier. Am hinteren Ende der Prozession kam es zu den erwarteten Zwischenfällen, zu harmlosen Raufereien und betrunkenem Grölen. Pomp mit Karnevalsallüren.

Und so geht es dahin, bis die beiden Pferde an der Spitze sich auf dem Podium begegnen. Und plötzlich ist alles still. Kirdir hält in der rechten Hand den bebänderten Ring, das Symbol göttlichen Königtums, und in der linken das Zepter. Hormisd nimmt mit der linken Hand den Ring und streckt die rechte mit gekrümmtem Zeigefinger nach vorn, was als Zeichen der Unterwerfung unter Ahura Masda gilt. Dann greift er zum Zepter, und nun muß der wieder zum gewöhnlichen Sterblichen gewordene Kirdir seinerseits die Unterwerfungsgeste gegenüber Hormisd vollführen, der jetzt von der Göttlichkeit durchdrungen ist.

Dann läßt der König der Könige die Zügel seines Pferdes fallen, der Obermagier steigt ab, hebt sie auf und führt Hormisd unter dem Jubel der Untertanen langsam um sich herum. Schließlich setzt der Herrscher sich auf den Thron. Kirdir reicht ihm mit höchster Feierlichkeit ein goldenes Trinkhorn, das er zum Munde führt. Dies ist die letzte Geste der öffentlichen Zeremonie. Die beiden Züge weichen zurück, diesmal in aller Eile. Die Stätte ist wieder menschenleer. Der Monarch ist allein. Mit seinem Trinkhorn. Und als einziger Begleiter steht ein stummer alter Sklave mit einem Fliegenwedel neben ihm. Und ihm gegenüber, überall um ihn herum und bald auch in ihm selbst sind die Vorfahren und die Gottheiten.

Denn das Horn enthält den Göttertrank *Haoma*, den Kirdir mit seinen Gehilfen am Vortag nach einem jahrtausendealten Ritual zubereitet hat. Die Zweige der *Haoma*-Pflanze sind gereinigt, in einem geweihten Mörser zu einem Pulver zerstoßen und dann mit Milch und mit Kräutern vermischt worden, deren Geheimnis nur hochrangige Magier untereinander weitergeben. Der im antiken Indien und in Persien heilige Trank versetzt das göttliche Wesen, das ihn trinkt, in die mystische Ekstase, in der es sich mit den anderen Gottheiten vereint.

Unter der Einwirkung des *Haoma* wird der Herrscher von Konvulsionen geschüttelt, doch darf kein Sterblicher diese wundertätigen Übersteigerungen unterbrechen. Der Herrscher geht ins Delirium über, doch darf kein Sterblicher hören, was er schreit oder stammelt; die Gläubigen wähnen ihn in geheimnisvoller Zwiesprache mit seinen Vorfahren.

Der König der Könige hat in Ausübung seiner Göttlichkeit unter den unbewegten und wohlwollenden Augen des stummen alten Dieners seine Seele ausgehaucht.

Während sich in der Nacht das Volk und die Würdenträger noch zum Wohle des göttlichen Hormisd betranken, bestimmten die drei zur Beratung versammelten Kastenanführer einen neuen König der Könige: Bahram, den Favoriten der Magier.

Wem konnte verborgen bleiben, wer die Giftmischer wirklich waren? Doch wer hätte sie bestrafen oder den Beweis für ihre Schuld erbringen können? Es wurde erklärt, der Herrscher habe den Göttertrank nicht vertragen, sei vielleicht seiner nicht würdig gewesen; vielleicht habe ja der *Haoma*-Engel seine Krönung mißbilligt. Die Offensichtlichkeit des Verbrechens ließ sich sogar als Argument zugunsten der Mörder auslegen: Wenn Kirdir hätte töten wollen, hätte er es dann etwa vor dem versammelten Volk und mit eigenen Händen getan?

VI

Getötet worden war Hormisd, weil seine Thronbesteigung den Magiern und Kriegern wie der Auftakt zu einem Triumph Manis erschienen war. Dieser dagegen hatte an ein derartiges Wunder nie glauben wollen. Wenn Denagh trunken war vor Hoffnung und Glück, dann versuchte er ihr begreiflich zu machen, daß die Niedertracht der Welt sich nicht so einfach würde bezwingen lassen, und er sprach zu ihr von Leiden, Geduld und Prüfungen. Die langen Jahre des Umgangs mit Schapur hatten ihn gelehrt, sich vor jeglicher Illusion in acht zu nehmen. Wozu hatte das vielversprechende Bündnis mit dem großen Sassaniden genützt, wenn Mani weder Kriege noch Verfolgungen hatte verhindern können und der mächtigste Herrscher des Jahrhunderts es weder gewagt hatte, die Kasten herauszufordern, noch sein Bekehrungsversprechen einzulösen?

In jenem ereignisreichen Jahr wurde Mani von Verbitterung überkommen. Auch von Mutlosigkeit. Gleichwohl war er von gleichbleibender Hellsichtigkeit. Die Herrschaft Hormisds war in seinen Augen nie etwas anderes gewesen als eine vorübergehende Aufheiterung an einem seit langem verfinsterten Himmel. Und wenn er auch traurig, bekümmert und empört war, als er vom Tod seines Freundes erfuhr, so sollten doch seine Vertrauten nicht in Wehklagen ausbrechen.

»Es wird nun die große Prüfung beginnen«, sagte er zu ihnen. »Ich möchte, daß keiner von euch mich auf dem mühsamen Stück Wegs begleitet, das mein Körper noch zurücklegen muß.«

Malchos wollte ihn nicht verlassen. Doch Mani forderte ihn mit aller Bestimmtheit auf, Chloe und seine gesamte Nachkommenschaft nach Tyrus mitzunehmen und fortan dort zu leben. Auf diese Weise kehrten viele der Anhänger wieder in ihre Heimat zurück.

Als Bahram nach seiner Krönung wieder in Ktesiphon eintraf, wurde Mani von einem Pagen der ihn betreffende Erlaß überbracht. »Mani, Sohn des Pattig, Angehöriger der Partherrasse und der Kriegerkaste, seines Zeichens Arzt, hat verschiedentlich der Wahren Religion zuwiderlaufende Anschauungen vertreten und wird daher vom heutigen Tage an aus allen Gebieten Mesopotamiens, Armeniens und der Persis verbannt ...«
Verbannt? Nur verbannt? Denagh und alle, die sich für den Verbleib bei Mani entschieden hatten, berührten den Sohn Babels an der Schulter und am Knie und führten dann ungläubig ihre Finger an die Lippen. Da hatten sie ihn tagelang inständig gebeten, zu fliehen, und ihn im Geiste bereits von, dem brudermordenden Monarchen dahingemetzelt gesehen, und jetzt gehörte er wieder ihnen.
Und vor allem richtete er nun herausfordernde Worte an sie, die ihr Herz erfreuten. Warum solle er nur Mesopotamien, Armenien und die Persis verlassen? Aus dem ganzen Reich werde er fortgehen! Viel zu lange habe er schon im Schatten der Sassaniden verweilt und in ihren Ländern seine besten Jahre vergeudet! Palmyra habe er nie besuchen wollen, um Schapur nicht zu verärgern. Rom ebenfalls nicht, obwohl er sich dorthingezogen fühlte. Genausowenig Ägypten und das Land der Aksumiten. Von nun ab werde er sich nicht mehr von königlichen Versprechen in seiner Bewegungsfreiheit einschränken lassen! Er würde gehen! Und zwar zuerst nach Indien, dessen verheißungsvollen Boden er bisher nur flüchtig berührt hatte. Dann nach Tibet, nach Turfan, nach Kaschgar, nach China.

Verbannt? Befreit vielmehr von den Klötzen, die ihn an ein einziges Reich, eine einzige Dynastie gefesselt hatten.

Mit den Treuesten der Treuen im Gefolge zog er wieder los. Nicht wie ein Verurteilter auf der Flucht, sondern dahinschreitend wie ein Eroberer. Einen längeren Halt gönnte er sich jeweils nur zur Schlafenszeit, wobei ihm wie früher bei jeder Etappe ein Haus offenstand, das ihn stolz und dankbar aufnahm.

Er hatte die östliche Richtung eingeschlagen, war bereits über Kengavar und Ekbatana hinaus und zog auf der nach Abarschahr führenden Karawanenstraße dahin, als er einmal mitten am Tag an einem Wasserlauf zu meditieren begann und plötzlich seinen »Zwilling« vor sich hatte.

»Wozu diese Eile?« sprach der zu ihm. »Gedenkst du etwa so deinem Überdruß zu entgehen?«

»Es drängt mich, all die Völker zu entdecken, denen ich meine Botschaft noch nicht verkündigt habe. Und hast nicht du mir gesagt …«

»Nein, Mani, es ist schon spät. Du bist auf dem falschen Weg. Du mußt zurück.«

»Zurück in die Gegenden, aus denen ich verbannt worden bin?«

»Du wirst durch die Städte ziehen, in denen dein Name am meisten verehrt wird, durch Kerkha, Susa, Gaukhai, Kholassar … Überall werden die Menschen sich an deinem Weg drängen, und Tausende von Männern und Frauen werden sich deinem Zug anschließen wollen. Du aber wirst nur zu ihnen sagen: Blikket mich an, sehet euch satt an meinem Bilde, denn in dieser Erscheinung werdet ihr mich nicht mehr erschauen!«

An der Stadtmauer von Kholassar stand zu beiden Seiten des Susa-Tores eine Menschenmenge. So wie tagtäglich sich eine Menge zum Abschied versammelte. Die Ovationen des Vortages hatten sich in würdig vergossene Tränen gewandelt. Der Sohn Babels ritt durch das Tor, gefolgt von seinen Anhängern. Draußen wurden sie schon seit dem Morgengrauen von einem Reitertrupp erwartet. Ein Offizier kam auf sie zu.

»Ich habe den Befehl, Mani, den Sohn des Pattig, zum göttlichen Bahram, dem König der Könige, zu bringen.«

»Wo ist dein Herr jetzt?«

»In seiner Sommerresidenz.«

»In Betlapat? Das ist ohnehin die Endstation meiner Reise. Sag deinem Herrn, daß Mani zu ihm unterwegs ist!«

Der Ton, in dem das gesprochen war, ließ keine Widerrede zu. Mit einem leichten Klaps auf die Flanke seines Reittiers setzte Mani seinen Weg fort, ohne sich weiter um seinen Gesprächspartner zu kümmern. Dieser war so verblüfft, daß er erst eine Minute lang zögernd verharrte und dann mit seinen Männern davonritt. Er war gekommen, um den rebellischen Propheten zu ergreifen, und hatte sich schließlich mit einem Versprechen aus seinem Munde begnügt.

So erreichte Mani Betlapat als freier Mann. Als freier Mann ging er auch durch die mit Gläubigen gesäumten Straßen bis hin zum Palasttor und den Gemächern des Monarchen. Ein alter Kanzleischreiber führte ihn durch die bewachten Vorräume und bat ihn dann ehrerbietig, Platz zu nehmen; er werde einstweilen den König von seiner Ankunft unterrichten.

Bahram saß mit seinen Vertrauten zur Abendmahlzeit bei Tisch. Der Beamte verbeugte sich bis zu den marmornen Platten hinunter.

»Möge seine Göttlichkeit mein Eindringen verzeihen. Mani ist soeben eingetroffen.«

Spontan stützte der Monarch sich auf seiner Armlehne auf und wollte sich erheben. Doch da begegnete er dem Blick Kirdirs, seines alten Beraters, und lehnte sich wieder zurück.

»Ich weiß, daß unser Gebieter den Wunsch geäußert hatte, ihn zu empfangen. Soll ich ihn hereinbitten?«

»Ihn hereinbitten? So eine berühmte Persönlichkeit dazu nötigen, sich bis hierher zu bemühen? Was für eine unverzeihliche Taktlosigkeit! Ich selbst werde vielmehr zu ihm kommen!«

Für den Fall, daß der Schreiber diesen zuckersüßen Sarkasmus mißverstanden haben sollte, fügte er hinzu:

»Dieser Mann soll warten, wo er ist! Ich werde ihn empfangen, wenn ich gegessen habe. Und ich werde mir Zeit lassen.«

Als der Monarch Mani zu sich ließ, hatte er genug Zeit gehabt, um zu essen und zuviel zu trinken. Im Lauf der Jahre war er dikker und schwerfälliger geworden, ohne jedoch die spontane Würde Schapurs oder die einnehmende Selbstsicherheit Hormisds erlangt zu haben. Den linken Arm hatte er um die Schultern seiner vierzig Jahre jüngeren, von den Chronisten »Königin der Saken« genannten Geliebten gelegt, die er mit seinem eigenen Enkelsohn verheiratet hatte. Zwei Schritte hinter ihm das gelbe Gewand des Obermagiers.

»Du bist hier nicht willkommen!«

So lauteten Bahrams erste Worte. Mani flößte ihm ganz offensichtlich erhebliches Entsetzen ein, dessen er durch sein aggressives Auftreten Herr zu werden suchte. Eingehend sah sich der Sohn Babels dieses dicke, alte, ungeliebte Kind an, das ebenso grausam wie beklagenswert war. Dann antwortete er ihm ohne Gehässigkeit:

»Schon immer haben mir manche Menschen feindselig gegenübergestanden, ohne daß ich ihnen irgendeinen Schaden zugefügt hätte.«

»Bevor wir von dem Schaden sprechen, den du angerichtet hast, sag mir lieber erst einmal, welches Wohl du unserer Dynastie jemals erwiesen hast? Weder zum Krieg noch zur Jagd bist du zu gebrauchen! Du behauptest, Arzt zu sein, und hast dabei noch nie jemanden geheilt!«

»Jedermann weiß, daß ich behandelt und geheilt habe ...«

»Mein Vater, der göttliche Schapur, hatte dich zum Hofarzt er-
nannt, aber du hast ihm weder seine Fieberanfälle noch seine
Schmerzen ersparen können. Und als er auf dem Totenbett nach
dir rief, hast du es nicht für nötig erachtet, zu kommen!«
So hatte also Schapur ihn noch ein letztes Mal sehen wollen,
und jemand hatte verhindert, daß dieser Ruf ihn erreichte. Wer
hätte wohl eine solche Niedertracht begehen können außer Kirdir, Bahram und ihren Komplizen? Mani wurde von Wut und
Abscheu erfüllt, wußte sich aber zu beherrschen. Er schwieg.
Dadurch fühlte der Monarch sich zum Weitersprechen ermutigt.
»Und mein Bruder, der göttliche Hormisd? Du warst sein Arzt
und hast dich als sein Freund ausgegeben, aber auch ihm hast du
nicht zur Seite gestanden, als es ihm schlecht ging, da du dir
nicht die Mühe gemacht hast, ihn zu begleiten, obwohl er dich
so darum gebeten hatte. Vielleicht hättest du ja seine Schmerzen
zu lindern vermocht.«
Selbst Kirdir war diese Anspielung peinlich, dieses erneute verhüllte Geständnis, doch Bahram zwinkerte ihm selbstsicher zu.
Was hatten sie denn zu befürchten? Der eine war das Oberhaupt
der Magier, denen die Justiz unterstand, und der andere war der
Herrscher.
»Du antwortest nicht?«
Mani seufzte.
»Andere als ich tragen die Antworten. In ihren Herzen und Hän-
den.«
Mehr sagte er nicht. Um Hormisds Mördern den Prozeß zu ma-
chen, war dies wahrlich nicht das geeignete Tribunal! Bahram
schien enttäuscht, daß Mani sich mit einer so andeutungsweisen
Erwiderung begnügt hatte. Er warf ihm einen Blick zu, in den er
seine ganze Verachtung legen wollte. Dann wandte er sich ande-
ren Anklagepunkten zu.
»Wenn der König der Könige nach dir verlangt, bist du nie da.
Wenn er dir aber verbietet, dich in dieser oder jener Region auf-

zuhalten, dann hast du nichts Eiligeres zu tun, als dich dorthin-
zubegeben. Das ist schon eine seltsame Art, seinen Herren zu
dienen!«

Mani ließ ihn reden. Ihm stand wieder das Bild des sterbenden
Schapur vor Augen, der seinen Namen murmelte, während die
Schattenwesen an seinem Bett so taten, als hätten sie nichts gehört. Ein schreckliches, zugleich aber auch ungeheuer tröstliches Bild. Plötzlich bereute der Sohn Babels es nicht mehr, all
die Jahre an der Seite des großen Sassaniden verbracht zu haben.
Bahram hingegen knurrte weiter:

»Ich habe deine Verbannung beschlossen, und du hast mir nicht
gehorcht!«

»Ich habe einer himmlischen Stimme gehorcht, die mir befohlen hat, noch eine letzte Rundreise anzutreten.«

»Einer himmlischen Stimme! Das hast du schon immer behauptet! Warum sollte der Himmel ausgerechnet zu dir gesprochen
haben? Warum sollte er sich aus dem ganzen Reich so einen
armseligen, krummbeinigen Untertanen wie dich auserwählt
haben, statt sich direkt an den König der Könige zu wenden?«

Seit Beginn des Gesprächs hatte Mani nach jeder Frage Bahrams
stets einige Sekunden lang gewartet, bevor er seine Antwort for-
mulierte. Damit wollte er auf seine Weise andeuten, daß er zwar
gewillt war, sich der irdischen Gewalt zu überantworten, nicht
aber der jämmerlichen Gestalt, durch die sie verkörpert war.
Diesmal aber verharrte er noch länger und sah dabei dem Monarchen durchdringend in die Augen.

»Der Himmel hat wohl seine Gründe dafür, weiß er doch hinter
den Putz der Menschen zu schauen.«

Darauf reagierte Bahram nicht. Er schien plötzlich erschüttert
und enttäuscht zu sein. Kirdir versuchte seinen Zorn wiederan-
zufachen:

»Will dieser Mensch etwa behaupten, er sei ehrwürdiger als die
göttlichen Mitglieder der Dynastie?«

Bahram sagte nichts. Er hing weiter seinen Gedanken nach. Da ging der Magier näher zu ihm hin und stieß dabei wie unabsichtlich mit der Schulter an die Schulter des Monarchen. Mani lächelte. Nie hätte jemand dergleichen bei Schapur oder Hormisd gewagt! Bahram aber schüttelte nur den Kopf, als erwache er gerade aus seinem Mittagsschlaf. Dann setzte er sein Verhör da fort, wo er es unterbrochen hatte.

»Diese Stimme soll dir also befohlen haben, dem König der Könige den Gehorsam zu verweigern. Und dich gegen ihn aufzulehnen.«

»Nie hat jemand in meinem Namen das Schwert der Revolte geschwungen!«

»Du hast Verwirrung gestiftet. Hast die Krieger von ihrer Pflicht und die Handwerker von ihrem Beruf abgelenkt. Du hast die Leute dazu aufgerufen, die Kasten- und Rassenschranken zu mißachten. Kaufleute sehen heute Rittern geradewegs in die Augen. Niemand hört mehr auf die Magier. Ist das etwa keine Revolte?«

»Der göttliche Schapur hat meine Lehre nicht für schädlich erachtet, denn er hat mir ihre Verbreitung gestattet und die Würdenträger aller Provinzen schriftlich aufgefordert, mir ihre Unterstützung zukommen zu lassen. Soll er damit etwa reichs- und dynastiefeindliche Umtriebe begünstigt haben?«

»Du hattest sein Mißtrauen eingeschläfert.«

»Dreißig Jahre lang? Er, der Eroberer, der gefürchtetste Monarch seiner Zeit, soll sich dreißig Jahre lang von meinen Worten haben einlullen lassen? Wo er doch noch auf dem Sterbebett nach mir gerufen hat? Wo er im letzten Atemzug seines Lebens und seiner irdischen Macht zu seinem legitimen Nachfolger den Sohn bestimmt hat, der allgemein als mein Freund und Beschützer bekannt war und von meinen Feinden gefürchtet wurde? Wessen Name soll hier eigentlich in den Schmutz gezogen werden: meiner oder der der großen Herrscher?«

»Kein Wort mehr!«

Bahram ging auf Mani zu, als wollte er ihn packen, doch eingedenk seiner kaiserlichen Würde stieß er dann nur einen unterdrückten Fluch hervor.

Während er sich zu beruhigen versuchte, löste Kirdir ihn ab. Und brachte eine präzise Anschuldigung vor.

»Mani, Sohn des Pattig, indem du von der Wahren Religion deiner Vorfahren abgefallen bist, hast du dich der Apostasie schuldig gemacht. Durch das Verbreiten neuartiger Anschauungen, die die Gläubigen verunsichert haben, bist du der Ketzerei schuldig geworden. Zwei gegen den Himmel gerichtete Verbrechen.«

»Von der Auffassung eines Kirdir bin ich gewißlich weit entfernt, dem Zarathustra aber bin ich nach wie vor treu.«

Der Monarch hatte sich plötzlich wieder gefaßt.

»Was ich da gerade gehört habe, genügt mir. Die Anklage ist klar, und ebenso die Verteidigung. Wenn Mani der Ketzerei und der Apostasie für schuldig befunden wird, so ist seine Strafe der Tod. Hält er aber, so wie er dies behauptet, der Lehre des Zarathustra noch immer die Treue, so verzichte ich auf eine Bestrafung und verpflichte mich, ihm seinen Ungehorsam mir gegenüber zu verzeihen. Entspricht es so nicht unserem Gesetz?«

Kirdir nickte zustimmend. Der Sohn Babels sagte nichts. Er begriff noch nicht, was für ein Geschäft ihm da vorgeschlagen werden sollte. Der Monarch holte auch gar nicht erst seine Einwilligung ein.

»Sitzen wir also zu Gericht«, sagte er.

Dann nahm er Platz und forderte Mani auf, sich auf den Diwan ihm gegenüber zu setzen. Wer allmählich Gefallen an der ganzen Szene fand, war die junge Geliebte des Königs. Sie schmiegte sich an den Herrscher und bat ihn, ihr den Ablauf des Kommenden zu erläutern.

»Der ehrenwerte Arzt aus Babel wird seine Anschauungen darlegen, und wenn sie sich als der Wahren Religion gemäß erweisen, so wird er den Palast als freier Mann verlassen und in den Genuß meines Schutzes kommen. Mani, wir hören.«

Doch das Mädchen hatte noch nicht ganz verstanden.

»Wenn der Mann gesprochen hat, wer urteilt dann darüber, ob er ein Ketzer ist oder nicht?«

»Der einzige Mensch, dem in diesen Dingen ein Urteil zusteht, nämlich der Obermagier Kirdir, der glücklicherweise unter uns weilt.«

Mani vermochte noch zu lachen.

»Bevor ich mich zu solch einer Heuchelei hergebe, nehme ich noch lieber aus euren Händen eine Schale voll *Haoma* in Empfang. Mit Antiaris. Oder war es Schierling?«

»Mit diesem Satz hast du dein eigenes Urteil gesprochen«, sagte Kirdir.

»Und ansonsten wäre ich freigesprochen worden?«

»Nein«, gab Bahram unumwunden zu. »Ich hatte bei meinen Vorfahren geschworen, daß du sterben würdest. Für deine Niedertracht aber sollst du leiden müssen.«

VII

M ani wurde in Eisen gelegt. Er bekam eine schwere, ins
Mauerwerk eingelassene Kette um den Hals, drei weitere
um die Brust, drei an jedes Bein und drei an jeden Arm. Ansonsten keine Gewalt, keine Mißhandlungen, kein Verlies. Lediglich festgehalten wurde er, in einem steingefliesten Hof in der
Nähe der Wache. Unter dem Gewicht würde sein Leben Tropfen für Tropfen versiegen. Auf Bahrams Befehl wurde ihm zu
essen gegeben, damit er länger überleben sollte. Und länger
leiden.

Es war nicht verboten, ihn aufzusuchen. Kaum wurde der Urteilsspruch in den Vierteln von Betlapat bekannt, als auch schon
eine regelrechte Prozession einsetzte. Darunter waren die Anhänger Manis, die so nahe herankamen, wie die Wachen dies zu-
ließen, und dann dem Propheten eine Blume zu Füßen warfen.
Vor allem aber strömte, wie zu jeder öffentlichen Peinigung,
eine Vielzahl von Gaffern herbei. Das Schauspiel eines Gemarterten wollte sich keiner entgehen lassen. Ganze Familien defi-
lierten vorbei, und wenn etwa kleine Kinder sich erschreckten,
dann wurden sie von ihren Eltern mit einem unbekümmerten
Lachen wieder beruhigt.

Manche fühlten sich bemüßigt, den Verurteilten zu schmähen
oder abzukanzeln. Dies geschah aus Übereifer oder instinktiver
Feindseligkeit, und bei einigen auch aus lauter Anständigkeit,
weil sie die vom König dargebotene Vergnügung nicht einfach
in Anspruch nehmen wollten, ohne wenigstens mit Worten ihr
Scherflein beizutragen.

Am dritten Tage von Manis letztem Leidensweg hielt der Zustrom noch immer an, bis bei Sonnenuntergang das Holzportal seines unter freiem Himmel gelegenen Gefängnisses geschlossen wurde. Dann verblieb er unter der Bewachung zweier bartloser Soldaten, die zwar ganz nahe bei ihm standen, ihm aber doch nicht in die Augen zu sehen wagten. Plötzlich warfen die beiden sich gleichzeitig zu Boden, und zwar so heftig, daß sie sich die Handflächen aufschürften. Vor ihnen war der Monarch persönlich erschienen. Allein.

Mit einem Räuspern bedeutete er ihnen, sich davonzumachen. Nach einigen zögernden Schritten setzte er sich dann auf den Rand eines steinernen Frieses, von dem er auf Mani und seine Ketten herabsah.

»Ich wollte mir dir sprechen, Arzt aus Babel. Seit unserer Zusammenkunft beschäftigt mich eine Frage.«

Seltsamerweise war dies ohne Gehässigkeit gesprochen, ja beinahe in freundschaftlichem Ton. Der Gefangene blickte auf.

»Diese himmlische Stimme, die da zu dir spricht, Mani …«

In seinen Worten schwang Verlegenheit mit; sie klangen wie das Flehen eines Kindes.

»Du hast mir neulich schon geantwortet. Aber meine Neugierde ist noch nicht gestillt.«

Mani sah ihn ohne Achtung an, aber auch ohne aufblitzende Feindseligkeit. Dann begann er geduldig zu erzählen, von den Anfängen seiner Mission, von seinem »Zwilling«, vom Palmenhain, von Indien, bis hin zu seiner ersten Begegnung mit Schapur. Seine Stimme war schwach wie die des Kreuzesträgers. Der Monarch setzte sich näher zu ihm und beugte sich vor, um ihn besser zu hören. Und als er ihn dann unterbrach, flüsterte er wie ein Vertrauter.

»Aber warum du, Mani? Warum sollte sich der Himmel nicht direkt an den göttlichen Schapur gewandt haben?«

»Wie hätten die Leute begreifen sollen, daß die Erhabenheit, die er ausstrahlt, auf den Himmel zurückgeht, und nicht auf seine irdische Macht? Erglänzt jedoch ein gewöhnlicher Mensch, so wird dies sogleich als Zeichen erkannt.«

Bahram nickte beruhigt. Und sagte dann:

»Noch eine andere Frage will mir nicht aus dem Sinn. Was hast du nur zu meinem Vater, meinem Bruder Hormisd, meinen Onkeln und zu dieser Frau, Denagh, gesagt, daß sie dich so sehr verehren? Hast du ihnen etwa irgendein Geheimnis des Universums offenbart?«

»Sie haben aus meinem Mund die Wahrheiten vernommen, die in ihnen waren. Man hört immer nur auf seine eigene Stimme.«

Wie ein Bekenntnis hatte Mani diesen letzten Satz im Flüsterton gesprochen, und Bahram beugte sich noch etwas weiter vor. Die beiden waren etwa gleich alt, doch der Sohn Babels war knabenhaft schmal geblieben. Wer sie so plaudern sah, hätte nie vermutet, daß der Trostsuchende der Kerkermeister war. Und daß die Erwiderungen seines Opfers so frei von Groll sein konnten. Entgegenkommend waren sie dennoch nicht, und erst recht nicht heischten sie Mitleid oder gar Gnade. Zwischen den beiden Männern schien an jenem Abend Manis Folter kein erwähnenswertes Thema zu sein.

Am achten Tage bekam Mani Besuch von dem Lautenspieler Zeraw, der vierzig Jahre lang Schapurs und zuvor schon Ardaschirs Lieblingsmusiker gewesen war. Er war ein stolzer achtzigjähriger Mann von schlankem, hohem Wuchs, dessen Finger nur um so knotiger waren, aber beim Berühren der Saiten wieder geschmeidig wurden.

Er hatte stets Manis Weisheit hochgeschätzt und mit ihm früher so manches lange, ruhige Gespräch geführt. Ihn empörte nun diese Verurteilung. Als Zeichen des Protestes hatte er seine Laute mitgebracht. Sein Auftritt war bemerkenswert. Er ging geradewegs auf Mani zu, küßte ihm die gefangene Hand, setzte sich dann im Schneidersitz neben ihn und begann auf seinem Instrument einige schwermütige Töne anzuschlagen. Die Menge verstummte.

Eingeschüchtert durch sein imposantes Gebaren, wagten die jungen Soldaten nicht einzugreifen. Da kam ihnen ein höfischer Würdenträger zu Hilfe. Auch ihm war etwas unwohl zumute, als er vor diesem lebenden Denkmal des Reiches stand. Es gehöre sich nicht, stammelte er, daß ein so berühmter Mann wie Zeraw sich zum Spielen an einen so schändlichen Ort begebe.

»Ja, bin ich denn nicht im Bereich des Palastes?« fragte der alte Musiker erstaunt.

»Doch, doch. Aber das hier ist der Marterhof.«

»Für mich ist es heute der ehrwürdigste und wohlriechendste Ort des ganzen Palastes.«

»Wer für Könige musiziert hat, darf doch nicht für einen Gefolterten spielen!«

Bevor Zeraw noch antworten konnte, wurde die keuchende Stimme Manis vernehmbar. Er mischte sich nicht in die Diskussion ein. Ganz und gar nicht. Er schien nicht einmal zugehört zu haben. Man hatte vielmehr den Eindruck, als knüpfe er an ein vor langer Zeit mit dem Musiker geführtes Gespräch an.

»Weißt du, Zeraw, zu Anbeginn des Universums waren alle Wesen von einer erhabenen Melodie umfangen, die durch das Chaos der Schöpfung in Vergessenheit geraten ist. Doch eine mit der Seele des Künstlers gleichgestimmte Laute kann diese ursprünglichen Harmonien wieder erwecken ...«

»Lieblich erklingen in meinen Ohren die Worte des Weisen!« rief Zeraw aus.

Ohne sich weiter um Drohungen und Spitzfindigkeiten zu kümmern, spielte er inbrünstig und inspiriert weiter, bis der Abend hereinbrach.

Es heißt, Bahram sei an jenem Tage auf der Jagd gewesen, und in seiner Abwesenheit habe niemand gewagt, sich an dem ehrwürdigen Musiker der Könige zu vergreifen.

Als nach der Rückkehr des Monarchen am Tag darauf Soldaten

zum dem Lautenspieler gingen und ihn zur Rede stellen wollten, da entdeckten sie, daß er als letzte Mißfallenskundgebung des Nachts in der schmalen Beschaulichkeit seines Bettes verstorben war.

Am vierzehnten Tage waren die Gaffer des Schauspiels überdrüssig geworden, und es strömten nun mehr Gläubige herbei. Die Wächter verboten ihnen, sich zu setzen, und nötigten sie, stumm an Mani vorbeizuziehen, der während dieser langen Tageswache einen unruhigen Eindruck machte. Er nickte ein, wurde wieder wach, bewegte sich hin und her und versuchte seine steifen Glieder anders zu lagern. Aber kaum hatte er eine neue Stellung gefunden, da mühte er sich auch schon wieder in die vorherige Position zurück.
Einmal glaubte man zu vernehmen:
»Du hast geschrieben, geschrieben, und sie haben nicht gelesen. Du hast etwas gesagt, und sie haben etwas anderes verstanden. Die Menschen wollten etwas anderes.«
Tränen flossen ihm die Wangen herab, und die Gläubigen blickten sich fragend an, ob wohl sie damit gemeint waren.

Am siebzehnten Tage schien es mit ihm zu Ende zu gehen, und die Wächter ließen seine Jünger näherkommen. Da war eine Frage, die vor allen anderen gestellt werden mußte, doch Manis Herz pulsierte in seiner Unterlippe, und die Gläubigen verzichteten darauf, ihn zum Sprechen zu veranlassen, um ihn nicht noch mehr zu erschöpfen.
Als habe er ihre unausgesprochenen Ängste vernommen, schlug er die Augen auf und murmelte wie selbstverständlich:
»Danach? Was in mir Finsternis war, wird zur Finsternis zurückkehren, und was in mir Licht war, wird Licht bleiben.«
Die Anhänger hatten sich mehr erhofft, aber da Mani kaum

sprechen konnte, mußten sie sich mit dem wenigen zufrieden-geben.

Doch kurz bevor am Nachmittag die Tore geschlossen wurden, lebte er plötzlich wieder auf. Er hielt den Kopf hoch erhoben, und seine Stimme klang kräftig. Oder war es etwa die Stimme des »Zwillings«?

»Wenn du die Augen das letztemal schließen wirst, werden sie ohne dein Zutun sogleich wieder aufgehen. Und dein erster Au-genblick wird voller Ungläubigkeit sein. Wie auch immer dein Glaube gewesen sein mag. Denn auch der Gläubigste wird von Zweifeln heimgesucht, und selbst krassestem Unglauben wohnt uneingestandene Hoffnung inne. Im Angesicht des Jenseits spielen die Menschen nur Rollen; ihr gemeinsamer Glaube ist der Müdigkeit ihrer Körper eingeprägt.«

Statt mühsam nach Atem zu ringen, wie man erwartet hatte, fuhr er sogleich fort:

»Und dann kommt die Prüfung.«

Als einer der Umstehenden leise vom »Jüngsten Gericht« sprach, zuckte Mani zusammen, als sei er beleidigt worden.

»Was meinst du mit Gericht? Wenn du die Augen zumachst, ist das Urteil schon gesprochen worden! Von deinen eigenen Lip-pen!«

Sein ganzes Gesicht hatte sich belebt. Auch die Hände, der Hals, die Brust.

»Wenn der Augenblick der Ungläubigkeit vorüber ist, findet je-der zu seinen Schwächen und Gewohnheiten zurück. Und die Auswahl findet unter den Menschen statt. Gericht ist dabei kei-nes nötig. Wer für die Macht gelebt hat, wird darunter leiden, daß niemand ihm mehr Gehorsam leistet; wer für den Schein ge-lebt hat, dem wird jeglicher Schein abhanden gekommen sein; wer für Besitz gelebt hat, wird nichts mehr besitzen, und seine Hand greift ins Leere. Was ihm gehörte, werden nunmehr ande-re haben. Wie ein angeleinter Hund wird er für immer nach den Stätten seines irdischen Wandelns lechzen. Wird unbekannter

Bettler sein, wo er Herr war. Die Gärten des Lichts aber gehören denen, die sich an nichts gebunden haben.«

Er verstummte. Seine Augen schlossen sich wieder. Dann begannen sich in seinem erleuchteten Gesicht die Lippen von neuem zu bewegen, als predige er für sich selber weiter. Hin und wieder wurden zusammenhanglose Satzfetzen laut:

»... die Sonne wird deine Augen nicht mehr verletzen ... der du das Glück der anderen zu beschauen verstehst ... alle Düfte der Geliebten ... diese Frau wird nicht altern ... eine Pyramide, deren Spitze sich verliert ... du wirst dort alle Bücher finden ... und die, die niemand geschrieben hat ... du wirst die Zeitalter des Universums kennenlernen ... du wirst in das Ägypten des Jenseits ziehen ...«

Seine Jünger waren über ihn gebeugt, um sich keines dieser Bruchstücke entgehen zu lassen. Alle waren sie begierig auf den Augenblick, den er bald erleben würde.

Am zwanzigsten Tage befahl er seinen Anhängern, ihn zu verlassen. Vor allem den Männern und den jungen Frauen, die zu Opfern der Verfolgung werden konnten.

Da erhob sich ein erhabenes Raunen. Ein Wort machte die Runde, ohne daß man je erfahren hätte, welchem Munde es entströmt war. Es stammte nicht vom Sohn Babels, denn der hatte lediglich geflüstert: »Entfernt euch, geht auseinander, laßt die Racheflut sich ergießen, später werdet ihr wieder aufstehen.« Die Anhänger aber verbreiteten eine ganz andere Parole: »Überall Manis Namen hinschreiben!«

Ja, schreiben, mit Kohle und mit Kreide, aber mehr noch: einritzen, einschneiden. Die korrosiven Lettern tief hinein in Holz, in Eisen und in Stein. Auf die Marksteine an den Kreuzungen, auf die Stadtmauern, auf alle Gebäude des Reiches, die Gefängnisse, die Paläste, die Kasernen und alle Kultstätten schrieben unzählige Hände, jede in ihrer Sprache, den Namen Mani.

So ungeheuer war die Wut der friedfertigen Menschen. Die Wut auf ihr Jahrhundert und auf die kommenden Jahrtausende. Auf eifersüchtige Götter und ungestrafte Schwerter. Auf die vier Reiche, die vier Kasten, die Rassen und das Blut, auf räuberische Magier und folternde Herrscher.

Auf den Tod. Auf alle Ketten. Auf die Ketten Manis.

Am Morgen des sechsundzwanzigsten Tages ging der letzte Akt seiner Leidensgeschichte zu Ende. Seine Anhänger würden bald von Folter, Martyrium oder Kreuzigung sprechen; Mani selbst hätte einfach »meine Verbannung« gesagt.

Nur noch Frauen mit grauem Haar wachten bei ihm. Ergriffen, stumm, niedergeschlagen, schon umhüllt von der bevorstehenden Trauer. Mani konnte sich nicht mehr bewegen und atmete geräuschvoll. Nur seine Augen überlebten noch.

Sie blickten Denagh an. Diese begriff und flüsterte den Frauen etwas ins Ohr. Worauf sie sich erhoben und eine gefaßte Miene aufsetzten.

Es war eine Anhängerin darunter, die die Tochter Athimars genannt wurde. Mit sanfter Stimme begann sie die überlieferten Worte zu singen:

Edle Sonne, die Wärme spendet
Und zugleich auch den schützenden Schatten
Sonne, die Trauben und Körper zum Feste heranreifen läßt
Und sich dann zurückzieht, auf daß wir feiern können
Sonne, die über die Ausschweifungen und Verrücktheiten von uns
Sterblichen hinwegsieht
Und am nächsten Tage wieder da ist, gleich gelaunt und gleich
großzügig
Sie erwartet von uns weder Dankbarkeit noch Unterwerfung
Edel ist unsere Sonne, wenn sie aufgeht
Und edel, wenn sie untergeht …

Die Tochter Athimars war gerade bei diesen Worten, als Manis Leiden zu Ende war. Denagh, die am nächsten stand, drückte ihm die Augen zu. Dann bedachte sie seine Lippen mit einem letzten Lebenskuß. Die anderen Frauen taten es ihr nach.

Nach dem Kalender der babylonischen Astronomen geschah dies im Jahre 584, am vierten Tage des Monats Adar – nach christlicher Zeitrechnung am Montag, dem 2. März 274.

Manis Leidensgeschichte ging damals in die unsere über.

EPILOG

Der Monarch verweigerte den Anhängern die Herausgabe des Toten, um aus Manis Grabstätte keinen Wallfahrtsort werden zu lassen; zudem gab er Befehl, die Leiche nicht sofort verschwinden zu lassen, sondern sie erst drei Tage lang ausgestopft und nackt am Stadttor Betlapats aufzuhängen, wo sie an dem krummen Bein erkennbar sein und jedermann den Beweis erbringen sollte, daß Mani wirklich tot war.

Zum Wallfahrtsort wurde aber genau jenes Mauerstück, jener riesige Grabstein, von dem der Schatten des Propheten nicht abgehängt werden konnte. Und um dem Tod zu trotzen, schworen sich die Gläubigen, den Sohn Babels nur noch »Mani-Havy« zu nennen, Mani-der-Lebendige. In ihren Berichten und Gebeten sind diese beiden Wörter so unzertrennlich, daß die Griechen nur noch ein Wort heraushörten, das sie »Manichaios« schrieben. Bei anderen wiederum hieß er »Manichaeus«.

Eine Namensentstellung also?

Wenn es nur das wäre!

Von seinen zugleich religiösen und künstlerischen Büchern, seinem großzügigen Glauben, seiner leidenschaftlichen Suche, seiner Botschaft von Harmonie zwischen den Menschen, der Natur und dem Göttlichen ist heute nichts mehr übrig. Von seiner Religion der Schönheit, seiner so subtilen Religion des Helldunkel, haben wir nur die Begriffe »manichäisch« und »Manichäismus« übernommen, die in verschiedenen Sprachen nichts weiter sind als ein Synonym für Schwarzweißmalerei. Denn alle Inquisitoren Roms und Persiens haben sich verbündet, um Mani zu entstellen, ihn zu tilgen. Was machte ihn so gefährlich, daß man sich bemüßigt fühlte, ihn bis in unser Gedächtnis hinein zu verfolgen?

»Ich bin aus dem Land Babel gekommen«, sagte er, »um durch die Welt einen Ruf ertönen zu lassen.«

Tausend Jahre lang wurde sein Ruf gehört. In Ägypten wurde Mani der »Apostel Jesu« genannt; in China verlieh man ihm den Beinamen »Buddha des Lichts«; seine Hoffnung erblühte an den drei Weltmeeren. Doch bald schon schlug ihm erbitterter Haß entgegen. Die Fürsten dieser Welt verfluchten ihn, er wurde für sie zum »Lügendämon«, zum »Gefäß, das von Bosheit überquillt«, und – so rasend war ihr Humor – zum »Maniker«. Seine Stimme nannten sie »hinterhältigen Zauber«, seine Botschaft »schändlichen Aberglauben« und »pestilenzialische Ketzerei«. Dann taten die Scheiterhaufen ihr Werk und verzehrten im gleichen düsteren Feuer seine Schriften, seine Ikonen, die vollkommensten seiner Anhänger und jene stolzen Frauen, die sich weigerten, auf seinen Namen zu spucken.

Dieses Buch ist Mani gewidmet. Es sollte sein Leben erzählen. Beziehungsweise das, was nach so vielen Jahrhunderten der Lüge und des Vergessens noch davon zu erahnen ist.